来自历史的职场课

秦巍 著

中国出版集团有限公司

研究出版社

图书在版编目（CIP）数据

来自历史的职场课 /秦巍著. —北京:研究出版
社，2024.1
ISBN 978-7-5199-1547-6

I.①来... I.①秦... I.①历史故事-作品集-中
国-当代 IV.①I247.81

中国国家版本馆 CIP 数据核字(2023)第 168933 号

出 品 人: 赵卜慧
出版统筹: 丁 波
责任编辑: 安玉霞

来自历史的职场课

LAIZI LISHI DE ZHICHANGKE

秦 巍 著

研究出版社 出版发行

（100006 北京市东城区灯市口大街 100 号华腾商务楼）

成都荆竹园印刷厂 新华书店经销

2024年1月第1版 2024年1月第1次印刷

开本：700 毫米×1000 毫米 1/16 印张：19.25

字数：278 千字

ISBN 978-7-5199-1547-6 定价：69.00 元

电话（010）64217619 64217652（发行部）

以铜为鉴，可正衣冠；以古为鉴，可知兴替；以人为鉴，可明得失。

——李世民

目　录

成功者的素质

做一个会干事的人

做一个合格的领导

做一个合格的部下

看问题的高度

一、做事与观察：人生在世最需要心明眼亮

人生在世最需要心明眼亮，但这不是一件容易的事。事物的表象往往与实质不符，仅靠表象来判断事物非常容易发生误判。

观察事物要剖析事物内部，知道其结构、材质、生成原理以及变化规律；还要观察事物的来龙去脉，发展运动轨迹；还要观察与其他事物的联系以及相互影响。

观察事物还要考虑业已存在的经验对认识事物的影响。在认识新事物之前，人的大脑已经存在大量的经验，这些经验对接纳的新事物会形成先入为主的干扰。所以观察一个事物既要有经验的笃定，也要有初识的虚心。

还要考察事物与时间、方位的关系。同样的事情，在这个时间做很好，另一个时间就很不好；方位也一样。

正确认识事物的方法就是里里外外，反反复复。里里外外就是要了解事物内部和外部以及相互关系。反反复复就是通过多次观察发现隐藏的遗漏，进一步认清事实；还要反复按自己对事物的初步认识进行各种操作，以观察事物的反应是否符合预期来验证认识的对错。

1.见常人所未见，才可以成大事

目光短浅，认识浅薄，对于一个普通百姓而言也许不算太大毛病，但对于做大事业的人而言却是一个严重缺陷，有时甚至是致命性的缺陷。

众人能看到的，你看不到，是大愚之人；众人看不到的，你能看到，是大智之人。所以，一个人正在做大家不做的事情或者不做大家都在做的事情，他不是极端的愚蠢，就是极端的智慧。大智若愚或者大愚若智的道理就在这里。

领导者应当高瞻远瞩，见微知著，洞察秋毫，具有超乎常人的眼光，能在众人之前看到事物的趋势；发现机遇率领大家迅速抓住，遇到危险率领大家立即脱离。唯有如此，才能在纷繁复杂的世态万象中寻觅发展道路，避免团队陷入危险境地。

另外，作为领导，高高在上，非常容易脱离民众，脱离实际；领导的地位越高，所接触到的部下能力水平也越高，其中心怀叵测之辈混淆是非、迷惑领导的能力也远非一般民众所能及。所以，职位越高越需要具备超乎常人的分辨能力。

汉末，曹操进军包围张绣驻军的穰城。正好袁绍部下有逃兵投奔曹操，说到田丰劝说袁绍袭击许都，曹操便从穰城解围撤退。张绣率军在后追赶。五月，刘表派军去援救张绣，驻在安众，据守险要，切断曹军退路。曹操给荀彧写信说："我到了安众，一定可以击败张绣！"及至到达安众，曹军腹背受敌，曹操于是乘夜开凿险道，假装要逃跑。刘表、张绣率领全部军队前来追击，曹操布下埋伏，命步兵与骑兵前后夹击，大破刘表与张绣联军。后来，荀彧询问曹操说："您以前料定敌军必败，是根据什么？"曹操说："敌人阻挡我们退兵，是把我军置于死地，我因此知道可以获胜。"

张绣追击曹操时，贾诩阻止他说："不能去追，追则必败！"张绣未听，进兵交战，大败而回。贾诩登上城墙，对张绣说："赶快再去追击，再战必胜！"张绣向他道歉说："没有听您的话，以致落到如此地步，现已大败，怎么还要再追？"贾诩说："兵势变化无常，赶快追击！"张绣一向信服贾诩的话，就收拾残兵败将，再去追赶。交兵会战，果然得胜而归。于是问贾诩："我用精兵去追赶退军，而您说必败；用败兵去击胜军，而您说必胜。结果完全如您预料，原因在哪里？"贾诩说："这很容易明白。将军虽善于用兵，但不是曹操的对手。曹操军队刚开始撤退，必然亲自率军断后，所以知道将军必败。曹操进攻将军，既没有失策之处，又不是力量用尽，却一下子率军撤退，一定是他的后方发生了变故。他已击败将军的追兵，必然轻装速进，而留下其他将领断后。其他将领虽然勇猛，却不是将军的对手，所以将军虽然率败兵去追击，也必能获胜。"张绣因此大为敬服贾诩。

2.主动探测可以明真相

有些事情，用适当方法试探一下，可以查明真相。

有人对魏明帝说："刘晔不尽忠心，善于探察皇上的意向而献媚迎合，请陛下试一试，和刘晔说话时全用相反的意思问他，如果他的回答都与所问意思相反，说明刘晔表里一致。如果他的回答都与所问意思相同，刘晔的迎合之心必然暴露无遗。"魏明帝如其所言检验刘晔，果然发现他的迎合之心，从此疏远了他。

3.偏见、偏听是观察的敌人

偏见、偏听是选择性接纳信息。怀着偏见、偏听去观察事物，结论往往不符合真实情况。偏见源于许多方面，家庭、环境、种族、习惯、学识、立场等等。

环肥燕瘦，楚王宫中多细腰，以及明清的三寸金莲，都表明同样的事物在不同时代的人眼中是如此的面目全非，不可思议。

偏见的另一个方面就是以我画线，完全站在自己的立场上去观察事物；由此得出的结论往往会与别人的大相径庭，甚至违背事实真相。

在对人的考察方面，好恶与偏见很容易导致不客观的结论。

能够克服偏见是一个做大事的人必备的能力。

"兼听则明，偏听则暗。"考察一个领导的成败，如果他经常偏听偏信，不善于多方面了解事情的真相，十有八九会失败。像张良、魏徵这样聪明正直的人每个朝代都有，而像刘邦、李世民这样能够明辨是非，知道什么意见应该采纳的领导却不多见。

胡人是中原民族对北方游牧民族的称谓。由于常年与汉人相互攻伐，汉人对胡人有很深的成见，认为胡人叛服无定，人面兽心，难以感化，完全不可信任。

唐太宗李世民与其他君王在民族政策上最大的不同，就是他发自内心地对其他民族一视同仁。他曾说过："自古皆贵中华，贱夷狄，吾独爱之如一。"

唐太宗对少数民族采取了历史上从来没有过的宽容政策，从幽州至灵州，设置了顺、佑、化、长四州安置归顺的突厥部落，到长安定居的突厥人就达上万家，来归降的各部落首领，都被封为将军中郎将，布列朝廷，仅五品以上官员就有一百多人，几乎达到了在朝任职官员的一半。

唐太宗因此被各族人民尊为"天可汗"，他去世时有几十名突厥将领自愿为唐太宗殉葬，后来被唐中宗制止才作罢。长安城中突厥居民纷纷按照自己的习俗，抓破脸皮，解开辫发为唐太宗送葬。

唐太宗说："君主只有一颗心，而攻心的却有很多人。有的以勇武力量，有的只凭口才，有的以谄谀逢迎，有的以奸诈邪恶，有的以嗜好欲望，各类人凑在一起，各自兜售自己的一套，以图取得恩宠。君主稍有松懈，而接受其中的一类人，则危亡随之而来，这便是君主行事之难呐！"

4.不但要善于解剖别人，而且要善于解剖自己

人不但要善于考察外部，还要善于考察自己。只看到别人的错误，看不到自己的错误，或者只看到别人的长处，看不到自己的长处。这都是不利的。

西晋何绥是太宰兼侍中何曾的孙子。当初，何曾曾在晋武帝司马炎的宴会上侍奉，离开宴会后，对儿子们说："皇上开创了伟大的基业，可我每次在宴会上见他，从没有听到他有治理国家的长远打算，只是听他讲平生的一些庸常小事，这不是替子孙后代考虑的做法。他只考虑自己，他的后代继承人危险呀！你们还能够免祸。"指着孙子们又说："他们一定会遭到国难。"等到后来何绥被东海王司马越所杀，他哥哥何嵩哭着说："我们的祖父几乎是圣人啊！"何曾生活奢侈，吃饭一天要耗费万钱，还说没有下筷子的地方。儿子何劭，一天吃掉二万钱。何绥和弟弟何机、何羡更加奢侈，给人写信时用词非常傲慢。河内人王尼看到何绥写的信，对人说："何绥身居乱世还这样自负傲慢，难道能免祸吗？"听的人说："何绥听到你的话，一定会害你。"王尼说："等何绥听到我的这些话时，他自己已经死了。"等到永嘉末年，何氏一家已经没有子孙留存在世了。

司马光评论说：何曾议论晋武帝苟且懒惰，只顾眼前利益，不为长远考虑，而预知天下将要发生变乱，忧虑其子孙一定会卷入这变乱当中，多么英明！但是自己超越本分奢侈无度，使子孙效仿继承这坏毛病，最后因为傲慢奢侈而亡

族，这英明又在哪里呢？

后赵武皇帝石虎去世，他的儿子为争权互相屠杀，后赵大乱。东晋朝野上下都认为趁机出兵光复中原指日可待，只有光禄大夫蔡谟对与他亲近的人说："胡人自相残杀确实是非常值得庆贺的事情，然而恐怕这更会给朝廷带来忧患。"听的人问："您说的是什么意思呢？"蔡谟答道："能够顺应天意、掌握时机把百姓从艰难困苦中拯救出来的事业，如果不是最杰出的圣人和英雄是不能承担的。如今赵国虽然大乱，但老老实实地衡量一下自己的德行与力量，讨伐赵国之事，恐怕不是当今之辈就能办成的。强行出兵，结果只能步步为营分兵攻守，这是以劳民伤财为代价来炫耀个人的志向。最终会因为才能和见识粗陋平庸，难以遂心，财力耗尽，智慧和勇气全都变得窘困，怎么能不给朝廷带来忧患呢！"

5.查来求因，方知现在

任何事情的发生和发展都有其客观原因和根源，寻找原因，抓住事情的本质，就可以从中发现事情的真相。

唐武宗时，河东节度使李石命横水栅的戍兵赴榆社增援，由于欠这些士兵一匹丝绢无处可得，导致兵乱。乱兵头目是杨弁。

武宗派遣宦官马元实出使太原，向乱兵讲明利害得失，规劝他们归顺朝廷，同时窥测杨弁的兵力强弱。杨弁盛宴接待马元实，二人醉饮了三天。杨弁又向马元实行贿。马元实从太原返回京城后，武宗命他与宰相一起商议太原的情况。马元实夸大其词地说："你们应当早日任命杨弁为节度使！"李德裕问："为什么呢？"马元实说："从河东节度使衙门到柳子列之间十五里内，遍地都是光明甲。这么强盛的兵力，怎么能讨伐平定得了呢？"李德裕说："李石正是由于太原无兵可发，才命横水栅的戍兵赴榆社增援，库房中的兵器都已带到前线行营，杨弁怎么能骤然有这么多的兵士和兵器！"马元实说："太原人性情剽悍，都可当兵。这些兵士都是杨弁招募的。"李德裕说："招募兵士必须要有财物，李石正是由于欠兵一匹丝绢无处可得，才导致兵乱。杨弁又从哪里得到财物呢？"马元实被问得无言以答。李德裕上奏说："杨弁小贼，决不可宽恕。"

这时，在榆社县屯戍的河东兵听说朝廷命其他藩镇的兵马进攻太原，害怕自己的妻子儿女被他们所屠杀，于是，簇拥着监军吕义忠，自动出兵攻取太原。短短几天时间，河东兵攻克太原，活捉杨弁，把乱卒全部诛杀。

箕子发现商纣王的生活越来越奢侈，竟然开始使用象牙筷子吃饭，于是叹道："用象牙筷子，还会再使用陶碗吗？必然要配玉器啊。用象牙筷、玉碗，还会吃一般的饭菜吗？必然要吃山珍海味啊。吃山珍海味，还会住苇草屋子吗？必然要盖楼阁啊。"

侍从说："你说得很对，现在大王正准备盖楼阁呢。"箕子说："以小见大，见微知著，由此可知，商朝怕是不会长久了。"

6.观人所为，为己所鉴

认真考察前人和其他人遇到某类情况时的所作所为，以及采取相应方法的缘由、道理、结果以及经验教训，可以作为自己决策的借鉴和依据。

唐太宗时，王玄策打败天竺国，得到方士那罗迩娑婆寐，将他带回来。那罗迩娑婆寐自称有长生之术，唐太宗很是相信，对那罗迩娑婆寐礼敬有加，让他配制长生不老药，派人四处搜罗各种奇异的药材，又派使者到婆罗门各国采买药材。那罗迩娑婆寐说的话大多怪诞无实，总是拖延时间，药一直没有制成，后来就将他打发走了。唐高宗继位，那罗迩娑婆寐又奉召来到长安，不久又被遣返。王玄策上奏称："这个婆罗门方士真的能制成长寿药，他自己也称一定能成功，现在遣返他，失掉这样的人才太可惜了。"等王玄策退下，唐高宗对侍臣说："自古哪里会有神仙，秦始皇、汉武帝求长生不老药，结果搞得劳民伤财，最后也没有找到。如果真有长生不死的人，现在都在哪里呢！"李勣答道："圣上说得很对。婆罗门方士这一次来，容貌衰老头发全白，比上一次见他苍老了很多，这怎么可能长寿呢！陛下遣返他，朝廷上上下下都为此高兴。"

7.要学他人的经验，还要观察彼此的不同

前人的经验可以借鉴，但一定要观察此时与彼时、此情与彼情的不同，发现其中适合现在的合理成分，摒弃不适用的部分。如果不分青红皂白，不顾情况的变化和彼此的不同，机械照搬，一定会出现"东施效颦"的错误。

参考别人犯错误的经验教训，往往容易忽略当时造成错误的具体情况和初衷，只看重错误本身，而导致自己的决策滑向另一个极端。

东汉史学家荀悦评论做同样的事、效果完全不同的道理：确立决定胜负策略的方法，要点有三：一是势，二是形，三是情。所谓势，说的是得与失大体上的趋向；所谓形，说的是对临时情况灵活应付和对进与退随机应变的情形；所谓情，则指的是心意志向上坚定还是懈怠的实际心理。所以采用的策略相同，所干的事情相等，而取得的功效却各异，即是由于这三个方法运用得不同的缘故。

当初，张耳、陈馀劝说陈胜借恢复六国来为自己培植党羽；郦食其也是这样劝说汉王刘邦的。之所以劝说的内容相同，得与失却各异，是因为陈胜起事时，天下的人都想要灭亡秦朝；而如今楚、汉的胜负之分还无定势，天下的人未必都想要项羽覆灭。所以重立六国的后裔，对陈胜来说，是为自己广植党羽而给秦朝增树强敌。况且那时陈胜并没能独占天下之地，即所谓把不是自己的东西取来送给别人，行施恩惠之虚名，获得福益之实惠。但对汉王来说，重立六国之后，却是所谓的分割自己拥有的东西去资助敌人，空设虚名而实受祸害。这便是所做的事情相同，可得与失的趋向已各异的例子。

巨鹿之战中，项羽极力主张渡漳河攻击秦军，主帅宋义却拒绝项羽出战，说先让秦、赵两国相斗，待秦军疲惫后再乘机攻秦，而他自己却终被项羽杀了。卞庄子刺杀老虎时，馆竖子劝他等待二虎与牛相搏，双方有伤亡时再乘机刺虎，卞庄子最后果然获得二虎。两次的游说之词也都相同，但这套说辞，施用在战国时，邻国相互攻伐，没有临时情势变化的危急发生，还是可以的。因为战国局面的确立，日子已经很久了，一次战役的胜与败，未必就会决定一个国家的生存和灭亡。那时的进退变化形势决定了一个国家不能够急于使敌国灭亡，而是进可以凭借有利条件，退也能够自保安全，故可以积蓄力量，等待时机，趁

敌方筋疲力尽，再去进攻。这是可以灵活行事、随机应变的形势所造成的。但今日楚、赵两国起兵抗秦，与秦的地位互不相同，安全与危亡的机会，在呼吸的一瞬间就会发生变化，因此，进即能建立功绩，退就将遭受祸殃。这便是事情相同，而灵活应对和随机应变的情形、时机已各异的例子。

汉军攻打赵国的战役，韩信率军驻扎在地形不利的水边上，但赵军却无法打败他。而彭城之战，汉王刘邦也在睢水岸边作战，但士兵却被赶入睢水，楚军大获全胜。这又是为什么呢？赵军出国迎战汉军，见到可以打赢就前进，见到难于取胜就后退，怀着只顾自身存亡的心理，毫无出阵拼死一搏的打算；而韩信的军队孤立无援地列阵在水边，士兵背水作战，不进就必死无疑，故将士们都不怀二心，抱定决一胜负的信念。这即是韩信能获胜的原因。汉王深入敌国，摆设酒宴盛会宾朋，士兵们享受安逸欢乐，求战心理不稳固；而楚军凭着它的威势却丧失了自己的国都，将士们个个义愤填膺，急于挽救败局，无所畏惧地奔向死亡，以决出一时的胜败命运。这便是汉军失败的原因。况且韩信挑选精兵坚守阵地，赵军却用瞻前顾后的士兵去攻打他；项羽选择精兵发动进攻，汉军却用怠惰散漫的将士去对付他。这就是所做的事情相同，而坚定与懈怠的心理已各异的例子。

所以说，应事的权宜机变是不能够预先设计的，事态的变化是不能够事先谋划的；随时机的转动而转动，应事物的变化而变化，是制订策略的关键。

8.办事不在于愿望而在于结果

一项决策，究竟符不符合实际；符合实际的决策经过层层传达，能不能真正贯彻落实，取得实际效果。这些都存在很大的变数。

一个做大事的人简单地认为自己制定的决策十分完美，只要发布出去，问题就能迎刃而解，那只是一厢情愿。

一个好领导要经常深入群众，深入基层，考察自己的决策究竟给群众带来的是福祉还是灾难，并及时纠正存在的错误和问题。这样才能真正将好的决策变成好的结果。

北魏国主拓跋焘认为地方郡守、县令大多贪赃枉法，于是某年的夏季，他下诏，命令官吏和百姓可以检举告发地方郡守、县令贪污不法的行为。从此，地方一些地痞流氓乘机专挑地方官的过失，从此要挟在位的地方官。地方官则自降身份和这些人称兄道弟，狼狈为奸，然后照样贪赃枉法。百姓遭受黑白两道双倍危害，生活更加困苦。

9.实事求是，好说难做

实事求是是按照事物的实际情况，正确对待和处理事情。

实事求是说起来简单，做起来并不容易。由于每个人的知识结构、利益立场、信息渠道等不同，对同一个事物的判断会有差别。尤其是对复杂的社会事物，公说公有理，婆说婆有理，莫衷一是，而且都自以为是事实。所以，只有加倍谨慎，多加调查，从多个方面深入了解事物，才能真正做到实事求是。

孔子提倡儒教，教弟子们学习周礼。孔子带着弟子周游列国，走到陈国和蔡国之间受困，断粮七天。孔子饿得腿都发软，颜回是孔子最看重的弟子。颜回去讨米，讨回来煮饭，快要熟了。孔子远远看见颜回在偷吃，很生气。一会儿，饭熟了，颜回请老师孔子吃饭。孔子起身说："我刚才梦见先人，我做好饭把最干净最软和的先敬献给他们吃。"颜回明白孔子的意思，回答道："刚刚炭灰掉进了锅里弄脏了米饭，丢掉又不好，所以我就抠出来吃了。"孔子叹息道："按说应该相信自己眼睛看见的，但是眼睛不一定可信；应该相信自己的心，自己的心也不可以相信。你们记住，要真正了解一件事、一个人，做到实事求是多么不容易啊！"

10.观察一定要考虑中间媒介的影响

人们观察事物绝大部分都要通过中间媒介，而媒介在传递信息过程中往往会产生信息的畸变、缺失或延误。所以要想真正了解实际情况一定要慎之又慎，要通过多个渠道相互印证，还要靠丰富的经验来去伪存真。

南齐高帝时，给事中胡谐之曾经派使者到梁州刺史范柏年那里索取马匹，范柏年说：“马可不是狗啊，我怎么能够满足你毫无止境的要求！”范柏年对胡谐之的使者招待菲薄，使者回去以后，告诉胡谐之说：“范柏年说：'胡谐之是什么狗东西！索求起来，永不满足！'”胡谐之因此记恨范柏年，便向齐高帝诬陷他说：“范柏年凭借险要，聚集徒众，打算割据一州。”齐高帝让雍州刺史南郡王萧长懋劝导范柏年，萧长懋奏请任命他为本州长史。范柏年来到襄阳以后，南齐高帝打算不再追究下去，胡谐之却说：“眼看着老虎就要捕获到手了，难道还要放虎归山吗？”于是，齐高帝赐范柏年自裁而死。

11.利令智昏

面对巨大的利益诱惑，人们往往只看到利益而忽视利益背后的危险。有时候危险明明摆在眼前，但利令智昏，就是视而不见，这就凶多吉少了。所以越是看见丰厚的利益，越要警惕百倍。

张仪游说楚怀王说：“大王如果真要听从我的意见，就和齐国断绝往来，解除盟约，我请秦王将商於一带六百里的土地送给楚国，让秦国的女子作为服侍大王的侍妾，秦、楚之间娶妇嫁女，永远结为兄弟国家，这样向北可削弱齐国而西方的秦国也就得到安定，没有比这更好的策略了。”

楚怀王非常高兴地应允了张仪。大臣们来向楚怀王祝贺，唯独陈轸劝谏楚怀王不要轻信张仪。楚怀王说：“希望陈先生闭上嘴，不要再讲话了，等着我得到土地吧。”

于是，楚国和齐国断绝了关系，废除了盟约，楚怀王把楚国的相印授予了张仪，还馈赠了大量的财物，派了一位将军跟着张仪到秦国去接收土地。

张仪回到秦国，假装没拉住车上的绳索，跌下车来受了伤，一连三个月没上朝。楚怀王听到这件事，说：“张仪是认为我与齐国断交还不彻底吧？”就派勇士到宋国，借了宋国的符节，到北方的齐国辱骂齐宣王，齐宣王愤怒之下，斩断符节转而和秦国结交。

秦国、齐国建立了邦交之后，张仪才上朝。张仪对楚国的使者说：“我有秦王赐给的六里封地，愿把它献给楚王。"楚国使者说："我奉楚王的命令，来接收商於之地六百里，不曾听说过六里。"

楚国的使臣返回楚国，把张仪的话告诉了楚怀王，楚怀王一怒之下，兴兵攻打秦国。结果秦、齐两国共同攻打楚国，夺取了丹阳、汉中的土地。楚国又派出更多的军队攻秦，再次大败，于是只好又割让两座城池和秦国缔结和约。

12.凡事有利必有弊

天下的事有利必有弊，有弊必有利。不仔细衡量得失，只看到符合自己的利，不考虑其中包含的弊，或者只排斥不符合自己的弊，却连其中的利一起扔掉，这都是不足取的。

李林甫想要杜绝边将入朝为宰相的路，因胡人没有文化，就上奏说："文臣为将帅，怯懦不敢作战，不如用出身低贱从事过农耕的胡人。胡人都勇敢好战，出身低贱而孤立没有党援，陛下如果真能够用恩惠笼络他们，他们一定能够为朝廷尽力死战。"唐玄宗觉得李林甫的话很有道理，就重用了安禄山。此后，各镇节度使都使用胡人，精兵强将都戍守在北方边疆，形成了里轻外重的局面，最后安禄山得以发动叛乱，几乎推翻唐王朝的天下。这虽然是因为李林甫追求专宠和巩固自己地位的阴谋所致，但玄宗只看到用胡人任节度使的好处，忘记了胡人中也有奸诈之人，且更加凶狠残暴。

13.了解情况要深入

人类以有限的眼光观察事物，并用有限的概念来涵盖纷繁复杂的世界，本来就疏漏很多。很多事情表面看上去清清楚楚，但是再详细考察，就可能会发现还有许多不了解的东西；表面看上去颓势已成无可救药，但仔细观察后却能发现解救之道。所以反复观察、探究，有利于深入了解事物。

唐僖宗时，唐将庄梦蝶奉命讨伐韩秀升、屈行从的叛军，三战三败。败兵纷纷逃走，庄梦蝶抚慰劝导，也不能阻止。这些逃兵在路上遇见高仁厚，被他高声怒喝，逃兵才停下。高仁厚斩杀了一名都虞候，重新下令整顿队伍。高仁厚找来当地高龄老人，向他们询问这一带山川小路以及贼寇营寨的情况之后，高兴地说："贼寇的精锐人马都在船上，而让那些年老体弱的人守卫营寨，资财粮食都在寨子里，这就是人们所说的重视攻战轻视防守，他们一定会失败的！"高仁厚于是在江面上布置下军队，摆出要过江攻打的阵势。船上的贼寇日夜防御准备，并派兵前来挑战，高仁厚不与这些贼寇交战，而暗中派出一千名勇猛士兵手拿兵器肩扛藁秆，在夜晚从偏僻的小路前往攻打贼寇的营寨，并且放火焚烧。船上的贼寇看到这种情况，马上分派人马回营寨救援，但是已来不及了，贼寇的资财粮食全被烧毁，人心动摇。高仁厚又招募善于游泳的人凿破贼寇的船只，使其都相继沉没。贼寇来来往往惶恐迷惑，相互不能救援。高仁厚又派遣军队在交通要道拦截来回救援的贼寇，并且招降，最后贼寇都投降了。韩秀升、屈行从看到人马溃败不堪，挥剑乱砍士兵，想进行阻止，叛军更加愤怒，一同抓住韩秀升、屈行从二人，将他们送到高仁厚那里。

德国科学家罗伯特·科赫经过长期观察提出了一套断定病原体与疾病关系的方法：①能在患者身上找到这种病原体。②可以将这种病原体分离出来，并加以培养。③培养后的病原体放在正常人身上会导致同样的病症。④从接种病原体生病的人身上取出的病原体与原来的病原体有完全相同的特性。如果符合这四条标准就能证明疾病是这种病原体导致的。这套标准看起来逻辑严谨，无懈可击，被当时奉为病原鉴定的金科玉律。但后来人们发现有的人身上携带病原体但不会发病，病毒虽然可以致病但无法加以培养，有些人接种培养的病原体后，因免疫力强并不会生病，如此等等。于是后人不得不修改当初普遍认定的"科赫法则"。

二、做事情该与不该：怎么判断做事情的该与不该

在做事情之前，如果有可能的话，尽量搞清楚一件事该不该做，该怎么做。知道事情该不该做，该怎么做，做事就像走夜路找到北斗星。有了明确的方向，只要寻找到正确的途径和方法就可以直达目标，这样做事比在黑夜中瞎摸要省

力得多。

1.利不利决定该不该

尽管判断一件事该不该做有时很困难，但还是有迹可循的。一般而言，符合客观规律、道义、民心的事就该做，除此之外还取决于利益。但这个利益不是唯利是图的利益，而是符合道德、社会规则的利益。

一件事于己于人都有利就该做；于己有利，于别人无害也可以做。做一件损人利己的事，要看损了什么人的利。损一个危害社会和公众利益的人之利，那自然是应该做的；而损一个于人于己于社会无害，甚至有利、有恩的人之利就是不应该做的。损己利人，也要看利什么人，有利于人民群众的利益应该做，有利于帮助弱势群体的也应该做，而有利于伤害公众利益或己方的人、社会黑恶势力等则是不应该做的。损人又损己和既不利人又不利己的傻事，就不应该做。

曹操灭袁绍、胜乌桓、降刘琮又打败刘备后，他送给孙权一封信说："近来，我奉皇帝的命令讨伐有罪的人，向南进军，刘琮投降了。现在训练了八十万水军，正要同将军在东吴一起打猎。"孙权把曹操的信给手下臣子们看，臣子们像听见惊雷，吓得变了脸色。

长史张昭等人说："曹操挟持皇帝，以朝廷的名义做借口，今天抗拒他就等于抗拒朝廷。况且将军唯一可以抗拒曹操的优势是长江；现在曹操已经取得了荆州，长江天险已经和我们共有了，而且曹操又获得了刘表训练的水军，大小战船多达上千艘，我们的水军优势也没有了，因而军事实力的大小，无法与他相比，我认为万全之计不如投降他。"只有鲁肃不说话。孙权起身去厕所，鲁肃追出来，对孙权说："现在所有人都可以投降曹操，唯独将军您不可以。如果我鲁肃投降了曹操，曹操会把我送回故乡，凭我的名望地位，还不至于失去从事这样的小官，坐着牛车，带着吏卒，跟士大夫们交往，一步一步升官，将来说不定还能混个州郡长官的职位。而将军您这样的人投降曹操，能得到什么结局呢？希望您早定大计，不要采纳那些人的意见啊！"孙权感叹道："你正和我的想法一样。"于是下决心对抗曹操。

唐末，朱全忠的汴州军队修筑营垒包围沧州，连鸟鼠都不能通过。刘仁恭惧怕汴州军队强盛，不敢出战。城中食物吃尽，竟把土揉搓成丸子吞吃，或者互相掳掠啖食。

刘仁恭向河东李克用请求救援，前后一百余次。李克用痛恨刘仁恭反复无常，曾经背叛自己，始终没有答应。他的儿子李存勖说："现在天下的形势，归降朱全忠的藩镇已经十之七八，像魏博、镇、定那样强大的藩镇都归附了朱全忠。自黄河以北，成为朱全忠对头的，只剩我们河东与幽州、沧州了；现在幽州、沧州被朱全忠围困，如果我们不与他们协力抗拒朱全忠，会损害我们的利益。打天下的人不顾念小的仇怨，况且他们曾经使我们困难而我们解救他们的危急，用恩德安抚他们，才是一举成名的方法。这是我们再振兴的时机，不能失掉啊。"李克用认为儿子说得对，与将佐商量召请幽州军队一同攻打潞州，他说："对于刘仁恭可以解除包围，对于我们可以开拓疆域。"于是应允与刘仁恭和好，召请他的军队，刘仁恭派遣都指挥使李溥率领三万军队前往晋阳，李克用派遣他的部将周德威、李嗣昭率兵与李溥共同攻打潞州。朱全忠驻守潞州的将领丁会不战而降，朱全忠只好放弃围困沧州，回兵救潞州。

徐知诰，是五代十国时期吴国权臣，掌握着吴国政权。徐知诰的弟弟吴国润州团练使徐知谔，亲昵狎近小人，游赏宴集，废弃正务，在牙城以西仿造排列着商肆的市场，亲自去做商沽交易。徐知诰听说后发怒，找来徐知谔的随从盘问责骂他们，徐知谔很害怕。有人告诉徐知诰说："尊翁徐温在世时最喜欢徐知谔，然而后来却把大业传给了你。前几年知询失去镇所，议论到现在还没有停息。如果知谔治理政务有能干的名声，训练武备，休养百姓，对您有什么好处呢？"徐知诰有所领悟，于是对待徐知谔逐渐宽厚起来。

2.不种无根之树

做事的条件和基础不具备，就不要强行去做。

腾讯公司五位创始人之一的曾李青，后来去做投资。他总结了 5 年投资实战中的成败经验，其中有几点发人深省。

第一，不投跨行业创业。跨行业创业往往专业经验不够，所以很容易导致失败。第二，不投综合素质不高或者核心能力不强的公司。核心研发能力不行，这种项目基本上成功的概率就不高。第三，大学生创业不靠谱。他们没有被人管过，也就很难去管人。第四，专心致志做好一件事。如果同时做两个项目，成本就大了，现金消耗非常快，容易导致公司关门。第五，开发速度不能太慢。筹备的时间太长，不适应市场环境变化，等产品面世和当初进入市场时候的设想是完全不一样的。第六，核心成员不团结，容易分手。

以上六点，无论是专业经验不足，核心研发能力不行，没有管理人的经验，超过自己的能力同时做几个项目，还是开发能力跟不上市场变化，核心成员不能凝聚力量，其实就是一句话，基础和条件不具备。这样的公司很难成功，投资其中也只能是肉包打狗，有去无回。

3.不明白的事情不要做

事情不知道该不该做，不妨先放一放，等把情况搞清楚之后再行动，结果会比盲干好得多。

康熙九年（1670 年）于成龙就任黄州府同知，镇守麻城歧亭。歧亭素有"十八蛮县"之称，白天歹徒打劫，晚上盗贼横行，可官府却置之不理，也不立案。因为这里的盗贼久盗成性，十分狡猾，难以捕获，又素以报复为能事，办盗案十分棘手。更有捕役应付差事，暗通盗匪，通风报信，从中获利。若立了盗案，上司就会限期破获，如若到期不能告破，官员轻则遭斥责，重则丢官治罪。官员们只好睁一眼闭一眼，不敢触碰盗匪。这样一来，盗贼更是肆无忌惮，往往明火执仗，光天化日之下也敢抢劫杀人。百姓怨声载道，苦不堪言。

于成龙上任伊始，并没有马上派兵四处追剿盗匪，而是暗中观察，亲自访察，寻找既制服盗贼又不伤及自己的办法。为了摸清盗情和每一件重大盗案，他多以"微行"的方式，扮作田夫、旅客或乞丐，到村落、田野调查，从而对当地盗情了如指掌。

有个惯盗汤卷假装来投诚，于成龙就任命他做衙门的捕役，发现他果然颠倒黑白暗中保护真正的盗贼。于成龙知道他爱喝酒，就经常赏赐给他酒肉，并对他说："我知道你很有能力，你好好替我抓捕盗贼，我不会追究你以前的罪过，还要破格提拔你。"一天，于成龙又赏酒给汤卷喝，并和他聊天，问他以前做过什么盗偷之事。汤卷吞吞吐吐并不说实话，于成龙假装并不在意，又赏给他一些酒喝，结果汤卷喝醉了，出衙门的时候已经头重脚轻。于成龙换了服装，暗中跟踪，发现汤卷十分得意，呼来他的狐朋狗友去一家饭店继续喝酒。于成龙跟进去，躲在暗处观察。汤卷和他的狐朋狗友喝得非常兴奋，从怀里掏出一个纸折子，指着纸折子的名字对那些狐朋狗友说："某某某，给老子孝敬得多，我要好好对待他；某某某不够意思，办了事不孝敬我。"于成龙在暗处听得一清二楚。第二天，于成龙又准备丰盛的酒菜请汤卷来喝，席间不停地夸奖赞誉汤卷有本事，汤卷非常高兴，又喝得酩酊大醉。问他生平做过的过人之事，汤卷得意忘形嘴无遮拦，将过去做盗匪时杀人越货，今为捕役诬陷好人谋取好处，还有强奸别人妻女的事，一一和盘托出。于成龙突然话锋一转："我听说你有一个手折，能否让我看看？"汤卷不肯拿出来，于成龙就让人从他身上搜了出来，手折上境内大盗小偷一览无余。

汤卷后来仍不知悔改，照旧谋杀奸淫，于成龙对他说："像你这样死不悔改，你不便再活在世上了，不如速速归去。"汤卷答道："我死有余辜，但想回去与母亲诀别。"于成龙不许，拿出一些银子，打发人寄给他母亲。让人把汤卷看押起来，听其自尽。

于成龙得到写有盗匪名单的手折，小偷盗匪的姓名、地址一清二楚。

一日到乡下，对一个当地官吏说："此地有大盗某某，小窃某某共十八人，但最近都比较守法没有再犯，姑且不追究他们，如果再犯必杀无疑。"官吏听了非常惊骇，以为于成龙有神助，而盗匪窃贼们听说后纷纷远逃躲藏，再也不敢露头。

另外，他命令将接连不断发生的盗案上报，并责成各县加紧侦破，违者治罪。

消息传出，各县哗然，大小盗贼看了官府的捕盗告示，更是惶惶不可终日。

歧亭盗贼都从此收手，境内安定。

4.十全十美不可求

做事情不要强求十全十美。我们虽然可以追求精益求精，但一定要适可而止。凡事不管实际情况强求十全十美，不能容忍一丝瑕疵，结果得不偿失，适得其反。

庄子说过，人生百年，学海无涯，怎么可以用有限的生命去追寻无限的学问呢？所以学习知识也不能追求无所不学、无所不精，而是在广泛的方面要泛泛而知，在专门的方面要深耕精读，穷其学问，这样才会有所建树。

孙权与陆逊评论鲁肃说："鲁子敬经周瑜的推荐和我相识，我与他闲谈，便谈及建立帝王大业的远大谋略，这是第一件痛快事。后来，曹操借着收服刘琮的声势，扬言亲率水、陆军数十万同时南下，我询问所有将领，请求对策，谁都不愿先回答，问到张昭、秦松时，都说应派使者写好公文，前去迎接。鲁子敬当即反驳说'不可'，劝我迅速召回周公瑾，命令他率大军迎击曹操，这是第二件痛快事。此后，他虽然劝我把土地借给刘备，这是他的一个失误，但却不足以损害他的两大贡献。周公对一个人不求全责备，所以我忽略他的失误而重视他的贡献，常常将他比作邓禹。吕蒙年轻时，我认为他只是不怕艰难，果敢不怕死而已；在他年长以后，学问越来越好，韬略常常出奇制胜，只是谈吐仪表不如周公瑾。在谋划消灭关羽这一点上，却超过鲁子敬。鲁子敬给我的信中说：'成就帝王大业的人，都要利用他人的力量开路，所以对关羽不值得顾忌。'这是鲁子敬实际不能对付关羽，外表却空说大话罢了。我仍原谅了他，没有苛刻指责。可是他行军作战，安营驻守，能做到令行禁止，他的辖区内，官员都尽心尽职，治安良好，路不拾遗，他的治理方法还是很好的。"

5.分清轻重缓急

很多事情摆在面前，一定要选择最重要最紧急最有利的事情去做。不分主次乱做一气，必将一辈子庸庸碌碌，难成大器。

曹操的阵营被张绣军队突然袭击，来不及应付，军队溃散，非常混乱。唯独于禁约束部下，且战且退。一些士卒虽然战死了，于禁也不允许散乱。还没有退回曹军大本营，于禁在路上发现十多个衣衫不整的伤兵，一问之下，原来是青州兵在打家劫舍。青州兵原是黄巾贼，后来投降了曹操，仍称青州兵。曹操对他们很宽容，因此他们经常放肆，乘机抢劫。于禁一听，便顺道追讨这些打家劫舍的青州兵。有些青州兵不敌，逃回曹营打小报告，诬告于禁造反。有人劝于禁，当务之急赶紧去向曹操解释，但于禁说："如今张绣贼兵就在后面追来，最紧要的是抗敌，至于曹公，他是明智的人，正是谣言止于智者，怕什么？"于是，于禁先筑好了壕沟，安排好营寨，以防敌人进攻，然后才派人通知曹操及向他解释。曹操听了，认为于禁的做法很对，当众说："当时敌人来攻，相当混乱，于禁能在混乱中整顿军队，追讨抢掠的恶行，安营筑寨地坚守，真是将领的榜样。"于是录于禁前后功，封为益寿亭侯。

三、行动与否：八条帮你决断是否行动

一件事该做，我们就要决定行动的时机。什么情况下开始行动，什么时候终止行动，抉择正确与否将直接影响事业的成败，乃至人生的成败。

1.事有七八，果断出手

天下没有十分把握的事情。只要行事正义，力量充足，机遇合适，有七八分把握就应该果断行动。

羊祜上疏晋武帝请求讨伐吴国，说："先帝在西面平定了巴、蜀地区，在南面与东吴、会稽地区和平相处，海内几乎可以休息了。但是吴国却再次背信弃义，使边境又生事端。运数中说是由上天所授予，而功勋业绩却必须由人来成就。如果不用一次大规模行动把敌人彻底消灭，那么兵役就没有停息的时候。

平定蜀国的时候，天下人都认为吴国也应当一同灭亡，从那时到现在，已经十三年了。谋略虽多却需要独自判断。凡是凭借险阻得到保全的，是因为其势力与敌方相等罢了。如果轻重不等，强弱之间势力不同，即使有险阻，也保不住。蜀作为一个国家，其地势并非不险，人们都说，一夫当关，万夫莫开。但是，到了我军进兵之日，却不曾有藩篱的阻碍，我军乘胜席卷而下，直接到了成都，汉中各城都如栖息之鸟，不敢出动。并不是因为他们没有抵抗之心，实在是其力量不足以与我相抗衡。等到刘禅请求投降，各个营堡索然离散。现在长江、淮水的险峻不如蜀之剑阁，孙皓的残暴超过了刘禅，吴人的困苦胜于巴、蜀，而大晋的兵力比以往任何时候都强盛。不在此时平定统一四海，却还坚守要塞防守，使天下为远行守边而窘迫，将士们常年出征，经历盛年而至于衰老，这样下去是不会长久的。现在如果率领梁州和益州之兵沿水路、陆路齐下，荆、楚之兵进逼江陵，平南、豫州的军队直趋夏口，徐、扬、青、兖各路兵马在秣陵会合，这样的话，吴国依凭其一隅之地，抵挡天下之众，必然会分兵把守，所守之处，处处危急。然后，趁其空虚，从巴、汉出奇兵袭击，只要有一处被摧毁，就会引起上下震动，即使再有谋略之士也不能为吴国谋划了。吴国沿着长江建立了国家，其地从东到西有几千里，敌对的战线过于广大，所以没有安宁。孙皓放纵任性，为所欲为，常常猜忌臣下，结果使将官在朝中感到疑虑不安，兵士于原野困顿疲惫，没有保卫国家的计谋和长久的打算；平常的日子里，尚且考虑是否离去，到了战事临头之际，必然更加离心离德，终不能齐心协力以效死命。这一点，现在就已经很清楚了。吴人的习性是急而快但不能持久。他们运用弓弩戟盾等兵器不如中原地区的士兵熟练，只有水战是他们所适宜的，但是我军一入吴境，那么长江就不再是他们所要保住的，待他们回过头奔救城池，正是丢弃了长处而拾起短处，就不是我们的对手了。我军深入敌境，人人有献身效命的决心；吴人牵挂后方，各自怀有离散之心，这样，我军过不了多久，克敌制胜就是必然的了。"晋武帝深为赞同。当时朝廷议事，正为秦州、凉州的胡人而忧虑，羊祜又上表说："平定了吴国，胡人自然就安定了，现在只应当迅速去成就伟大的功业。"朝中不少人不同意羊祜的意见，贾充、荀勖、冯统尤其认为不能伐吴。羊祜叹道："天下不如意的事情，常占十之七八。现在上天赐予时机人却不去获取，这岂不是使经历其事的人以后扼腕长叹吗！"

当时只有度支尚书杜预、中书令张华与晋武帝意见相合，赞成羊祜的意见。

杜预上表说："自从闰月以来，贼人只是防备得严，下游地区并不见吴兵沿江而上。依道理及形势推测，贼人已无计可施，其兵力不足以保全两边，必然要保住夏口以东地区以便苟延残喘，没有理由派很多兵士向西，而使国都空虚。但是陛下却由于误听，而丢开大计，放纵敌人而留下了后患，实在是可惜。过去假如举兵有可能失败，那么也可以不举兵。现在事情已经很清楚，即便从完美牢靠的角度考察，假如能成功，那么就开创了太平的基础；如果不能成功，损失耗费也不过在数日几月之间，何必吝惜而不去试一试呢！如果还要等到以后，那么天时人事就不能和现在一样了，我担心到时会更难。当前的举动万分稳妥，绝没有覆灭失败的忧虑，我已下定了决心，绝不敢以暧昧不明的态度以自取日后的麻烦，请陛下明察。"一个月过去了，杜预还没有得到晋武帝的答复，杜预于是又上表说："羊祜事先没有广泛地和大臣们商议、谋划，却秘密地与陛下一起推行这个计划，所以就使得朝廷大臣有很多不同的议论。任何事情都应当把利益与损害相互比较，现在这一行动的利益占十之八九，而弊害只占十之一二，最多只是没有功劳而已。如果一定要让大臣们说出计划的弊端，也是不可能的。他们之所以对计划有不同的看法，只是因为计划不是他们制订的，自己没有功劳，即使自己的意见有明显的错误，但还要坚持自己的意见，以保住面子而已。近来，朝廷中的事情无论大小，总是各种意见蜂拥而起，虽说人心各有不同，但也是由于倚仗着恩宠而不考虑后患，所以很轻率地表达自己的意见。自从入秋以来，讨贼的机遇越来越显露出来。现在假如中止行动，孙皓或许会因恐怖而产生出新的计划，迁都武昌，更完备地修整长江以南各城，把居民迁到很远的地方去，使城不可以攻，原野之中找不到东西，那么到明年，现在的计划或许就用不上了。"当时，晋武帝正在和张华下围棋，杜预所上表正好送到了，张华推开棋盘说："陛下圣明英武，国富兵强；吴主邪恶凶残，诛杀贤良有才能的人。现在就去讨伐他，可以不受劳累而平定，希望您不要再犹豫了！"晋武帝接受了他的意见。

公元 279 年十一月，晋武帝发兵二十万，分六路水陆并进，直捣吴都建业，一举消灭吴国，实现统一。

2.挫折与行动

任何事情都不会一帆风顺，一些行动免不了遇到挫折，但是不行动永远不会成功。遇到重大挫折，要主动采取行动，创造条件，突破危险，这是寻求胜利的办法；而止步不前，被动挨打，终将处处捉襟见肘，步步黔驴技穷。

曹操有胆有识，智谋超人，但其一生同样遭受多次重大失败。

讨伐董卓，在荥阳汴水（今荥阳西南）与董卓大将徐荣交锋。因为士兵数量悬殊，曹操大败，士卒死伤大半，自己也被流矢所伤，幸得堂弟曹洪所救，幸免于难。

潼关与马超一战，曹操差点被马超俘获。

宛城之战，又称"淯水之战"，是曹操和张绣之间的一场战斗。张绣取胜，曹操败逃。曹操损失惨重，长子曹昂、侄子曹安民、大将典韦等均被张绣所杀。

赤壁之战，孙、刘联军火烧曹操战船，曹军大部不是被烧死就是被淹死。

曹操率残部从华容道步行撤退，大雨滂沱，道路泥泞不通，天又刮起大风。曹操让所有老弱残兵背草铺在路上，骑兵才勉强通过。老弱残兵被人马所践踏，陷在泥中，死了很多，其状惨不忍睹。曹操九生一死才逃了出来。

曹操尽管遭受了一系列的挫折，但不屈不挠，不断采取行动，最终获得巨大成就。

3.知己知彼，百战不殆

清楚自己的能力与双方力量对比，就能够准确地预测到情况在未来的发展变化趋势，然后决定行止就更有把握。

东晋征西将军庾亮上疏说："北方胡虏外强中干，我想率十万大军移徙镇守石头，派遣各军罗列分布在长江、沔水一带，作为北伐赵的准备。"成帝把疏章下交朝廷评论，丞相王导请求允准。太常蔡谟议论，认为："时机有利与不利，道有伸有屈，如果不考虑强弱的形势轻举妄动，那么就会迅速败亡，有什么功业？当今之计，不如自蓄威势，等待时机。时机的可否在于胡虏的强弱，而胡虏的强弱又在于石虎的能力。自从石勒起兵，石虎便经常充当武将，百战百胜，于是平定中原，所占据的地域，与当年的魏国相当。石勒死后，石虎挟持继位的君主，诛戮将相。平定内乱之后，又翦灭和削弱外寇，一举攻取金墉，再战便擒获石生，诛杀石聪如同路拾遗物，战胜郭权如同振毁槁木，四周国境之内，不失尺土。由此看来，石虎是有才能呢，还是没有才能呢？论议者因为过去胡虏进攻襄阳不能取胜，便认为他无能为力。然而百战百胜的强敌却因没有攻取一城就以为它低劣，好比射箭的人百发百中，只有一次失误，能够说他拙劣吗？

况且，石遇的军队只是赵的偏师，桓宣是位戍边的将领，他们争夺的是疆土的伸缩，有利就进，不利则退，不是紧迫的问题。现在征西将军庾亮，以重镇名贤的地位和身份亲自率领大军试图席卷黄河以南，石虎必定亲自率领全国之众前来一决胜负，哪能与襄阳之战相比呢！现在征西将军想与石虎交战，比起石生如何？如果想据城固守，比起金墉城如何？如果想依仗沔水的天险，比起大江又如何？如果想抗拒石虎，比起抗拒苏峻又如何？凡此种种，应当仔细考校。

石生是猛将，拥有关中的精锐士兵，庾亮若要攻击恐怕难以取胜。再说那时洛阳、关中都起兵攻击石虎，现在这三镇反而被石虎所用。比起从前，石虎现在的实力有超出一倍的势头。石生不能抵挡相当现在一半的实力，而征西将军却想抵挡超出当年一倍的力量，这是我所疑惑的。苏峻的强大比不上石虎，沔水的天险比不上大江，大江都不能阻挡苏峻，却想依靠沔水抵挡石虎，这又是令人怀疑的。当初祖逖驻守谯，在城北边垦荒种田，担心胡虏来攻，预先设置军屯在外围阻挡。谷物快要成熟时，胡虏果真前来，壮丁在外围征战，老弱在内收获，许多人手持火炬，战况紧急时来不及收获，就焚毁庄稼逃走。如此多年，最终也没有得到屯田的利益。在那个时候，胡虏只占据了河北，比起现在，只是四分之一而已。祖逖不能抵御当初的一，而征西将军却想抵御现在的四，又是令人疑惑的。

然而，这还只是讨论征西将军到达中原以后的情况，还没讨论路途方面的忧虑。沔水以西，水急岸高，舟船只能溯流鱼贯而上，往往首尾相衔百里。如果胡虏没有宋襄公不攻击半渡之人的仁义之举，乘我方军队尚未列阵时攻击，后果将会怎样？现在我们与胡虏，水陆地势不同，熟悉的技能也不同，胡虏如果前来送死，那么我们战胜他们有余力；如果要放弃长江向远方进发，用我们的短处攻击敌人的长处，恐怕这不是胜于庙堂之中的成算。"

成帝最终采取蔡谟建议。

4.自己的路只能自己走

行止要靠自己判断。别人的意见可以参考，但不能盲从。

一个行动前，会有各种意见和建议，众说纷纭。这就需要决策的人能够去伪存真，掂量利弊，做出最后决断。因此，一个聪明的决策者总是可以集众人的智慧，选择最优的方案；一个愚蠢的决策者会被众多意见搞得眼花缭乱，无所适从。

道光年间，清廷年年禁止鸦片烟，鸦片却不减反增，每年浪费的银子数千万两。御史朱成烈、鸿胪寺卿黄爵滋、先后奏请严加防范。道光帝令各省将军督抚，各议章程具奏，当时没有一人不主张严禁。湖广总督林则徐上书："烟不禁绝，国度日贫，百姓日弱，数十年后，不惟饷无可筹，并且兵无可用。"道光帝下旨吸烟贩烟，都要斩绞；并召林则徐入京，面授方略，给钦差大臣关防，令赴广东查办。

林则徐与邓怡两督抚，请将缴获的鸦片送京销毁。道光帝召集大臣商量，大臣多说广东距京太远，途中恐有偷漏抽换的弊端，不如就粤销毁为便。道光帝下令在虎门外销毁。林则徐在虎门海岸，焚毁鸦片二万零二百八十三箱。英国将领义律再派兵船，停泊在近海，拦阻过往船只。林则徐令水师提督关天培，率领五艘兵船前去查问。英船先开炮轰击，关天培发炮还击，把英船逐到外洋。清廷连闻胜仗，大臣们多半主战，大理寺卿曾望颜奏请封关禁海，停止各国贸易。道光帝询问林则徐意见，林则徐答复说，英国违禁贩毒，与其他国家无关，只要禁止英商就行了，不能全部禁止。道光帝下令停止与英国贸易。

英国准备出兵的警报，传到中国，清廷命林则徐任两广总督，责成他加紧防御；调邓廷桢到闽，扼守福建海防。

英军见广东、福建防守严密，就北上攻浙江定海，定海失守。道光帝召集大臣会议。军机大臣穆彰阿以谄谀得宠，平时与林则徐有嫌隙，趁机说林则徐办理不善，轻开战衅，应该先惩办林则徐，再考虑和与战。

道光帝尚在犹豫，直隶总督琦善上奏说："英国兵船，驶至天津海口，无非就是想得到安抚。我们以大国对待小国，不如顺应他们的请求，罢兵息事。"经穆彰阿再三推荐，道光帝便命琦善赴粤查办。

林则徐正准备加强海防，严缉毒贩，琦善奉旨赴粤查办，将林则徐、邓廷桢交军机处严加议处。

琦善随后紧急下令全部撤销沿海兵防，林则徐招募的缉毒渔船和民兵，一律解散。答应英军所有条件，并开放广州，割让香港。

道光帝听说消息又询问大臣意见，怡良上奏，说割让香港，有损国威，应该对英军加以剿办。道光又派弈山为靖逆将军，提督杨芳、尚书隆文为参赞大臣，赴粤剿办。弈山等尚未到达，英军听说后便趁琦善撤销沿海兵防尚未恢复，攻下广州门户虎门。弈山等到达后暂时击退英军，美国领事来调停，弈山等报告道光，道光不同意调停。弈山等仓促战，很快大败，只得再请美利坚商人居中调停，定出条款：第一条，广东在销毁的鸦片价外，先偿英国兵费六百万圆，限五日内付清。第二条，将军及外省兵，退屯城外六十里。 第三条，割让香港问题，待后再商。第四条，英舰退出虎门。

弈山谎报说打了胜仗，只要赔英军一些钱就了事。

大臣王鼎上奏说弈山撒谎，是偿银媚外，道光又动了心。权相穆彰阿袒护弈山，反说弈山有功，道光又相信了，以为弈山已经与英军达成协议，问题已经解决，就命令各地裁撤海防军队。

英军收了弈山的赔款，不打广东，一路北上去打福建、浙江。厦门、定海、镇海、宁波失守。道光又派弈经率军讨伐，连吃败仗，毫无进展。

两江总督伊里布的家人与英军来往被发现，道光准备处罚伊里布，浙抚刘韵珂与伊里布素有交情，上奏说英军向来器重伊里布，应该派伊里布去浙江与英军讲和，道光又听从这一建议，派伊里布去议和。

伊里布与英军议和，英军要回被俘的英军士兵，又北上攻陷上海。

转而逆长江而上，攻陷镇江，兵舰齐聚南京长江。

道光只得派耆英和伊里布再和英军议和。英军提出要求：

给英军兵费一千二百万圆，商欠三百万圆，赔偿鸦片烟六百万圆，共二千一百万圆，限三年缴清。开广州、厦门、福州、宁波、上海五港，为通商口岸，许英人往来居住。割让香港。放还英俘。交战时为英兵服役的华人，一律免罪，等等。

道光一看这些条款又很后悔，立即召开军机大臣会议。军机大臣不敢多嘴，穆彰阿道："兵兴三载，糜饷劳师，一些儿没有功效，现在只有靖难息民的办法。等到元气渐苏，再图规复不迟。"

道光也没啥办法，只得照办。

5.预则立，不预则废

行动前，要制订详尽周密的计划和做好应对各种突发事件的准备工作，这样可以避免很多危险。

南齐明帝好杀，王敬则自知是齐高帝、齐武帝的旧臣，心怀忧恐。

永泰元年，明帝卧病，多次经历危险期。明帝以张环为平东将军、吴郡太守，配置兵力，暗中防备王敬则。王敬则听闻后，说："东边有谁呢，就是我啊！"于是仓促起兵。明帝收捕王敬则的儿子员外郎王世雄、记室参军王季哲、太子洗马王幼隆、太子舍人王少安等人，就在他们家里把他们都杀了。王敬则长子黄门郎王元迁，任宁朔将军，带领了一千人马在徐州与北虏作战，朝廷命令徐州刺史徐玄庆杀了他。

王敬则非常气愤，立即招集人马，没来得及认真谋划，只发给军装两三天内就出发。王敬则想劫持原来的中书令何胤当尚书令，长史王弄璋、司马张思祖劝阻了他。王敬则于是率领一万军队过浙江，又跟张思祖说："应该写讨伐檄文"，张思祖曰："公今自还朝，何用作此。"王敬则听言作罢。

朝廷派辅国将军司马左兴盛、后军将军直阁将军崔恭祖、辅国将军刘山阳、马军主胡松率领三千余人，在曲阿长冈修筑堡垒，右仆射沈文季为持节都督，屯驻湖头，防备京口路。

王敬则以旧将举事，百姓纷纷追随他，几天之间就有十余万众之多。到了晋陵，南沙人范修化杀了县令响应王敬则。王敬则到了武进陵口，大哭着乘坐肩辇前行。遇到左兴盛、山旭二寨，叛军全力进攻。朝廷官军不敌想撤退，但无法突围，只好各自死战。胡松领马军攻击王敬则后军，王敬则军中临时征集的壮丁无兵器，都惊惧逃散，反而冲散王敬则军，王敬则大败。王敬则找马，但上不得马，被左兴盛的军容使袁文旷斩杀，传首。

王敬则起兵，声势非常盛大，但没多少时日就败亡了。

6.熟了的樱桃才好吃

做事时机不合适，强行去做，好事情也未必有好结果。

鲁庄公十年的春天，齐国军队攻打鲁国。鲁庄公将要迎战，曹刿请求拜见鲁庄公。请求道："如果作战，请允许我跟随您一同去。"

到了那一天，鲁庄公和曹刿同坐一辆战车，在长勺和齐军作战。鲁庄公见齐军开始发起冲锋，准备也下令击鼓进军。曹刿说："现在不行。"一直等到齐军三次击鼓冲锋之后，曹刿才说："可以击鼓进军了。"结果齐军大败，纷纷逃跑。鲁庄公又要下令驾车马追击齐军，曹刿说："再等等。"说完就下了战车，察看齐军车轮碾出的痕迹，又登上战车，扶着车前横木远望齐军的队形，这才说："可以追击了。"于是追击齐军。

打了胜仗后，鲁庄公问他三鼓后取胜的道理。曹刿回答说："作战，靠的是士气。第一次击鼓冲锋士兵们的士气旺盛。第二次击鼓冲锋士兵们的士气就开始低落了。第三次击鼓冲锋，士兵们的士气就耗尽了。他们三次冲锋，我们都坚守不动，他们的士气已经消失而我军的士气正旺盛，所以才战胜了他们。像齐国这样的大国，他们的情况是难以推测的，怕他们假装逃跑设有伏兵。后来我看到他们的车轮的痕迹混乱了，望见他们的旗帜倒下了，所以下令追击他们。"

7.情况不明，可先试探

情况不明，大的行动要停止，但可以做一些试探性的小动作，查明情况，为实施大的行动做准备。

宋初，曹翰跟随宋太祖、宋太宗，战功卓著，被任命为威塞军节度，仍判颍州，后又任幽州行营都部署。曹翰在地方任官，横征暴敛，政事因此废弛。赵光义因为他有功于国家，每次都宽容了他。汝阴令孙崇望到朝廷告曹翰私卖兵器，所作所为大多违法。赵光义诏令派遣御史滕中正乘驿马前去审问。案结后，应当杀头，赵光义宽宥他的罪过，只削去他的官爵，把他流放禁锢在登州。

曹翰一直谋划如何重返京城，官复原职。但他不知道宋太宗对自己的态度，贸然行动反而可能招致祸端。

有一天，宋太宗派内侍来登州公干。曹翰想办法见到了内侍，流着眼泪说："我的罪恶深重，至死也不能赎清。真不知如何报答皇上的不杀之恩，有朝一日誓死报答皇上。只是我在这里服罪，家里人断了生计，缺衣少食。我这里有一幅画，请您帮带回京城交给我的家里人，让他们卖掉此画暂且糊口。"

内侍满口答应了，回到京城后立即把此事向宋太宗作了汇报。宋太宗打开这幅画一看，是曹翰精心绘制的《下江南图》，内容是当年曹翰奉宋太祖的旨意，任先锋官攻打南唐的情景。宋太宗看到此画，马上回忆起曹翰当年立下的功勋，怜悯之心油然而生。雍熙四年（987 年），召他入朝任左千牛卫大将军，赐给他钱五百万，白金五千两。

8.行止不可决定于情绪

做大事的人，行止决定于理性判断而不是情绪。以情绪决定行止，十有八九会出问题。

杜暹任安西都护时，突骑施交河公主派牙官赶着一千多匹马到安西去出售，又派使者向杜暹宣读交河公主的命令，杜暹恼怒地说："阿史那怀道的女儿，有什么资格向我大唐的官员宣读命令！"他命令杖笞使者，将他扣留；马匹经过一场大雪全部被冻死。突骑施的可汗苏禄听后勃然大怒，就派军队进犯安西四镇。这时杜暹恰好到长安朝见天子，由赵颐贞代任安西都护。安西兵少将寡，赵颐贞只得环城自守；四镇的老百姓、牲畜和储存的东西，全部被苏禄抢劫一空，只剩下一座安西孤城。

四、恒久与变化：用哲学家的眼光看人生

贫穷时希望尽快发财，富裕后又希望永不衰败。

恒久与变化看似是相互矛盾的两个方向，但却是事物存在与发展的永恒之道。

人生需要学会促进变化和维持持久的方法、原则。

1.用变化来维持不变

国家要想使政权持久，就必须具备除旧布新、不断适应各种新情况的能力，不断清除替换腐朽肌体的自我修复能力。政体内部和外部环境都在变化，只有适应这些变化才能存活下来。与此同时也需要保持一些不变的内容：永不腐败，保持政体强有力的调控和执行力；不分裂，不分化，保持向心力和一致性。腐败、贫富分化、族群分裂、失去统一的思想文化以及价值观，都会导致政体的灭亡。

人作为个体，人长成后各个器官无法替换，这些器官的功能必然会有衰竭的时候，所以寿命有限。但是人类用传宗接代的方式，用遗传 DNA 来全部再生新器官的方式延续生命，维持人类长期存在。这也是用变化来维持不变。地球上生物大多是以这种方式赓续生命，中国历史朝代也用这种方式更替延续。

丹麦自公元 985 年形成统一的丹麦王国，是世界上尚存的建国历史最长的国家之一。究其原因：单一民族，保证了族群的统一。民风强悍，能够抵御外部的侵扰。宗教深入尤其是新教，统一了人民的思想。国王勤政爱民，生活简

朴。丹麦历史上五十四位国王，没有一位是荒唐昏聩的，深受国民爱戴。丹麦地处欧洲这片小国丛立的地方，许多小国可以长期立足于欧洲，恰恰说明这个环境适合小国生存。

除此之外就是懂得取舍变化。

丹麦在 14 世纪到 16 世纪时，国家战乱不断，不是天灾就是内乱，而且还有外部战争。后来瑞典从丹麦独立出去以后，丹麦又经历了北方七年战争和卡尔战争，都失败了，国土也不断缩小。为了保存国家，从 18 世纪以来一直到第二次世界大战，丹麦选择保持中立，不再谋求扩张，不参与战争，这也使得丹麦能够很好使国家延续下来。

19 世纪时，巴黎的七月革命、维也纳三月革命席卷了欧洲，很多君主制国家被强制取消国王，成立新式国家，丹麦也受到这些革命浪潮的影响。丹麦王室适时而变，主动放弃王室的专制权，选择君主立宪制，这就使王室能够顺利保存下来，国家政体平稳顺利地过渡到西方民主普选加议会的形式。

随着西方经济的崛起，丹麦顺势而为，大力发展工业、现代农业、科技，跻身于发达国家之列。

丹麦十分重视政权廉洁建设，是世界廉洁指数第一的国家。丹麦政府、政府官员以及王室成员的收支情况都公布在网上，国民随时可以监督查询。

丹麦还参考社会主义理论，避免两极分化。近代又推行全民福利，建立极其完善的社会福利制度。

丹麦贫富差距极小，国民享受极高的生活品质。

2.僵化是事物的致命伤

旧的事物不适应新形势的变化，会导致僵化而灭亡。

荷兰背靠广阔的欧洲大陆，濒临欧洲两条最重要的商船航线。这两条航线一条为南北方向，从挪威卑尔根到直布罗陀再到地中海沿岸各国；另一条为东西方向，从波罗的海沿岸各国到英国。沿这些航线运送的基本贸易商品有：法国、西班牙比斯开的鲜鱼和盐，地中海地区的酒，英国和佛兰德的布匹，瑞典的铜和铁，以及波罗的海地区的谷物、亚麻、大麻、木材和木制品。

　　荷兰地势低洼，海水倒灌，耕地面积少，民众善于经商。自哥伦布发现新大陆开始，欧洲各国纷纷开展与东方的贸易，由于距离太远，投资巨大，只有极少的几个国家的皇家才有能力进行这项贸易活动，但规模一直不大。

　　17世纪，荷兰为发展远洋贸易，在世界上建立了第一个现代商业经济体系，集中民众财力开展东西方贸易和航运，开拓世界殖民地。荷兰成立世界第一家股份公司——荷兰东印度公司，世界第一家股票交易所、银行。通过现代经济手段，荷兰迅速成为当时世界上商业最发达、经济最富有、实力最强大的国家。当时，荷兰的商船队拥有1.6万余艘船只，占欧洲商船总吨位的四分之三，世界运输船只的三分之一，被称为"海上马车夫"。

　　商贸和航运业带来了大量的利润，在进一步壮大商贸业的同时，极大地繁荣了荷兰金融业。当时欧洲发生多次战争，英法等国家打得昏天黑地。荷兰就给打红眼的欧洲各个王国君主提供贷款，从中获取大量暴利。

　　此时，工业革命已经悄然在欧洲开始酝酿。由于荷兰缺乏土地和各种原材料，又因商业过度发达使劳动力价格太高，加上一业独大，商业和金融业的暴利远远高于其他行业，对发展工业没有多大兴趣，导致荷兰工业发展慢慢落后于隔海相望的英国。

　　英国尽管也善于经商，但没有建立荷兰那种先进的商业经济，在东西方贸易方面远不如西班牙、荷兰，最初只能把重点放在自己的加工业上。随着英国发明瓦特蒸汽机、珍妮纺织机，英国率先进入工业革命时代。而荷兰浑然不觉，安于现状，依然抱着商业和金融经济不放，还把大量的资金借给英国发展工业，从中获取利息。

　　当英国在工业革命方面获得巨大成就，工业产品行销全世界，军事装备突飞猛进，利舰大炮横行大洋时，荷兰的工业却仍停留在工场手工业阶段。在英国已经开始考虑用蒸汽机提高轮船运输效率的时候，荷兰却为了降低运输成本，增加货物装载量，大量使用三桅大型平底船——一种造价低廉、却拥有巨大的容积的普通运输船，为了增加载货量连船上的大炮都拆去了。

　　英国靠坚船利炮建立了大量殖民地后，便开始对荷兰商业进行围追堵截，不允许英国的殖民地与荷兰贸易，不允许荷兰的船只运输英国商品，夺取挤压荷兰东方资源产地，拦截抢劫荷兰船只。从而导致荷兰商业和航运业一落千丈。1597 年，通过荷兰的商船是 3908 艘，1697 年超过了 4000 艘，而到 1781 年仅剩 11 艘了。

为了与英国争夺商业利益，从 1652 年到 1673 年，英、荷之间先后发生三次战争，不久，荷兰又遭遇一系列战争，被它的负债户英、法等国群殴，损失巨大，财富急剧减少。与此同时，随着军事力量衰弱，荷兰为各国提供的贷款，很多成为死账，不要说丰厚的利息，就连本钱都赔了进去。

18 世纪中后期，经济衰落的荷兰已经没有能力继续维持强大的海军，许多军官和水手被解雇了。他们或者过起了市民的生活；或者移居别的国家，为外国海军服务。从 1713 年到 1770 年，除荷兰省之外的六个省没有再为舰队投入一分钱。

1780 年爆发第四次英荷战争，这时英国工业产能远超荷兰，荷兰已经远不是英国的对手。英国靠着优势的海军，彻底打垮了国力衰弱、军备废弛的荷兰，并掠夺荷兰丰厚的商队物资与殖民地。1799 年象征荷兰当年荣耀的东印度公司倒闭，荷兰彻底沦为一个二流国家。

荷兰，为适应远洋贸易建立先进的商业经济，成为世界霸主；又因为没有顺应工业革命的大势，固守单一商业经济而失去了霸主地位。

3.崇尚道德更持久

道德是社会成员相处的基本规则，是社会稳定的基石。不讲道德，恣意妄为，可能一时得逞，但终不能长久。每个社会成员如果都想不受规则约束，用随心所欲的"捷径"来做事，社会就会崩溃。

关于西晋的灭亡，干宝评论说：过去司马懿，靠着他的雄才大略，顺应时势而崛起，性格深沉内向如同城府一样，但能用博大的胸怀宽容他人，使用算计权术驾驭人才，知人善任，于是百姓一致相信他的才能，晋朝的基础开始构建。世宗司马师承续了司马懿开创的基础，又传给太祖司马昭。他们都靠权术和智力粉碎了来自内部的阴谋，使前人建立的事业得到延续。到世祖武帝司马炎开始，便正式建立晋朝，登上了皇帝的宝座。司马炎尚能宽厚地对待百姓，节俭而保证用度，雍和而不放任，宽容而能够决断，统治遍及唐尧虞舜当年的疆域。当时出现了"天下无穷人"的民谣，即使还没有完全太平，也能够表明百姓初步安居乐业了。

武帝司马炎去世后，陵墓的泥土还没有干，变乱灾难就连续发生。宗室的子弟没有帮助辅佐皇城，职位最高的大臣没有显现让百姓瞻仰的高贵形象，早晨是商朝的伊尹、周朝的周公，晚上就成了凶暴的桀。国家政务屡次落入作乱之人的手中，禁卫军队分散在四面八方，地方上没有坚如磐石的镇守一方的人才，关隘城门还没有茅屋坚固，戎人、羯人称帝，怀帝、愍帝失去尊严。为什么会这样呢？主要是晋国礼义廉耻四维没有确立而苟且维持的政务太多，何况国政交给了没有才能的庸人。

基础变大就难以撼动，根基很深就难以拔出，政务有条不紊就不会混乱，人心牢固地连接在一起就不可动摇。过去拥有天下的人所以能够长治久安，就是这个道理。周朝从后稷开始爱护百姓，经过十六代后的周武王才成为君主，他们积累的基础，树立的根本，是这样的坚固。今天晋朝兴起，开创基业树立根本，已经与古代不同。加上朝廷中缺乏纯正有德的人，乡野也缺乏不重犯同样错误的乡老，风俗靡淫怪僻，什么是羞耻，什么应当崇尚，都失去了标准。学习的人以庄子、老子的学说为宗旨而废黜《诗》《书》《礼》《乐》《易》《春秋》六经，谈论的人以虚无放纵为明理而轻蔑礼教和谦逊，修身的人以放纵随意为通达而瞧不起节操信用，求官的人以能够用不正当的手段得到官职为高贵而鄙视遵循正道，当官的以不分是非不问政务为崇高而耻笑勤于政事恪守职责。所以刘颂屡次论说治世的道理，傅咸常常上书矫正错误，都被称为庸俗的官吏。但那些倚仗虚无旷废职守，依靠迎合放达恣意妄为的人，却都声名显赫于海内。像周文王理政从早晨忙到下午都顾不上吃饭，周朝仲山甫做事昼夜不懈怠，都被嗤笑贬低认为是灰尘一样！从此在毁誉方面混淆了善恶的事实，感情和邪恶都投入追逐财物私欲的路上。选官的人因人而不是因才来选择官员，当官的人为自己谋取私利，世家豪族皇亲贵戚的子弟破格超越，不管资历和次序。悠悠人世，全都是追逐名利的士人，朝廷百官，没有举贤让能的行为。刘寔著《崇让论》提倡举贤让能却无人省悟，刘颂制定考核官员的九班之制却不能得到采用。民间也失去礼法，为非作歹不以为罪，天下也无人非议。礼制法度刑罚政令，因此受到严重破坏，"国家将要灭亡，根本一定会先颠倒"，说的大概就是这种情况吧？

所以观察阮籍的行为而能发现礼制名教崩溃松弛的原因，察视庾纯和贾充之间的纷争而可以发现担任百官之长的大臣大多行为不端，考察平定东吴时互相争功而知道将帅的不谦让，思考郭钦的计谋而能感到戎人、狄人要挑起事端，观览傅玄、刘毅的言论而能了解百官中的奸邪之事，核查傅咸的奏议以及《钱神论》而能看到贿赂公然进行的情形。百姓的风气、国家的趋势，既然已是这样，即使是中等平常的才能、只知守成的君主来治理，也都怕导致祸乱，更何况惠帝用放任纵情的行为方式来君临天下呢？怀帝在变乱的时局下登上帝位，受到势力强大的权臣的控制。愍帝即位于朝廷奔波流亡之后，徒具虚名。晋朝的天下大势已去，如果没有一代治世雄才，就不能保住天下了！

4.变有变的道理，不变有不变的根据

变化是有原因的，追求没有根据的变与不变不符合客观规律。

人类社会普遍存在许多的变与不变。人类的基本需求在短时间内不会发生大的变化，比如对粮食、水、空气的需求等。因为这些基本需求是生物长期进化的结果。而随着科技的发展会引发一系列新的需求，比如网络和电子产品等。为稳定社会，只要等级制度存在，一些有利于维护等级的传统儒家观念还会在中国继续存在下去。商品交换存在，金融业就会相伴而生，这是商品交换的规律所决定的。现在移动支付比纸质货币更加便捷，在若干年后纸质货币就会寿终正寝……

井田制是周朝的基本经济制度，天下的土地所有权都属于周王室，使用权则划分给各层级的贵族，贵族要向周王纳贡并有义务保护周王室。国家的土地被划分为公田和"私"田两部分，耕种者要先共同耕种好公田，然后才能耕种自己的"私"田。公田的收成全部归贵族，"私"田的收成归耕种者个人。土地不能买卖转让，周王室可以剥夺贵族的土地使用权。

这种封建制度使周朝统治长达七百年之久。

以孔子为代表的儒家十分推崇这种"耕者有其田"的土地制度。

春秋时期，随着铁器、耕牛等先进农具的使用，原来不适于开垦的荒地大量地被开垦出来。耕种新开垦的土地不用向周王室纳贡，还可以私自转让，贵族得到大量的利益。同时贵族也允许耕种者有自己所有权的土地，即使租种贵族的私田也比耕种王室公田更加合算，大量属于王室的公田被抛荒，周王室的收入日益减少，周政权不断衰弱，而拥有大量私有土地的贵族日益强大。最终井田制和周王朝走向灭亡，土地走向私有化。

西汉末，土地兼并成为重大的社会问题，王莽不顾时代变迁，简单武断地恢复"耕者有其田"的井田制，结果适得其反，引起更大的混乱。

5.不断纠正航线就不会偏离目标

能不断地发现问题，纠正偏差与错误，是事物持久的方法之一。

无论是人、组织还是社会，做事要完全符合自然规律是很困难的，因为人的认识与客观实际永远有差距。重要的是，确定一个正确目标后，要不断地发现认识与实际的差距，并不断地修改错误纠正偏差，最终才能走向正确的方向。

当然，做到这一点很不容易。首先，正因为人的认识与客观实际永远存在差距，确定正确目标本身就是一个需要不断修正的过程。其次，每个人观察认识事物的角度立场不尽相同，得出的结论可能会大相径庭。不知道正确的方向又不清楚自己错在哪里，这就为下一步的行动造成了困难。

做大事需要有一双能分辨是非的锐利眼睛，和不断改正错误的踏实行动。如果做事的人不能自己纠正偏离，等到自然规律来纠正时，所付出的代价将是极其惨重的。

唐德宗向李泌询问恢复府兵的策略。李泌回答说："今年征发关东士兵戍守京西的有十七万人，算来全年食用粮食二百零四万斛。现在粮食每斗值一百五十钱，合计需钱三百零六万缗。近来国家遭逢饥荒战乱，经费不足，即使有钱，也没有粮食可供买入，所以无暇计议恢复府兵啊。"德宗说："这又如何是好？赶快削减戍守的士兵，让他们回去，你看行吗？"李泌回答说："如果陛下采用我的建议，可以不用削减戍守的士兵，不用打扰百姓，而使粮食充足，谷子和麦子的价钱逐渐下降，府兵也能够成就起来。"德宗说："果真能够如此，朕怎么会不采用呢！"李泌回答说："如果可以，就必须赶紧去做，再过十天，就来不及了。如今吐蕃人长期居住在原州和会州一带，用牛运输粮食，粮食吃光后，牛没有用了。请调出左藏中质地变坏的丝帛，将丝帛染成斑斓的花色，通过党项人将它们卖给吐蕃人，每换一头牛，不过需要二三匹丝帛，算来拿出十八万匹丝帛，可以换来六万多头牛。再命令各冶炼场铸造农用器具，买进麦种，分别赐给边疆一带的军镇，募集戍守的士兵，让他们耕种荒田，与他们约定来年麦子成熟后加倍偿还所用的种子。对剩下的粮食，按照当时的价钱增加五分之一，由官府收买。来年春天种庄稼仍用这种办法。关中土地肥沃，荒废已久，初种必然会有丰厚的收获，戍卒从中得到好处，耕种的人们便会逐渐多了起来。边疆地区的居民极为稀少，将士们每月吃官府供应的粮食，他们所收获的谷子、麦子无处去卖，粮食的价钱必然就贱了。所以，名义上是官府增价收买，实际上却比今年粮食的价钱低得多。"德宗说："好！"当即命令实行这一办法。

李泌又说："边疆地区的官员有许多空缺，请募集人们缴纳粮食，将他们补为边官，便可使今年粮食足够用了。"德宗听从了他的建议，又接着问道："你说府兵也可以成就起来，此话怎讲？"李泌回答说："戍守的士兵靠着屯田富裕起来，便会安心留在他们的土地上，不再想回去了。根据原有的制度，戍守的士兵三年轮换一次，到三年将满时，下令凡有愿意留下来的人，将他们所开垦的田地作为永业田。他们家人愿意前来，原籍所在官府便发给沿途提供食品的文书来遣送他们。当地官府要根据应募的人数，以公文报告本道。即使是河朔地区的各节帅也能够免除替换戍卒的麻烦，也是乐于听命的。这样用不了几次轮番替代，戍守边地的士兵便成了定居边疆的本地人，于是一律采用有关府兵的办法来管理他们，就可以使关中变困苦穷乏为富庶强盛了。"德宗欢喜地说："果真如此，天下便不会再发生变故了。"

不久，屯戍的士兵响应招募，愿意留下来耕种屯田的人有十之五六。

李泌的办法起初很有效，但过了一段时间，情况慢慢发生了变化。

陆贽进言认为，边疆的储备不充足，是由于处理不恰当，对粮食的储蓄和征收都不合时宜，他说："对粮食的储蓄和征收都不合时宜，指的是前不久陛下规定由官府前往军屯处收购粮食以便节省运输的办法，命令付给人们加倍的粮食价钱，以示勉励农耕的措施。这一命令实行的初期，百姓们都是悦服而向往的。然而，有关部门争相得过且过地混日子，专门干琐屑悭吝的事情。年景丰收时，有关部门不肯将粮食按时征收并储存起来；五谷歉收时，他们却强行指使有关人员收购粮食。于是，豪门富室、贪官污吏反而掌握了财利的权柄，用贱价向人们收购粮食，等到公家与私人缺粮时再卖出去。加之，有一些权势之家、亲近宠幸之臣、游食之人委托军镇低价收买粮食，再运往京城，高价出售。而且他们往往以葛布麻布充抵粮食的价值，致使荒远的边疆在严寒季节穿不上衣服，买不到布料。既然上面对下面不讲信用，下面也就以欺诈回报上面。度支规定的物价变得高了，军镇的谷价就变得贵了。度支通过随意售出滞销的货物获取利益，军镇从粮食的加价中得到额外的收入。虽然设有巡院访查各地，实际上巡院反而成了藏污纳垢之所，以致有人凭空申报账目，虚指粮食储存，计算粮食数额虽然超过亿万，考核存粮的实况却不足十分之一。"

这样一来，屯戍的士兵的利益大大受损，没有人再愿意到边疆屯戍，边防既缺粮又缺兵，情势非常严重。

6.坚持和改变要实事求是

变与不变要实事求是，因事、因地、因人而异，应该坚持的就一定要坚持，应该变化的也一定要变化。本来是正确的改为错误的，本来是错误的按正确坚持，本来是错误的但改的方向更加错误，这些都无法达到正确的目标。胡乱坚持和胡乱变化都不会有好结果。

北魏任城王元澄认为对北部边境的守将选择任用得太轻率，难以放心，恐怕敌人会觊觎边境，皇陵受到危害。于是他上书请求注重守边将领的选派，严整防守的纪律，胡太后下令让百官商议这个意见。廷尉少卿袁翻认为："近来边境州郡中，封官从不按照人才选择，只是论资排辈。有时碰上贪官，大量开设哨所，过多地设置将领，有的人重用他的亲属，有的人接受别人求官的贿赂，全无防范敌人的意识，有的是聚敛钱财和贪心。那些勇猛有力的兵士，就被驱赶着去抢劫掠夺，如果碰到强大的敌兵，就会被俘虏；如果捕获到东西，就变成贪官的财富。那些瘦弱年老和年少的人，稍微懂一些冶炼技艺以及木工手艺的，都被从营垒中搜寻出来，让他们遭受百般的苦役。其余的士兵有的在深山中伐木，有的在平地锄草，来回贩运做买卖的人在路上川流不息。这些人的钱饷不足，供给也有限，都收他们实绢，不给他们现粮，用尽他们的劳力，减少他们的衣物，使用他们的人工，却限制他们饮食，让他们一年四季不止息地干，再加上疾病劳苦，死在沟壑中的人十有七八。因此，境外的敌人寻找时机来侵扰我们的边境，这都是由于边境官员的任用不称职造成的。我认为从现在开始，南北边境各藩镇以及所管辖的各郡县府佐、统军到戍主，都应由朝廷大臣中王公以下的人举荐他们所了解的人来担任，一定要选拔合适的人才，不拘于出身等级。如果所推荐的人称职或渎职，就连同举荐的人一同赏或罚。"

太后没有采纳他的建议，依然沿用以前的方法。到了正光末年，北部边郡的强盗蜂拥而起，终于逼近旧都，侵犯皇陵，正像元澄所担心的那样。

7.成小事者目标十日不变，成大事者目标百年不变

一个百年大事业，不但要看到眼前的情况，还要对几十年甚至百年后的发展趋势有正确判断；不但要看到自己百年后的情况，还要看到其他方百年后的情况。所以，做大事考虑问题要长远、要周全，制定的目标、原则不但要针对当前的情况，还要适应未来的变化和当前与未来的衔接。只注重眼前、自己，很容易将事业引入一个死胡同。到生米煮成熟饭再改弦更张将付出极大代价。

中国有悠久的历史，经济也曾领先世界，但没有能够成为引领科技进步的国家，很大原因在于我们文化中的实用主义传统。我们研究一件事情习惯于看对当前对自己有没有用处，而不关心它将来有没有用，对人类有没有用。西方人在关心实用的同时还喜欢研究"为什么"这个终极问题，其结果尽管一时一事没有实际用处，但长远看来用处极大。例如司空见惯的闪电，我们不知道它

有什么用也不研究，西方人非想搞清楚，并不惜生命用风筝引闪电，结果引发了第二次第三次工业革命。当今，很多国家仍不重视基础科学研究，以为远水不解近渴。

孔子的弟子子路救了一个落水者而接受了一头牛的馈赠，众人都批评他贪心，孔子却赞扬了他。救了人后接受报酬，短时间内会遭到大家的批评，但从长远来看，这可以鼓励更多的人去救人。另一个学生出使其他国家时赎救了一个鲁国奴隶，回国后没有向政府申请赎救的花费，众人都赞扬他品格高尚，孔子却批评了他。赎救了人后却不报销花费，短时间内得到大家的表扬，但从长远来看，这种做法无法持续，反而会导致人们不敢轻易救人。

8.谦虚、谨慎、适时而变有助于长久

谦虚、谨慎、适时而变是人立身于社会持续长久的法宝之一。谦虚可以及时发现自己的问题并不断改进；谨慎，不触及不懂和危险的事物，能尽量避免被伤害；面对大风大浪，适时适情作出改变，可以规避风险。

张汤在历史上毁誉参半，在史书中，他被归为儒家所侧目的"酷吏"。张汤的起点非常低，从一名小小书吏开始，凭借个人出色的才能，逐步升迁。被武安侯田蚡举荐为侍御史后，他负责审理陈阿娇巫蛊案，因为审案过程中，张汤"深竟党与，上以为能，迁太史大夫"，从此，张汤进入汉武帝的视线。他积极迎合汉武帝的想法，对豪门贵族无情打压，成为汉武帝最得力的助手。史书上说，当时丞相成了摆设，朝中大事汉武帝只相信张汤，他还常常跟汉武帝谈论政事，谈得汉武帝废寝忘食。张汤生病，汉武帝亲自上门探视。

张汤因为手下三个长史的诬告，被汉武帝冤杀。当汉武帝了解到张汤死后，家中根本没有多余的资产，立刻明白张汤蒙冤了，于是汉武帝杀了三个长史，替他报仇，又大力提拔他的儿子作为补偿。

张汤虽是酷吏，但他为官清廉，对儒生多有保护，由此又让他获得了不错的口碑。

张汤有两个儿子，长子张贺，次子张安世。张贺早年为太子（刘据）宾客，因而巫蛊之祸时受到牵连，被处以宫刑，后来担任掖庭令十余年。在任掖庭令期间，张贺做了一件非常了不起的事情，长年照顾皇曾孙刘病已（刘据的孙子，汉宣帝），并在他的撮合下，将许平君嫁给了刘病已。

刘病已即位后，张贺已经去世。为了感念张贺的情义，他追封张贺为阳都侯，由他的养子张彭祖（张安世的幼子）继承爵位。

张安世是张氏九世为侯的"开山鼻祖"。张汤死后，张安世受到了优待，因为他具备惊人的记忆力并擅长书法，很快被提拔为尚书令，调任光禄大夫，其官职在霍光之上。

昭、宣两朝，张安世成为霍光的坚定支持者。因在平定上官桀谋反事件中有功，张安世被提拔为右将军、光禄勋，并被册封为"富平侯"。

汉昭帝去世后，张安世又在废刘贺、迎立汉宣帝上立功，再次获得了嘉奖。

张安世始终保持着一份对皇帝的恭谨之心，兢兢业业，勤谨小心。等到汉宣帝清算特功膨胀犯上作乱的霍氏家族时，张安世并没有随着霍氏家族的倒台而受到牵连。

张安世平时小心谨慎，常常心怀忧患，从来不做非分之事。他有个孙女嫁给了霍氏，按照国家法律应当连坐，他虽身居高官，却不敢向皇上提赦免请求，只是满脸愁云面目消瘦，皇上看到很奇怪，心生怜意，问身边的人才知道事情原委，就特别赦免了他的孙女以安慰他。

汉宣帝在执政期间，多次提拔张安世父子，每次张安世都是再三推辞，甚至坚持让儿子外放边地，始终表现得非常低调。

张安世去世后，"天子赠印绶，送以轻车介士，谥曰敬侯。赐茔杜东，将作穿复土，起冢祠堂"，获得了尊崇的哀荣。

张延寿继承富平侯爵位后，秉承了父亲低调谦恭的美德，他多次上疏，请求减损封邑："延寿自以身无功德，何以能久堪先人大国，数上书让减户邑。"在张氏兄弟的坚持下，汉宣帝同意将哥俩的封地移到平原郡，合并为一国，食邑数量不变，但实际收入减少了一半。

张延寿的大儿子张勃举荐了陈汤。陈汤刚被举荐，等候任命时父亲去世了，陈汤刻意隐瞒消息，没有回家守孝，被人弹劾入狱。张勃因为举荐不当受到牵连，被削夺二百户封邑，死后还被赐了个恶谥：缪侯！后来陈汤成为大汉在西域的定海神针，喊出"犯强汉者虽远必诛"的惊世名言，张勃也因为国家发掘了一位绝世将才而名垂青史。

张延寿的另一个儿子张临是汉宣帝的女婿，他娶了汉宣帝的小女儿敬武公主。按理来说，作为驸马爷，张临有资格炫耀，可是张临谦逊简朴，让人肃然起敬。

张临谦虚节俭，每次到朝堂，都叹道："桑弘羊和霍光一族的教训，实在太深刻了！"死前遗言："将财富分送朋友亲属，薄葬，不起坟堆。"

张临的儿子张放，貌美如玉，深得表兄汉成帝刘骜的喜欢，张氏一族显贵达到顶峰。

汉成帝将许皇后的侄女嫁给张放，并给张放送去大量财富，赐给豪宅以及车马乘舆服饰，称为天子娶妻的礼物，皇后嫁女的嫁妆。公库和内府的财物都拿来供给张府，两宫使者络绎不绝，赏赐的财富超过千万，又任命张放为富平侯、侍中、中郎将，监平乐屯兵，他的官府设置超过了将军府。张放虽然受宠极殊，但绝少干预朝政。

为了方便鬼混，汉成帝竟然冒充富平侯府的家人，经常出入侯府，闹得满城风雨。在大臣和皇太后的干预下，张放被迫外放。汉成帝驾崩后，张放悲痛欲绝，竟然活活哭死了！

张放的儿子张纯继承富平侯爵位时很年轻，一如祖先"敦谨守约"。在汉哀帝和汉平帝期间，他官居列卿，王莽改朝换代后，也因为对张纯的赏识，让他保全了爵位。

光武帝刘秀在河北登基不久，张纯立刻前来投靠，因此他被授予太中大夫，同时被保留富平侯封爵。

从西汉跨到新朝，再从新朝跨到东汉，张纯竟然创造了三个朝代不失侯位的奇迹，连朝中的大臣们都不服，向刘秀提出，张纯不是宗室子弟，不应该保留爵位。刘秀的回复是："张纯宿卫十有余年，其勿废，更封武始侯，食富平之半。"

张纯最大的贡献，是帮刘秀厘定清楚了祭祀大礼、建明堂、奏封禅。张纯官至大司空，是继张安世之后，张氏家族官职最高的一位。

张纯临终前留下遗言：我对国家没什么贡献，侥幸获得封地，我死之后，后代不要再继承封国了！

张纯的儿子张奋因为父亲的遗言，坚持不肯嗣爵。结果刘秀不同意，下诏说，如果张奋不继承爵位，就以违诏论处，逮捕下狱。张奋惶恐不安，只好继承父亲的爵位。

张奋勤奋好学，节俭行义，把自家的俸禄和租税用于救济亲属，即便自己家遇到困难，也从来不间断施舍。张奋虽然能力不算出众，最后也官至大司空，追平了他的父亲。

张奋死后，张甫嗣爵，张甫死后张吉嗣爵。张吉无后，死后封国被撤销，张氏一族消亡。

《后汉书》说，张氏"二百年间未尝谴黜，封者莫与为比"。张家不是宗室，自张汤从末微小吏开始，竟然跨越三个朝代，九世为侯，几千年封建史独此一例！那么张家又何以能做到这一点呢？

良好的家风，让张家始终避免了树大招风。

张家九代十一侯，时间跨度二百年，但是家风始终不变。谨慎低调、简朴清廉、忠心事主，几乎是张氏九代人共同的标签。谨慎低调的作风，来自先祖张汤血的教训；俭朴清廉和忠心事主，则来自张汤的经验。

敏锐独到的政治眼光和因势而变，也是张家人九世不衰的重要原因之一。张安世力挺霍光废刘贺，又拥立汉宣帝，霍光去世后，他又能不受霍光牵连，这种对政治走向的判断力，真是让人叹为观止。

张纯更是如此，他面临的环境比张安世还要凶险，还要难以把握，可张纯就做到了。王莽代汉，他不失侯；刘秀复汉，他还是不失爵位。你也可以说他是墙头草，可是如果没有准确的政治形势判断力，倒错了方向岂不是自寻死路？

面对富贵的退让态度，让张家反而更长久。张延寿自请减封，张奋辞封，既是张家一贯的谨慎作风，也是张家人的人生态度，以及对待荣华富贵的恬淡与从容。德不配位，早晚会遭祸，主动退守，尚能保住该有的，被动丢失，恐怕家破人亡也不意外！

试想，富平侯一族，如果一直保持最初的一万多户封邑，且租税丰盛，而家族的功业慢慢与之不匹配，他们还能保得住这份富贵吗？

9.不出则已，出则不易

决策可以比较从容时，决策前要善于倾听采纳各方面的合理意见，要容变、善变、敢变。一旦做出决策，就要坚持原则和目标，要防变、慎变。没有决策前善变、敢变，一味地防变、拒变是固执己见、刚愎自用，会错上加错；没有决策后的防变、慎变，一味地善变、乱变就会优柔寡断、朝令夕改，结果都一事无成。

民主集中制，是一个很好的决策方法。民主是集思广益，倾听多方意见，使决策更加符合实际情况；集中则是将广泛的意见总结归纳，去伪存真，形成统一的方略并加以强有力的执行。

10.因事因时而变

变与不变，应该因事而异，因时而异，在变中有不变，在不变中又有变。

齐国有个人跟赵国人学习瑟这种乐器，他学了很久，认为瑟的调音技术不好把握，就请赵国老师把音调好后，用胶把调音的音柱粘住，以为这样就可以保证回到齐国后瑟的音调准确。但是齐人回国后，摆弄了多年，总是弹不出一支好曲子，他还觉得奇怪呢！其实，他不懂得因两地的地理、气候、环境的不同，瑟的木质、琴弦以及音准都会发生变化，所以弹不出好听的曲子。

这个成语叫"胶柱鼓瑟"。比喻拘泥固执、不知变通。

11.正确的方向不能变

无论怎样变，正确的方向不能变，可以迂回前进，不能转头倒退。

孔子说：君子立身处世于天下，无所排拒，也无所贪慕，只要完全与道义并肩而行。

后人评论说：“道义就像天上的北斗，不管多么崎岖复杂的道路，只要参照北斗就不会走错。”

五、循序渐进：情况不明时最稳妥的做事方式

行止需要慎重的抉择。当事物关系错综复杂，情况变化莫测，前途缥缈不定，这时如果有可能，最好采取循序渐进的方法更为稳妥。

1.摸着石头过河

在复杂的环境中，情况虽然不明，但只要有大致方向，就可以循序渐进、步步为营地探索前进。这样做，即便存在风险也不至于有太大损失。

三国时，黄忠和严颜攻占太阳山后，黄忠又带领人马向定军山进军。来到定军山附近，黄忠多次派兵去挑战，定军山的守将夏侯渊就是不肯出来应战。因为定军山地形相当复杂，也不清楚敌人的详细情况，黄忠只好先在离定军山一段距离处安营扎寨。

这时，曹操命令夏侯渊主动出击，夏侯渊让夏侯尚去引诱黄忠，自己伏击在山中。结果，黄忠手下的将军陈式果然上了当，当场被夏侯渊活捉。

黄忠很着急，他的参谋法正出主意，军队向前进攻，每前进一段路程就设一道营垒为防守，步步为营不断向前推进。黄忠采纳法正的建议，军队进军谨慎，防备又严密，夏侯渊无懈可击。夏侯渊见黄忠步步逼近很着急，不听张郃劝阻，轻率出击，不仅吃了败仗，还伤了部将夏侯尚。黄忠的军队顺利推进到定军山下，夺取了定军山对面的高山。

2.疾奔则疾停，缓行则缓停

做事要扎扎实实打好每一步基础，不断进取，最后取得成功。循序渐进可以使行动的进度与积累的基础相适应，避免冒险带来的损失。

东汉时期，临朝听政的邓太后去世，邓太后的养子安帝亲政。汉安帝从小由奶妈抚养。汉安帝亲政后奶妈非常骄横，经常接受请托贿赂，扰乱政局。奶妈女儿伯荣更是骄奢淫逸。她与刘通有奸情，刘通见汉安帝奶妈得势便娶伯荣做妻子，马上升官到侍中。朝阳侯刘护去世后，安帝接受奶妈的请求，让身为刘护远房堂兄的刘通继承刘护的爵位。

翟尚书崔醐上疏说："先前窦太后娘家人、邓太后娘家人，其荣宠，使四方震动。他们身兼数官，家中黄金满门，财物堆积，甚至干涉摆布皇帝，及至他们败亡之时，人头落地，即使是想做一只猪仔，难道能办得到吗！这难道不是由于他们的权势太尊威望太低，才导致了这种祸患吗！尊贵的身份如果不是靠踏踏实实逐步达到，就会突然地丧失；爵位如果不是通过正常途径获得，祸殃必定迅速来临。"

3.办事拖沓不是循序渐进

偷懒松懈只会止步不前，办事拖沓不是循序渐进，这样做事最终不会有任何成效。

唐代宗考虑到安史之乱使国家千疮百孔，想尽快息事宁人，对各地节度使飞扬跋扈的行为睁一眼闭一眼，得过且过，就连跟随安禄山叛乱的叛将只要表面归顺，也予以官复原职，继续做节度使，结果姑息养奸，导致地方割据势力坐大，难以制服。

4.慢有慢的机遇，快有快的机遇

循序渐进不等于不要机遇，而是用坚实的基础来迎接机遇、抓住机遇。

越王勾践被吴王释放后，并没有马上实施报复，而是用了十几年时间卧薪尝胆，积蓄力量。他劝农耕桑，发展农业，积累了丰富的物质财富；他鼓励结婚生子，早生多生，积累了雄厚的人力资源；他兴办教育，礼贤下士，培养人才，聚拢了大量报国人士；他赈灾济贫，敬老扶幼，凝聚了很高的人气；他训练军队，打造兵器，养马造船，打造了一支能征善战的军队；他借灾赠送假种子，又送大木料鼓励吴王大兴土木，削弱吴国经济；他送美女迷惑吴王心智，行贿赂离间吴王与忠臣关系，使吴王失去民心。公元前482年，终于等来机会。吴王夫差率领精兵北上黄池会盟，仅留老弱与太子留守，越王派五万大军趁机攻打吴国，击败吴军，杀吴太子。吴国自此一蹶不振。

公元前478年，越国再度率领大军攻打吴国，在笠泽大败吴军，吴王自杀，吴国被灭。

5.温水煮青蛙

我方与对方有矛盾，我方的大幅度动作会引起对方强烈反应，甚至会导致双方直接冲突。循序渐进则可以既达到我方目的又不致引发对方过度反应。

1514年，葡萄牙人派舰队在中国屯门登陆，竖立刻有葡国国徽的石碑，以示占领，结果被明朝军队以武力逐出。之后，中葡发生激战，葡萄牙殖民者遭到重创，转而北上窜扰东南沿海，亦遭明朝军队的打击，最后不得不撤离闽浙海面。葡萄牙殖民者抢占不成改为蚕食策略。1553年，一队葡萄牙商船借口在海上遇到风浪，请求到澳门晾晒"水湿贡物"，广东官员接受贿银五百两，允之。葡萄牙人得以上岸，自此入住、盘踞澳门，但服从中国管理，也不冒犯中国主权。葡萄牙人得以在澳门立足后，一方面在广东沿海加紧商业活动和走私贩卖人口等非法活动，另一方面在内部加强管理。1560年，居澳葡萄牙人已选出地方首领、法官和四位商人代表，形成管理机构，管理葡萄牙人内部事务。1563年，第一批到澳门定居的耶稣会传教士抵达澳门。1568年，葡萄牙国王派出耶稣会士贾耐劳到澳门掌管教务，成为天主教澳门教区的第一任主教，澳门亦成为天主教在远东的传播中心。与此同时，葡萄牙以保护葡萄牙人安全和贸易为由，不断扩大在澳门军事力量，驻扎大批军队。这种动向引起明朝政府的警觉，明朝政府加强了对澳门的管理，除向居澳门葡萄牙人实施征税、收租、设关三项措施外，还陆续采取了其他许多行政、立法、司法方面的措施。明亡清兴后，清政府继承明朝对澳门的管理。第一次鸦片战争，中国开始沦为西方列强的半殖民地。葡萄牙当局一反在澳三百多年基本"恭顺"的姿态，不断扩占、蚕食澳门附近领土。1845 年 11 月，葡女王玛丽亚二世不顾中国在澳门的主权，颁布敕令，以挽救澳门经济为借口，擅自宣布澳门为自由港。她同时任命狂热的殖民分子亚马留为新任澳督，指示这位"独臂将军"夺取澳门主权，建立殖民统治。亚马留上任后，采取了一系列侵略中国主权的步骤，封闭中国在澳门海关，向华人征税，侵犯中国在澳司法权，占领了澳门半岛。 在鸦片战争后不长的时间里，葡萄牙人不断蚕食，逐步实现了"近占七村（龙田、望厦等）、远占三岛（氹仔、路环、青洲）"的侵略意图，这也就是今日澳门的范围。 第二次鸦片战争后，葡萄牙殖民者诱逼清政府于 1887 年签订了不平等的《中葡和好通商条约》，不费一枪一弹，将澳门置于葡萄牙的"永居、管理"之下。就这样，葡萄牙一步步占领了澳门。

六、做事与社会规则、规范：闯社会之道

遵守客观规律，顺应事物自身发展的要求、趋势去做事，就会少走很多弯路，事情就容易成功。遵守社会规范，按照社会公认的调节社会关系的原则——道德、法律、规定去做事，就能减少做事的社会阻力。

1.规矩则安

妄念——不符合正常社会认知的念头。妄动——超出正常社会规范的举动。虚伪——用刻意的伪装来掩盖不正常的目的。

没有妄念、妄动、虚伪的行为，基本符合社会广泛认同的规范，在实施中遭遇失败的可能性就会大大降低。

宋人吕本中在《官箴》一书中开宗明义："当官之法，唯有三事：曰清，曰慎，曰勤。知此三者，可以保禄位，可以远耻辱。""清"就是不徇私枉法；"慎"就是不胡作非为；勤就是不懒惰怠政。

宋元之际，世道纷乱。许衡外出，天气炎热，口渴难忍。路边正好有棵梨树，行人都去摘梨止渴，唯许衡不为所动。有人问："你为何不摘梨呢？"许衡道："不是自己的梨，岂能乱摘？"那人笑他迂腐："世道如此纷乱，管他谁的梨？它已没有主人了。"许衡说："梨虽无主，但我心有主。"

后来许衡继承儒教文化，帮助忽必烈实行"汉法"，培养大批国家栋梁，"立朝仪""定官制"，重视农桑，广兴学校，其品德言行大为人们推崇，被后人誉为"元朝一人"。

2.无妄则顺

遵照事物自身发展规律行事，会比较顺利。

尽管人有主观能动性，但是就如旱地种谷，水田栽稻，春种夏长秋收冬藏一样，顺应客观规律做事就容易成功，违背客观规律就要付出比较大的代价，且最后以失败告终。

庄子讲了一个庖丁解牛的故事。有个厨师十分善于把牛肉分割开来，不但用时很少，而且他的刀使用很长时间依然十分锋利。原因就在于他十分了解牛的身体结构，按照牛天然的生理结构，把刀插入骨头的缝隙，然后分解牛的身体，这样既快捷，又不损伤刀刃，省时省力。这个厨师的方法被大家称赞。

安史之乱时唐肃宗到达凤翔。西北增援的部队既已休整充足，李泌请求肃宗派遣安西及西域兵进军东北，从归州、檀州向南攻取范阳。肃宗说："现在大军已集，征收的庸调也到达，应该以强兵直捣叛军的腹心，而你却要领兵向东北数千里，先攻取范阳，这不是迂腐的计策吗？"李泌回答说："现在让大军直接攻取两京，一定能够收复，但是叛军还会东山再起，我们又会陷入困难的境地，这不是久安之策。"肃宗说："你这样说有什么根据？"李泌说："我们现在所依靠的是西北各军镇的守兵以及西域各国的胡兵，他们能够忍耐寒冷而害怕暑热。虽然借新到之兵的锐气，攻击安禄山已经疲劳的叛军，定能够取胜，但是两京已到了春天，叛军如果收集残兵，逃回老巢，而关东地区气候越来越热，官军必定会由于炎热的气候而难以在那里久留。叛军休整兵马，看见官军撤退，一定会卷土重来，这样与叛军的交战就会无休无止。不如先向北方寒冷的地区用兵倾覆叛军的巢穴，那样叛军就会无路可退，可以一举彻底平息叛乱。"肃宗说："朕急于收复两京，迎接上皇回来，难以按照你的战略行事。"

后来事情恰如李泌分析，援助朝廷的西北军和胡兵虽然收复了两京，但不堪暑热无法追击，安禄山、史思明的残余逃到范阳又死灰复燃。最后费了九牛二虎之力才平息了安史之乱，唐朝也因此元气大伤，一蹶不振。

3.凡事要遵纪守法

做事情一定要遵守道德、法纪，符合社会规则，否则会遭到社会的反对和制裁，很难取得发展和持续。

刘宋孝武帝时，刘休茂受封海陵王，时年仅十七岁。当时，司马庾深之主持州府事宜。刘休茂生性急躁，总是想要自己专权，庾深之和主帅每次都禁止他这样做，所以刘休茂对二人一直怀恨在心。左右侍从张伯超受刘休茂宠信，经常作恶，主帅因而也多次斥责他。张伯超很害怕，就游说刘休茂说："主帅正偷偷把你的过失写在奏疏上，打算奏报给皇上，如果是这样，恐怕你不会有什么好结果了。"刘休茂说："那该怎么办呢？"张伯超回答说："只有杀了庾深之和主帅，而后起兵自卫。这里距离京都建康几千里，即使是大事没有办成，你也可以逃到胡虏那里，他们不会不封你为王。"刘休茂竟然依从了这一大逆不道、严重违背当时社会规范的提议。

深夜，刘休茂和张伯超率领左右护车卫队，先杀了在城中主帅杨庆，然后，出金城，又杀了庾深之和另一名主帅戴双。征集兵众，竖起旗帜，向全国发表檄文。刘休茂又让自己的左右侍从们，拥立自己为车骑大将军、开府仪同三司，加授黄钺。侍读博士荀诜劝谏刘休茂不要这样做，刘休茂便杀了他。张伯超把持军政事务，掌握生杀大权。刘休茂的左右侍从曹万期突然挺身用刀猛砍刘休茂，但未能成功，被杀死。

刘休茂走出襄阳城，巡查军营。谘议参军沈畅之等率领众人关闭了城门，拒绝刘休茂回城。等刘休茂乘马回来，进不了城。义成太守薛继考为刘休茂全力攻城，最终攻克，斩了沈畅之以及他的同谋，共计几十人。就在这天，参军尹玄庆又起兵围攻刘休茂，活捉了刘休茂，将其斩首。刘休茂的母亲、妻子全都自杀，他的党羽也全被诛杀。

4.规则、规范也可变

规则、规范一般被社会所认可，相对稳定，但是在一定条件下也是可以调整变化的。将过去不合时宜的"正道、规矩"用到当下，或者只图"正道、规矩"的表面标签而不管客观现实的实质，也是大错特错的。

周初，各诸侯国之间作战，讲究贵族精神"争义不争利"。那时以车战为主，双方要选择平坦地形，还要约定时间。到时双方列队布阵，擂起战鼓，各自先派猛将率一辆战车，与对方派出的战车相向疾驰，交会的一瞬用弓箭和长戈对攻，这叫"冲"，然后双方才指挥全军打起来，所谓"结日定地，各居一面，鸣鼓而战，不相诈"。

到宋襄公时代，礼崩乐坏，楚秦赵吴等与外族接壤的国家，长期与外族作战，早就抛弃了阻碍战斗的贵族作战方式，完全以结果为战争的唯一目标。

当时，群雄争霸，宋襄公野心勃勃，也想成为春秋霸主。宋国是个中等国家，经济和军事力量都不足以支撑霸主地位，而宋襄公认为周立国八百年，靠的就是仁义，他只要尊周礼、行仁义就可以建立霸业。宋襄公做出了一系列令人啼笑皆非的荒唐事情，最可笑的一件事就是泓水之战。泓水之战中，楚军开始渡泓水河准备与河对岸宋军作战。宋将领目夷说："楚兵多，我军少，趁他们渡河一半之际消灭他们。" 宋襄公说："我们号称仁义之师，怎么能趁人家渡河时攻打呢？"楚军刚过了河，在岸边乱成一团，目夷说："趁他们还没布好阵咱们进攻吧。"宋襄公说："等他们列好阵再进攻才符合仁义。"

等楚军布好军阵，楚兵一冲而上，大败宋军，宋襄公也被楚兵射伤了大腿。

宋军吃了败仗，损失惨重，都埋怨宋襄公不听公子目夷的意见，宋襄公却教训道："一个有仁德之心的君子，作战时不攻击已经受伤的敌人，同时也不攻打头发已经斑白的老年敌兵。古人每当作战时，并不靠关塞险阻取胜。寡人的宋国虽然就要灭亡了，仍然不忍心去攻打没有布好阵的敌人。"

不久宋襄公伤重不治，死亡。

宋襄公逆潮流而动，标榜仁义，与时代格格不入，结果不但没有争得霸主，反而赔了自己的性命。

5.做事先做人

一个人的素质取决于他的本性。为人敦厚、居心纯正、遵循道德、实事求是，这种人行动一般不会犯大错误，犯了错误也会得到大家的原谅。所以这种人一般会善始善终。

王安石人品端正，清正廉洁，光明磊落。

王安石任知制诰时，王安石的妻子吴氏私下给王安石买了个妾，想给王安石一个惊喜。那个女子进屋伺候王安石，王安石问："你是谁？"女子说自己是"家欠官债、被迫卖身"而来。王安石听罢，不仅不收她为妾，还送钱给她，帮助她还清官债，使其夫妇破镜重圆。

王安石做宰相的时候，儿媳妇家的亲戚萧氏到了京城，要拜访王安石，王安石答应请他吃饭。第二天，萧氏穿盛装前往，料想王安石一定会用盛宴招待他。过了中午，王安石请他入座。萧氏见桌上没有菜肴，觉得很奇怪。喝了几杯酒，才上了四份切成块的肉、两块胡饼和很普通的菜羹。萧氏很生气，只吃胡饼中间的一小部分，把四边都留下。王安石就把剩下的饼拿过来吃了，那个萧氏见了很惭愧地告辞了。

王安石虽然因为变法一事与许多人发生冲突，但没有什么私仇。

熙宁二年，王安石准备改革科举考试，请求开办学校，在科举考试中废除诗、赋等科目，专考经、义、论、策。苏轼随即上奏朝廷表示反对。王安石怒不可遏，说："苏轼才高，但所学不正。"最终宋神宗听从王安石意见，罢黜了苏轼。后来，王安石被罢相辞官，回到江宁老家。元丰元年，苏轼因"乌台诗案"受到诬陷，被逮捕入狱，择期问斩，除苏轼的弟弟苏辙和好友章惇外，无人敢为其辩护。此时，身处江宁的王安石得知此事后，从国家利益出发，想到苏轼的才情，立刻给皇上写信，派人快马加鞭赶至京城，为国家保住了一位人才。

司马光比王安石大两岁，两人都是二十一岁左右中进士，同样的才华横溢，满腹经纶。在王安石成为宰相前，司马光和王安石的关系是非常要好的，两人常与欧阳修、包拯等人一起谈天论地，指点江山。不过，两人的性格却截然相反。王安石固执、激进，锐意进取，而司马光沉稳、老练，善于周旋。虽然两人都认为应当改革图新，但是，方式方法却有不同的选择。当王安石提出了一系列尖锐的改革方案后，两人的争论越来越大，甚至经常在朝堂之上大吵起来。

司马光上位后，逐渐废除变法。

尽管王安石的变法因为种种原因没有成功，但他的出发点没有半点私利。朝中不乏反对他的人，但反对的是他的变法，没有人怀疑他的人品。

王安石辞去宰相后，朝廷仍加以重视，外调镇南军节度使、同平章事、判江宁府。次年，改任集禧观使，封舒国公。

元丰二年（1079），再次被任命为左仆射、观文殿大学士，改封荆国公。哲宗即位后，加王安石为司空。

公元 1086 年的夏天，王安石六十六岁去世。司马光此时也病重，听说王安石去世的消息后非常惆怅。王安石去世后，有人想趁机诋毁王安石，司马光对他们说：不可毁之太过。在司马光的心中，王安石是个正人君子。

七、对财富、利益的态度：看透利禄事，人生少烦恼

无论建立大的事业，还是日常做事，我们的目的之一是追求利益。在所有的利益中，财富又是最重要的。正确地看待、追求利益和财富，是每个人都应该把握好的生存之道。

1.把民生放在首位的人，才有资格做领导

天地养育万物，国家保护人民，父母抚养儿女，儿女赡养父母，有能力的

人帮助老弱病残，这是宇宙间天经地义的道理。顺从这个道理就符合客观规律。

孔子认为欲实现天下大治，关键在于如何赢得民心。而民心之所得，首先考虑的是人民物质利益的需要。哀公问政于孔子，孔子回答：政治最紧要的，就是使人民富足而且健康长寿。子贡问如何执政，孔子回答，要让人民富足。富裕之后，教化人民，这就是治国之本。

唐侍御史马周曾给唐太宗上奏疏认为："夏商周三代以及汉代，历经年代多者八百年，少者不少于四百年，这是因为上古帝王以恩惠凝聚人心，人们不能忘怀的缘故。汉代以后历代王朝，多者六十年，少者仅二十多年，均因对百姓不施恩惠，根基不牢固的缘故。陛下正应当发扬禹、汤、文、武的帝业，为子孙确立千秋万代的基业，岂能只维持当年的现状！如今全国户口不及隋朝的十分之一，而服劳役的兄去弟归，道路相望。陛下虽然下了施恩的诏令，减损劳役，然而营缮之事无休无止，老百姓怎么能得到休息呢！所以主管部门徒劳地发放文书，与实际毫不相干。从前汉文帝与汉景帝，谦恭节俭以养护百姓，武帝继承丰富的资产，所以能够穷奢极欲而不至天下大乱。假使汉高祖之后即传位给武帝，汉朝还能那么长久吗？

我观察自古以来，百姓愁苦怨恨，便聚合为盗贼，其国家没有不灭亡的，君主虽然想追悔改正，也难以恢复保全。所以修德行应当于可修之时，不可等到失去国家之后再去后悔。当年周幽王、周厉王曾取笑过桀、纣，隋炀帝也曾取笑过周、齐两朝，不可让后代人取笑现在如同现在我们取笑炀帝一样。

自古以来，国家的兴亡，不在于朝政积蓄的多少，而在于百姓的苦乐。就以近代以来的历史加以考察，隋朝广贮洛口仓而李密加以利用，东都积存布帛而王世充得以借力，西京的府库也为我们大唐所用，至今仍未用完。积蓄储备固然不可缺少，也要百姓有余力，然后收税，不可强加聚敛拱手供给敌方。节俭以使百姓休息，陛下已经在贞观初年亲身实践，今日再这么做，固然不是什么难事。陛下如果想要谋划长治久安的政策，不必远求上古时代，只是像贞观初年那样，则是天下的幸事。"奏疏上奏后，太宗称赞很久。

2.嫉妒不能带来幸福

只盯着别人生活得不错，把心思全用到嫉妒、仇恨而不是提高本领、创造财富上，这样的人一辈子也不会幸福。

每个人境遇、机会、条件都不同，得到的利益、社会地位也不会相同。有的人一生下来就家财万贯或成为王侯，有的人辛苦一辈子还是穷困潦倒。但作为普通人，努力总比不努力要强。与其把时间用在毫无用处的哀怨、嫉妒、仇恨上，不如把握当下，立足现实，在自己原来的基础上更进一步。努力不一定都会大富大贵，不努力一定会变得更穷。

当然，遭遇被剥削被压迫被掠夺的不公正待遇，则另当别论。

庞涓，魏国将军，他指挥魏军打了不少胜仗。齐国人孙膑是他的同学，本领比他强。据说孙膑是著名的军事家孙武的后代，只有他知道祖传的十三篇兵法。

庞涓不专注于提高自己的军事才能，而是天天妒忌孙膑，怕孙膑将来超过自己。他设计陷害孙膑，假装向魏惠王举荐孙膑，魏惠王很高兴地派人请来孙膑，共议国事。孙膑的才华显露出来以后，庞涓在魏惠王面前诬陷孙膑私通齐国谋反。魏惠王大怒要杀孙膑，庞涓为得到孙膑祖传的十三篇兵法就假意说情，结果孙膑被治了罪、剜掉了双腿的膝盖骨，成了残废。

后来孙膑知道了这是庞涓的诡计，一怒之下，烧掉了即将写成的兵书，假装疯癫，麻痹庞涓，慢慢设法逃脱虎口。

恰好齐国的一位使臣到魏国办事，偷偷把孙膑藏在车内，混过了关卡，将他带到齐国。

齐国国君十分敬重孙膑，拜他为军师，行军时他坐在有篷帐的车里，协助大将田忌作战。在孙膑的策划下，齐军连打胜仗。

公元前342年，庞涓带魏军攻打燕国，田忌、孙膑率齐军救燕。孙膑指挥军队不去燕国，而直接攻打魏国。庞涓得到情报，忙从燕国撤兵赶回魏国。孙膑一路布置齐军兵力不强的假象，庞涓果然中计上当，进入了齐军的埋伏圈而被射死。

庞涓嫉妒别人非但没有让他成为独霸天下的军事奇才，反而丢了性命。

3.君子爱财，取之有道

财富要取之有道。侵害他人利益来获取利益，攫取得越多，仇恨就会积累得越深，迟早会遭到报复和清算。侵害公共利益，获取利益越多，犯法越多，迟早会被绳之以法。

人生活在社会中，必须合法合规、合情合理地获取利益，只有这样，获得的利益才会被社会认可。反之，靠坑骗偷抢、贪污受贿等非法手段，将他人和社会的财富据为己有，一定会受到社会的惩罚和其他人的激烈反抗。

明代，小官吏杨瞻曾经做过商人，在淮扬地方经商。当时有一位从关中来的盐商，将一千金寄放在杨家，请杨瞻暂时代为保管。盐商离开以后，竟然一去不回，杨瞻不知如何才好，便将那一千金埋藏在花盆中，上面种植花卉，并派人到关中去寻找。后来找到了盐商家，才知道盐商已经去世了，家中只有一个儿子。

杨瞻得知消息后，便邀请那商人儿子到杨家来，指着花盆说："这是你父亲生前所寄托的金钱，现在就交由你带回去吧！"于是说出缘由。那商人的儿子感到非常惊奇，不敢收取。杨瞻说："这是你家的财物，何必推辞呢？"那商人的儿子非常感动，叩谢杨瞻，携带金钱回去了。

杨瞻受人之托，忠人之事，一丝不苟，千里迢迢寻访金主，并将财物交还遗孤，具有托孤寄命的人格操持，其品格也深深影响了他的子孙。杨瞻儿子杨博，中了进士，出将为相四十余年，光明正大，诚实无欺，深得皇帝倚重。就连当时大奸臣严嵩也对他无可奈何。后来杨博的儿子杨俊民，也中了进士，官至户部尚书。

4.利生争，争生祸

人世间纷纷攘攘，为利而合，为利而分。利益是社会成员之间矛盾和对立的主要根源之一。

一个人不在乎利益得失，就很少会引发对立和矛盾，就能避免争权夺利产生的争斗。

唐朝时，太平公主协助李隆基发动"唐隆政变"，杀死韦后，消灭韦后势力，扶植唐睿宗登台。李隆基被立为太子。太平公主认为太子李隆基还很年轻，起初并未把李隆基放在心上；不久又忌惮李隆基英明威武，转而想要改立一个昏庸懦弱的人做太子，以便保住自己的权势地位。于是，太平公主和太子李隆基之间有了矛盾。双方调动各自的势力，施展手段，斗争愈演愈烈，最终，李隆基发动"先天政变"，铲除了太平公主和她的势力。

唐末，许存受荆南节度使成汭的猜忌，便向西川节度使王建投降。王建顾忌许存有勇有谋，想把许存杀掉，掌书记高烛说："你正在招揽天下的英雄豪杰以谋求称霸大业，许存在处境艰难时来投靠我们，怎么能杀害他呢！"王建便令许存驻守蜀州，暗中让主持蜀州事务的王宗绾监视许存。一段时间后王宗绾秘密向王建报告，许存忠诚勇敢，谦恭谨慎，具有贤良将领的才能，王建于是放弃了先前的成见，把许存的姓名改为王宗播，认作养子。王宗播的孔目官柳修业，常常劝说王宗播要谨慎镇静以免受不测大祸。在这以后，王宗播作为王建的手下将领，凡遇到强敌而各位将领有所畏惧时，他就身先士卒冲锋陷阵，等到有了功劳，就声称有病，不高傲自夸，不与人争功，因此王宗播得以终身保全功名。

5.怎么来的怎么去

面对利益冲突，一般有以下几种解决方法：一，协商解决；二，以社会约定方式解决；三，以暴力对抗方法解决；四，一方主动放弃。协商解决，就是矛盾双方互谅互让，进行利益合理分配。社会约定方式，包括按照法律、道德、规则、传统、投票、仲裁等社会约定的方式决定利益分配。对抗和暴力就是以双方的实力来决定利益的分配。一方主动放弃，或者矛盾一方自然消亡等原因，使矛盾失去对立面而消失。

第一种方式，通过协商方式分配利益，得到对方的认可，报复和对抗的可能性最小，结果也最稳定。第二种方式，尽管分配的结果不尽如人意，但由于整个社会作为利益分配结果的保证，相对也稳定，除非一方操纵社会约定，假公济私。国家内部的利益矛盾，一般通过第二种方式来解决。第三种方式，无法通过协商达成一致，又缺乏社会约定的约束，不得不采用对抗和暴力手段决定利益分配结果。一般国际的利益矛盾，多采取这种方法解决。第四种方式只在特殊情况下存在。

不正当和暴力手段获利越多，损害别人就越多，就越容易遭受别人报复，也越容易失去利益。夺取利益的手段越卑鄙、越残忍，别人也会以其人之道还治其人之身，以更卑鄙、更残忍的方法进行反击。而且会引来更多的人仿效，用暴力侵夺你的利益。所以某种方式得到的利益往往会以同样的方式失去。

历史上无数搜刮民财、聚财亿万的皇亲贵族早已灰飞烟灭，只有倡导仁义道德的孔子家族延续千年。

唐朝末年，黄巢起义，天下大乱。彭士愁在今湖南、湖北、四川交界一带，建立起了一个强大的割据政权。

彭士愁与相邻的割据政权楚王马希范因种种矛盾，爆发了彭、楚溪州之战。

战争经年累月，双方损失惨重，无以为继，后经双方谈判后，停止战争，缔结盟约，在永顺会溪坪铸立溪州铜柱，将盟约铭刻在铜柱上："彭士愁与楚划江而治，酉水之南归楚，酉水之北归彭士愁；楚国军民不能随意进入溪州；彭士愁属下的部落酋长如有冒犯楚国的，只能由彭士愁科惩，楚国不能发军讨伐；楚国不能在彭士愁的辖区内征兵，彭士愁的辖区的官吏由彭士愁任免……"

由于双方协商划清了彼此的利益界线，直到楚国灭亡，彭、楚之间没有再发生过战争。

曹魏政权用禅让的借口篡夺了东汉的政权，西晋有样学样，以同样的借口篡夺了曹魏政权。宋武帝刘裕逼迫晋恭帝将权力禅让给自己，建立刘宋，东晋灭亡。此后齐、梁、陈前赴后继，都用同样手法取代前朝。

李猪儿是契丹人，从小很聪明，十几岁开始伺候安禄山。安禄山觉得阉人更让自己放心，就亲手阉割了李猪儿。李猪儿由于成了阉奴，安禄山很宠爱他，最受信任和重用。安禄山肚子大，每次穿衣系带，需要三四个人帮忙，两个人抬起肚子，李猪儿用头顶住，才拿来裙裤腰带穿系上。连唐玄宗赐安禄山到华清宫温泉洗澡，都允许李猪儿进去帮忙脱穿衣服。

唐玄宗很宠信安禄山，将国家一半的兵力交给他，安禄山却趁机反叛。

安禄山由于身体肥胖，长年长疮疖，全身长满块状毒疮，到起兵叛乱之后视力渐渐模糊，后来完全失明。

至德二载（757）正月初一，安禄山接受臣子们朝拜，因疮痛发作不得不中途结束。他由于病痛在身，脾气更加暴躁烦乱，动辄使用刑罚处死手下，连身为谋主的大臣严庄也遭到鞭棍抽打。严庄日夜想着伺机干掉安禄山，他与李猪儿以及早想篡位的安禄山之子安庆绪一起密谋此事。这一天他让安庆绪把守在门外，自己握着刀带着阉人李猪儿一起走进安禄山的营帐。李猪儿挥起大刀砍安禄山的腹部。安禄山双目失明，床头经常挂着一把刀，等他发觉刺客时已经难以起身，床头上的刀又拿不到手，只是摇着帐幔大喊道："这人是我的家贼呀！"喊罢就中刀断气了。李猪儿等人在床下挖了一个好几尺深的洞穴，用毛毯包裹着安禄山的尸体埋了。

安禄山背叛主子得来的权势，又因他儿子的背叛而失去。安禄山用刀阉割李猪儿，强迫他侍候自己，李猪儿就用刀割掉安禄山的脑袋。

6.钱不在多，够用则足

争得家产千千万，睡不过六尺，饭不过三餐。

追求财富要适可而止，知足常乐。一味见钱眼开、贪得无厌，最终会走上不择手段害人害己的覆灭之路。同时，贪得无厌者也最容易上当受骗。

南北朝时，后燕丞相慕容评认为前秦王猛孤军深入，想用持久对峙的办法来制服他。慕容评为人贪婪鄙俗，命令封山禁泉，自己则贩柴卖水，从中渔利，积攒的钱帛堆积如山，士卒们都怨恨与愤慨，没有斗志。王猛听说后笑着说：

"慕容评真是个奴才，就是有亿兆兵众也不值得害怕，何况只有数十万呢！我今天在这儿打败他是肯定的了。"于是就派游击将军郭庆率领五千骑兵，趁夜顺着小路出现在慕容评军营的后面，焚烧了他的辎重装备，火光在邺城中都能看到。前燕国主慕容暐十分害怕，派侍中兰伊责备慕容评说："你是高祖慕容皝的儿子，应当为宗庙国家担忧，为什么不安抚战士反而贩柴卖水，只执迷于钱财呢！国库里的积蓄，朕与你共享，哪里有什么贫穷可忧虑！如果敌人最终进占，家国全都灭亡，你拥有的钱帛又想往哪里放呢！"

7.富不露财，穷不露怯

富有富的苦恼。拥有财富的人不去侵害他人的利益，不等于别人不想来侵害他的利益，财富越多越容易引起别人的垂涎。富人要小心翼翼地看管好自己的财富，并时刻警惕不怀好意者的觊觎，才能不受或少受损失。

石崇，西晋时期文学家、官员、富豪。他在任荆州刺史时竟抢劫远行商客，取得巨额财物，以此致富。

石崇不光有钱还十分招摇。据《太平御览》载，外国进贡火浣布，晋惠帝制成衣衫，穿着去了石崇那里。石崇故意穿着平常的衣服，却让从奴五十人都穿火浣衫迎接惠帝。火浣布据说是一种穿脏了用火烧一下就洁净如初的布料。

石崇的别墅叫金谷园。石崇依山形水势，筑园建馆，挖湖开塘，园内清溪萦回，水声潺潺。周围几十里内，楼榭亭阁，高低错落，金谷水萦绕穿流其间，鸟鸣幽村，鱼跃荷塘。石崇用珍珠、玛瑙、琥珀、犀角、象牙等贵重物品，把园内的屋宇装饰得金碧辉煌，宛如宫殿。石崇的厕所修建得华美绝伦，准备了各种的香水、香膏给客人洗手、抹脸。经常有十多个女仆恭立侍候，一律穿着锦绣，打扮得艳丽夺目，列队侍候客人上厕所。客人上过了厕所，婢女要客人把身上原来穿的衣服脱下，侍候他们换上了新衣才让他们出去。凡上过厕所，原来的衣服就不能再穿了，以致客人大多不好意思如厕。

赵王司马伦发动政变，石崇被免官。

石崇的爱姬绿珠，相貌美艳，善吹笛。司马伦的党羽孙秀派人去索要绿珠，石崇勃然大怒说："绿珠是我的爱妾，你们是得不到的。"孙秀恼怒之下，劝司马伦杀石崇。当时石崇正在楼上宴饮，甲士到了门前。石崇对绿珠说："今天我为了你而惹祸。"绿珠哭着说："我应该以死来报答你。"便自投于楼下而死。石崇对身边人说："我最多不过是流放到交趾、广州罢了。"直到被装在囚车上拉到杀头的东市，这才叹息道："这些奴才是想图我的家产啊！"押他的人答道："知道是家财害了你，为何不早点把它散发掉！"石崇无法回答。他的母亲、兄长、妻妾、儿女不论老少共十五人均被杀害，石崇死时仅五十二岁。

8.求利时多想守财难

人们往往只觉得求利难，但忘了守财也难。因为创业者经历过磨难，锻炼出坚强的意志和杰出的才能，而他的子孙一出生便生活优渥，很难懂得财富来之不易。富不过三代的道理就在这里。

唐工部尚书张嘉贞不经营家产，有人劝他置买田地住宅，他说："我居于将相的高位，担忧什么饥寒！如果犯了法，即使有田地住宅，也没有什么用。近来我见到朝中的士大夫大占良田，身死之后，这些只能成为无赖子弟贪恋酒色的本钱。我不做这种事。"听了他的话的人，都认为他说得对。

后唐成德节度使董温琪贪婪暴虐，积蓄的财货竟达数以万计，他把牙内都虞候平山人秘琼当作心腹。董温琪与赵德钧一起死于契丹，秘琼就把董温琪的家属杀了，埋葬在一个坟坑里，把他的家财都夺取了，自称留后，上表言称军队动乱。

9.不为眼前小利益损害长远大利益

人们大多有急功近利的毛病，往往为了眼前的小利而不顾长远的大利益。这对整体目标而言是不利的。

北齐孝昭帝想让王晞当侍中，王晞苦苦恳辞不答应。有人劝王晞不要将自己和皇帝疏远起来。王晞解释说："我自少年以来，看到的位居显要的人多了，得意了没有多久，很少最后不倒台的。而且我这个人性子其实很疏懒，举止缓慢，受不了繁重的俗务。再说皇上的私恩，凭什么去确保长盛不衰呢？万一疏忽大意，想求个退路都没有地方！不是我不爱做权要之官，不过是把进退出处的利害想得烂熟而已。"

　　五代时，吴国和吴越交战很久，吴国将领都认为："吴越的军队主要依靠的是船只，现在天气大旱，水路干涸，这是老天亡他们的时候，应当将我们的步兵和骑兵全部调动起来，一举消灭他们。"徐温却感叹地说："天下战乱很长时间了，百姓的困苦已非常严重，吴越钱公也不可以轻易小看他。如果连续不断地作战，不肯松懈，才正是诸位所担忧的。现在战胜了他们，应该让他们害怕，我们息兵不战，以怀柔使得两地的百姓们各安其业，君臣们都高枕无忧，难道这不是好事吗？打仗多杀百姓又为了什么呢？"于是领兵回去。

　　徐温派遣使者拿着吴王的信到吴越，归还在无锡作战时的俘虏，吴越王钱也派遣使者请求和吴国友好往来。从此以后，吴国停止了作战，让百姓得到了休息，三十几个州的百姓安居乐业了二十多年。

识人与合作

一、社会交往：绝大多数人败在不会交往

无论寄人篱下，还是独树一帜，处理好人与人的关系极为重要。与人交好又是处理好人与人关系的关键。寄人篱下与人交好，可以获得领导的信任、同事的帮助；独树一帜与人交好可以得到部下的拥护和其他势力的协助。这对于一个人的事业非常有用。

1.交流是交际的第一步

交好要从交流开始，双方只有交流，才能清楚彼此理念、想法、处境等，才能真正理解对方，信任对方，彼此成为朋友。领导想感化部下，首先要虚心听取部下的意见；部下想融洽领导，就要多接近领导，使得相互了解。即便是原先对立的双方，也要通过交流，明确对方的意图、苦衷、目的之后才能有的放矢，化解矛盾，解决问题。

交流就意味着接近。两个远隔千山万水不通音讯的人，他们之间几乎没有可能成为朋友；如果两人成为街坊邻居，或者在生活和工作上有许多交集，又能时常彼此交流，他们成为朋友的可能性将会大大增加。

契苾何力是铁勒族人。铁勒是当时北方的游牧民族，与中原中间隔着强大的突厥，双方很少有联系。唐初，唐灭东突厥后双方接触开始增多。贞观六年，契苾何力随母亲率领本部落六千余家前往沙州（今甘肃省敦煌西）归附大唐。唐太宗李世民将契苾部落安置在甘（今甘肃省张掖市）、凉（今甘肃省武威市）二州，并诏契苾何力进京授予左领军将军。唐太宗和契苾何力便开始有了交集。

贞观八年唐太宗命李靖大举征伐吐谷浑,契苾何力作为部下也率所部相随。

贞观九年（635）四月二十八日，李靖率军在牛心堆（今青海省西宁市西南）击败吐谷浑军。在接连获胜后，薛万均、薛万彻兄弟率轻骑先行，结果在赤水源（今青海省兴海县东南）被吐谷浑包围，二将皆中枪坠马，只得徒步而战，

所率士兵也死伤十之六七。契苾何力闻讯后，率数百骑前往救援，拼死力战，击败吐谷浑军，将薛氏兄弟救出。

吐谷浑伏允可汗向西败走，进入杳无人烟地区。契苾何力见吐谷浑军已无力再战，便主张乘胜追击，对其穷追猛打。但薛万均鉴于上次失败的教训，坚决反对。契苾何力说："贼非有城郭，逐水草以为生，若不袭其不虞，便恐鸟惊鱼散，一失机会，安可倾其巢穴耶！"于是亲自挑选骁骑千余追击，直捣突伦川，薛万均则率部继进。因沙漠无水，将士皆刺马饮血。在契苾何力的不懈努力下，唐军终于追上伏允可汗，袭击其牙帐，斩首数千级，缴获驼、马、牛、羊二十余万头，俘其家属，伏允可汗侥幸脱逃，后在走投无路的绝境中自缢身亡。唐西北部边境终于得以安定。

唐太宗接到捷报后，派使者慰劳诸将，谁知薛万均耻于功在契苾何力之下，当面诋毁契苾何力，将功劳据为己有。生性耿直的契苾何力万没想到薛万均竟然恩将仇报，愤怒不已，拔刀而起，想要杀掉薛万均，幸亏诸将相劝，才制止了风波。

唐太宗听到此事后，责怪契苾何力，契苾何力便将实情告知唐太宗。唐太宗听闻后勃然大怒，没想到手下大将竟能做出这种事情，便想解除薛万均的官职转授给契苾何力。契苾何力坚决推辞，他说："以臣之故而解万均，恐诸蕃闻之，以为陛下厚蕃轻汉，转相诬告，驰竞必多。又夷狄无知，或谓汉臣皆如此辈，固非安宁之术也。"唐太宗对契苾何力的这番见解深为赞叹，于是不再强行撤换，而是将契苾何力调到京城，镇守皇宫宫门，并与唐宗室女结为夫妻。镇守皇宫宫门是极为重要的岗位，直接涉及皇室的安危。契苾何力对唐太宗的充分信任非常感激。契苾何力进京后双方日常接触日益增多，进一步加深了彼此了解和信任。

贞观十三年，在熟悉西域风土人情的契苾何力引领下，唐军顺利通过两千里沙碛瀚海灭了高昌国。经过此战，唐打通了去西域各国的通道，促进了与西方诸国的联系，同时也起到遏制西突厥的作用。

贞观十六年（642）十月，契苾何力奉旨回凉州省亲，看望母亲和弟弟，并视察其部落。

当时薛延陀逐渐强盛起来。薛延陀为铁勒诸部中最强悍的部落，契苾部落中不少首领愿归附薛延陀，并挟持了契苾何力的母亲和弟弟。契苾何力回到部落后知道了此事，不觉大吃一惊，对首领们说："主上于汝有厚恩，任我又重，何忍而图叛逆！"诸首领却说："你母亲和弟弟已归顺薛延陀了，我们为什么不能去？"契苾何力答道："我弟信佛一定会孝敬我母亲，我以身许国，说什么也不能归顺薛延陀。"但蓄谋已久的首领们不听契苾何力的劝阻，反把他绑起来，挟持至薛延陀可汗夷男的牙帐。

消息传到大唐后，唐太宗只知道契苾何力去了薛延陀处，却不知如何去的，但深知契苾何力不会叛唐，还说："必非何力之意。"朝廷上下一时议论纷纷，有人趁机陷害契苾何力，说他："人心各乐其土，何力今入延陀，犹鱼之得水也。"但唐太宗却对契苾何力深信不疑，他说："此人心如铁石，必不背我。"果然不出唐太宗所料，契苾何力到夷男的牙帐后，严词拒绝招降。他箕踞而坐，然后拔出佩刀向长安的方向大呼："岂有大唐烈士，受辱蕃庭，天地日月，愿知我心！"说罢，将左耳割下，以此表明宁死不叛大唐的决心。夷男见契苾何力如此，大怒不已，欲杀契苾何力，后在其妻的劝说下才作罢。消息传到大唐，唐太宗感动不已，哭着对群臣说："契苾何力竟如何？"并当即派兵部侍郎崔敦礼持节至薛延陀，同意以下嫁公主为条件，换回契苾何力。契苾何力回到大唐，被授予右骁卫大将军之职。

通过这几件事，唐太宗看到契苾何力的赤胆忠心和宽广胸襟，从此对他更加尊重和信任。

2.交心就是心换心

感化别人首先自己要诚心诚意，真正把对方当作可以结交的朋友。如果自己先存有戒心，又怎么能让对方先放下戒心呢！

更始二年（24）秋季，拥有数十万众的铜马军正迫近鄡县，刘秀北上驰援。

双方对垒后，一方面刘秀按兵不动，固守不出；另一方面悄悄派人截断了铜马军的粮道。相持一个多月之后，铜马军粮食吃完，准备趁夜撤退。刘秀亲率大军一直追到馆陶县，一举将他们击溃，几十万铜马军投降，只有少数部队逃窜。此时正好有高湖、重连两股铜马部队从东南开来，与逃脱的铜马残军合兵一处。刘秀又与他们在蒲阳大战，再次将他们打败，并收降了全部军队。

为了安抚降军，刘秀把他们的首领全都封为列侯，过往不究，让他们重回自己的军队进行指挥。由于降军数倍于刘秀的军队，刘秀的将领们非常担心。另外，降军更是因为刘秀部将们的猜忌而惶恐不安，人心惶惶，甚至准备逃走。

刘秀知道这件事后，决定亲自到降军营中慰问。

当降军官兵看见刘秀不带一兵一卒，只身前来，觉得刘秀完全把他们看作自己人，十分感动，纷纷议论道：刘秀如此推心置腹地对待我们，我们还有什么理由不为他效命呢？

仅此一举，刘秀增加了几十万大军，实力大增，没多久就打败了其他势力，建立东汉。

3.交往要相互尊重

交好不能强求。为了与对方交好，不惜低三下四，甚至牺牲自己的关键利益，这是不足取的。

自己实力和能力虽然不足，但与人交往中要有主见，不能糊里糊涂跟着别人跑。两个人处好关系，不等于无原则地附和对方、取悦对方。失去自我，事事顺从别人的意志，就成了别人的仆从。仆从是得不到主人尊重的。做朋友是讲平等的，相互尊重的。

春秋时期，齐相晏婴出使晋国，路过中牟地方，看见一个人头戴破帽子，反穿皮袄，身背饲草，正坐在路边休息。

走近一看，晏子觉得此人的神态、气质、举止都不像个粗野之人，为什么会落到如此寒碜的地步呢？于是，晏子让车夫停止前行，并亲自下车询问："你是谁？是怎么到这儿来的？" 那人如实相告："我是齐国的越石父，三年前被卖到赵国的中牟，给人家当奴仆，失去了人身自由。"晏子又问："那么，我可以用钱物把你赎出来吗？"越石父说："当然可以。" 于是，晏子就解下为自己拉车左侧的一匹马作代价，赎出了越石父，并同他一道回到了齐国。晏子到家以后，没有跟越石父打招呼，就一个人下车径直进屋去了。这件事使越石父十分生气，他要求与晏子绝交。晏子百思不得其解，派人出来对越石父说："我过去与你并不相识，你在赵国当了三年奴仆，是我将你赎了回来，使你重新获得了自由。应该说我对你已经很不错了，为什么你这么快就要与我绝交呢？"越石父回答说："一个有自尊而且有真才实学的人，受到不知底细的人的轻慢，是不必生气的；可是，他如果得不到知书识礼的朋友的平等相待，他必然会愤怒！任何人都不能自以为对别人有恩，就可以不尊重对方；同样，一个人也不必因受惠而卑躬屈膝，丧失尊严。晏子用自己的财产赎我出来，是他的好意。可是，他在回国的途中，一直没有给我让座，我以为这不过是一时的疏忽，没有计较；现在他到家了，却只管自己进屋，竟连招呼也不跟我打一声，这不是也说明他依然把我当奴仆看待吗？因此，我还是去做我的奴仆好，请晏子再次把我卖了吧！"晏子听了越石父的这番话，赶紧出来对越石父施礼道歉。他诚恳地说："我在中牟时只是看到了您不俗的外表，现在才真正发现了您非凡的气节和高贵的内心。请您原谅我的过失，不要弃我而去，行吗？"从此，晏子将越石父尊为上宾，以礼相待，渐渐地，两人成了相知甚深的好朋友。

4.君子罪己恕人，小人罪人恕己

在交往中，要经常检讨和改正自己的错误和缺点，原谅对方的错误和缺点。双方都能做到这一点，彼此的友谊和信任就会越来越深。其中一方或者双方只原谅自己的错误和缺点，而揪住对方的错误和缺点不放，交往就很难进行下去。

春秋时，管仲和鲍叔牙是好朋友。起初，两人合伙做买卖，管仲家里穷，出的本钱没有鲍叔牙多，可是到分红的时候，他却要多拿。鲍叔牙手下的人都很不高兴，说管仲贪婪。鲍叔牙却解释说："他哪里是贪这几个钱呢？他家生活困难，是我自愿让给他的。"有好几次，管仲帮鲍叔牙出主意办事，反而把事情办砸了，鲍叔牙也不生气，还安慰管仲，说："事情办不成，不是因为你的主意不好，而是因为时机不好，你别介意。"管仲曾经做了三次官，但是每次都被罢免，鲍叔牙认为不是管仲没有才能，而是因为管仲没有碰到赏识他的人。管仲曾经当过小军官带兵打仗，进攻的时候他躲在后面，退却的时候他却跑在最前面。手下的士兵全都瞧不起他，不愿再跟他去打仗。鲍叔牙却说："管仲家里有老母亲，他保护自己是为了侍奉母亲，并不是真怕死。"鲍叔牙替管仲辩护，极力掩盖管仲的缺点，完全是为了爱惜管仲这个人才。管仲听到这些话，非常感动，叹口气说："生我的是父母，了解我的是鲍叔牙啊！"管仲和鲍叔牙就这样结成了生死之交。

后来，管仲和鲍叔牙都从政了。当时，齐国的国君齐襄公没有儿子，只有两个异母兄弟。一个是公子纠，母亲是鲁国人；一个是公子小白，母亲是卫国人。有一天，管仲对鲍叔牙说："依我看，将来继位当国君的，不是公子纠就是公子小白，我和你每人辅佐一个吧。"鲍叔牙同意管仲的主意。

齐襄公十分残暴昏庸，朝政很乱。公子们为了避祸，纷纷逃到别的国家等待机会。管仲前往辅佐在鲁国居住的公子纠，而鲍叔牙则去莒国侍奉另一个齐国公子小白。

周庄王十二年（前685），公孙无知杀死了齐襄公，夺了君位。不到一个月，公孙无知又被大臣们杀死了。齐国有些大臣暗地派使者去莒国迎接公子小白回齐国即位。

鲁庄公听到这个消息，决定亲自率领三百辆兵车，以曹沫为大将，护送公子纠回齐国。他先让管仲带一部分兵马在路上拦截公子小白。

管仲带着三十辆兵车，日夜兼程，追赶公子小白。待他追到公子小白，就远远弯弓搭箭，一箭射去。只听小白大叫一声，口吐鲜血，倒在车上。周围的人大哭了起来。

管仲看到这个情景，认为小白一定死了，便驾车飞奔回去，向鲁庄公报告。鲁庄公听说小白已经死了，马上设宴庆贺，然后带着公子纠，慢慢悠悠地向齐国进发。

管仲这一箭并没射死公子小白，只射中了小白的衣带钩。小白急中生智，把舌头咬破，假装吐血而死。直到管仲走远了，小白才睁开眼，坐起来。鲍叔牙和公子小白抄小路日夜兼程赶到了齐国都城临淄。

齐国原来主张立公子纠为国君的大臣们，见公子小白先回来了，就对鲍叔牙说："你要立公子小白为国君，公子纠回来了可怎么办呢？"鲍叔牙说："齐国连遭内乱，非得有个像公子小白这样贤明的人来当国君，才能安定。现在公子小白比公子纠先回来了，这不正是天意吗？再者，鲁庄公护送公子纠回来当了国君，鲁庄公将来肯定要勒索财物，齐国怎么受得了呢？"大臣们听鲍叔牙说得有理，便都同意让公子小白即位，他就是历史上有名的齐桓公。

过了好几天，鲁庄公才率领大军到达齐国的边境，听说公子小白并没有死，并且已经当上了国君，顿时大怒，马上向齐国发动进攻。齐桓公只好发兵应战。两军在乾时混战一场，鲁军被打得大败，鲁庄公弃车逃跑，才保住了一条性命。鲁国的汶阳之田也被齐国占领了。鲁庄公大败回国，还没喘过气，齐国大军又打上门来了，强令鲁庄公杀死公子纠，交出管仲。鲁庄公一看，大兵压境，不愿意为一个公子纠冒亡国的风险，就急忙下令将公子纠杀死，又叫人把管仲抓起来，准备送给齐国。谋士施伯对鲁庄公说："管仲是天下奇才，如果齐国用了他，富国强兵，对咱们是莫大的威胁，我看还不如把他留在鲁国。"

鲁庄公说："那怎么行！他是齐桓公的仇人，我们反而重用，齐桓公不会饶过我们的。"施伯说："您如果不用，那就干脆把他杀了，也免得齐国用他。"鲁庄公动了心，打算杀死管仲。

鲍叔牙派到鲁国去接管仲的隰朋，听说鲁庄公要杀管仲，急忙跑去对鲁庄公说："我们国君对管仲恨之入骨，非要亲手杀他才解恨。你们把他交给我吧。"鲁庄公只好将公子纠的头连同管仲都一起交给隰朋带回齐国。管仲进了齐国的地界，鲍叔牙早就等在那里了。他一见管仲，马上让人将囚车打开，把管仲放了出来，一同回到临淄。

鲍叔牙向齐桓公推荐管仲，齐桓公说："管仲差点射死我，他射的箭至今我还留着呢！我恨不得剥了他的皮，吃了他的肉，你还想让我重用他？"鲍叔牙说："那时各为其主！管仲射您的时候，他心中只有公子纠。再说，您如果真要富国强兵，建立霸业，没有一大批贤明的人是不行的。"齐桓公说："我早已经想好了，你最忠心、最能干，我要请你做相，帮助我富国强兵。"鲍叔牙说："我比管仲差远了，我不过是个小心谨慎、奉公守法的臣子而已，管仲才是治国图霸的人才哪！您要是重用他，他将会为您射得天下，哪里只射中一个衣带钩呢！"

齐桓公见鲍叔牙这么推崇管仲，就说："那你明天带他来见我吧！"鲍叔牙说:"您要得到有用的人才,必须恭恭敬敬地以礼相待,怎么能随随便便召来呢?"于是,齐桓公选了一个好日子,亲自出城迎接管仲,并且请管仲坐在他的车上,一起进城。

管仲到了宫廷,急忙跪下向齐桓公谢罪。齐桓公亲自把管仲扶起来,虚心地向他请教富国强兵、建立霸业的方法。管仲讲得一清二楚。两人越谈越投机,一直谈了三天三夜,真是相见恨晚。齐桓公紧接着就任命管仲为相。

管仲不负众望,十几年时间就帮助齐桓公成为春秋五霸之一。

管仲病重,齐桓公去探问他:"万一您有个三长两短,寡人将把国家托付给谁?"管仲问道:"那您打算用谁呢?"齐桓公说:"鲍叔牙,您看行吗?"管仲回答说:"不行。我最了解鲍叔牙了。鲍叔牙这个人,清白廉正,疾恶如仇,对待品行不如自己的人,不屑与之为伍,偶一闻知别人的过失,便终生不忘。若是不得已的话,我看还是用隰朋吧。"管仲是鲍叔牙全力举荐的,可以说,没有鲍叔牙就没有管仲。但是管仲非常清楚鲍叔牙的短处,所以,管仲临终的时候,并没有向他的国君举荐鲍叔牙为相,以为这样才真正对鲍叔牙有利。

鲍叔牙听说后也很赞同管仲的做法。

5.没有内容的友谊难以建立

交往尽量涉及实际内容,不能只停留在口头上。只有实际行动才能促进相互的了解,考验双方真诚合作的意愿。

想和一个人交好,就要相互交流,相互帮助。想和一个国家交好,就要积极开展各个层次的交流活动,如开展经济贸易互通有无,以实际行动支持对方国家的稳定与发展等。如果只停留在口头上,交好永远是一句空话,即使已经建立了关系,也很难维持下去。

公元前5—前2世纪初,月氏人游牧于河西走廊西部张掖至敦煌一带,势力强大,为匈奴劲敌。公元前177—前176年间,匈奴冒顿单于遣右贤王大败月氏。公元前174年,匈奴又大败月氏,杀其王,以其头为饮器。月氏人只得背井离乡,逃到伊犁河流域。月氏人深恨匈奴,但苦于没有支援力量。公元前

139—前 129 年间，乌孙王率部众西击大月氏，夺取伊犁河流域等地。大月氏再次被迫西迁，过大宛，定居于阿姆河北岸。

汉武帝准备讨伐匈奴，听说大月氏曾经发誓要向匈奴报杀父之仇，就派张骞出使该国。张骞路途中被匈奴扣留，历尽千辛万苦，十年之后才逃出去找到月氏国。此时的月氏国在离长安万里之外的康居得到一块水草肥美的土地安居乐业，已经离匈奴很远，不再有向匈奴报仇的决心了。更何况觉得汉朝离他们太远，很难彼此帮助。张骞在月氏停留了一年，始终不能圆满达成使命，只好回国。

6.近则易通

习惯相近，可以避免日常琐事摩擦。有相同的世界观和价值观，可以一起谋事。都学识丰富，才华横溢，可以彼此欣赏。地位、职业、地域、风俗相同，更容易理解对方的所作所为。

伯牙酷爱音乐，他有感而作《水仙操》《高山》《流水》等作品，名扬一时。据说伯牙鼓琴，连驭车的六马都神志迷乱，随琴声抑扬顿挫。虽然有许多人赞美他的琴艺，但是伯牙却认为都说不到点子上，他一直在寻觅自己的知音。

有一年，伯牙奉命出使楚国。他乘船来到了汉江，遇风浪，停泊在一座小山下。晚上，风浪渐渐平息了下来，云开月出，景色十分迷人。望着空中的一轮明月，伯牙琴兴大发，拿出随身携带的琴，专心致志地弹了起来。他弹了一曲又一曲，正当他完全沉醉在优美的琴声之中的时候，猛然看到一个人在岸边一动不动地站着。伯牙吃了一惊，手下一用力，琴弦被拨断了一根。伯牙正在猜测岸边的人是谁，就听到那个人大声地对他说："先生，您不要疑心，我是个打柴的，回家晚了，走到这里听到您在弹琴，觉得琴声绝妙，不由得站在这里听了起来。"

伯牙心想：一个打柴的樵夫，怎么会听懂我的琴呢？于是他就问："你既然懂得琴声，那就请你说说看，我弹的是一首什么曲子？"

听了伯牙的问话，那打柴的人笑着回答："先生，您刚才弹的是孔子赞叹弟子颜回的曲谱，只可惜，您弹到第四句的时候，琴弦断了。"

伯牙不禁大喜，忙邀请他上船来细谈。那打柴人看到伯牙弹的琴，便说："这是瑶琴！相传是伏羲氏造的。"听了打柴人的这番讲述，伯牙心中不由得暗暗佩服。接着伯牙又为打柴人弹了几曲，请他辨识其中之意。当他弹奏的琴声雄壮高亢的时候，打柴人说："这是气势雄伟的巍巍高山啊！"当琴声变得磅礴流畅时，打柴人说："真好！宽广浩荡，好像看见滚滚的流水，无边的大海一般！"

伯牙听了，知道遇到自己久久寻觅的知音了，于是他问明打柴人名叫钟子期时，便和他喝起酒来。俩人越谈越投机，相见恨晚，结拜为兄弟。

有一次，伯牙和钟子期到泰山的北面游玩，突然遇到了暴雨，被困在岩石下面。伯牙心里感到烦闷，于是就取出琴弹奏起来。刚开始表现的是连绵大雨，又弹奏了大山崩裂的声音。每次弹奏乐曲的时候，钟子期总是能彻底理解他的志趣。伯牙于是放下琴感叹地说："好啊，好啊，你的所思就是我心里所想，从此我的心声没地方可藏了！"

他们约定来年中秋再到初遇的地方相会。

第二年中秋，伯牙如约来到了汉江口，可是他怎么也见不到钟子期来赴约。第二天，伯牙向一位老人打听钟子期的下落，老人告诉他，钟子期已不幸染病去世了。临终前，他留下遗言，要把坟墓修在江边，到八月十五相会时，好听伯牙的琴声。

听了老人的话，伯牙万分悲痛，他来到钟子期的坟前，凄楚地弹起了《高山流水》。弹罢，他挑断了琴弦，长叹了一声，把心爱的瑶琴在青石上摔了个粉碎。他悲伤地说："我唯一的知音已不在人世了，这琴还弹给谁听呢？"

两位"知音"的友谊感动了后人，人们在他们相遇的地方，筑起了一座古琴台。直至今天，人们还常用"知音"来形容朋友之间的情谊。

7.取长补短，相得益彰

每个人不一定每个方面都突出，而双方突出的正是彼此欣赏、需要的，双方可以成为彼此取长补短、相得益彰的朋友。

马克思主编《德法年鉴》时，阅读了很多恩格斯的文章。其中，一篇名为《政治经济学批判大纲》的文章给马克思留下了深刻的印象。那个时候，马克思刚刚开始思考经济学的问题，而恩格斯在文章中已经写清楚了对资本主义的一些批判，这令马克思对恩格斯格外欣赏。

1844 年 8 月 28 日，马克思和恩格斯相约在巴黎著名的摄政咖啡馆见面。两个人相见恨晚，交流对社会、政治、经济的看法，彼此发现在"一切理论领域当中意见都完全一致"。

马克思和恩格斯决定共同写一本书来清算自己之前的黑格尔派思想，来捍卫他们已经共同承认的唯物主义和共产主义观点，这就有了他们合写的第一部著作——《神圣家族》。这次合作，预示着历史上著名的马恩成功合体。在此后的几年内，马克思和恩格斯合作撰写了《德意志意识形态》和《共产党宣言》，系统地阐述了历史唯物主义的基本观点，宣告了马克思主义的诞生。

马克思在思想上是富有者，在经济上却是贫困户。这位对资本主义经济有着透彻研究的伟大经济学家，其思想不被当局接受，他的共产主义理想到处碰壁。燕妮出身贵族，不会持家，一家人日子过得捉襟见肘，一贫如洗。

从 1852 年 2 月 27 日马克思给恩格斯的信中我们看到他的困境。马克思写道："一个星期以来，我已达到非常痛苦的地步：因为外衣进了当铺，我不能再出门，因为不让赊账，我不能再吃肉。"不久又写信向恩格斯倾诉："我的妻子病了，小燕妮病了，琳蘅患有一种神经热，医生，我过去不能请，以后也不能请，因为没有买药的钱。八至十天以来，家里吃的是面包和土豆。今天是否能够弄到这些，还成问题。"

饥饿贫困和家务琐事，困扰着马克思，他心情愤怒烦躁，无法集中精力和智慧进行理论创作。

恩格斯认为自己与马克思相比无论思想境界和文化修养都有一定差距，为了成就马克思科学社会主义理论，他决定先放下理论研究，到父亲的企业从事自己最讨厌的商业，以帮助马克思走出困境。刚开始恩格斯在父亲的公司只是一个普通的小办事员，收入也是十分低微的。他在给马克思的信中写道："2月初我将给你寄 5 英镑，往后你每月都可以收到这个数。即使我因此到新的决算年时负一身债，也没有关系。当然，你不要因为我答应每月寄五英镑就在困难的时候也不再另外向我写信要钱，因为只要有可能，我一定照办。"当时一英镑价值七克黄金，一个裁缝一年的收入约十至十五英镑。

恩格斯后来做了公司的襄理，月薪有了提高，从 1860 年以后，对马克思的支援增加到了每月 10 英镑。除此之外还常常"另外"给些资助。从 1851 年至 1869 年，马克思总共收到了恩格斯的汇款 3121 英镑。对当时的恩格斯来说，这已是倾囊相助了。

在恩格斯长期的无私的支持下，马克思全身心投入政治经济学研究中，创作出了他一生中最有分量的《资本论》。在《资本论》第一卷校对完成的当天深夜，马克思激动地写信给恩格斯说："我只有感谢你！没有你为我做的牺牲，我是绝不可能完成这三卷书的巨大工作的。"

1883 年，马克思在出版《资本论》第一卷后不久逝世。这使恩格斯悲痛万分。朋友们劝他去旅行，散散心，但他想到马克思生前用毕生精力写作的《资本论》还没完成，就谢绝了朋友们的劝说，着手整理和出版《资本论》的后两卷。

他夜以继日地抄写、整理、补充、编排，几次累得生病。他花了整整十一年时间，才完成了这部伟大的著作。为了帮马克思整理未完成的《资本论》，他放下了自己手头的《自然辩证法》，最后导致这部著作没有完成，留给后世的还只是一部草稿。

恩格斯在写给一位朋友的信中说："要整理马克思这样每一个字都贵似黄金的人所留下的手稿是需要花费不少劳动的。但是，我喜欢这种劳动，因为我重新又和我的老朋友在一起了。"

恩格斯谦虚地说，"我一生所做的都是我预定要做的事情——就是我演的只是配角——而且我想我还做得不错。"

列宁曾评价说，《资本论》第二、第三卷应该说是马克思和恩格斯两人共同的著作。

通过马克思和恩格斯的互补，他们相得益彰，都成为世界上最伟大的人物。

8.没有争执的朋友不是好朋友

人与人之间有相同的地方，也必有不同的地方。为了交好而故意隐瞒彼此的不同，这不是真正交心的朋友。与朋友发生了冲突，也未必是坏事。冲突是解决矛盾的方法之一，关键在于冲突的结果是否对双方有利。

宋代，苏轼和章惇都是才华横溢的人。苏轼乐天开朗爱开玩笑。章惇刚直促狭有侠客风范。

章惇比苏轼大两岁，本来已经考中进士，一看侄子章衡的名次比他高，执拗劲上来，两年后重考。结果，他考中甲科，这才心满意足地做官去了。这样就与苏轼成为同科进士。

二十几岁时，两人同在陕西为官，一见如故。苏轼后来对章惇说："我第一次见到你就惊呆了，逢人便说：'子厚（章惇字）奇伟绝世，自是一代异人，至于功名将相乃其余事。'"

惺惺相惜的苏轼和章惇，便成了一对如漆似胶的挚友。

一日，章惇袒腹而卧，看到苏轼来了，就摸着自己的肚子问苏轼："你说这里面都是些什么？"苏轼说："都是谋反的家事。"章惇大笑。

苏章二人游仙游潭，脚下面临万仞绝壁，上面架了一根独木桥。章惇推苏轼过独木桥，苏轼不敢。章惇平步而过，面不改色。到了桥对面，用绳子拴树上，攀爬到悬崖上，用黑漆在石壁上写了几个大字："章惇、苏轼来此一游。"等章惇回到苏轼身边，心有余悸的苏轼拍着章惇背说："你将来一定敢杀人。"章惇问为什么？苏轼回答说："自己的性命都毫不在乎，何况别人的呢。"章惇听了大笑。

还有一次，两人在山中一座寺庙饮酒，听人说附近来了只老虎，两人借着酒劲骑马去观看。离虎几十步远，马惊惧得直倒退。苏轼酒劲一下被吓醒，调转马头往回跑，而章惇非常镇定，拿出铜锣在石头上碰响，老虎受到惊吓，窜逃而去。

后来随着政见的不同，苏轼被归入司马光阵营，是旧党；章惇是王安石的铁粉，属新党。两人的关系，慢慢变得疏远了。

宋哲宗即位，高太后以哲宗年幼为名，临朝听政，司马光重新被起用为相，以王安石为首的新党被打压。章惇也被苏轼的弟弟苏辙等人上书弹劾。他先被贬官流放，后更曾身遭监禁。

高太后死后变法派再度得势，章惇开始报复打击旧党势力，剥夺已经死去的司马光的爵位和荣衔，没收家产，取消子孙官禄，还差一点开棺鞭尸。

其他旧党成员也被清算。

由于苏轼屡次陈言新法的过失，被新党视为眼中钉，拼命从其诗文中寻找"罪证"，一意将他置于死地。

当时新党中的李定、王珪、舒亶等人，利用苏轼的诗句"根到九泉无曲处，世间唯有蛰龙知"，认为苏轼自比"蛰龙"，诬陷他有不臣之心。苏轼因此下狱。这就是"乌台诗案"。

"乌台诗案"发生后，曹太后多次在神宗面前感叹苏轼兄弟人才难得，竟至泣下，张方平、范镇不顾风险，先后上疏，后来均遭处罚。苏轼的弟弟愿以官职为兄长赎罪，被降职外迁。当时形势险恶，"天下之士痛之，环视而不敢救"。

就在苏轼性命攸关之时，章惇站了出来，他在神宗面前与同僚据理力争，说诸葛亮号"卧龙"，但谁能说诸葛亮有不臣之心，以此力证苏轼的清白。退朝后，章惇当面痛斥宰相王珪："你是想让苏轼家破人亡吗？"

对于这番诘难，王珪无言以对，只能说自己是从舒亶那里听来的。章惇厉声道："舒亶的口水你也吃吗？"

一连串的逼问，令王珪哑口无言。在多人的多方营救下，再加上神宗本来就没有杀害苏轼之心，最终苏轼保住了性命。

后来苏轼九死一生被贬黄州，曾经的朋友怕被连累都不搭理他，只有章惇还主动给他写信，苦口婆心劝他以后不要乱讲话。

尽管苏轼的性命得以保全，但后来出任宰相的章惇仍对苏轼是旧党成员耿耿于怀，而且苏轼弟弟曾弹劾打击过他，就又连连贬苏轼到偏远的儋州。

哲宗去世，徽宗继位。章惇因反对传位徽宗，徽宗上台后，立即把他罢相。政敌翻出更多旧账，章惇结果被贬雷州。与此同时，苏轼遇赦放还。

苏轼虽然对章惇有怨恨，但还是顾念彼此的友谊，给章惇的女婿写了封信：

"你岳父到雷州，我听到这个消息惊叹了好几天。雷州虽然远，但瘴疠不严重，我弟弟在那里待了一年，没什么大问题，请告诉你岳父章惇的母亲，不要让她老人家太担心。"

苏轼到达京口，章惇的儿子章援也在那里。章援是苏轼的学生，他没有见到苏轼，诚惶诚恐地写了一封长信，为父亲求情。因为当时有一种传说，苏轼将被起用。章援出于对父亲多年作为的了解，担心苏轼重新上台后会进行报复。章援的信哀凄动人，不亚于李密的陈情表。

苏轼见到这封信非常高兴，对着自己的儿子连连称赞："这文采，简直可与司马光媲美呢。"立刻让拿来笔墨写了回信："看了你的来信，感叹不已。我与章惇丞相交往四十多年，虽然中间有过一些过节，但不会损伤彼此的感情。你父亲这么大年纪去了那么遥远的地方，这个心情我能理解。过去的事情就让它过去吧，关键是朝前看。皇上的仁慈信义，连草木鱼虫都能沐浴到。他会很公平公正地处理此事，你不用过于担心。雷州那个地方不算贫瘠荒凉，气候也适中，来往经商的船只，使当地物品很丰富。你父亲去的时候，沿途多备置些各种药品，不但自己用得着，也可以帮助四邻百姓。另外，你父亲懂修炼养身，正好趁闲，好好休养一下身体。"

同年，苏轼即于常州病逝。四年后，章惇客死雷州。

9.好朋友勤算账

绝大多数朋友关系是建立在相互帮助基础上的，因此尽量使提供的帮助对等。有时双方不能对等相待，也应相互领情和感恩，否则友谊不能长久。

相互帮助的朋友说到底就是利益交换，如果长期不对等，吃亏的一方将不再愿意与你做朋友。不明白这一点的人，难免会被朋友冷落甚至绝交。

齐白石是个大画家，成名后许多朋友向他索画，占据了他大量时间和精力。有一些不懂画的人也来要，而且觉得就那么在纸上挥了两下，不值什么钱，更有甚者索要画后出去卖钱。齐白石很生气，后来在客厅挂了一张"润格"，上面写道："卖画不论交情，君子有耻，请照润格出钱。卖画例，无论何人不赊欠，不退回，少一文不卖。花卉加虫鸟，每只加十元，藤萝加蜜蜂，每只二十元。"

不管陌生人还是朋友，明码标价，一视同仁，没有特例。规则清清楚楚，从此再也没人来张口要画。无论朋友还是齐白石自己反而觉得轻松了许多。

10.耐不住寂寞，成不了大事

一个人做的事业，越是高深博大，了解的人越少；曲高和寡，孤独是不可避免的。

爱因斯坦曾说过："我实在是个孤独的旅客，我未曾全心全意地属于我的国家，我的家庭，我的朋友，甚至我最亲近的亲人。在所有这些关系面前，我总是感到一定距离并且需要保持孤独。"

由于相对论的创立触动了占统治地位的经典物理学，引起传统势力的阻挠。先是物理学界和哲学界，后来又加上政治势力，都对爱因斯坦和他的相对论进行排斥和反对，科学被卷进了政治。在普鲁士科学院的会议厅里，爱因斯坦身旁的两把椅子是空的，没有人敢靠近他。他是物理学家，但被视为危险分子，周围充满了敌意。1933 年，希特勒成为德国国家元首，从此，德国反对相对论的运动更加气势汹汹。正在美国的爱因斯坦对德国的最后一线希望破灭了，他公开宣布终生不再回德国。

爱因斯坦的家庭和朋友也并不能成为他心灵的栖息地。爱因斯坦从不按传统习俗行事。传统习俗很浪费时间和精力，而爱因斯坦的工作首先要求他的却是时间和精力的付出。所以，他身上有许多不为人理解的怪癖：他常常忘记带家里的钥匙，即使在结婚当天，婚礼结束后，他和新娘返回住所也不得不喊房东开门。在生活上，他不修边幅，头发蓬乱，以致来求见他的年轻人不敢相信他就是大名鼎鼎的爱因斯坦。移居美国后，生活有了很大改观，但是装束依然不变：一件浅灰色的毛衣，衣领上别着一支钢笔，甚至连面见罗斯福总统时也不穿袜子。

爱因斯坦永远不能理解的一个难题是他的名声。他创立的理论十分深奥，世界上真正懂得的人不超过五十个，但是他的名字却家喻户晓。他对自己造成的这种现象困惑不解，说："我有过好主意，其他人也有过。但是我的幸运在于被接受了。"社会公众如同洪水似的对他表示关注使他感到困惑。人们想会见他，陌生人在大街上会停步向他凝视和微笑，科学家、政治家、学生和家庭主妇写信给他，甚至他身上的东西，哪怕一粒扣子，也成了别人的圣物。以色列人民还请他去当总统。他永远不能理解为什么他受到这种关注，为什么要把他作为与众不同的人表现出来。

由于要求给他写自传的人络绎不绝，爱因斯坦只好要求冯·卡门想个办法让他避开。卡门为他在洛杉矶奥列薇拉大街安排了一个住处。那是条艺术街，街上行人以留长胡子、穿羊毛衫而远近闻名，因此，他走在大街上从未碰上过麻烦。结果谁也没有认出这个人就是举世闻名的大科学家爱因斯坦。

后来他同爱尔莎结婚。爱尔莎喜欢招待朋友到家里来喝茶，有时为了让躲在阁楼上苦思冥想的爱因斯坦休息一下，也会叫他下楼和他们一起聊天。爱因斯坦的回答往往是粗暴的声音："不！不！我不！再这样打扰我，我简直受不了了！"爱因斯坦并不需要这些，他需要的是宁静的思考，而不是丰富多彩的生活。他差不多独自生活在小阁楼里，那才是他自己的天地，他在那里几乎与世隔绝，全身心地研究他的宇宙。

1955年4月18日，七十六岁的爱因斯坦与世长辞。

泰戈尔评价道："爱因斯坦常常被称为一个孤独的人。数学想象的领域有助于把精神从纷繁的俗物中解脱出来，就这个意义而言，我认为他确实是一个孤独的人。他的哲学可以叫作一种超验的唯物论，这种哲学达到了形而上学的前沿，那里可以完全割断对自我世界的纠缠。对我来说，科学和艺术都是我们天性的表现，它们高出我们的生物学需要之上而具有终极价值。"

二、识人：识人与结交

与坏人、小人亲近，难免为其所伤害；与好人、正直的人做朋友则受益多。分辨好人与坏人，远离品行卑劣的人，寻求志同道合的朋友，这是每个人都想努力做好的事情。

1.识人最难

交友的第一步就是识人。人的性格千奇百怪，而且有些人不善于表现自己，有些人不同的时候表现截然相反，还有人会刻意伪装自己，如此等等。所以识人是一件非常不容易的事情。

唐太宗是中国历史上出名的知人善任之人，但仍不免为封德彝所蒙蔽。

封德彝原是隋臣，后来见隋大势已去，投靠唐朝。唐高祖李渊知道他是个奸诈不忠、善于逢迎拍马的小人，便把他打发回家。谁知小人自有小人的能耐，没多久就靠投机钻营，揣摩迎合进宫当了内史舍人，后来升职为侍郎，深受李渊宠信。

太子李建成企图谋害李世民，暗中给自己爪牙运送武器，命令他领兵假扮强盗，里应外合杀死李世民。谁知事情泄密，爪牙索性逃到宁州造反。

高祖李渊知道后非常生气，便将太子抓了起来，又叫来李世民，派他去平叛，并对李世民说等平叛回来，让他做太子。

李建成的党羽赶紧打点财宝给李渊的宠妃和封德彝，让他们为李建成求情。封德彝当时很受李渊宠信，往往三言两语，就能让李渊龙颜大悦，再加上爱妃耳畔热语，内浸外润，李渊很快就改变了主意，只责备李建成兄弟不睦，以后要痛改前非，仍命李建成为太子。

李世民平叛回来后，变更太子一事就不了了之了。

后来李世民发动玄武门之变即位，房玄龄、杜如晦、长孙无忌、尉迟敬德等以佐命首功，列爵封官，深受李世民信任，封德彝就格外巴结这些人。慢慢地，房玄龄、杜如晦等人也亲近封德彝，乃至英明绝伦的李世民也慢慢被他迷惑。

仆射萧瑀先前与封德彝关系十分密切，曾向李世民推荐封德彝为中书令。封德彝被任命后，萧瑀和封德彝在李世民面前讨论事情，封德彝拿不出什么主意，等萧瑀提出意见，封德彝就吹毛求疵，淡淡地指摘几句，等萧瑀走了，封德彝就开始极力驳斥萧瑀的意见，连太宗也渐渐堕入彀中，往往变更前面已经和萧瑀一起决定的事情，不让萧瑀知道，甚至渐渐疏远萧瑀。

萧瑀气愤不过，上书弹劾封德彝，反而引起李世民不满，判萧瑀不敬罪免官，竟提拔封德彝替代了萧瑀的职务。偏偏天不祚年，封德彝生了一场大病，一命呜呼。事后侍御史唐临，把封德彝当初帮助李建成、谋害李世民等奸状揭发了出来，李世民大怒，追削封德彝官爵，仍任用萧瑀为左仆射。

2.识人多数人靠锻炼，少数人靠天赋

识人的本领在于多总结，多锻炼。而像唐太宗、汉武帝这样的火眼金睛，见微知著的超然能力，估计是一般人学不来的。

汉武帝对霍光的重托，成为识人的千古佳话。霍光，先前没有尺寸之功，才气术数也没有特别超越群臣之处，而被武帝提拔之于茫茫人海中，付以天下后世之事。结果霍光又确实不负重托，有忘我精神，全心全意，辅佐幼主，处于废立国君紧急关头，他临危不乱，举措得当，行事果敢，成就了"昭宣中兴"。

后人评论道："托付社稷、幼子，这件事难做，不是因为没有才能，而是没有气节；甚至不在乎气节，而在乎临机决断的能力。天下有不少能承担此事的人，但是才高位重，则有侥幸篡谋之心，时机合适就以一己之利，一时之功夺得天下，消除子孙作为人臣的种种祸患，所以说'不在乎才能，而在乎气节'。古代司马懿就是这样的人。天下也有忠义之士，可托付死生，而不背叛的，但是耿直老实，则往往轻死而无谋，他可以勇于献身，而不能保全国家，所以说'不在乎气节，而在乎临机决断的能力'。古代晋国荀息就是这样的人。霍光，才能虽不足而气节和临机决断的能力绰绰有余，这就是武帝选取他的缘故"。

曾国藩也是个识人高手。一天，李鸿章带了三个人拜见曾国藩，请曾国藩给他们分派职务。恰巧曾国藩去散步了，李鸿章示意那三个人在厅外等候，自己到里面。不久，曾国藩散步回来，李鸿章禀明来意，请曾国藩考察那三个人。曾国藩摇手笑言："不必了，面向厅门，站在左边的那位是个忠厚人，办事小心谨慎，让人放心，可派他做后勤供应一类的工作；中间那位是个阳奉阴违、两面三刀的人，不值得信任，只宜分派一些无足轻重的工作，担不得大任；右边那位是个将才，可独当一面，将来大有作为，应予重用。"

来自历史的职场课

李鸿章很是惊奇，问："还没用他们，老师您如何看出来的呢？"曾国藩笑着说："刚才散步回来，在厅外见到了这些人。走过他们身边时，左边那个态度温顺，目光低垂，拘谨有余，小心翼翼，可见是一小心谨慎之人，因此适合做后勤供应一类只需踏实肯干、无需多少开创精神和机敏的事情。中间那位，表面上恭恭敬敬，可等我走过之后，就左顾右盼，神色不定，可见是个阳奉阴违、机巧狡诈之辈，不可重用。右边那位，始终挺拔而立，气宇轩昂，目光凛然，不卑不亢，是一位大将之才，将来成就不在你我之下。"曾国藩所说的那位"大将之才"，便是日后立下赫赫战功并官至台湾巡抚的淮军名将刘铭传。

3.识人与角度有关

识人也要审视自己的角度，所处的角度不同，对人的评价截然相反。

最初，孙策让吕范掌管财经，当时孙权年少，私下向吕范借钱索物，吕范不敢专断许可，定要禀告，为此，当时被孙权怨恨。后来，孙权代理阳羡长，有私下开支，孙策有时进行核计审查，功曹周谷就为孙权制作假账，使他不受责问，孙权那时十分满意他。但等到孙权当了吴王统管国事后，认为吕范忠诚，深为信任，而周谷善于欺骗，伪造簿册文书，则不予录用。

4.物以类聚，人以群分

物以类聚，人以群分。好人的朋友大多是好人，坏人的同伙大多是坏人。

战国时，齐国有个名叫淳于髡的人，聪明过人，能言善辩，很得齐威王的赏识。齐威王经常派他出使各诸侯国，他都能不辱使命。

齐威王死后，齐宣王继位。一次，齐宣王想招纳贤士，使齐国更加兴旺，便把淳于髡找来，让他帮助推举人才。

淳于髡在一天之内，就向齐宣王推举了七位贤才。齐宣王感到非常惊讶，说："我听说人才是十分难得的，方圆千里之内能选出一位贤士，就好像贤士多得肩并肩站着一样了；百年之中出现一位圣人，就好像圣人多得一个接一个而来。而现在你居然一天之内就为我推举了七位贤士，这如何能使人相信他们都是贤士呢？"

淳于髡听了，辩解说："大王，你虽然说得有道理，但并不全面。要知道，同类的鸟总是在一起聚居，同类的野兽也总在一起行走。到水泽洼地中去寻找柴胡、桔梗这一类药材，那永远也找不到；但到梁父山上去找，便可以一车一车地载回来。为什么呢？这是因为物以类聚。俗话说，物以类聚，人以群分。我淳于髡在大王眼中也可算是贤士吧，您到我这儿来寻找贤士，因为贤士们也经常聚在一起，那就好像到梁父山去找桔梗一样容易。除了这七个，您还需要多少贤士，我都能给您找来。"

齐宣王听了，很信服。

楚国有个人，给人看相十分灵验，在当地很有名声，楚庄王知道后把他传召到了宫廷中。庄王问他："你是如何给人看相的？怎样能预知他人的吉凶呢？"

他回答说："我其实不会给人看相，但我能从他所交的朋友来判断他的情况。一个普通百姓的朋友如果孝敬父母，尊兄爱弟而不违法乱纪，那么他也是这样的人，他的家就会一天天兴旺富裕。一个官员所交的朋友如果讲信用、重德行，那么他也就是忠于君主、爱护百姓的，他就会受到君主的器重和信赖。"

5.害人之心不可有，防人之心不可无

交识一个人，在未真正了解之前要保持警惕，不能太过实在，要小心善于伪装的小人和骗子。

当初，蜀汉的姜维进攻西平，俘获了曹魏中郎将郭循，蜀汉任命他为左将军。郭循想要刺杀汉后主，却没有接近的机会。他常常借上寿之机，一边跪拜，一边往前靠近，却被左右侍卫所阻遏，刺杀的目的未能达成。

蜀大将军费祎与诸位将领在汉寿上大聚会，郭循也在座。费祎欢饮以致沉醉，这时郭循突起刺杀了费祎。费祎性情宽厚，广施仁爱，从不怀疑别人。越太守张嶷曾写信告诫他说："从前岑彭率领军队，来歙手持杖节为帅时，都被

刺客所害。如今将军您地位尊贵权力重大，但您对待和信任新近归附的人太过友好，应该以前代之事为鉴，稍微加强一些警戒。"但费祎不听，所以祸殃及身。

虞喜评论说：这就是费祎的性情宽厚简忽，不提防细微之处，所以终究被投降之人郭循所害。这难道不是凶兆见于彼而灾祸成于此吗？

6.行为乖张异常的人要少结交

志大才疏、做事轻率、行为乖张、不走正路的人往往会惹出奇祸。

一个人志大才疏，他做领导注定会失败，如果让他当助手便会大事做不好，小事不想做，又往往想表现自己，不顾大局，甚至还想对领导取而代之，成为一个体系稳定的破坏者，充当成事不足败事有余的角色。

一个人做事轻率，不考虑后果；行为乖张，做事的方法和追求的结果都超出常人的范畴；不走正路，往往会用歪门邪道来追求利益。这些都容易招致强烈对抗和报复。

刘宋文帝时，范晔、谢综、孔熙先等人企图发动政变，被刘宋文帝挫败。

谢约没有参与这场反叛，当初他看见哥哥谢综与孔熙先聚在一起时，常劝诫他说："孔熙先这个人常常轻率从事，行为离奇，不走正路，做事果断决绝却不检点，不能和他过于亲近。"谢综没有听从而导致身败。谢综的母亲因为儿子和弟弟制造叛乱，独独不到法场上去送别他们。范晔对谢综说："我姐姐今天不来，比别人高明得多。"

裴子野评论说：有超过常人的才能的人，一定有想一飞冲天的抱负；有超世越俗的胸怀的人，常常不想久居人下。这样的人不能恪守道德规范，不能用礼教去约束自己行为，恐怕很危险！刘湛、范晔都志傲而贪权，矜傲自己的才能而图谋叛逆，几代留存下来的清白家风毁于一旦。平时所称道的智慧才能，反而成了他们毁灭自身的工具。

7.不孝、不知感恩的人不能交结

一个人对自己父母的生养大恩都不知回报，那就别想指望他会回报别的恩情。

范晔谋反被杀，朝廷没收他的家产，见那些音乐器具、服饰珍玩都非常珍奇华丽，歌妓妻妾们有用不完的珠宝翡翠。而范晔母亲居住的房子则简陋不堪，只有一个堆着木柴的厨房。他的侄子冬天没有棉被盖，叔父冬天只穿一件单薄的布衣。

8.不与品行不好的人来往

品行不好的人，做事完全以自己的利益为原则，叛服无常，凶狠狡诈，跟这样的人来往不是被他所伤就是受其牵累。

北魏冯太后宠信宦官略阳人苻承祖，提拔他为侍中和知都曹事，同时，冯太后还赏赐给他一道免死的诏令。冯太后去世后，苻承祖因为贪赃枉法应该处以死刑，孝文帝宽宥赦免了他，只是撤销了他的官职，将他关在他的私宅里，还给了他一个悖义将军的官衔，封他为佞浊子。苻承祖一个多月后就死了。

在苻承祖当权时，他的亲戚争相跑来依附他，以此谋求自己的私利。苻承祖的姨母杨氏嫁给了姚家，只有她不这样，她经常对苻承祖的母亲说："姐姐你虽然有一时的荣华富贵，却不如妹妹我有无忧无虑的乐趣。"苻承祖的母亲送给她衣服时，她多半都不肯收下。如果强行给她，她就说："我丈夫家世代贫穷，穿上华丽的衣服会让我们内心不得安宁。"在迫不得已的情况下，她收下后还是把它们用土埋了起来。苻承祖的母亲又送给她奴仆和婢女，她就说："我家没有多余的粮食，不能养活她们。"她经常穿着破旧的衣服，凡事总是亲自动手去做，不辞劳苦。苻承祖有一次曾派车辆迎接她，她就是不肯上车。苻承祖让婢女们强抱她上车，她就大哭着说："你想要杀我！"从此，苻家里里外外的人都叫她为"痴姨"。苻承祖案发，有关部门将苻承祖的两个姨妈抓了起来，送到金銮殿，其中一位姨妈被斩首了。孝文帝看到姚家姨妈那么贫寒，就特别赦免了她。

9.性格决定人生

人的性格很难改变。性格往往决定行事方式，行事方式又一定程度上决定事业成败以及人生成就。

东晋时，太保王弘与兄弟们在一起聚会，任凭儿孙游戏自适。王僧达跳下地来，装扮成小老虎的模样。王僧绰端正地坐着，用烛花做成一只凤凰，王僧达把凤凰抢过去打坏了，他也不感到可惜。王僧虔却把十二个棋子垒在一起，棋子既不倒落，也不用重叠两次。王弘叹息着说："僧达才华出众，性情豪爽，应当说并不比别人差。但是，我担心他终究会给我家带来危难。僧绰会凭着自己的名声与品行而受到赞誉。僧虔肯定是一个谨厚长者，会成为三公宰相。"后来，王僧达、王僧绰、王僧虔三人的结局，果然和他预言的完全一样。

10.急功近利不择手段的人不是伤人就是伤己

急功近利不择手段往往会直接粗暴地侵害别人的利益，对别人造成伤害。别人也会采取激烈手段反击报复他。和这样的人亲近最后难免受到牵连。

南齐中书郎王融依仗自己的才能和门第，不到三十岁就打算做公辅。他有一次在宫中值夜，自己手抚桌子，叹息说："竟然孤寂到如此地步，被邓禹所耻笑啊！"有一次，他路过朱雀桥，正赶上朱雀桥打开浮桥，行人车马不能前进，喧闹拥挤，王融就用手捶打车厢，叹息说："车前没有八个骑兵开道，怎么能称得上是大丈夫！"竟陵王萧子良爱惜王融的文才，所以，对他特别优厚亲热。

正赶上武帝病重，命令萧子良全副武装去延昌殿，为他服侍医药。萧子良就任命萧衍、范云等人担任帐内军主，又派江州刺史陈显达镇守樊城。武帝恐怕他的病情会引起朝廷内和民间的担忧恐惧，所以这时硬挺着，还征召皇家乐队进宫演奏正统雅乐。萧子良日日夜夜守在禁宫，皇太孙萧昭业每隔一天就要进来问安、侍奉。

武帝病势加重，一时气闷晕倒。这时皇太孙萧昭业还没有入宫，宫内宫外人人惶恐不安，文武百官也都穿上了丧服。王融认为冒险一搏的机会来了，于是打算假传圣旨，命萧子良继承王位。他已将诏书草稿写好。萧衍对范云说："民间已是议论纷纷，都说宫内可能要发生不一般的情况。王融并不是治理国家的人才，他眼看着就要出事了。"范云说："忧国忧民的人，也只有王融一人了。"萧衍说："忧国忧民，是想要当周公、召公呢，还是想当齐桓公死后的竖刁呢？"范云不敢回答。等到萧昭业入宫，王融已是全副武装，穿着红色战服，站在中书省厅前要道，截住东宫卫队不让他们进入。过了一会儿，武帝醒转过来，问皇太孙萧昭业在哪里，于是召东宫卫队全部入宫，武帝把国家大事全部托付给了尚书左仆射、西昌侯萧鸾，让他辅佐年幼的皇太孙。不一会儿，武帝就去世了。王融采取紧急措施，命令萧子良的军队接管宫城各门。萧鸾得到消息后，立刻上马飞奔到云龙门，但被守在那里的卫士拦住，不让他进去，萧鸾说："皇上有诏令，让我晋见。"接着，他推开卫士，直接闯了进去，马上拥戴皇太孙萧昭业登基即位，命令左右侍从把萧子良搀扶出金銮殿。萧鸾指挥和安排警卫戒备，声音洪亮如钟，殿内所有的官员侍从，没有一个不听他的命令的。王融知道自己的计划不能实现，也就只好脱下战服，返回中书省，叹息着说："萧子良耽误了我。"从此以后，萧昭业对王融极为怨恨。

萧昭业登基即位刚十几天，就逮捕了王融，交付给廷尉审判，命令中丞孔稚珪控告王融阴险、浮躁、轻率、狡黠，招降纳叛没有成功，又随便批评攻击朝廷。王融向竟陵王萧子良求救，萧子良又忧又怕，不敢去营救，于是，萧昭业命令王融在狱中自杀，这年王融仅二十七岁。

当初，王融打算结识东海人徐勉，经常托人请徐勉到建康见面。徐勉对别人说："王融的名望很高，但轻浮狂躁，很难和他坦诚相待，荣辱与共。"不久，王融大祸及身，而徐勉也因此出了名。太学生会稽人魏准因为才能和学问都很高，所以深为王融赏识。当时，王融打算拥戴萧子良登基即位，魏准就鼓动王融去做成这件事。太学生虞羲和丘国宾二人私下里议论说："竟陵王萧子良才能弱，王融又没有决断能力，他们的失败就在眼前。"王融被杀后，萧昭业又把魏准召到中书省盘问，魏准竟因为极度惊慌恐惧而吓死了，他整个身子都是青色的，当时，大家都认为他的胆被吓破了。

萧昭业从小是由萧子良的妃子袁氏抚养大的，袁氏对他非常慈爱关心。王融阴谋立萧子良以后，萧昭业对萧子良也就深为忌恨起来。武帝的遗体移到太极殿时，萧子良住在中书省，于是，萧昭业就派虎贲中郎将潘敞率领二百名士卒驻守在太极殿西阶，严防不测。等到武帝的遗体入殓，各位亲王都走出宫后，萧子良请求允许他在这儿等到下葬那天再离开，未被应允。

萧昭业时常担忧萧子良谋反，萧子良不久因忧郁成疾而去世。萧昭业听到萧子良死了，大喜过望。

司马光评论说，孔子说："贪鄙的人不可以奉事君王，这种人对自己的利害得失斤斤计较，当他没有得到之时，处心积虑于如何得到；一旦得到了，又唯恐失去。如果担忧失去，就会不择手段，无所不用其极。"王融正是如此，他乘着危难之时，投机取巧，阴谋废君另立。萧子良是当时的贤王，虽然素来以忠心谨慎而自居，但是仍然不免忧郁而死。分析他忧死的原因，正是由于王融急于贪求富贵所致。轻薄急躁的人，岂可以接近呢？

11.人心易变

随着环境条件的变化，人也会变的。

陈胜曾经给人打短工，一次耕地累了，坐下来对一起耕田的农友说，以后要是谁发达了，不要忘了穷朋友。那些农友笑道，一个帮别人种地的人，怎么发达呀？陈胜说出了一句千古名句："燕雀安知鸿鹄之志哉！"陈胜后来造反成为起义军的大王。当年那些和他一起干活的农友特意从登封阳城老家来陈县找他。门口的卫士不搭理他们，直到陈胜外出，农友们拦路呼喊其小名，才被召见，一起乘车回宫。因是陈胜的故友，所以进进出出比较随便，有时也不免讲讲陈胜在家乡的一些旧事。不久有人对陈胜说："您的客人愚昧无知，专门胡说八道，有损您的威严。"陈胜便十分羞恼，竟然把"妄言"的伙伴杀了。陈胜的老朋友见他把当年所说的"苟富贵，勿相忘"的话早已抛到了九霄云外，都纷纷自动离开，从此再没有亲近陈胜的人了。

三、处理社会矛盾：十条帮你化解社会矛盾

有社会交往就避免不了矛盾。了解矛盾的起因以及解决方法是社会交往的重要内容。

1.要善于处理差异

社会交往中需要重视各种差异：利益、贫富、民族、地域、亲疏、血缘、行业、学历、年龄、性别、习俗、信仰、文化、性格等等。

民族之间有语言、文化、信仰、习俗上的差异，利益诉求也不尽相同。

同一个国家同一个民族地域之间也会有方言、习俗等的差异。一个浙江人很难接受陕北人天天吃面条，而三亚人则无法忍受伊春人习以为常的零下三四十度寒冷。即便是同一地域的人，不同家庭教育出来的孩子，结婚后也需要磨合很长时间，才能相互适应。如此等等。

处理好社会关系的第一步就是相互承认差异，容忍差异。

历史上北方突厥与中原汉族长期发生冲突，是非恩怨不断。

唐初李世民消灭东突厥后，就降民的安置等问题，引发了一场朝廷大讨论。

《贞观政要》时这样记载的：贞观四年，突厥颉利可汗被李靖打败，颉利统属的部落很多都归顺了大唐，于是，唐太宗下诏讨论安定边境的政策。

中书令温彦博建议说："请在黄河以南地区安置突厥人，这样做既能够把他们当作中原的屏障，同时又不让他们远离本土、不改变他们的习俗，以便安抚他们。一来可充实空虚的边塞，二来可体现朝廷对他们没有猜疑之心。"太宗对温彦博的建议很是赞同。

秘书监魏徵却坚决反对说："匈奴自古以来从来没有像这样惨败过，这是上天要诛杀他们。陛下鉴于他们乃主动受降，因此没有将他们处死已经是格外宽容他们了。依臣之见，应当把他们安置到黄河以北地区，让他们居住在自己原来的土地上。陛下如今让他们在中原内地居住，并且降兵达几万，降民十万之众，几年以后，他们的人数还会成倍增长，让他们生活在我们身边，将来可

能会成为心腹之患。"

温彦博反驳说："天子对于万事万物，只要归顺，都应该收养。如今突厥兵败，余部前来归降，如果陛下对他们弃置一边不接纳他们，这不是天子的做法。我虽愚钝也认为陛下不应采取抑制少数民族的政策，而应把他们安置在黄河以南地区。他们是本来要亡的人，我们让他们活了，他们一定会感激我们的厚恩，一生也不会叛逆的。"

魏徵据理力争说："晋朝取代魏国的时候，胡部落常常深入内地活动，江统劝说晋武帝把他们逐出塞外，晋武帝不听。几年之后，胡部落势力大增，将很多地方据为己有，后来导致著名的'五胡乱华'，北方汉族几乎被灭种，前车之鉴不远。陛下如果采纳温彦博的意见，让他们在黄河以南地区居住，就是所说的养虎给自己留下祸患。"

给事中杜楚客说："北方异族人面兽心，难以感化，用武力容易使他们臣服。现在让他们的部落散居在黄河以南，靠近中原政府，长此以往，必有祸患。"

温彦博说："我听说，圣人之道无不通达。突厥的残余部落，归顺我们把性命交付给我们，我们把他们安置在中原内地，并传授给他们礼教法令，选拔他们的首领，派卫兵驻守那里，让他们畏惧大唐的威严，感激大唐的恩德，这有什么可担忧的呢？"他继续说道："隋文帝兴师动众，耗尽了国库，扶持突厥可汗，让他回到旧地，后来可汗背信弃义，把隋炀帝围困在雁门。现在，陛下仁慈宽厚，听凭他们的意愿，无论是河南、河北，任由他们选择居住的地方。突厥部落众多，每个部落都有自己的酋长，他们内部不统一，力量分散，怎么会对中原产生危害呢？至于隋炀帝在雁门关被困一事，虽是因为突厥背信弃义所致，隋炀帝昏庸无道也是重要的原因。怎能全部归咎于少数民族呢？如果内部稳定，少数民族并不能够扰动得了华夏，这可是先哲们总结的圣言。让快要死亡的人活下去，让行将灭绝的东西延续下去，这是古代圣贤通行的原则。如果不遵照古训，臣恐怕大唐将难以长久啊！"

唐太宗听后，赞同温彦博的意见，对少数民族采取了历史上从来没有过的宽容政策，从幽州至灵州，设置了顺、佑、化、长四州安置归顺的突厥部落，到长安定居的突厥人就达万家，来归降的各部落首领，都封为将军中郎将，布列朝廷，五品以上官员就有一百多人，几乎达到了在朝任职官员的一半。当时周边只有鲜卑拓跋氏没有归降，唐太宗又派遣使者安抚招降，使者来来往往，不绝于道。

凉州都督李大亮听说此事后认为这样做不妥，于是上疏说："臣下听说要安抚远邦必先安定近邦。中原的百姓，是天下的根本，四方藩邦之人，犹如枝叶，损伤根本来使枝叶繁茂，从而求得长久的平安，这是不可能实现的事。

"自古以来，贤明的君主用信义来教化中原，用权谋来驾驭藩邦。所以《春秋》说：'戎、狄如同豺狼，不能满足；华夏各国是与我们亲近的，不能抛弃。'自从陛下统治天下，十分注意巩固根本，老百姓生活安乐，兵力得到了加强，九州之内殷实富足，四方夷狄就会自然臣服。

"隋代，很早就夺取了伊吾，后又征服鄯善，得到之后才知道为此而损耗的日渐增多，招徕了外邦却使国内空虚，只有损害没有益处。

"远察秦、汉，近看隋代，他们的动静变化，国家的安宁危亡，都是非常明显的事实。伊吾虽已臣服，但远在边关荒漠之地，那里的人不是华夏种族，土地也多荒漠盐碱。对于这些地方前来归附的人，请安抚他们，收留他们，让他们居住在塞外，这样他们必定对大唐心怀畏惧又感恩戴德，永远做大唐的藩臣，这是施行名义上的恩惠而收取实在的利益。

"但是安置到内地则另当别论，如果不能让他们到江淮之地去生活，改变他们的习俗，那么安置到黄河以南的内地，离京太近，很容易造成不稳定因素，虽然是宽大仁慈的义举，但也并非久安之计。何况对每一个初降的人，都赏赐给他们布五匹，袍子一件，酋长全都授予大官，俸禄优厚，地位尊贵，自然也就花费极多。用中原百姓上缴的租赋，来供养那些凶恶顽固的俘虏，他们的数量又如此之多，这对中原是非常不利的。"

唐太宗没有采纳他的奏言，而是在黄河以南安置匈奴降民。

贞观十三年，太宗亲临九成宫，突利可汗的弟弟中郎将阿史那结社率暗地里集结部众，并支持突利可汗的儿子贺罗鹘趁夜侵袭太宗的御营。事情败露后，他们都被捕获并斩首。安置众多降民造成的财政负担也越来越重，太宗从此后悔在内地安置突厥的部众，于是又将他们遣送回黄河以北地区，让他们在突厥故地定襄城建立官署，立阿史那思摩为乙弥泥熟俟利苾可汗来统率他们。

事后，唐太宗就对侍从的大臣们说："中原的百姓，是天下的根本，四方藩邦之人，犹如枝叶，损伤根本来使枝叶繁茂，以求得国家长治久安，是无法实现的事。当初，我不采纳魏徵的建议，终于感觉到烦劳破费一天比一天厉害，把降民安置到内地实在不是一个好的方法。"

虽然在安置降民问题上，唐太宗思想有所变化，但对待少数民族的态度仍一如既往。

后来，他不再把降民安置在内地，而是结合实际，在少数民族聚居的地方设立"羁縻府州"。所谓"羁縻府州"就是不改变少数民族的生活地域、生产方式、风俗习惯、日常生活方式，任用他们的贵族首领充当当地所设的府、州的都督、刺史，通过他们来统治本民族。这种"羁縻府州"的都督、刺史都是世袭，在本民族内都有自主权，对中央王朝有执行有关中央政策、朝贡和出兵助战等义务。

唐朝羁縻府州数目：府九十四，州七百六十二。可见当时"羁縻府州"时期土地之广和民族之多。

李世民开明的民族政策，使大唐进入了极为鼎盛的时期。

后人评论说："温彦博完全忽视差异的存在，魏徵不能容忍差异都是错误的，承认差异并容忍差异的'羁縻府州'才是符合实际、化解矛盾的正确方法。"

2.社会矛盾：制服、共存、转化

为了消除彼此之间的矛盾，有时候我们需要党同伐异，有时候需要求同存异，有时候需要相互转化。

我强敌弱，对比悬殊，又没有条件转化矛盾，就要强行制服对方，然后再来解决问题；双方力量大致相等，或对方存在有利于我，可以通过相互妥协，求同存异的方式；当条件成熟，或者创造条件可以转化矛盾时，尽量采取转化方式来消除矛盾。

汉武帝时，福建一带的闽越人叛服无常，因居住地山高林密，很难将他们彻底制服。汉武帝下令将闽越人全部迁移到江淮一带，使他们分散到汉人之中，几代之后，闽越人被彻底同化。

大辽兴起，北宋军事薄弱，双方进行了二十五年战争，谁也吃不了对方。于是双方相互妥协签订了"澶渊之盟"，和平相处达百年之久。

当初，后梁太祖朱温在藩镇的时候，执法严苛，将校有战死的，他的部下兵卒全都斩首，称为"跋队斩"。士卒损失主将的，大多逃跑不敢回来。太祖于是命令，凡军士都在他们的面部刺字来记录军号。军士有的思念家乡逃走，关口津渡常常把他们捉住送回所属，没有一个不被处死的，他们的乡里也不敢收容。因此，逃亡者都聚集在山林川泽之中做强盗，成为州县的大害。朱温便颁布诏令赦免他们的罪过，以后即使脸部刺字也听任回乡里，强盗因此减少了十之七八。

3.道德——衡量人心的秤

发生矛盾，只要坚守道德，对方最终会接受。

社会矛盾是不可避免的，解决矛盾可以通过道德、法律、共识。道德是规范人们社会关系的行为准则，以道德来约束每个人的行为，就可以在很大程度上减少矛盾冲突。发生矛盾，也可以用道德来评判是非曲直，化解矛盾。但是道德并非只有一个标准，中国人以不孝敬不赡养父母为大逆不道，而在西方，子女并没有赡养父母义务的认知。所以道德只适用于在一个道德体系中的矛盾处理。如果道德不足以解决矛盾还可以使用法律，法律是强制调节社会矛盾的方法。当然用法律解决矛盾也只适合于同一个法律体系中，用美国的法律来判决中国的纠纷，显然是驴唇不对马嘴。不在同一个道德和法律体系中，解决矛盾就比较困难，公说公有理，婆说婆有理，所以国际事务中很多矛盾最后只能比实力、比拳头。

尽管国际交往中缺乏共同的道德和法律标准，但也会有一些共识，比如不能滥杀无辜、欺凌弱小、随意侵害他国利益，要讲诚信，要发展经济、科学、教育、卫生事业，要保护儿童、妇女，要保护环境、动物，要打击毒品贩卖，等等。侵犯这些共识，也会遭到国际社会的一致反对。

刘宋巴陵王刘休若做北徐州刺史时，任命山阴人张岱为谘议参军，代理府、州、国事。后来，临海王刘子顼做广州刺史，豫章王刘子尚为扬州刺史，晋安王刘子勋为南兖州刺史时，张岱又历任这三个州府的谘议参军，与典签、主帅共同处理事务。他每件事都做得很成功，而跟同僚属下的关系也很融洽。有人对张岱说："主王的年纪小，能主事的部门又有很多，而你却每次都能把公私关系协调好，你说说，你是怎么做到的？"张岱说："古人说：'一心可以侍奉百君。'我为政公平端正，待人接物总是以礼相迎，以德相处，所以，让人追悔莫及的事，也就没有机会发生。聪明或者愚蠢，笨拙或者能干，只不过是才能的高下而已。"刘子鸾当了南徐州刺史后，他又起用张岱为别驾、行事。

4.精诚所至，金石为开

双方的关系十分紧张，或者曾经发生过龃龉和不快，只要心诚，方法灵活，且对方不是贪得无厌、得寸进尺的人，是能够缓和彼此的关系的。

鱼朝恩是唐朝中晚期的著名太监，唐肃宗对他非常信赖，他经常陷害正直的大臣。郭子仪是平定"安史之乱"的功臣，拥有军权，将士们也非常爱戴他，鱼朝恩对他十分忌惮，常常在唐肃宗面前说郭子仪坏话。唐肃宗也担心握有兵权的郭子仪有谋逆之心。

一次郭子仪领兵打仗，鱼朝恩自荐前往当监军。鱼朝恩压根儿就不懂得军事，他仗着皇帝的宠爱在军队当中胡乱指挥，结果已经收复的失地重新沦陷。士兵们非常气愤地要求郭子仪将鱼朝恩诛杀，郭子仪没有同意。后来皇帝也意识到这样下去国家很危险，就把鱼朝恩调回京城，将军权交给郭子仪。

鱼朝恩回京之后，认为是郭子仪在后面使坏，于是又向唐肃宗进谗言，将郭子仪的祖坟挖了。当时军队士兵听到这则消息，人人大怒，要求起兵回京清君侧。郭子仪认为，如果现在回京，叛军肯定会卷土重来，应该以国家安危为重。平定叛军之后，郭子仪率领军队回京，朝中大臣个个为他抱不平。唐肃宗见到郭子仪后感到十分惭愧。祖坟之事已无法挽回，唐肃宗让郭子仪提条件并尽量满足他。郭子仪说，此次叛乱能够成功是皇帝的福气，是士兵英勇善战的功劳。至于祖坟之事，不能责怪任何人，自己在外面打仗没有管束好士兵，不知毁了多少百姓的祖坟，是上天对自己的报应。当时文武百官听了之后都十分敬佩他。

下令挖坟的鱼朝恩，看到郭子仪的反应，也颇觉惭愧，于是准备设宴为郭子仪赔罪，派人登门通知。其他大臣得知消息，非常贴心地提醒郭子仪：鱼朝恩一计不成，很可能再次对你不利，赴宴之时，你应该多带一些士兵，以防万一。郭子仪听了不以为然，带着几个仆人，就去对方府上。鱼朝恩见状非常不解，反问郭子仪，怎么只带这么点人，难道不怕我对你做出不利的事吗？郭子仪毫不犹豫地对他说：我们在朝为官，没有什么私人矛盾，如果意见不合，那都是为了国事。我怎么会因为公家恩怨，而去质疑你的人品呢？鱼朝恩大受感动，顿时羞愧得流下了眼泪！

从此之后，鱼朝恩认为郭子仪是个谨厚长者，不再加害他。郭子仪去世后，鱼朝恩也没有为难郭子仪的家人。

5.和共荣，分同败

如果大家有了共同的利益，在获得利益达到目标前，相互间可以暂时搁置矛盾和分歧，同心协力，共同争取利益，这对双方都有利。反之矛盾激化，冲突不断，对双方都是损失。

唐宣宗任命秦成防御使李承勋为泾原节度使，驻防秦州，防备吐蕃入侵。先前，吐蕃酋长尚延心率河州、渭州两州的部落归降唐朝，被任为武卫将军。两者地域相邻。李承勋贪图尚延心部众的羊马财物，与部下诸将谋划逮捕尚延心，诬称他谋叛，将他的财产全部据为己有，并将他的部众迁徙到荒凉的边外地区。尚延心知道了李承勋的阴谋，有一次参加李承勋的军宴，在座席之中故意对李承勋说："河、渭二州，土地空旷，人烟稀少，因此常闹饥荒瘟疫。唐朝人多向内地平凉川、蔚如川、落门川这三川地区迁徙，吐蕃人也都远远地逃遁于叠宕以西地区，致使方圆二千里之地渺无人烟。我想入朝廷去见大唐天子，请求率领部众也迁徙于内地，成为唐朝的百姓，使唐朝的西部边境永远不再出现战马扬尘的警报，这样的功劳也许不会亚于张议潮吧。"李承勋企图将此功劳归于自己，犹豫不决，未给尚延心以许诺。尚延心又说："我既然准备入朝廷，将部落从河州、渭州迁徙到内地，只是可惜秦州不再有防御的价值了。"李承勋听后与部下诸将面面相觑，无话可说。第二天，诸将向李承勋上言说："您首先在秦州开置营田，设置防御使府，拥有军队万人，由朝廷度支发给军饷，我们将士没有作战守御的劳苦，却能收到耕垦交易的厚利。如果听从尚延心的提议，就会使西部边陲无战事，朝廷必定要罢除防御使府，裁省戍边军队，将秦州归还凤翔镇领辖，我们就再也没有什么希望了。"李承勋认为说得有理，即向唐宣宗上奏，请求任命尚延心为河、渭两州都游弈使，让他统率其部众继续居住于这两州地方。

6.误会不消除就变成矛盾

人与人交往中，若彼此缺乏了解，站在各自的立场看待问题，加之缺乏沟通、时间仓促等原因，很容易产生误会。

误会是造成社会成员关系紧张的重要原因之一。发现、消除和避免误会是改善社会成员关系的方法之一。

做事应该避免误会，误会不会产生任何有利的结果，只会阻碍做事的进程。所以做事时一定要对涉及的方方面面做好解释与说明，以免造成误会。

唐玄宗时，吐蕃国几次被唐军打败，有点害怕，于是请求和亲。皇甫惟明借奏事的机会从容不迫地向唐玄宗讲述和亲的有利之处。唐玄宗说："吐蕃赞普过去在给我的书信中词语违逆傲慢，这怎么可以放弃对他的打击呢？"皇甫惟明回答说："赞普在开元初年，年龄还小，哪里能写这样的书信？恐怕是边地将领伪造的，想用它来激怒陛下罢了。一般来说，边境有战事，那么武将就可以借这个机会偷盗隐藏官家的东西，还可以胡乱上报立功情形来获取赏赐和勋爵。打仗成了奸臣的利益所在，但它不是国家的福气。战事连年不停，每天要花费千金，河西、陇右两地因此贫困凋敝。假如陛下派一位使臣去看望金城公主，借这个机会与赞普当面互相约定结交，使他俯首称臣，从此永远平息边境战祸，这难道不是定国安邦的良策吗？"唐玄宗听了十分高兴，就命令皇甫惟明和内侍张元方出使吐蕃。

吐蕃赞普见到唐使后大喜，把贞观以来所接到的唐朝皇帝的敕书都拿出来给皇甫惟明看。冬季，十月，赞普派大臣论名悉猎随皇甫惟明一起入朝进献贡品，并向唐玄宗上表说："外甥两代都娶天朝的公主为妻，我们两国的情义如同一家人。这中间，由于张玄表等人首先带兵侵犯掠夺，才使双方关系恶化。外甥深深懂得什么是尊贵卑贱，怎么敢做出失礼的事呢！由于边将挑拨离间，才使我得罪了舅父；我屡次派使者入朝想说明真情，都被边将阻挡住了。如今承蒙您派使臣来探望公主，外甥我不胜喜悦，假如能够重新修复我们以往的亲密关系，我死而无憾！"从此，吐蕃国又诚恳地归附唐朝。

7.简单粗暴会把好事办成坏事

做事情的方法过于简单，手段过于直接，容易激化矛盾，造成冲突。

一些事情虽然不牵扯对方的核心利益，但由于方法简单粗暴，缺乏对对方的尊重，伤害对方的感情，让对方感觉到更大的利益将可能受到侵害，便会反应激烈。还有一些无足轻重的事引发小摩擦，由于控制处理不好，冲突变得越来越大，造成巨大损失，最后触及双方的核心利益，不得不争个你死我活。

做事过程中加强沟通，采取比较婉转的手段，增强彼此的理解和信任，将会大大降低冲突的烈度。"礼多人不怪"是化解此类矛盾冲突的有效方法之一。

在做事情方法过于简单的人虽然有时可以取得一些小成绩，但很容易被别人误解，遭到强烈的反对。这种人不能派他去处理复杂困难的事情，其独当一面时也需要地位和修养更高的人加以帮助疏通才能成功。

汉末，吕布杀死董卓后劝王允把董卓的部曲全部杀死，王允说："这些人没有罪，不能处死。"王允起初曾与士孙瑞商议，准备特别下诏赦免董卓部曲。接着又感到迟疑，说道："部曲只是遵从主人的命令，本无罪可言。如今要把他们作为恶逆之人予以赦免，恐怕反会招致他们的猜疑，并不是令他们安心的办法。"因而没有颁布赦书。后又商议全部解散董卓所统率的军队。有人对王允说:"凉州人一直害怕袁绍,畏惧关东大军。如今若是解散军队,打开函谷关让关东大军进来,董卓的部下一定会人人自危。可任命皇甫嵩为将军,率领董卓的旧部,并留驻陕县以进行安抚。"王允说:"不然,关东的义兵将领与我们是一致的,现在如果再将大军留驻陕县,扼守险要,虽然安抚了凉州人,却会使关东将领起疑,这是不行的。"

当时,百姓中盛传要杀死所有的凉州人,于是那些原为董卓部下的将领惊恐不安,全都控制军队,以求自保。他们还相互传言:"蔡邕只因受过董卓的信任和厚待,尚且被牵连处死。现在既没有赦免我们,又要解散我们的军队。如果今天解散军队,明天我们就会成为任凭宰杀的鱼肉了。"吕布派李肃前往陕县,宣布皇帝诏命,诛杀原董卓部下牛辅。牛辅等率军迎击李肃。李肃战败,逃回弘农,被吕布处死。牛辅心中惶恐不安,恰巧遇上军营中无故发生夜惊,牛辅想弃军逃走,被左右亲信杀死。李傕等回到大营时,牛辅已死,李傕等无以依靠,便派使者前往长安请求赦免。王允回答说:"一年之内,不能发布两次赦免令。"就拒绝了他们的请求。李傕等更加害怕,不知如何是好,打算解散军队,各人分别走小路逃回家乡。讨虏校尉武威人贾诩说:"如果你们放弃军队,孤身逃命,只需一个亭长就能把你们捉起来,不如大家齐心协力,西进攻打长安,去为董卓报仇。如果事情成功,可以拥戴皇帝以号令天下,如若不成,再逃走也不迟。"李傕等同意。于是一起宣誓结盟,率领着数千人马,昼夜兼程向长安进发。王允知道胡文才、杨整修都是凉州有威望的人物,便召见胡、杨二人,想让他们去东方会见李傕等人,解释误会。可是王允在面见他们时,并没有和颜悦色,而是说:"这些鼠辈,想要干什么?你们去把他们叫来!"因此,胡文才和杨整修去见李傕等人,实际上是把大军召回长安。

李傕沿途召集人马,等到达长安时,已有十余万之众。他们与董卓旧部樊稠、李蒙等会合,一起包围了长安。长安城墙高大,无法进攻。守到第八天,吕布属下的蜀郡士兵叛变,叛军引李傕部队入城,李傕等放纵士兵大肆抢掠。吕布与李傕等在城中交战不胜,便率领数百名骑兵,把董卓的头颅挂在马鞍上,突围出走。他在青琐门外停马,招呼王允一起逃走,王允回答说:"如果得到社稷之灵保佑,国家平安,这是我最大的愿望,如果此愿不能实现,那么我将为之献出生命。如今皇帝年龄幼小，只能倚仗着我，遇到危险而自己逃命，我不忍心这样做。请勉励关东的各位将领，常将皇帝和国家大局放在心上。"

李傕、郭汜等驻扎在南宫掖门，杀死太仆鲁馗、大鸿胪周奂、城门校尉崔烈、赵骑校尉王颀等人，官吏和百姓被杀一万余人，尸体散乱地堆满街道。王允扶着献帝逃上宣平门，躲避乱兵。李傕等人在城下伏地叩头，献帝对李傕等人说："你们放纵士兵，想要做什么？"李傕等说："董卓忠于陛下，却无故被吕布杀害，我们为董卓报仇，并不敢做叛逆之事。待到此事了结之后，我们情愿领受罪责。"李傕派兵围住宣平门楼，联名上表，要求司徒王允出面，问道："太师董卓有什么罪！"王允被逼无奈，只好走下楼来面见李傕等人。第二天，献帝大赦天下。任命李傕为扬武将军，郭汜为扬烈将军，樊稠等人都为中郎将。

李傕逮捕王允、宋翼、王宏、黄琬，一并处死。王允的家小也都被杀死。

王允处理凉州军，方法过于简单，导致大祸。

8.争狠的牛先受伤，好胜的人先失败

解决冲突，最忌争强斗狠、意气用事。

争强斗狠、意气用事的人很容易在解决冲突过程中迷失方向，决策不是为实现总体目标服务，而是为了出口恶气。这种人，很难听得进其他人的正确意见，不顾自身条件，盲目逞强，因此会造成严重后果。

意气用事和果断行事有本质的区别。果断行事是对局势有清晰的认识，行动是建立在充分的信心之上；意气用事则对局势不是很了解，凭情绪来作出行动，结果往往非常危险。

一个合格的统帅不争强斗狠，更不意气用事。不分青红皂白一味逞强，情绪主宰行动，很容易落入对手布设的陷阱和计谋，充其量只能做一个披坚执锐的先锋。

刘备对东吴夺取荆州、杀死关羽这件事十分痛心，决定讨伐东吴，报仇雪恨。

大将赵云劝他说，篡夺汉朝皇位的是曹丕，不是孙权。如果能灭掉曹魏，

东吴自然就会屈服，不该放了曹魏去打东吴。诸葛亮和其他大臣也纷纷劝谏，但是刘备一心复仇，说什么也听不进去。他把诸葛亮留在成都辅佐太子，亲自率军去征伐东吴。刘备一面准备出兵，一面通知张飞到江州（今四川重庆）会师。

因为张飞从不体恤士卒，刘备常常告诫张飞："你经常鞭打健儿，但之后还让他们在你左右侍奉，这是取祸之道。"果然，张飞临出兵前，被其麾下将领张达、范强谋杀，并带着张飞的首级去投奔孙权。

刘备一连丧失两员猛将，力量大大削弱，但他急于报仇，已经没有冷静考虑的余地了。

警报到了东吴，孙权听说刘备这次出兵声势很大，也有些害怕，派人向刘备求和，但是遭到刘备的拒绝。

刘备率七十万大军浩浩荡荡一路向东，攻下巫县，一直打到秭归。孙权知道讲和已经没有希望，就派陆逊为大都督，带领五万人马去抵抗。刘备出兵没几个月，就夺回土地五六百里，他又要从秭归出发，急于再向东继续进军。随军官员黄权拦住他说："东吴人打仗向来很勇猛，千万别小看他们。我们水军顺流而下，前进容易，要退兵可就难了。还是让我当先锋，在前面开路，陛下在后面接应。这样比较稳妥。"刘备心急如焚，一心报仇，拒绝黄权的建议。他要黄权守住江北，防备魏兵；自己率主力沿着长江南岸，翻山越岭一直进军到了猇亭。

陆逊坚壁清野，故意拖延时间不和刘备决战，以消磨刘备的锐气。相持几个月，刘备进不能进，退不能退，在山谷中扎营接连几十里。陆逊趁机发动火攻，刘备全军溃败。

刘备失败之后，又悔又恨，说："我竟被陆逊打败，这岂不是天意吗？"过了一年，他连气带病，在白帝城去世。

9.借鉴别人的方法和教训解决冲突

做事情面临冲突，可以参考借鉴前人避免和化解冲突的方法以及经验教训。明白前人之所以这样做的道理，遵循前人解决冲突的有效方法，可以顺利避免和化解冲突。

前人行之有效的社会规矩，本身就是大众承认的避免冲突的公共约定。遵守这些规矩，自身不会超越规矩与他人发生冲突；发生冲突依据老规矩加以解决，冲突双方比较容易接受；坚持按老规矩办事还能获得众人的同情和支持，获得解决冲突的主动权。

清朝康熙年间，安徽桐城县当朝宰相张英的家人与邻居叶秀才为了争院墙地界打起了官司。因为张英家要盖房子，地界紧靠叶家。叶秀才提出要张家留出中间一条路以便出入。但张家提出，他家的地契上写明"至叶姓墙"，现按地契打墙没什么不对。于是沿着叶家墙根砌起了新墙。这个叶秀才是个倔脾气，一纸诉状告到了县衙，两家打起了官司。

张家人连忙给北京的张英写了封信，寻求帮助。不久，就接到了张英的回信。信中没有多话，只有四句诗："千里修书只为墙，让他三尺又何妨。长城万里今犹在，不见当年秦始皇。"

张家人动手拆了墙，后退三尺。

叶秀才见了心里也很感动，就把自家的墙拆了也后退了三尺。于是张、叶两家之间就形成了一条百来米长六尺宽的巷子，被称为"六尺巷"。据说，这条巷子成了桐城一处历史名胜，一直保留至今。

张英以秦修长城为借鉴化解矛盾，家人和对方都很认可。

10.冲突可以在另一个层面解决

有些矛盾冲突在同一层面内很难解决，这时候可以考虑到另一个层面加以解决。

柯达和富士是世界胶卷行业两家巨头，彼此是冤家对头，相互斗了一百多年。

早在 1899 年，已经有百年历史的柯达全面占领日本市场。第二次世界大战前，日本军国主义执政，将柯达公司等外国企业赶出日本，富士胶卷公司趁机坐大。此后四十年中，富士占据了日本百分之七十的市场，而柯达公司和一些欧洲的同行仅占日本市场的百分之十。同时，富士公司积极向海外开拓，还

来自历史的职场课

在包括美国在内的世界各地处处显示出咄咄逼人之势。

1985 年，柯达公司总部开始意识到富士的猛烈攻势已威胁到自己的生存，并决定予以反击。柯达公司决定"以其人之道还治其人之身"，打回日本本土。于是，柯达公司赴东京开办分公司，进行大规模投资，采取种种手段，挤压富士。柯达公司花了相当于富士两倍的广告费，在日本各地大做广告。在各大城市竖立巨型霓虹灯广告牌，札幌和北海道的柯达广告牌是日本当时最高的两座。凡在日本举办的相扑、柔道、网球等比赛，柯达都慷慨资助。1988 年汉城奥运会，由于资助了日本体育代表团，赢得了日本人的好感，从此，柯达在日本几乎家喻户晓。富士发现后院起火，紧急从世界各地抽回力量与柯达争夺市场。

柯达和富士在全世界的争斗也日趋激烈。

柯达在中国稍逊于富士，它无论如何不甘心。1997 年，尽管柯达在美国本土已经面临重重困难，宣布要在全球裁员一万，以降低成本，但柯达公开表示，要在未来五年内在中国投入十五亿美元而不求回报，一定要打败富士。

就在柯达和富士争得不亦乐乎之时，数码相机悄然兴起。

说来有意思的是，世界上第一架数码相机恰恰是柯达工程师史蒂夫·萨森 1975 年发明的。而当时公司的管理层并没有意识到这是一个市场奇迹。1986 年，柯达发明了第一台百万像素数码相机，但害怕会对"胶卷市场"带来冲击，就将整个技术雪藏起来，一直没有发布。谁知数码技术发展迅速，短短几年就开始严重冲击胶卷市场，胶卷销售几乎以每年百分之二十至百分之三十的速率下降。等到柯达明白过来，佳能、尼康等日系数码相机已经拥有了很强的品牌号召力和市场占有率了。2012 年，柯达只好申请破产。富士经过全面转型，后来成为一家以医疗健康和高性能材料为主、影像技术为辅的企业。

以胶卷市场为争夺目标的柯达、富士之争就这样在数码技术冲击下结束了。

四、艰难的内外处境：从社会关系困境中解脱出来

内部不和，社会关系又处理不好，四面树敌，我们就会陷入内外交困之中。

1.内外交困四招：退让、求助、修德、分化

面临艰难社会处境，一是以退为进，二是寻求帮助，三是修养道德，四是分化瓦解。

内外交困主要是内外矛盾激化且短期内看不到解决的前景。为了缓和矛盾，必要时要做出一定让步。如果能够得到强大的后援，帮助化解矛盾，也是可以考虑的方法之一。做事符合道德是化解矛盾的最根本方法。对内以德治国，国家才能团结稳定；对外以德交友，才能得道多助。分化瓦解也不失为解脱外交困境的方法之一。

自乾隆晚期开始，由于朝政积弊不断，社会矛盾日益尖锐，经过半个世纪的不断积压，终于在咸丰皇帝统治期间总爆发。公元 1851 年，咸丰刚刚继位，广西就爆发太平天国运动，建立了太平天国政权，不到三年就打到了南京，占据了江南半壁，与清政府分庭抗礼。咸丰派兵镇压，屡屡惨败。如果不是太平天国发生内斗，清政府有可能被太平天国推翻。

1856 年，清廷正与太平天国打得难解难分之时，西方列强再次入侵中国。英法联军从南往北打，先是占领广州，然后沿海北上到天津大沽口，以更换条约为名进逼北京。当英法联军到达天津和通州时，清政府与其有过一系列的外交谈判。

通州谈判，英方派代表巴夏礼率领三十九人参加，清政府答应英法联军提出的所有不平等条约，但在礼节问题上却是寸步不让，在巴夏礼面见皇帝"跪与不跪"这一点上争执不下。钦差大臣全权谈判代表载恒说："按中国礼制，见皇帝必须跪拜。"巴夏礼说："我不是中国的臣。"争辩既久，相持不下。清政府接到谈判通报后指示："必须按中国礼节，跪拜如仪，方予许可。"巴夏礼拒不接受，扬长而去。清政府则指示僧格林沁将巴夏礼一行三十九人缉拿扣押，押往北京作为人质。

巴夏礼一行被扣押，英法联军下定决心进攻北京。咸丰皇帝派出蒙古亲王僧格林沁率领三万骑兵抵御英法联军，结果八里桥一战，三万骑兵被八千联军打得大败亏输，都统胜保身中数弹，几乎丧命，僧格林沁大败奔逃，于是英法

联军长驱直入进攻北京。咸丰皇帝得知前线大败，京师即将陷落，携皇室宗亲文武百官仓皇出逃，逃到承德避暑山庄躲避战祸。

1860 年，英法联军占领清王朝首都北京，这是自打清朝成立以来第一次首都被攻陷。在此期间，英法联军放火烧毁了皇家园林圆明园，大批文物惨遭抢掠，万园之园付之一炬。

清政府被迫与英法联军签订了《中英北京条约》《中法北京条约》等不平等条约，让国家蒙受巨大的耻辱！

咸丰皇帝内外交困，坐困愁城，不久便病死了。

其实咸丰也算是个励精图治的皇帝，继位以来重用改革派，严厉打击贪污腐败，严惩渎职失职，整肃官场政风，果断处理"戊午科场案"，将一品大员柏葰处斩，使得清王朝此后几十年间官场风气，特别是自乾隆后期愈演愈烈的贪腐风气有了很大改观。假以时日，改革八旗军队，提高战斗力，引进西方工业文明和科技，大力发展经济，消除贫富差距，来一场中国式的明治维新，清朝或许有救。

可惜处在三千年变局之际，国力孱弱，国内正与太平天国打得焦头烂额，外交上又不能在小节上做出忍让，使国家陷入内外两面作战的境地。大清帝国从此元气大伤，一蹶不振。咸丰死后，慈禧掌握了政权，彻底中断了咸丰的改革方针，保守派得到重用，眼见大清朝回天乏术，一路走向了灭亡。

隋末，杜伏威占据历阳，陈棱占据江都，李子通占据海陵，均有窥伺江南的意图。处于江南的沈法兴与他们作战，几次都战败。时值李子通在江都包围陈棱，陈棱送人质于沈法兴和杜伏威以求援助。沈法兴让儿子沈纶带领几万军队与杜伏威一同救援陈棱，杜伏威驻扎在清流，沈纶驻扎在扬子，相隔数十里。李子通面临三股强敌进逼，危在旦夕。李子通的纳言毛文深献计，招募江南人伪装成沈纶的士兵，夜晚袭击杜伏威军营，杜伏威很气愤，也派兵袭击沈纶。二人因此相互猜疑，谁也不敢先进军。李子通得以用全力攻打江都，并攻克江都城。陈棱投奔了杜伏威。李子通占据江都，乘势挥兵进攻沈纶，大败沈纶，杜伏威只得带领军队撤走。李子通建立吴国，即皇帝位，改年号为明政。

2.山不转水转

事物是发展的，内外关系也在不断地变化，原来的敌人可能会变成朋友，原来的朋友也可能会变成敌人，只要耐心等待，改善艰难处境的转机多半会出现。在不利因素消失或者减弱后再行动会更容易成功。

官渡大败，袁绍忧愤而死。于是，曹操诸将都想趁热打铁，一举荡平河北。不过曹操当时四面临敌，处境十分艰难。

郭嘉提出"急之则相保，缓之则争心生"的看法。他以为袁绍虽死，而子嗣甚众，其势仍大，如果一味强攻硬取，固然可以取胜，但代价未免太大。如果能够缓攻河北，以郭嘉对袁谭、袁尚兄弟的了解，此二人绝没有共济时艰的远见和度量，外部压力减少，他们一定会发生继位之争，待到二人大打出手，争得你死我活之际，曹军再乘势而进，轻取河北，方为上策。

曹操依郭嘉之计，果然轻松取得胜利。

3.没有免费的帮助

万不得已可以借助外部力量来帮助我方缓解艰难处境，但是外部力量的帮助是需要付出代价的。

五代十国时期，石敬瑭出身西域石国，朴实稳重，寡于言笑，喜读兵书，重视李牧、周亚夫行事，娶后唐李嗣源之女。石敬瑭跟随晋王父子（李克用和李存勖）与后梁太祖朱温争霸，冲锋陷阵，战功卓著。石敬瑭跟随李嗣源转战各地，又帮助李嗣源反叛夺得皇位。李嗣源死后又帮助李从珂登上皇位。李从珂即位后，并不信任石敬瑭，反而将他当成最大的威胁来对待，在李嗣源葬礼结束后将其扣留在京。石敬瑭怕被李从珂加害，所以整天愁眉不展，再加上他当时有病，最后竟瘦得皮包骨，不像个人样。妻子李氏赶忙向母亲曹太后求情，李从珂才放石敬瑭回去。

此后双方猜疑越来越重。石敬瑭一方面暗中屯兵积粮，一方面试探李从珂，上书假称辞去马步兵总管的职务，离开军事重镇太原到别的地方任节度使。如果李从珂同意就证明怀疑他，如果安抚让他留任说明李从珂对他没有加害之心。李从珂果然同意改任石敬瑭为郓州节度使，并催促其立即赴任，石敬瑭于是起兵造反，李从珂派兵镇压。

太原被重重包围，进攻非常激烈，石敬瑭亲自抵挡飞箭流矢，但仓里的粮食却逐渐匮乏。

石敬瑭慌不择路，就派人向契丹皇帝耶律德光求救。石敬瑭称比他小十岁的耶律德光为父皇帝，以儿国自称，并向其许诺：割让幽云十六州给契丹，每年进贡大批财物。

石敬瑭割让幽云十六州给契丹的做法，对后世带来的影响极为深远，直接导致此后黄河以北、以东地区的北方土地几乎无险可守，袒露于外族的威胁之下，为后来四百余年间契丹、女真、蒙古族南下入侵中原创造了极为有利的条件。

虽然石敬瑭在契丹人的援助下，最后灭了李从珂和后唐，自立为后晋国皇帝，但他认贼作父、卖国求荣的行径为后世所不齿，也引发其部下一系列反叛。游牧在雁门以北的吐谷浑部，因不愿降服契丹，逃到了河东，归属刘知远。

天福七年（942），契丹遣使来问吐谷浑之鼎，石敬瑭既不敢得罪手握重兵的刘知远，更不敢得罪"父皇帝"，忧郁成疾，于六月死去。

五、与人合作成事：做大事业要会合作

做大事不但要集聚很多优秀的部下、得力助手，还要和许多合作伙伴一起成事。合作伙伴之间没有领导和被领导的关系，利和义是合作的基础。利，是合作使双方获取更大利益；义，是合作会更有力推进彼此共同的信念。

成功的合作需要实力、分享、诚信。

没有人愿意找一个喜欢坑蒙拐骗的人合作；也没有人愿意找一个毫无能力的人来合作；更没有人愿意找一个自私自利，只求同苦不愿共甘的人合作。

1.德性、才能、实力，合作缺一不可

想与别人合作，需要得到对方的认可。一个人有德行，合作者知道一定不会被对方坑骗，德行是彼此信任的基础。一个人有才能，合作者一起做事情有突破种种困难的能力，有更大成功的希望。合作需要人才、资金、装备、科技、智慧等实力。合作可以壮大实力，聚集起做大事的基础和抗风险的能力。

想顺利与别人合作，就要努力提高自身的素质和修养，具有良好的德行与学识，还要不断积累自己的实力。

无德的人贪得无厌，与人合作不会长久。无德无才的人纠合在一起，很难成事，很快就会各奔东西。

诸葛亮率兵讨伐南中，参军马谡送行数十里。诸葛亮说："今天请你再一次提出好计划。"马谡说："南中依恃地形险要和路途遥远，叛乱不服已经很久了。即使我们今天将其击溃，明天他们还要反叛。目前您正准备集中全国的力量北伐，以对付曹魏强贼，叛匪知道国家内部空虚，就会加速反叛。如果将他们全部杀光以除后患，既不是仁厚者所为，也不可能在短期内办到。用兵作战的原则，以攻心为上，攻城为下，望您能使其真心归服。"诸葛亮采纳了马谡的建议。

诸葛亮到达南中，前后生擒孟获七次又释放了七次，让孟获领教了诸葛亮的德行、实力、才能。孟获和他领导的南方少数民族心服口服不再反叛，真心诚意地与诸葛亮合作。

2.一人难驾万里船

做大事业，要团结一切可以团结的人，以壮大自己的力量。不但要善于团结志同道合、利益一致的人，也要善于团结中立人士。有时候，甚至要与我方部分利益暂时相同而有实力的敌人进行合作，只要把握好尺度，各取所需，也未尝不可。

合作方越多，积蓄的力量就越大，事业成功的把握也就越大。

赤壁之战后，曹操占据广大北方及荆州北部最大的南阳郡和长江以北的江夏郡，孙权得到江东千里之地以及长江以南的江夏郡和大部分南郡，刘备只有南郡的一小部分以及荆州南部四个郡（长沙、零陵、桂阳、武陵）。

刘备屯兵公安，以土地稀少不利于发展为由，向孙权请求都督荆州，孙权犹豫再三拿不定主意。鲁肃极力劝说政权尚不稳固的孙权同意此提议。理由一是曹操虽经赤壁之败，实力仍然强劲，东吴无法单独对抗。二是东吴新得荆州，恩信未洽，在荆州的人望和号召力上不及刘备。三是利用刘备在荆州的声望，借地于刘备等于给曹操扶植了对手，减轻东吴的抗曹压力。孙权同意了鲁肃的意见将吴占有的南郡借给刘备，于是刘备便有了完整的南郡。刘备据此东和孙权，北抗曹操，后来又谋取得到益州（今四川），建立了蜀汉基业，成就三分天下的局面。东吴也因此站稳脚跟，可以与独霸北方的曹操一较高下。

3.有福同享，才能有难同当

合作去完成一件事情，处理好合作者之间的关系是成败的关键。天下之势，因利而合，因利而分，不明白这一点，不懂得合作者为什么合作，就很难处理好彼此之间的合作关系。

战国诸侯割据、战事不断。范蠡以商人的职业嗅觉发现，南方吴越一带需要大量战马，而这时北方多牧场，马匹便宜又剽悍，如果能把北方的马运往南方，必能大赚一笔。但是千里迢迢，山高路远，途中不时还会有强盗出没，如果仅靠自己，这批马很难运到吴越。于是他想到了合作，通过合作来实现双赢。范蠡了解到北方有一个很有势力、经常贩运麻布到吴越的巨商姜子盾，姜子盾因经常贩运麻布早已用金银买通了沿途强人。范蠡想利用姜子盾的沿途势力，便在城门贴上告示，表示自己组建了一支马队，开业酬宾，可以帮人免费运货到吴越。果不其然，姜子盾找上门来表示要和范蠡合作。就这样，姜子盾省下了一笔巨额运费，范蠡也顺利将自己的马匹运到南方卖出，双方共赢，都取得了利益最大化。

4.诚信赢得合作

处理好合作者之间关系的关键之一是互相讲诚信。

合作者之间有诚信，彼此预期的合作利益才可得以实现，也才能巩固双方的合作关系。一个诚信记录良好，甚至在非常困难的条件下也能兑现诺言的人，寻找合作伙伴会非常容易；反之，一个劣迹斑斑的骗子，没人愿意和他真诚合作。成大事业的人，想一呼百应，就得把诚信看得和自己的生命一样重要。

南齐时，南齐武帝任命始兴王萧鉴为督益、宁诸军事，益州刺史。当初，劫盗头目韩武方聚集一千多名党羽，截断水源，横行霸道，上明官府无法阻止。萧鉴前往益州赴任走到上明时，韩武方向萧鉴投降了，长史虞悰等人都请求萧鉴杀掉他，萧鉴说："杀了韩武方，就失去了信用，也无法规劝其他造反的蜀人改过从善。"于是，向朝廷报告，饶恕韩武方。从此，巴西一带从事抢掠的残暴、愚昧的蛮夷也都闻风投降。萧鉴这年正好十四岁。

5.真诚巩固合作

用真诚感化合作者，可以消除彼此间的戒备猜忌，加强合作关系，同心协力做事。

唐初，刘黑闼召集兵马向南进发，自相州以北的唐朝州县均归附了刘黑闼，唯有魏州总管田留安带兵坚守抵抗。

在经过充分准备后，田留安攻打刘黑闼，打败了他，并抓获刘黑闼的莘州刺史孟柱，刘黑闼六千名将领士兵投降了田留安。当时，山东地区的豪杰纷纷杀死本地长官响应刘黑闼，因此上下互相猜疑，百姓也日益离心离德；只有田留安对待下属、百姓坦然无疑。有人报告事情，无论亲疏都听任他们直接到寝室，还常常对下属、百姓说："我和各位都是为国家抵抗来敌，自然应当同心协力，如果有人一定要弃顺从逆，只管自己来砍了我的头拿走。"下属、百姓都相互提醒道："田公以至诚之心待人，我们应当共同尽心竭力报答他，一定不要辜负他的信任。"有一个叫苑竹林的人，本来是刘黑闼的党羽，暗中怀有异心。田留安知道苑竹林的事，却没有揭发他，而是将他安置在身边，让他掌管钥匙；苑竹林深受感动，便改而归顺了田留安。

田留安后来因功晋爵封为道国公。

六、与品行卑劣的人打交道：防止被小人伤害

任何人获得收益，只有两种人不高兴：一种他的敌人，敌人不希望自己的对手强大起来；另一种是品行卑劣的人，品行卑劣的人看到别人过得好就会眼红、妒忌。

世界是丰富多彩的，生存在这个世界上就不得不与品行卑劣的人打交道。

1.小人的特点和手段

小人的特点：

（1）难于感化。说教不能使其醒悟，关爱不能使其感动，惩处不能使其畏服，宽恕不能使其悔过。（2）做事出格。不顾及道德、法律、规则、习惯、良心、舆论、长远代价，只要能得手，任何手段都敢使用。（3）十分狡诈。特别善于琢磨别人，琢磨事，琢磨得手的方法渠道。（4）特别狠毒。敢于为极小的恩怨不惜让别人付出千倍的代价。（5）十分难缠且极具耐心，只要不死就没完没了。（6）唯利是图。

小人的手段：

（1）拍马奉承。谁得势就依附谁，谁失势就抛弃谁。（2）踩着别人爬上去。（3）落井下石。（4）找替死鬼。（5）你不惹他，他也会找上门来。（6）造谣生事。（7）阳奉阴违，表里不一。（8）挑拨离间，从中取利。

"指鹿为马"的赵高可以颠覆横扫六国的大秦帝国，"口蜜腹剑"的李林甫可以断送盛极一时的大唐王朝。他们手段不可谓不阴险、狡诈，他们的教训不可谓不深刻。

唐代人郑注虽然身材瘦小，眼睛近视，但却巧言谄媚，善解人意，他以行医游行四方，羁旅他乡，十分贫穷。一次，他以精湛的医术得到一个徐州牙将的赏识，于是，这个牙将把他推荐给襄阳节度使李愬。李愬服用他的药后，很有效果，因而非常宠爱，任命他为牙推。郑注恃宠，逐渐干预军政，胡作非为，令节度使府的官员都感到忧虑。监军王守澄把众人对郑注的反映转告李愬，请求把他驱逐出去。李愬说："郑注虽然如此，但他是个奇才，您若不信，请和他试见一面，如果一无是处，再驱逐也不晚。"于是，李愬让郑注去拜见王守澄。王守澄开始还面有难色，后来不得已接见郑注。交谈不久，王守澄大喜，把郑注引到正堂，两人促膝交谈，笑声不断，相见恨晚。第二天，王守澄对李愬说："郑注的确像您说的那样，是个奇才。"从此以后，郑注得到王守澄的宠爱，权势更加扩张。李愬又任命他为巡官，成为李愬的重要幕僚。郑注掌握一定权力后，恐怕原来推荐自己的牙将暴露自己的身世，秘密地以其他罪名告于李愬，李愬把牙将杀死。等到王守澄被唐穆宗召入朝廷，任命为知枢密时，王守澄带郑注到京城，给他修建住宅，加以供养。接着，又向穆宗推荐郑注，穆宗也很器重他。

自从穆宗得病以后，王守澄专制朝政，势倾中外。郑注频繁地出入王守澄的家里，和他商议谋划，经常通宵达旦。二人串通收受贿赂，外人都无法窥测他们的踪迹。开始时，还只是一些身世卑贱但又善于钻营趋奉的官吏，通过贿赂郑注而求迁升；几年以后，达官贵戚也都争着和他交往，以致门前车水马龙。工部尚书郑权在家中畜养了很多妻妾，但由于俸禄少而无力供养，于是，通过郑注向王守澄推荐，求为节度使。不久，唐穆宗任命郑权为岭南节度使。

唐穆宗去世后，唐文宗继位。郑注依赖王守澄，权势熏天，唐文宗十分憎恨他。九月的一天，侍御史李款在紫宸殿弹劾郑注说："郑注在宫中交结宦官，在南衙交结百官，两地往来奔走，收取贿赂，窥测动向，窃取大权，人们都敢怒而不敢言。请求朝廷批准把他交付御史台审查治罪。"在十多天的时间里，他接连几十次上书弹劾郑注。王守澄把郑注藏在右神策军中。左神策中尉韦元素、枢密使杨承和、王践言也都憎恨郑注。这时，左神策军将李弘楚劝韦元素说："郑注阴险狡诈，举世无双。如果不及时除去，等到羽翼丰满时，必定成为国家的心腹大患。现在，他被侍御史李款弹劾，躲藏在右神策军中。我请求让我以您的名义去见他，借口说您身体有病，请他前来诊断。来后您请他坐下来谈话，我站在旁边侍候，看到您用眼睛向我示意，我就把他抓出去杀掉。然后，您面见皇上，叩头请罪，把他以往的罪行一一向皇上汇报。届时，枢密使杨承和、王践言肯定会帮助您说话。况且您对皇上有拥立的功劳，怎么会因为除去一个奸人而被怪罪呢？"韦元素认为他说得很有道理，就派李弘楚去召唤郑注。郑注来后，对韦元素点头哈腰，毕恭毕敬，接着，夸夸其谈，奸邪的言辞像泉水一样，源源不断。韦元素听得入了迷，不知不觉亲切地拉住他的手，聚精会神，不觉疲倦。李弘楚在旁边多次暗示韦元素应该动手，韦元素根本不理。随后，韦元素赠送郑注大批金银钱帛，送他回去。李弘楚大怒，说："您失去今天诛杀他的机会，将来必然难免遭受他的陷害。"于是，辞职而去。不久，李弘楚背部长疮去世。当初王涯升任宰相时，郑注曾在幕后为他活动。这时，王涯惧怕王守澄的权势，因而把李款弹劾郑注的奏章压下来，不在朝廷讨论。王守澄又在文宗的面前为郑注辩护，于是，文宗赦免了郑注。不久，王守澄又奏请朝廷任命郑注为侍御史，充任右神策军判官。朝廷内外无不惊讶感叹。朝廷又任命郑注为昭义行军司马。

唐文宗中风后不能说话。王守澄向文宗推荐说，郑注擅长医术。文宗召郑注来京城，吃了他开的药后，很有效果。于是，郑注又开始得到文宗的宠爱。后来又和文帝谋划除去了王守澄，被任命为凤翔节度使，成为封疆大吏。文帝之前的两位皇帝都为宦官所害，文帝十分忌惮宦官，秘密与郑注及宰相李训策划发动"甘露之变"杀掉所有的宦官，事败，郑注反被宦官所杀。

2.怕小人不算无能

对付小人：

第一，如果可能，尽量远离小人，减少与小人的交集。只要在小人的视线范围内，正直的人就难免被他伤害。

第二，小人得势，掌握着一定的势力，不能摆脱，也无法消灭，就要尽量避免被伤害，不直接对抗，尽量隐忍，等待机会。小人远则生怨，近则不逊。因此，对小人要勤打招呼，少说话；不主动来往，但不拒绝来往；不深交，但不绝交；可以给予好处，但不能占小人便宜，彼此不要有利益交集。不要进小人圈子，也不让小人深入自己的领域和心灵。不帮忙，不阻拦，不规劝，不参与，不讨论，任其自生自灭。

不要对小人表现出憎恶之情，但又要保持自己的威严。小人憎恶君子，常常是因为君子憎恶他们。不要让小人感到你是他们的威胁和绊脚石，尽量隐蔽成对他们无利也无害的对象。

第三，要暗中积极行动，不坐以待毙，又不打草惊蛇。如果掌握实力，就果断出手，一举铲除小人，不留后患。

唐朝时，大将郭子仪晚年退休后，在家赋闲。当时，卢杞还只是一个尚未成名的小角色。

有一天，卢杞前来拜访郭子仪。郭子仪正被家里所养的一班歌伎们包围着欣赏音乐，一听说卢杞来了，郭子仪马上命令所有的女眷和歌伎，一律退到会客厅的屏风后面去，一个也不准出来见客。

郭子仪单独和卢杞谈了很久。等到客人走了，家眷们奇怪地问他：您平日接见客人，都不避讳我们在场，谈笑风生，无所顾忌。为什么今天接见一个书生，却要如此慎重呢？郭子仪说："你们不知道，卢杞这个人，很有才干，但他心胸狭窄，心术不正，睚眦必报，而且他的长相很难看，半边脸是青的，好像庙里的鬼怪一样。你们女人最爱笑，平时没有事都要笑笑，如果看见卢杞的半边青脸，一定忍不住要笑。你们一笑，他就会记恨在心，一旦得志，你们和我的儿孙，就没有一个活得成了！"

后来，卢杞果然做了宰相，凡是过去那些看不起他或得罪过他的人，他一律杀人抄家，报复手段十分残酷。唯有对郭子仪的全家却很宽厚，即使郭家人稍有些不合法的事情，他也曲为保全。

在卢杞看来，郭子仪对他一向都是颇为尊重的，很有一些感恩知遇的意思。

3.对待小人要处处小心

小人无孔不入。对于小人要提高警惕，时时提防，说话做事慎之又慎，严谨缜密，绝对不给对方留把柄；要洁身自好，尤其要管紧自己的家人和部下，做到万无一失，不给小人留下可乘之隙。许多君子败在小人手上，就是吃了不够严谨、不够缜密的亏。

清雍正帝时，孙嘉淦以敢言直谏而出名。雍正帝性格喜怒无常，登基之初，大臣们皆不敢直言进谏。孙嘉淦首先上疏建议他"亲近兄弟，停止纳捐，西北收兵"。孙嘉淦的上疏颇有含沙射影的嫌疑，雍正帝闻之，大怒，并斥责翰林院掌院学士。当时辅臣朱轼在旁边，委婉地说道："孙嘉淦虽然狂妄，但我很佩服他的胆量。"雍正帝沉吟一会儿，大笑说："朕亦佩服他的胆量。"雍正帝立即召见孙嘉淦，并升任他为国子监司业。

孙嘉淦历经康熙、雍正、乾隆三朝，历任国子监司业、顺天府尹、工部侍郎、刑部侍郎、吏部侍郎、都察院左都御史、刑部尚书、吏部尚书、直隶总督、宗人府府丞、工部尚书、协办大学士等重要职务。

孙嘉淦敢言直谏会得罪许多小人。为此，孙嘉淦非常注重廉洁，做事谨慎小心。孙嘉淦退休准备返乡，知道一定会遭人趁机诽谤诬陷，就买了许多大木箱，暗暗在木箱里装满砖头，雇了十几辆大车装运回老家。出京没多远，果然有人向乾隆举报，乾隆就派人半路拦截检查。派来的人打开箱子发现木箱里全装的是砖头，乾隆就问孙嘉淦原因，孙嘉淦说："为官几十年，没有攒下几个钱，如今荣归故里，还是一副穷酸模样，怕遭乡绅土财耻笑，也怕给朝廷丢脸。"

乾隆非常感动，就厚赐币帛，慰勉有加。两年后又将孙嘉淦召回，重新委以重任，直到他去世。

4.对付小人，需要智力、实力、权力

经常有意损人利己的人是坏人；偶尔无意损人利己的是好人犯错误；经常装作好人，或者借别人之手损人利己的是小人。坏人容易防备，小人害起人来

入骨三分，而且很难防备。

地位太低、实力不足、智力太弱都不利于顺利解决小人问题。

曾国藩、张居正这样的人有很高的政治智慧，能够洞察世事的本质，善于运用辩证的方法解决问题，所以常常可以驾驭小人，与小人虚与委蛇。

张居正是明代著名宰相，对当时国家存在的种种弊病进行了成功改革，是中国历史上与商鞅齐名的政治家、改革家。

张居正开始任次辅即副宰相，为了获得权力，实现自己的政治抱负，他主动结交太监冯保。冯保是万历小皇帝的近身太监，深得皇帝喜欢和信任。冯保是内廷的权力代表，没有冯保的帮助，张居正的政治抱负就不可能实现。

张居正把这个任务交给了仆人游七。他要游七去结交冯保的心腹徐爵。他们两人都属于同一层面，有共同语言，很快就成为无话不谈的朋友，从而成了张居正和冯保的传话人。张居正的主动，引起冯保的特别关注。他沾沾自喜，嘱咐徐爵："一定要把游七当成你失散多年的亲兄弟，有你就有他，他没你就没。"

冯保因一直伺候小皇帝受到重用，晋升为掌印太监，协理李太后负责小皇帝的教育。内阁首辅高拱见冯保权力越来越大，便不能容忍，授意阁臣提出"还政于内阁"的口号，组织一批大臣上书弹劾他。这时候张居正找到冯保，指使他在李太后面前将高拱曾在内阁说过的一句话"十岁天子，如何治天下！"改为"十岁孩子，如何做人主"，传话给李太后，果然李太后听后大怒，以"专政擅权"之罪令高拱回原籍。于是，张居正在这一年六月担任了首辅，全面掌握大权。

冯保贪财好货，史载张居正先后送给冯保名琴七张、夜明珠九颗、珍珠帘五副、金三万两、银二十万两。冯保花费巨款，给自己建造了生圹（墓地），张居正撰写了《司礼监秉笔太监冯公预作寿藏记》，对他歌颂不已。

张居正怕冯保插手外部事务，引发与自己的冲突，委婉地让游七传话给冯保："内廷是你的天下，随你处置，但别把手伸到外廷。其他事，我都可以睁一只眼闭一只眼。"冯保给张居正回信说："您放心治国，至少在内廷，不会有人给您添乱。"张居正长长出一口气，谆谆叮嘱游七，一定要和徐爵保持良好的私人关系。这个关系就是内外稳固的基石。

此后张居正在冯保默契配合下，巩固了自己的地位，并强势推动改革，取得了非凡的成就。

5.没有绝对的君子和小人

君子和小人在一定条件下可以互相转换，或许今天他表面为君子，明天他便成了真正小人。

曾国藩说："天下无一成不变之君子，无一成不变之小人。今日能知人，能晓事，则为君子；明日不知人，不晓事，则为小人。"

大部分人既不是十全十美的君子，也不是十恶不赦的小人，而是在有些事中像君子，在有些事中像小人。关键在于处在怎样的环境中。

即便是小人，也可能在特殊情况下做好事。

唐太宗担心官吏中多有接受贿赂的，便秘密安排身边的人去试探他们是否受贿。有一个刑部的司门令史收受绢帛一匹，太宗得悉后想要杀掉他。民部尚书裴矩劝谏道："当官的接受贿赂，其罪的确应当处死。但是陛下派人送上门去让其接受，这是有意引人触犯法律，恐怕不符合孔子所谓的'道之以德，齐之以礼'的古训。"太宗听了很高兴，召集文武五品以上的官员，对他们说："裴矩能够做到在位敢于力争，并不一味地顺从我，假如每件事情都能这样做，国家怎么能治理不好呢！"

司马光评论说："古人说过，君主贤明，则臣下正直。裴矩在隋朝是位佞臣而在唐朝则是忠臣，不是他的品行有变化。君主讨厌听人揭短，则大臣的忠诚便转化为谄谀；君主乐意听到直言劝谏，则谄谀又会转化成忠诚。由此可知君主如同测影的表，大臣便是影子，表一动则影子随之而动。"

6.上司是小人成败的关键

小人最厉害的手段就是迷惑领导，然后倚仗领导的权威作恶，所以抓住了领导，就占据了制高点、主动权，小人就失去下手的机会和手段。与小人作斗争，一是要说服上司不要宠信小人，要远离小人。二是要防微杜渐，不让小人接近上司，得到任何得势的机会；小人善于伪装，一旦得势就很难清除。三是铲除小人最得力的方法就是借用上司之手。

沈约评论刘宋灭亡时说：君王面向南而坐，皇宫九重，与民间隔绝。早晚奉陪的都是受宠的左右侍从，而与朝廷大臣相距甚远。上下情况的沟通，应该由固定的机构执行。到后来，这些侍从由于生活上亲近而受到恩宠，由于宠爱进而受到信任。在君王眼里，左右侍从没有使人畏惧的力量，而只有取悦于人的脸色。刘宋文帝、明帝虽独揽大权，可是刑事案件和政治事件纠缠而复杂，不可能全部了解；情报的收集，资料的整理，不得不依靠左右侍从。他们观察人主的喜怒哀乐，顺着人主的意思说话，言语行动都迎合人主的心意，而且从来没有差错。于是人主就产生一种印象，认为他们地位卑微，身份低贱，不可能专权，擅作威福。却没想到，鼠凭地贵，狐假虎威。外面，他们没有对人主造成伤害的嫌疑；内部，他们受人主的驱使，却有独揽大权的际遇。所以，当他们的权势膨胀到可以颠覆政权的时候，人主也许仍不能觉悟。明帝晚年，担心皇子孤危，忧虑国家盛衰。而受宠信的弄臣恐惧皇族的压迫，打算使幼主陷于孤立，永远控制朝廷，于是，借明帝的忧虑制造矛盾，挑起猜忌，使明帝的弟弟、皇家的亲王先后遭到屠杀。刘氏天下很快倾覆，原因就在于此。

7.小人自有小人磨

君子面对小人，觉得十分棘手。小人遇到小人，双方争权夺利势不两立，相互比拼谁更加凶狠恶毒。

唐肃宗时，张皇后与宦官李辅国互相勾结，掌握大权，独断专行，后来，二人有了裂痕。内侍者太监程元振与李辅国结成一党。肃宗病情恶化，张后召见太子，对他说："李辅国长期执掌禁军，皇上的制敕都从他手中发出，又擅自威逼太上皇迁到太极宫，他的罪行很大，所忌恨的人就是我和太子你了。如今皇上已处在弥留之际，李辅国暗中与程元振图谋作乱，不能不杀。"太子李豫哭着说："陛下病情十分危急，他们二人都是陛下有功勋的旧臣，一旦不告诉陛下而杀掉他们，必然会使陛下震惊，恐怕承受不住。"张后说："那么太子暂且回去，我再慢慢考虑。"太子出去后，张后召见越王李系，对他说："太子仁慈软弱，不能杀掉贼臣，你能够办这件事吗？"李系回答说："能。"于是李系便命令内谒者监段恒俊挑选勇敢有力的宦官二百多人，在长生殿后授给他们铠甲兵器。乙丑（十六日），张后以皇上的命令召见太子李豫。程元振知道了张后的阴谋后，悄悄地将此事告诉了李辅国，又在陵霄门埋下伏兵，等待太子的到来。太子来到后，程元振告诉他皇后发难。太子说："一定没有这样的事，皇上病重才召见我，我难道可以怕死而不去吗！"程元振说："社稷事大，太子万万不可入宫。"于是派士兵将太子送到飞龙厩，并且让全副武装的士兵守住他。当天夜里，李辅国、程元振率军来到三殿，逮捕越王李系、段恒俊以及掌管内侍省事务的朱光辉等一百多人，将他们囚禁起来。又以太子的命令将张后迁到别殿。当时肃宗在长生殿，使者逼着张后离开长生殿，将她和左右数十人一起幽禁在后宫，宦官和宫女都惊恐害怕，纷纷逃散。丁卯（十八日），肃宗驾崩，四天后李豫灵前即位（唐代宗）。李辅国等人便杀掉了李系等人。

成功者的素质

一、谦虚：懂谦虚、会谦虚才能成就人生和事业

月亮圆满就开始走向亏损，事物圆满更容易走向损伤。富足、成功、强盛、宏大等事物超越顶峰就容易步入衰败。作为一个事业有成、经济富有、经验丰富，以及各种有益方面很充盈的人，具有谦虚的品德，才能用更宽广的胸怀来容纳万物。

1.天道乐谦

世界的资源是有限的，而且竞争十分激烈，这就限制了事物无限发展的可能性。作为一个人也一样，你所占的资源越多，与别人发生利益冲突的边界就越长，由此，冲突对象也就越多，强度也越大，你被击败的可能性也就越大。谦虚的内容之一就是尽量用柔和的手段增加自己的资源，减少与方方面面的摩擦，化解各种矛盾；发展到一定程度要见好就收，以免你占有的资源过多激化各种矛盾，导致被群起而攻之。

汉代卫青为汉朝扫清了匈奴百年威胁，功高无比，位居高官，但他一如既往小心翼翼，始终对汉武帝恭敬有加，从不独断专行、专横跋扈。

扫荡漠南时，苏建全军覆没，苏建只身逃回。有人建议卫青杀了苏建"立威"。卫青表示以天子殊宠为大将军，不患无威，虽有权力，但不敢擅专，还是把这事交给天子定夺。于是用囚车押回苏建。汉武帝果然放了苏建，将他贬为庶人。

卫青权倾朝野，但从不结党，更不养士。苏建曾经劝告卫青养士可以得到好名声。卫青认为养士会让天子忌惮，以前丞相窦婴和田蚡厚待宾客就常让汉武帝刘彻咬牙切齿，作为臣子只需要奉法敬责就可以了，何必去养士呢？

卫青谦虚谨慎，做人非常低调。他不光对汉武帝十分恭敬，对其他人也从不居功自傲、颐指气使，从不与人争权夺利、仗势欺人。

随着卫青地位的日益增高，汉武帝希望群臣见了大将军行跪拜之礼，汲黯却依然行揖礼，卫青不但不生气，反而更加敬重汲黯，经常向他请教国家和朝中的疑难之事。

漠南之战胜利后，卫青被赐千金，有个叫宁乘的人对他说："大将军之所以能显贵全是因为卫皇后。汉武帝现在很宠爱王夫人，她如今刚刚受宠，家里尚未富贵，大将军可以把皇帝所赐的千金都送给她以示好。"卫青并未以皇后弟弟和国家功臣自居，又不刻意讨好王夫人，就折半把五百金送给了王夫人。

名将李广，文景时就是闻名的将领，曾多年驻守边疆，抗击匈奴，卓有成效。他一直期盼能在将来消灭匈奴大战中建功立业。等到汉武帝大规模攻击匈奴时，他也多次随军出征，但每次都鬼使神差，寸功未立。漠北大战时，年过花甲的李广随卫青出征，再次迷路，等他姗姗来迟，敌军已经被消灭，敌酋已逃走。卫青要向武帝汇报战况，要求李广来说明延误情况。李广因丧失了立功封侯的最后机会，以及迷路的过失还将会受到军事处罚，越想越觉得窝囊，一怒之下拔刀自尽。

一年后，继李广之职成为郎中令的李广的儿子李敢，把父亲自杀的原因归咎于卫青，并出手打伤了卫青。身为一人之下万人之上的大司马、大将军的卫青没有追究这件事，并把这件事隐瞒下来。一年多后还是李敢自己上书汉武帝报告了此事。

卫青位高权重、才干绝人，对外辱强敌，临危不惧，勇于承担；对皇上忠诚坦白，恭敬谨慎；而对待同仁，谦和仁让，气度宽广，所以，他在世时乃至去世后从来无人构陷他。

2.虚心使人进步

天下的知识浩如烟海，天下的事情纷繁复杂，任何人都不可能学完所有的知识，了解所有的事物。天外有天，人外有人；谁都不敢妄言说没有人会超过自己。只有老老实实，时刻谦虚如刚入学的小学生，才能不断取得进步。

契丹灭晋进入大梁。契丹主广泛接受四面八方送来的进贡礼品，大肆饮酒作乐，常常对原后晋的臣子说："你们中原的事，我都知道；可我国的事，你们就不晓得了！"

赵延寿请求供给军队粮饷，契丹主说："我国没有这个法。"于是就放出胡骑兵，以放马为名，四处抢掠，称为"打草谷"。百姓中年轻力壮的死于契丹兵的刀口，年老体弱的填于沟壑，从大梁、洛阳的辖区直到郑、滑、曹、濮各州，几百里地的地面上，财产牲畜几乎被抢掠一空。

契丹主对判三司刘昫说："契丹大军三十万，平掉了晋国，就应该发给丰厚的赏赐，要赶快准备操办。"当时官府仓库里已经枯竭，刘昫不知从何处而出，于是就向都城的士人百姓借钱，自将相以下都免不了。又分别派遣几十名使者到各州中借款，用严刑相威胁，使得民不聊生。其实钱并没有颁发给契丹士兵，而是都聚集到皇宫内库里，打算装车运往本国。于是内外怨恨、愤怒，开始感到契丹的祸患痛苦，都想驱逐他们了。

不久，原来晋国的地方纷纷反叛，都去归附趁机自立的刘知远，契丹又丢失了大部分占领的晋国领土。

契丹主感叹道："我有三个失误，使天下应该背叛我啊！许各道搜刮钱财，这是第一个失误；命北国人'打草谷'，这是第二个失误；没有及早派各个节度使返回镇所去安抚，这是第三个失误。"

3.谦虚使人远离错误

一个谦虚的人做事前会多方听取别人的意见，会多方面了解情况，对事物会有清醒的认识，然后做事就会大大降低犯错的概率。所以一个人用谦虚来约束自己的行为，就不会犯大错误。

唐太宗问给事中孔颖达："《论语》说：'有能力的人向无能力的人请教，知识丰富的人向知识匮乏的人请教；有学问像没学问一样，满腹经纶像空无一样。'如何解释？"孔颖达圆满地解释其本意，且说："非独一般人如此，帝王也当如此。帝王内心蕴含神明，但外表却当沉静无为，所以《易经》说'以久表蒙昧来修养贞正之德，用藏智于内的办法来治理民众。'假如身居至高无上的地位，炫耀自己的聪明，依恃才气盛气凌人，掩饰错误，拒绝纳谏，那么就造成下情无法上达，这是自取灭亡之道。"太宗十分赞许他说的话。

诸葛亮精简官职，修订法制，向百官发下文告说："所谓参与朝政，署理政务，就是要集合众人的心思，采纳有益国家的意见。如果因为一些小隔阂而彼此疏远，就无法听到不同意见，我们的事业将会受到损失。听取不同意见而能得出正确的结论，如同扔掉破草鞋而获得珍珠美玉。然而人们很难做到这一点，只有徐庶在听取各种意见时不受困惑。还有董和，参与朝政、署理政务七年，某项措施有不稳妥之处，反复十次征求意见。如果能做到徐庶的十分之一，像董和那样勤勉、尽职、效忠，我就可以减少过失了。"他又说："过去我结交崔州平，他多次指出我的优缺点；后来又结交了徐庶，得到了很多启发和教诲；先前与董和商议事情，他每次都能做到知无不言，言无不尽；随后又与胡伟度共事，他的多次劝谏，使我避免了很多失误。我虽然生性愚昧，见识浅陋，对他们给我的教益不能全部吸取，然而和这四人的关系始终很好，也可表明我对直言是不疑的。"

4.假装的谦虚是最大的不谦虚

谦虚要发自真心，不虚伪做作。装出来的谦虚，徒有虚名，于事无益反而有害。

北魏时，当初，元乂常常入宫在孝明帝所住的殿堂旁边执勤，百般献媚，孝明帝因此开始宠信重用他。他开始掌管朝政的时候，还伪装粉饰自己，所以在待人接物方面，做出谦逊、殷勤的样子，对于时事得失也假装十分关心，等到得势以后，就开始傲慢无礼，嗜酒好色，贪图财宝贿赂，随心所欲地处置事情，破坏纲常法纪。他的父亲元继更加贪婪放肆，和他的妻子儿女都接受贿赂和礼品，操纵有关部门，没有人敢抗拒。风气所及以至于连郡县的小官吏也不能公正任命，而牧、守、令、长等各级官吏全都是贪污受贿的人。因此百姓贫困窘迫，人人都想造反。元乂在宫禁中出入，只得常常让勇士手执兵器在他前后保护，有时出宫在千秋门外休息，就设置木栅栏，让心腹守护以便防备作乱；士人和百姓来求见他，只能离得远远的，不能近前。

后来元义发动"宣光之变"，联合侍中刘腾软禁灵太后和孝明帝元诩，囚杀太傅清河王元怿，把持朝政，胡作非为。正光五年（525），灵太后被解救，下令赐死元义。

5.谦让只给予懂谦让的人

谦让是为了避免矛盾或者缓和化解彼此间的冲突和矛盾。但不分对象，不分场合无原则地谦让，非但不能起到好的作用，反而让不懂谦让的人得逞，伤害到自己。

对于一方的谦让，大部分人会领会谦让方的善意，投桃报李，达到一个平等礼敬的局面。但确实也存在这样的人，非但不理会谦让方表现出的善意，反而以为对方软弱可欺，进一步变本加厉侵害谦让方的利益。对这些不能珍惜他人谦让、得寸进尺的人，要毫不客气地反击。

谦让和退让有本质的区别。谦让是有足够的实力，只是为了化解矛盾，避免无谓的冲突而采取的一种态度；退让却是因为实力不足以与对方对抗，为避免冲突给己方造成更重大损失而不得不做出的让步。所以对于不懂得谦让和退让区别的人表示谦让时，一定要增加一个能够明确表达实力的过程，让对方明白你是谦让而不是退让。

东周时，寤生和叔段是同母兄弟，其父为郑武公。

其母武姜生寤生时难产，惊吓了姜氏，所以姜氏不喜欢他，而十分宠爱娇惯他的弟弟叔段。公元前744年，武公病重，武姜在武公面前说叔段贤，欲立段为太子，武公不同意。是年，武公病逝，寤生继承君位，这就是郑庄公。庄公元年，武姜请求将制邑作为叔段的封邑。庄公说："那里不行，因为制邑地势险要，是关系国家安危的军事要地。"武姜改而威逼庄公把京（今河南荥阳东南）封给叔段。京是郑国大邑，城垣高大，人口众多，且物产丰富，庄公心里不愿意，但碍于母亲的请求，也只好答应了。大夫祭仲进谏道："京邑比都城还要大，不可作为你弟弟的封邑。"庄公说："这是母亲的要求，我不能不听啊！"叔段到京邑后，号称京城太叔。他仗着母亲姜氏的支持，从不把尊君治民放在心上。叔段在京邑的反常举动引起了人们议论，大夫祭仲又对庄公说："凡属都邑，城垣的周围超过三百丈，就是国家的祸害。所以先王之制规定，封邑大的不超过国都三分之一，中等的不超过五分之一，小的不超过九分之一，现在京邑不合法度，您怎么能容忍呢？"郑庄公很无奈地说："母亲要这样，我能怎么办呢？"祭仲说："你母亲哪有满足的时候？不如及早给叔段安置个地方，不要让他再发展蔓延。一旦蔓延就难于对付了。蔓延的野草尚且难除，何况是您受宠的兄弟呢？"庄公说："先等等看吧。"

郑庄公一次次退让，促使叔段的野心日益增长。不久叔段竟命令西部和北部边境同时听命于自己，接着又强行把京邑附近两座小城也纳入他的管辖范围。大夫公子吕对郑庄公说："一个国家不能听命于两个国君，大王究竟打算怎么办？您如果要把君位让给叔段，下臣就去侍奉他；如果不让，那就请除掉他，不要让老百姓生二心。"郑庄公则不温不火地说："用不着除他，没有正义就不能得民心，迟早他会自取其祸。"

叔段在京城修缮城池，囤积粮草，训练甲兵，加紧扩展自己的势力，甚至与母亲武姜合谋，准备里应外合，袭击郑庄公篡权。郑庄公知道了他们叛乱的日期，他派公子吕统率二百辆战车讨伐京邑。京城的人都反对叔段，叔段逃到鄢陵。庄公又进军鄢地，继续讨伐。鲁隐公元年五月二十三日，叔段逃到共国，这场叛乱平息。

6.谦虚好说难做

谦虚是人人都称颂的美德，但真正能做到非常难，自始至终都坚持谦虚的品德更是难上加难。谦虚意味着时时事事克制自己，朝乾夕惕，不能放纵自己的情绪、快意，这无疑是很痛苦的。

唐太宗把正直的魏徵调到身边，咨询军国大事，令他直陈无隐，魏徵也感怀知遇，知无不言，言无不尽。据统计魏徵廷谏达两百多次，在朝堂上直陈皇帝的过失，致使后来唐太宗看魏徵一身凛然正气都有点发怵。唐太宗得到一只上好的鹞鹰，放在手臂上逗着玩，忽然看见魏徵进来奏事，忙将鹞藏在怀中，魏徵假装没看见，故意絮絮叨叨拖延时间，好长时间才离去。等他走了，唐太宗从怀中拿出鹞鹰，发现已经被闷死了。

有一次唐太宗下朝满脸怒容，咬牙切齿地自言自语，迟早要杀了那个种田翁。长孙皇后一问才知道，原来种田翁就是魏徵，魏徵在早朝上当面顶撞唐太宗，驳斥唐太宗的决定，让唐太宗下不了台。

长孙皇后默不作声，转身进屋，把皇后的朝服穿戴整齐，出来对着唐太宗长拜。唐太宗惊问她这是做什么，皇后答道："恭喜皇上，只有皇上这般的圣明，才能使朝堂上有这样忠直的大臣，皇上能用这样敢于直陈的谏官，大唐就不会像隋朝一样覆灭了。"

7.没有鉴别对错的能力，再谦虚也没用

虚心听取意见不是放弃自己的主见盲目听从，而是要对事物进行更全面的了解，从不同的意见中分辨出正确的东西。一个没有明断是非能力的人，听到不同意见越多会越糊涂，会陷入莫衷一是的境地。

唐文宗时，宰相杨嗣复打算向朝廷推荐重新提拔被贬的李宗闵，但恐怕被另一宰相郑覃阻拦，于是，先让宦官在宫中私下向文宗建议。文宗上朝时对宰相说："李宗闵被贬到外地多年，应当授予一个职位。"郑覃说："陛下如果怜悯李宗闵被贬逐的地方太远，只可把他向京城方向迁移几百里，而不宜再召回朝廷任职。如果把他召回朝廷任职，我请求先辞职。"陈夷行说："李宗闵过去在朝廷朋比为党，扰乱朝政，陛下为什么喜爱这种卑鄙小人！"杨嗣复说："处理问题贵在用心公道，不可只凭自己的爱憎。"文宗说："可以让他担任一个州刺史。"郑覃说："授予州刺史恐怕对他太优待，最多让他担任洪州司马。"于是，郑覃、陈夷行和杨嗣复相互争论攻击，指斥对方为朋党。等郑覃等人退下，文宗对起居郎周敬复、起居舍人魏谟说："宰相之间如此争论喧哗，难道能够允许吗？"二人回答说："这样下去确实不行。"

可是情况并没有改变。朝廷每次商议朝政的时候，还是争论不休，是非竞起，文宗仍旧不能决断。

二、省察：正确面对错误，可以避免人生、事业失误

及时发现错误，改正错误，是我们每一个人面对社会、面对人生、面对错误应该采取的正确态度。

犯错误是难免的，只要迷途知返，及时纠正错误，就能脱离险境。

改正错误有两个方面，一是停止错误行为，积极主动地弥补损失，将错误造成的危害降到最低；二是找出犯错误的原因，彻底改变与此有关的一切行为。

有些人改正错误没有找到犯错误的根本原因，就事论事，只就犯错误的具体事情加以改正。这样的人难免在其他事情上由于同样的原因再犯错误。比如一个毛手毛脚的人开车撞了人，从此不再开车。他以为这样已经改正了错误，其实不然。由于毛手毛脚，有一天很可能开错了阀门，加错了原料，摔碎了贵重物品等，他还会继续犯错误。只有把毛手毛脚的毛病改掉，他才会真正成为一个做事认真仔细、一丝不苟的人。

1.不允许第二次摔倒在同一个坑里

人都会犯错误。犯错误不可怕，怕的是在同一个事情上第二次乃至多次犯错误。这说明此人不善于总结经验教训，他继续犯错误的概率会很大。

汉末，泰山盗贼首领臧霸到莒县去袭击琅琊国相萧建，攻陷了莒县，得到萧建的辎重。臧霸曾答应送给吕布一部分，但没有送到，吕布就准备亲自前去索取。吕布的部将高顺劝阻吕布说："将军威名远扬，远近畏惧，想要什么会要不到，何必自己去索取财物呢？万一不成，岂不损害威名吗！"吕布不听。吕布到莒县后，臧霸等不知吕布的来意，坚守城池抵御吕布，吕布空手而返。

高顺为人廉洁，有威望，又善于治军。吕布性情不稳定，反复无常。高顺每每劝吕布说："将军行动，不肯多加思考，忽然失利后，总说有错误，但错

误怎么可以一再发生呢？"吕布知道他忠于自己，但还是不能采纳他的意见，继续我行我素，因而也不断犯错。

2.错误发现得越早越好

错误发现得越早，纠正错误就越容易，损失就会越少。

唐太宗问谏议大夫褚遂良："舜帝制造漆器，谏阻的有十多个人。这有什么值得进谏的？"答道："穷奢极欲，是造成危亡的根源；漆器不能满足了，便会进一步用金玉。忠臣敬爱君主，定要防微杜渐，如果祸乱已经形成，就用不着再去行谏了。"太宗说："是这样啊。朕一有过失，你也应当谏于初发时。朕观察前代拒谏的帝王，多说'已经那样做了'，或说'已经应允的事'，最终不加改悔，这样一来，想要不出现危亡，能做得到吗？"

3.多反省少犯错

发现错误的方法之一，就是要经常反省自己的行为。

春秋时期，孔子的学生曾参勤奋好学，深得孔子的喜爱。同学问他为什么进步那么快，曾参说："我每天都要多次问自己：替别人办事是否尽力？与朋友交往有没有不诚实的地方？先生教的是否真正领会？如果发现做得不妥就立即改正。"这就是所谓"三省吾身"。

4.很多人踩出的路一定走得通

发现错误的方法之二，经常对比别人做事情的过程，探讨他们之所以为与不为的道理。搞清楚他们做事情成功与失败的原因和教训，就可以发现自己的错误。借鉴正反两方面的经验，就可以摒弃错误，坚持正确道路，并走向成功。

唐太宗到达显仁宫，当地官员因来不及准备供应，有被降职的。魏徵劝谏道："陛下因为供应的事就将官吏降职，我担心此风气盛行，则会造成民不聊生，这并非陛下巡幸各地的本意。从前隋炀帝暗示各地郡县进献食品，视其进献好坏作为赏罚的根据，所以天下百姓叛离。这是陛下亲眼所见，为什么又要效法呢！"太宗惊叹地说："没有你，我便听不到这类话。"进而对长孙无忌等人说："朕从前经过这里，买饭而食，租房舍而宿，如今供奉如此，怎么能嫌其做得不够呢！"

5.劝谏是面镜

发现错误的方法之三，多听他人意见，从不同意见中反省自己的失误。

魏徵去世，太宗命九品以上文武百官均去奔丧，并赐给手持羽葆的仪仗队和吹鼓手，陪葬昭陵。魏徵的妻子说："魏徵平时生活俭朴，如今用鸟羽装饰旌旗，用一品官的礼仪安葬，这并不是死者的愿望。"全都推辞不受，仅用一辆布车子载着棺枢送到墓地安葬。太宗登上禁苑西楼，望着魏徵灵车痛哭，非常悲哀。太宗亲自撰写碑文，并且书写墓碑。太宗不停地思念魏徵，对身边的大臣说："人们用铜做成镜子，可以用来整齐衣帽；将历史作为镜子，可以观察到历朝的兴衰隆替；将人比作一面镜子，可以确知自己行为的得失。魏徵死去了，朕失去了一面绝好的镜子。"

6.忠言逆耳利于行

"从善如同登山，从恶如同山崩。"从善往往要克制自己的欲望、需求；从恶则往往可以满足自己的私欲。所以劝人从善的忠言会让当事者克己隐忍、摒弃私欲，节制享乐，令人痛苦；而引人纵欲，满足五官享乐，遂顺意愿的话语却甜蜜动听。

三国时，吴国长史张纮回吴郡迎接家眷，中途因病死亡。临终时，将写好的遗表托儿子交给吴王。遗表说："从来主持国家的人，全都打算修行德政与太平盛世相媲美，至于治理的结果，多不能实现。究其原因，不是没有忠臣贤能辅佐，而是由于主上不能克制自己的好恶和情感情绪，不能听取正确的意见任用他们。人之常情都是畏惧艰难，趋就容易，喜好相同意见，厌恶不同意见，这与治国之道正好相反。古书上说，'从善如同登山，从恶如同山崩'，是比喻为善多么困难，君王承袭祖先累世的基业，凭借天时，坐拥大势，有掌握天下八种权柄的威严，喜好受到赞同带来的欢快，无须听取采纳别人意见；而忠义之臣提出难以忍受的方案，说出逆耳的言语，与君王不能契合，不也正当如此吗！君王与忠臣疏远就会出现裂痕，花言巧语之人借机离间，君王被这点所谓"忠心"搞得迷迷糊糊，迷恋于个人私恩错爱，使得贤明和愚下混在一起，罢免和进用都失去标准，这种情形由来的原因是私情作怪。所以圣明的君王明察此情，求访贤能如饥似渴，接受规劝而不厌烦，抑制私情，损减私欲，出于大义割舍私恩，那么上面没有偏颇错谬的任用，下面也就不抱非分之想了。"吴王孙权读着这封遗书，感动得热泪盈眶。

7.改小错丢脸面，到大错误丢脑袋

纠正错误有时候是十分困难的事情，甚至是十分痛苦的事情。它所带来的苦果大到重大利益损失，小到威信降低、颜面扫地。但是比起继续错下去，发展到无法收拾的地步损失要小得多。

犯了错误的人，不愿承认错误反而设法掩饰，其实只是欲盖弥彰。要想掩盖一个错误，必须用一千个错误，依此下去只能越陷越深。

有人问孟子："古代的圣人也犯错误吧？"孟子回答："当然，但对待错误的态度不同。古代的圣人犯了错误，马上就改。他们的错误，犹如日蚀和月蚀，所有人都看得见。一旦改正，也会像重放光明的太阳和月亮，被众人仰望。今人犯了错误，却不思悔改，宁可一错再错，以至铸成大错。"

魏大将军司马师两次派军队出征都因为特殊原因失败。大臣们提议处罚军队将领，司马师却主动承担失败责任。习凿齿评论说：司马大将军以两次失败引咎自责，错误消弭而事业却兴隆了，真可谓智者之举。如果讳言失败推卸责任，归咎于各种原因，经常自伐其功而隐匿失误，使上上下下离心离德，各种人才分散解体，那谬误就太大了。身为君主之人，如果能掌握这个道理来治理国家，行动失误却名声远扬，兵力暂时受挫却能最终战胜敌人，那么即使失败一百次都无妨，何况只有两次呢！

8.错事不随流，改错不容情

大家一起做事情，中途发现是错误的，首先要自己有主见，要毫不犹豫地终止自己的错误行为，坚决不随波逐流；还要放下情面，规劝其他人也尽快终止错误的行为。看着同伴犯错误是最不应该的事情。

唐德宗让人告诉陆贽："你清廉谨慎得太过分了，对于各道赠送的物品，一概拒不接受，恐怕在事情的情理上是讲不通的。比如马鞭、长靴一类的东西，接受了也无伤事体。"陆贽进上奏章，大略是说："监督有关部门的长官收受贿赂，只要所得财物折为布帛以后满了一尺，便以刑律相加。下至卑微的士民属吏，尚且该当严格禁止行贿，何况宰相是风俗教化的倡导者，怎么反而能够放过他们受贿的行为呢？贿赂的途径一经打通，反复实行，就会更加严重，赠送马鞭和长靴没有止息，必然发展到赠送金玉。眼睛看见愿意得到的东西，怎么能够在心中自行打消想要得到它的念头呢！已经跟赠物人结交了私情，怎么能够中途拒绝他的请求呢！所以，如果不断绝行贿的涓涓细流，就要填满溪涧沟壑而泛滥成灾了！"他又说："假如对赠送的物品有的接受，有的推却，赠品被推却了的人便会怀疑自己遭受拒绝而办事难以顺利。如果一概推辞而不接受，人们便都知道不接受赠品才是通常的道理，又怎么会生出疑虑来呢？"

9.做事凭良心不后悔

做事凭良心，这是衡量自己言行正确与否最基本、最简单的尺度。

春秋战国，韩厥的先祖曾是晋国公族之一，但后来在国君争权夺利中站错了队而失势，到韩厥小的时候被赵家收养成为赵衰的家臣。赵衰是个仁慈宽厚的人，把韩厥当作自己的儿子一样对待。后来，韩厥在赵家的培养下，凭自己的战功，重新成为公族之一。

晋景公在位时，晋国的卿族日益强大，尾大不掉。随着晋景公长大，对强族十分忌惮，尤其是朝中最显赫的赵氏。

赵氏的两个盟友，先氏覆灭，郤克去世，再加上年轻的家主赵朔去世，赵氏在与其他强族的争斗中日益孤立，势同水火，危机四伏。

公元前 586 年，赵家发生内讧，赵婴齐与赵朔的遗孀庄姬通奸东窗事发，赵同、赵括发配赵婴齐至齐国。庄姬向哥哥晋景公诬告赵同、赵括将要谋反，栾书、郤锜出来做伪证。晋景公号召诸卿出兵攻打赵氏于下宫，史称"下宫之难"。

诸卿都想分赵氏这一块肥肉，纷纷落井下石，唯独韩厥思念赵衰的养育之恩、赵盾的知遇之恩，怀念与赵同、赵括、赵穿等赵家人共度幼年之情，强顶住国君的压力，不惜与诸卿反目，坚持不出兵。

下宫之难，赵家遭到了毁灭性打击，赵同、赵括双双罹难，族人被屠杀殆尽，数代积累的雄厚家底毁于一旦，其封地也被晋景公全部剥夺，交予公族羊舌氏统领。

目睹了惨案的韩厥，再也无法沉默，冒着极大风险向晋景公强谏：以赵衰的功勋，以赵盾的忠诚，在晋国竟然没有继承他们爵位的后人，今后为国家做好事的人谁不害怕？三代时期的贤明君王，他们的家族都能享受几百年天赐的俸禄和爵位，难道他们的后代中就没有邪恶的人？不是的，是他们依靠着先代的功德避免了祸患。《周书》说，不敢欺负鳏夫寡妇。周就是用这种方式来发扬道德啊！

晋景公沉默一会儿，认为确实愧对赵氏先辈，想想寡妇妹妹长期住在娘家，不成体统，好在庄姬还为赵朔留有一子——赵武。晋景公决定以赵武为赵氏继承人，并将赵氏的封邑还于赵武。赵武尚年幼，韩厥更是对赵武关怀备至，呵护有加。这就是《赵氏孤儿》的原型。赵武成为后来"三家分晋"赵国的先祖。

10.小良心服从大良心

真正的良心，不能以小团体利益损伤大多数人的利益，不能以哥们义气替代社会公德。

汉顺帝初年，苏章调职去担任冀州刺史，他的一个朋友是清河太守。苏章知道他贪污受贿，将要追究他的罪行。一天，他邀请太守，设了酒席菜肴，双方诉说着从前相交友好的情况，相谈甚欢。太守高兴地说："人们都说你公正无私，原来还是重友情的。"苏章说："今天苏章我请你一起喝酒，是私下的事情。明天冀州的刺史按章办事，则是公法。"太守沉默不语，第二天，苏章便将太守逮捕了。

11.有错不改和改过头都没有好结果

有错不改会导致失败，但是因为改正错误矫枉过正，滑向另一个极端，造成相反的错误，同样会导致失败。

唐德宗继位后一度十分严苛，急于消灭各地割据势力，但实力不足，操之过急，反而引发更大的动乱。后来，转而又对割据势力失之过宽。

唐宪宗与杜黄裳谈论到藩镇问题时，杜黄裳说："德宗自从经过朱泚作乱的忧患后，总是无原则地宽容藩镇，不肯在节度使生前免除他们的职务，如有节度使去世，他就先派遣中使探察军中人心归向的人物，而将节度使授给其人。有时中使私自收受大将的贿赂，回朝称誉其人，德宗便立即将该人授为节度使，对节度使的任命就不曾有过出自朝廷本意的例子。如果陛下准备振兴法纪，应当逐渐按照法令制度削弱和约束藩镇，这样天下便能够得到治理了。"宪宗认为很对，于是开始调兵遣将，征讨蜀中，终于使朝廷的威严遍及河南、河北一带。

三、节制：成功是克制出来的

只有约束自己的行为，才能保证做事不出格。只有懂得节俭，才能保证家有余粮。

1.规矩而后稳定，节俭而后有余

厉行节约，反对浪费，以增加自己财富；不张狂，守规矩，以约束自己的举止。这些都是节制的具体内容。

汉文帝继位后，天下刚刚平定不久，百废待兴。他认真总结了秦亡的教训，认为统治者要一定懂得节制，政治上清静无为，不去打扰人民，发展经济的同时要节俭开支、节省民力。为激发农民的生产积极性，文帝二年（前 178）和十二年（前 168），曾两次"除田租税之半"，租率由十五税一减为三十税一，即纳 1/30 收成的土地税，文帝十三年，还全部免去田租。自此以后，三十税一成为汉代定制。此外，算赋也由每人每年 120 钱减至每人每年 40 钱。

采取"偃武兴文"的政策，减少武备，成年男子的徭役减为每三年服役一次。

如此大幅度地减免税赋，在中国封建社会史上是独一无二的。

还将居住在长安的列侯统统遣返，以减少人民运送粮食到长安的负担。

开放原来归属国家的所有山林川泽，准许私人开采矿产、利用和开发渔盐资源，从而促进了农民的副业生产和与国计民生有重大关系的盐铁生产事业的发展。

经过采取这些有利于人民的措施，人民变得富裕起来。

还准许人民输送粮食到边防，来换取爵位或者抵罪。国家财富也因此大幅增长。文景两代，国家府库中积蓄的钱像小山一样。

汉文帝还以身作则，厉行节约。汉文帝时，已经有了布鞋，草鞋沦为贫民的穿着，而汉文帝仍穿着草鞋上朝。就连他的龙袍，也是用当时一种很粗糙的色彩暗淡的丝绸来制作的，而且一穿多年，破了，打个补丁再穿。后宫嫔妃也是朴素服饰，衣着不准长得下摆拖地。帐帷全没刺绣、不带花边。汉文帝想造一个露台，让工匠算算要花多少钱。工匠们说，不算多，一百金就够了。汉文帝一惊，忙问，这一百金合多少户中等人家的财产？ 答："十户。"汉文帝说："现在朝廷的钱很少，还是把这钱省下吧。"汉文帝在位二十三年，居然没有盖宫殿，没有修园林，没有增添车辆仪仗，甚至连狗马都没增添。

文帝安排自己的丧事。要求为自己节俭办理，明确要求："陪葬皆以瓦器，不得以金银铜锡为饰，不堆高坟，尽量节省，不要扰民。"按照山川原来的样子因地制宜，建一座简陋的坟地就可以了。等到汉末赤眉军攻进长安，所有皇陵都被盗挖，唯独没动汉文帝的陵墓，因为大家都知道里面没有东西。

汉文帝通过这些政策，使人民富裕，天下安定，国家实力大增，开创了中国历史上第一个盛世——"文景之治"。

2.节权，节财，节名

手握生杀予夺授官晋爵调拨财政的权力，随便应用就会草菅人命，滥赏滥罚，徇私枉法，贪污国帑。财富来之不易，吃喝嫖赌，挥金如土，无论多么雄厚的家产也会被败光。盛名在外，一举一动都在众人眼里，稍有不慎就会被舆论放大，由圣人变成伪君子甚至人人唾骂的"恶人"。所以，有权、有钱、有名的人，能不慎重吗？

唐太宗时，交趾郡遂安公李寿因贪污犯罪被撤职。太宗认为瀛州刺史卢祖尚文武全才，廉洁奉公，便征召他入朝，命令道："交趾郡很久没有得力人选，需要你前去镇抚。"卢祖尚拜谢出朝，不久又后悔，以"旧病复发"相辞。太宗让杜如晦对他传旨道："一般的人尚能够重然诺守信用，你为什么已答允了朕而又后悔呢！"卢祖尚执意辞退。不久，太宗再次召见他，晓以道理，卢祖尚仍固执己见，拒不从命。太宗大怒道："我不能对人发号施令，又如何治理国家呢？"下令将卢祖尚斩于朝堂之上，不久又后悔了。过了几日，与大臣议论"齐文宣帝是怎样一个人"，答道："齐文宣帝猖狂暴躁，然而人与他争论时，遇到理屈词穷时能够听从对方的意见。当时齐青州长史魏恺出使梁朝还朝，拜为光州长史，不肯赴任，丞相杨遵彦奏与文宣帝。文宣帝大怒，将魏恺召入宫中大加责备。魏恺说：'我先前任大州的长史，出使归来，有功劳没有过失，反而改任小州的长史，所以我不愿意成行。'齐文宣帝回头对杨遵彦说：'他讲得有道理，你就宽赦他吧。'这是齐文宣帝的长处。"太宗说："有道理。先前卢祖尚虽然缺少做大臣的道义，朕杀了他也过于粗暴，如此说来，还不如齐文宣帝！"于是下令恢复卢祖尚子孙的门荫。

南楚王马希范喜爱奢侈靡费，和他游乐谈笑的人都夸赞他的盛况。高从诲对僚佐说："像马王那样可以称得上是大丈夫了。"孙光宪回答他说："天子和诸侯，礼节上是有差别的。他一个乳臭未干的小儿，骄纵奢侈靡费如此，取得快意于一时，不作长远的思虑，不知哪天便要危亡，有什么可以羡慕的啊？"高从诲愣怔之后而觉悟，说："先生的话是对的。"有一天，高从诲对梁震说："我自己感到平生所受的奉养本来就已经过分了。"于是舍弃了好玩喜爱的东西，用阅读经史作为自己的乐事，省简刑罚，减轻赋税，辖境之内，得以安定。

后来马希范的子孙果然衰败，流落街头。

3.不熟悉，须慢行

在自己熟悉的范围内，知道哪里有障碍，哪里畅通，可以放心行动。在自己不熟悉的环境内，要谨慎，要节制自己的行动。

13世纪，蒙古大军横扫天下，几乎是所向无敌！蒙古军发源于草原，最强的就是骑兵，所以在进攻与草原环境相似的中亚、西亚等地时，打得非常顺畅。但打到南宋时，中国地形复杂，城池坚固，很多地方不适合骑兵快速突进，进攻一再受阻，几乎打了半个世纪，才灭掉南宋。最典型的就是和州钓鱼城之战，蒙古大汗蒙哥伤重而死，双方相持近半个世纪，等到南宋灭亡之后，钓鱼城才投降。

忽必烈征讨日本时，遇到渡海作战。蒙古军乘船不光不能携带过多的马匹，而且蒙古人根本不善于海战。结果两次东征都以全军覆没而惨败。攻打南亚一些国家时，热带雨林也不适合骑兵作战，而且蒙古人的体质也不适于热带气候，因此军队中瘟疫横行。蒙古军两次进攻越南，都遭惨败。

4.吃亏之后懂小心

行为放荡不羁导致不良后果，后悔不如总结教训，学会节制。这也算有所收获。

曹植生性机警，富有能力，才华横溢而敏捷多智，曹操很喜欢他。但曹植很任性，恃宠而骄，经常放纵自己的行为。而曹丕则掩饰真情，自我约束，宫中的人和曹操部属大多为他说好话，所以曹丕最终被立为太子。

左右长御向卞夫人祝贺说："曹丕将军被立为太子，天下人没有不欢喜的，夫人应该把府中所藏财物都拿来赏赐大家。"夫人说："魏王只因为曹丕年长，所以立他为继承人。我只不过庆幸免去了教导无方的过失罢了，又有什么理由要重重赏赐别人呢！"长御回去，把夫人的话全告诉了曹操，曹操很高兴，说："怒时脸不变色，喜时不忘记节制，原本是最难做到的。"

曹植失去立为太子的资格，依然我行我素，违反制度，乘车在只有皇帝才可以走的驰道正中行驶，打开只有皇帝大礼才可以走的司马门而出。曹操常常害怕舆论说自己有篡逆之心，他知道曹植的越制行为后大怒，定罪处死掌管宫门的公车令。从此以后，他对曹植的宠爱也一天不如一天了。一次，曹植的妻子身穿锦绣的衣服，被曹操登上高台看见，认为她违反了禁止穿锦绣的制度，命她返回娘家，并赐自尽。

5.适度节制

节制需要掌握度，该节制的地方一定要节制，但过分节制反而会抑制事物发展，结果适得其反。

明朝官员的俸禄定得很低，很多低级官员靠官俸很难维持生活，而高级官员则根本不可能靠官俸维持其豪华生活。举例来说，一个县官，正七品，年俸90 石米，也就是 6372 公斤米，每人一年就算吃掉 180 公斤米，这些米也只够35 个人吃一年。而且有 40%的米他是拿不到的，那一部分就光明正大地被皇帝折换成别的东西顶作薪俸，例如绢布、棉布，甚至一些零碎的小东西。

洪武年间，宏文馆学士罗复仁过得很清廉，因为没钱所以买不起房子，只能租住在郊外一座破房子里。朱元璋有次跑到他家里去看，看见两间破瓦房外一个民工正在提着桶刷墙，他就问了，罗复仁在哪里？没想到这位仁兄一见皇帝大惊失色，跪下来说道："臣就是罗复仁！" 这令朱元璋也感到尴尬和惊讶。

按照明朝制定的官俸标准，十个大臣有十个吃不饱穿不暖。所以大多数官员只得以权谋私来获取银子。

6.重车不能刹得过急

影响重大的事件，需要我们非常平稳地实施控制，才能达到最佳效果。想让一辆飞驰的载重大卡车瞬间急刹车是件非常危险的事。

另外，一个领导要谨慎看待自己的权力。以为头衔可以决定一切的人，一定会把船开到礁石上。避免事故的发生不取决于你是否踩了刹车，而取决于你是否安全刹住了车。

晁错能言善辩，善于分析问题，但举措激烈，行事强硬，常为同僚反感。

汉景帝时，各诸侯国国力大增，不仅土地辽阔，而且拥有独立的财政和执政权力，还有自己的军队，几乎成为一个个独立王国。朝廷感到尾大不掉，非常棘手。

景帝二年，晁错向景帝再次陈述诸侯的罪过，请求削减封地，收回旁郡，提议削藩。他上疏《削藩策》，指出："今削之亦反，不削亦反。削之，其反亟，祸小；不削之，其反迟，祸大。"奏章送上去，景帝命令公卿、列侯和皇族集会讨论，因景帝宠信晁错，没人敢公开表示反对，只有窦婴不同意。景帝诏令：削夺赵王的常山郡、胶西王的六个县、楚王的东海郡和薛郡、吴王的豫章郡和会稽郡。晁错又更改了关于诸侯法令三十条。诸侯哗然，都强烈反对，并憎恨晁错。晁错强行削藩，冒着极大的风险。晁错的父亲劝解无效，服毒自尽。景帝下达削藩令十多天后，吴楚等七国以诛晁错为名联兵反叛，是为吴楚七国之乱。景帝决定以牺牲晁错换取诸侯退兵，晁错被腰斩，但七国并没有因此撤兵，反而把矛头直接指向朝廷。后来景帝费了九牛二虎之力才平定了七国叛乱。

四、诚信：诚信是一个人的社会生命

言必行，行必果，放到社会关系中就是诚信。诚信是成功者最基本的素质。

1.诚信首先要从自己开始

希望别人讲诚信，自己首先要讲诚信。

曾子，名参，字子舆。有一天曾子的妻子准备去街市，她儿子哭闹着要跟她去。她对儿子说："你回去，等我从市场回来给你杀猪吃。"曾子妻子从街市回来，曾子准备抓猪杀掉，曾子妻忙制止道："我就是哄孩子随便说的，你怎么可以当真。"曾子说："小孩子是不可以哄骗的。小孩子现在年纪小，正在将父母作为学习的榜样，听从父母的教诲的时候，今天你欺骗他，就是教孩子骗人。作为母亲欺骗儿子，将来儿子就不会信任母亲。这可不是正确的教育方法。"随即杀了猪，煮肉给儿子吃。

2.一言九鼎才能一呼百应

诚信的回报是信任，信任的收获是成功。

周襄王因为原伯贯打了败仗，害得他逃到氾城，就把原城和另三座城改封给刚刚帮他恢复王位的晋文公。晋文公恐怕原伯贯不肯交割，因此不得不用武力去接收。果然，那三座城都接收过来了，只有原城关着城门不让晋国人进入。原伯贯对手下的人说："晋国人一进来就要屠城。听说阳樊的老百姓就是这么给杀光的。"他带领着人马和老百姓日日夜夜地守着城，晋国打不进去。晋文公愁眉苦脸地跟赵衰商量。他们商量了半天，想出一个主意来。晋文公下了一道命令，吩咐将士们每人带着三天的粮草，要是再过三天还打不进去，就退兵。暗地里再派人把这个信儿带进城里去，传给原城的老百姓听。城里的老百姓得了这个信儿，半信半疑。这也许是晋国人的诡计吧！要是过了三天，就不做准备，晋国人冷不防地打进来，那可怎么办呐？原城人当中也有自作聪明的，他们在第三天的晚上偷偷地到了晋国的兵营去探听消息，嘴里说："我们情愿投降，明天晚上一定大开城门。老百姓们特意叫我们先送个信儿。"晋文公早明白他们是来套消息的，就说："我已经下了命令，期限就是三天。现在已经过了，明天一早我们就要退兵。信用第一，这座城我们也不要了。你们好好地看着吧！"将士们着急地说："只要多留一天工夫，咱们一定能够把这座城弄到手，怎么也不能退兵。"晋文公说："信用是国家的宝贝。为了得到一座城，失了晋国的信用，这可犯不上！"将士们和原城的老百姓都觉着这话不错。到了第四天早上，晋文公吩咐将士们排好了队伍，一批一批地离开原城。他们辛苦了这么些日子，如今回去，又没有敌人追赶，慢慢行走。原城的人瞧见晋国人真回去了，这才知道晋文公真是讲信义的人。再说他们已经听到了阳樊人并没遭到屠杀。大家伙儿乱哄哄地在城墙上插了降旗，有的用绳子从城墙上缒下来，要求晋文公回去。原伯贯一瞧人心变了，无法禁止，只好顺水推舟地打发人去请晋文公回来。晋国的兵马走得慢，原伯贯的人一下子就追上了。晋文公把兵马驻扎下来，自己带了一班武士进了原城，先安抚老百姓，然后很有礼貌地对待周朝的卿士原伯贯，请他搬到河北去住。晋文公任赵衰为原城大夫，同时管理阳樊；任郤溱为温城大夫，同时管理攒茅。

3.没有诚信就没有信任

失去诚信的人，言行变化无常，就像一条没有舵的船，迟早会颠覆沉没。没有人愿意和不讲诚信的人同舟共济。

春秋时期，齐国联合宋、鲁、陈、蔡四个诸侯国攻打卫国。卫国被攻陷后，齐襄公担心周王会派兵来讨伐，就派大夫连称为将军、管至父为副将，统领兵马在葵丘那个偏远的地方戍守。二位将军临行前请示齐襄公道："戍守边疆虽然劳苦，但是作为你的臣子不敢推辞，只是我们去驻守得有个期限，我们驻守到什么时候呢？"当时，齐襄公正在吃瓜，就顺口应付说："现在正是瓜熟时节，等到明年瓜再成熟的时候，朕会派遣别人替代你们的。"二位将军于是带兵前往葵丘驻扎。不知不觉间一年光景过去了。二位将军和士兵们时刻惦记和主公的瓜熟之约，大家思乡之情也越来越浓，盼望尽快结束艰苦的戍边生活，早日与分别一年的亲人团圆，但是久久等不到换防的消息。二位将军心里不禁犯起了嘀咕，特地差遣人回国都打探情况，得知主公与他同父异母的妹妹文姜整天在一起寻欢作乐，不理朝政。二位将军很气愤："你在国都享尽人间富贵荣华，骄奢淫逸，让我们在边疆吃苦受累，用生命保护你的安全，却想不起派人来替代我们！"于是，就派人向齐襄公献上刚成熟的瓜，希望主公能记起之前的约定。齐襄公看到瓜时大怒，说："替代不替代是我说了算，为何还要来请求啊！等到明年瓜再熟时派人去替代你们吧！"二位将军听了回报，气得咬牙切齿，士兵们更是群情激愤，于是当即密谋起兵造反。他们暗地里与在国都的公孙无知联合，领兵返回杀死了齐襄公，拥立公孙无知为新的国君。

4.诚信是团结的链条

诚信可以加强团结，激发大家积极性，同心协力，克服困难，达到目的。

诸葛亮一生统军作战皆以信为治军之本。

公元 231 年，诸葛亮领兵再次出祁山伐魏，魏派三十万大军迎战。正当两军鼓角相闻，随时准备厮杀之时，蜀军按原令有八万人服役期满，已有新兵接替，正准备返回故里。诸将建议延期一月遣返服役期满的兵员以壮军威。诸葛亮认为："我统率大军靠的就是信义。准备回家的士兵已经整装待发，家里的妻儿翘首以盼。虽然面临大战，信义不能废除。"命令迅速让应走士兵启程。消息传出，那些即将返回故里的士兵也备受感动。士兵们纷纷表示：诸葛公诚信对待我们，恩重如山，我等理应誓死以报。于是纷纷留下来继续参加战斗。战斗中全军莫不以一当十奋勇杀敌——射杀了魏国大将张郃，魏军被迫撤退。

5.对不诚信者讲诚信是危险的

对不讲诚信的人讲诚信，如同割自己身上的肉喂狼一样愚蠢。

春秋时期，有人问孔子："用恩德去酬报怨恨自己的人是否可行？"孔子说："如果对怨恨我的人，用恩德去酬报他，那么对我有恩德的人该如何酬报呢？因此，怨恨我的人，不如用正直的道理去开导他；对我有恩德的人，才能用恩德去报答他。"

宋国国力不强，但宋襄公很有野心。宋襄公召集各国会盟，企图在会上立自己为盟主。到了会盟期，宋襄公的哥哥公子目夷再三劝阻，襄公仍不听。即将去会盟地点之前，公子目夷又劝他要带上军队，以防有变，楚国人是很不讲信用的。宋襄公说："是我自己提出来不带军队的，与楚人已约好，怎能不守信用呢？"于是，宋襄公未带军队赴会。

到了约定之日，楚、陈、蔡、许、曹、郑等六国之君都来了，楚国早埋伏好了军队。宋襄公和楚成王因为争当诸侯霸主而发生争议，楚成王突然命人将宋襄公扣留，把他带回楚国囚禁起来。楚国鸠占鹊巢，成为盟主。直到同年冬季，诸侯在薄地会见时，在鲁僖公的调停下，宋襄公才被释放。

宋襄公回国后越想越窝囊，忍不下奇耻大辱就派兵攻打那次盟会上第一个跳出来拥护楚国做盟主的郑国。宋军在泓水遇到前来救援的楚军，结果大败。

来自历史的职场课

做一个会干事的人

一、事情与基础：扎深自己人生、事业的根

做事情必须考虑完成这件事情的基础。做事的手段、成败、机遇、顺畅与否，都离不开基础。做事最大的基础就是事情有可以成功的客观合理性。然后就是事物发生发展所需要的条件。条件要注意三点：其一符合要求的品种，比如种豆子所需的土、肥、水、光、温度等。只满足其中一部分，事情仍然无法成功或者做不好。其二，不但要种类齐全，还要有足够的数量，事情越大，需要的数量越多。其三，要满足时空需求。军队在前方作战，后方有大量的枪支弹药，不能及时运到前线，同样不能取得战争的胜利。

1.符合客观规律是最大基础

做事最大的基础就是要符合客观规律。符合客观规律，顺势而为，事情就容易成功；不符合客观规律，逆天而行，即便投入大量人力物力，最终还是以失败告终。

公元 584 年，隋文帝因陇西一带经常遭到外族侵犯掳掠，而当地从来不建立永久性居住房屋和具有防御能力的村坞，于是命令上大将军贺娄子干强制百姓建造屯堡，集中居住，并屯田积粮。贺娄子干上书说："陇右、河西地区地广民稀，边疆不安定，条件不适合到处耕作。我近来发现一些屯田地区虽然收获不多，但费用开支却很大，白白浪费了许多人力物力，最终还会遭到入侵者的蹂躏毁坏。因此，凡是疏远的屯田之所，请求全部废掉。而且陇右地区的老百姓一向从事畜牧业，如果强迫他们屯聚而居，会严重妨碍他们畜牧生产，使他们更加惊恐不安。只要能够建立镇、戍等军事要塞和负责瞭望、传达军情的烽火台、堠堡，使其络绎相望，虽然百姓分散居住，也一定能确保他们安居乐业。"隋文帝听从了他的建议。

贺娄子干因地制宜，措施得当，他治理的地方十分安定。当时边塞的胡人

都很惧怕贺娄子干，不敢再侵犯边界。

2.楼房越高，基础越深

做一件大事情，准备不足仓促做事，不是效率低，就是质量差，把本来应该做好的事做得一塌糊涂。所以越是大事越要重视做事的条件储备，扎扎实实地做好基础准备工作。

有些基础条件需要长期的积累，例如能力、技术、资历、经验、人脉等。让只会纸上谈兵的赵括去和身经百战的白起对垒，失败不言自明。

我们也要看到，有些人有很好的基础和条件，但在做事情的过程中处理不当，也会损失严重，使充足的条件变得不充足；有些人原本条件不好，但有极强的能力创造、转化条件并合理利用，也会由条件不足转变为条件充足。所以能力是一种非常特殊的条件，只可惜拥有这种白手起家能力的人少之又少。

春秋以来，匈奴成为中原政权的重大威胁。一方面，刘邦曾想借建国之威，趁势灭掉匈奴，却反被匈奴包围在白登山，最后只好通过贿赂匈奴单于的妻子才侥幸逃出。此后吕后、文帝、景帝采取和亲政策，以换取边境暂时和平。即便对单于要求吕后嫁给自己的羞辱，以及边境不断的小规模挑衅，汉朝都一忍再忍。另一方面，积极发展经济，重视民生，稳定社会，壮大力量。经过文景两代，西汉王朝的国力蒸蒸日上，府库积累的钱堆积如山，粮仓的粮食多得放不下，直接堆在露天的地方，国家军事装备、生产能力、马匹等重要军事资源也大幅增长。

汉武帝继位后，加强士兵训练，注重培养军事将领，军事实力更加强大。

公元前 133 年，汉武帝认为条件成熟，开始大规模讨伐匈奴。经过十四年不断地打击，彻底击败匈奴，将匈奴势力赶到漠北，解除了匈奴对汉王朝的威胁。

3.刚出壳的鹰，扔向天空也不会飞

雏鹰不会飞是不言而喻的道理，而做事的人总希望在最短的时间内，获取最大的成果，往往会在这一点上犯错误。

当事情处在萌芽状态时，内外因的条件都不成熟，要有足够的耐心等待，不能揠苗助长。

人为因素有可能在一定程度上促进或延迟事物发展的进程，但不能突破事物本身发展的客观规律。超越事情本身的规律，急功近利，欲速则不达，甚至会阻碍乃至终止事情的进展。

元末天下混乱，农民起义四起，大大小小的割据势力多如牛毛。朱元璋作为众多割据势力中的一支，实力还不是特别强大。朱元璋的谋士朱升，给朱元璋出了一个"高筑墙，广积粮，缓称王"的主意。

"高筑墙"就是加强根据地建设，提高军事实力，以保卫自己的地盘；"广积粮"就是要发展经济，增强经济实力；"缓称王"则是不要急于称王称帝。因为在自身实力并不突出的情况下贸然称王称帝，只会是树大招风，使自己成为元政权和其他割据势力攻击的首选对象。

这个主意对朱元璋的崛起发挥了至关重要的作用。

4.准备足，办法多

做事情有两种办法。一种是正面的、规范的、大气的。所谓正面就是名正言顺，脚踏实地去做；规范，就是尽量使做事的过程科学化、合理合法化；大气，就是不对小的阻碍斤斤计较。这样做事情效率要相对高得多。另一种是迂回的、诡异的、小气的。迂回是因为力量不足以正面进行，只好采取旁敲侧击、零敲碎打的方法；诡异就是根据条件的现状随时改变做事的办法，拆东墙补西墙，效率让位于维持事情的继续，做事出人意料；小气就是不得不为小的损失斤斤计较，以减少对条件的需求。

两种方法的根本区别在于条件储备的多少。条件储备丰厚，我们就可以正面、规范大气地高效做事；储备不足，选择的余地不大，只能迂回、诡异、小气地做事。

刘邦与项羽对峙，开始刘邦力量远不及项羽，屡战屡败。刘邦只能采取迂回诡道。收买项羽的叔叔项伯给自己求情。假装上厕所逃离鸿门宴。忍辱屈从被封为汉中王，并烧毁栈道表明自己绝不敢与项羽争锋。暗度陈仓袭取三秦。趁项羽讨伐齐国偷袭项羽都城。被项羽反戈一击打得大败亏输，刘邦拼命逃跑，怕车跑得慢，把自己子女推下车。荥阳被围，刘邦派纪信装扮成自己去楚军诈降，自己从后门逃走。为了联合其他力量，不得不分封多名异姓王。使用反间计，离间项羽与自己的首谋范增关系。出尔反尔，违背鸿沟之盟。再如韩信转战代赵燕，背水一战，偷袭齐国等等都是采用迂回诡诈手段。等到刘邦羽翼丰满，力量强大，就十面包围，正面与项羽对决。汉五年（公元前 202 年）正月，刘邦、韩信、刘贾、彭越、英布等各路汉军约计 70 万人与 10 万久战疲劳的楚军于垓下展开决战，彻底消灭了项羽势力。

5.要想摔得轻，就得铺得厚

做事过程中，挫折和意外产生的损失是难免的。有了深厚的基础，可以弥补挫折和意外产生的损失，即便事情最后没有成功也可以有多种选择使损失降到最低，而且有东山再起的机会。反之，就会一败涂地。

1941 年 6 月 22 日凌晨，希特勒撕毁了苏德互不侵犯条约，突然发动对苏联的闪电进攻。希特勒统帅部调集陆军 190 个师，计 305 万人（当时德国武装力量总兵力约 730 万）、坦克 4300 辆、火炮 4.72 万门、作战飞机 4980 架、海军作战舰只 192 艘，组成"北方""中央""南方"三个集团军群分别向列宁格勒、莫斯科、基辅三个方向实施突击，另以德军"挪威"集团军和芬兰两个集团军配合突击摩尔曼斯克和列宁格勒。

战争一开始，苏联被打得措手不及。第一天的战斗，苏联红军就损失掉了 1200 架飞机，其中 800 架还未起飞就被炸毁。在短短 10 天之内，德军最深突进苏联 600 公里。

北方战线两个星期内苏联红军败退 450 公里，放弃了整个波罗的海沿海地区，苏联红军的 24 个师被彻底击溃，20 个师损失 60% 的人员和装备。

中部战线是德军突击的重点地区，苏联红军败退达 350 公里，有 30 个师被歼灭，70 个师损失 50%以上的人员。随后，德中央集团军群又在斯摩棱斯克地区展开了第二个钳形攻势，再次歼灭了苏联红军 30 万人。

南方战线苏联军队的 70 个师血战 10 天后，少数突围，66 万余人被歼灭，其中有 6 万名军官，包括西南方面军司令基尔波诺斯上将、参谋长图皮科夫中将在内的多位高级将领在突围战中阵亡。

苏德战争开始的前半年，苏联损失超过 400 万人以上的军队，其中光被俘的军人就超过 100 万人。德军前锋已经推进到距苏联首都莫斯科几十公里的地方，德军军官甚至可以用望远镜看到克里姆林宫上的红五星。

虽然战争初期苏联遭受了重大损失，但是当时苏联的实力还是不容小觑的。二战前，苏联在斯大林的领导下于 1928 年至 1937 年完成了两个五年计划，苏联的经济实力大大增强，从一贫如洗的状态一跃成为欧洲工业强国，GDP 达 43 亿美元，约为德国的 70%，当时排名世界第三。战前 1940 年苏联钢产量 1840 万吨，德国 1938 年钢产量 2000 万吨。苏联人口是 1.8 亿人，是德国的两倍多。苏联军队人数在 600 万人以上，德国武装力量总兵力约 730 万人。

苏联陆地面积为 2227.4 万平方公里，地跨 11 个时区，约占世界总面积的 1/6。当德军兵临莫斯科城下时，苏联政府仍控制着 2/3 以上的国土。广阔的疆域为苏联抵抗德军侵略提供了战略纵深。德国的国土面积 1939 年为 63 万平方公里，只有苏联的 3%。

苏联当时具有非常完善的战争动员能力。建立了中等军校培训预备军官，光是空军就有 90 所培训预备军官的军校。到 1941 年战争爆发前，苏联实际上已有 30 万经过 3 年培训的预备军官。1941 年上半年就有 7 万人毕业。

苏联在战前就有 4300 个军训中心，有超过 5 万名军官从事民众军训工作。所有的司机、拖拉机手、工程师、技工、修理工、无线电员、医护人员全部登记造册，进行专门专项训练。因此，在战争爆发以后，苏军在 1 个星期内征招 23～35 岁预备役，就增加了 530 万新兵。

在二战中，苏联共动员了 3450 万人。二战结束时，苏军总兵力达 1280 万人。

战争初期，由于大量工业区被德军占领，工业生产受到一定影响，但很快，苏联及时将大批工厂转移到后方乌拉尔山一线，迅速形成生产能力，恢复了非常庞大的军工体系。

二战期间，苏联共生产飞机 13.41 万架、坦克和自行火炮 10.28 万辆、火炮和迫击炮 82.52 万门，强大的生产能力及时地补充了战争初期的巨大损失。而德国二战期间共生产了 11.35 万架飞机，各式轻型坦克重型坦克歼击车 4 万辆，从总量上看，还低于苏联。

另外，德国两线作战，占领国人民反抗强烈。而苏联军民同仇敌忾，决心和世界反法西斯联盟一道打败德日意法西斯。1943 年以后，美英等西方国家也给苏联以大量的援助，包括枪械、弹药、飞机、坦克、车辆等军用物资。

1941 年 12 月，苏联在强大实力的支撑下，迅速恢复元气，利用冬天有利条件成功击退了进攻莫斯科的德国侵略者。1943 年 2 月，斯大林格勒保卫战的胜利从根本上扭转了二次大战的战局，苏联由防守转为全面进攻。

1945 年 4 月，苏联红军攻入德国首都柏林，1945 年 5 月 9 日，德国向苏联无条件投降，苏联获得了苏德战争的最后胜利。

6.机遇是给有准备的人

积累的基础越深厚，赢得机遇的可能性就会越大；因为大多数机遇需要具备一定条件的人才能承受。

所谓机遇就是对我有利的事物其客观合理性、发展的大势都具备了，只待人的条件加入就可以成事的时间节点。如果此时恰好具备条件，顺势而为及时投入，就可以大获成功。

为了更好地把握机遇，做事的人需要在平时注重条件的积累。

条件中这三样东西格外重要：德行、知识、财富。德行可以赢得方方面面的支持，甚至会引来机遇；知识可以认清大势、机遇、获取条件的途径和方法；财富可以直接转化成做事所需的一部分条件。就三者而言，财富不如知识，知识不如德行。

北魏苏绰学识卓著，有经天纬地之才，时任行台郎中。因苏绰官职小，没有与丞相宇文泰见面的机会，一年多之后，宇文泰对苏绰还不太了解。

宇文泰与仆射周惠达讨论一件事，周惠达不能回答宇文泰的问题，就请求允许他出去跟别人一起商议此事。周惠达出门后，把情况告诉了苏绰，苏绰为周惠达做了分析解答。周惠达进去后按照苏绰的意见做出回答，宇文泰认为周惠达回答得非常好，问道："谁和你一道做出了这番议论？"周惠达说出了苏绰的名字，并且称赞苏绰具有辅佐君王成就大业的才能。宇文泰便提拔苏绰为著作郎。有一次宇文泰与公卿一起去昆明池观赏捕鱼，走到汉代传下来的仓池时，回过头来向众人询问仓池的来龙去脉，他们中竟没有一个人知道。宇文泰就把苏绰叫来，向他提问，苏绰把一件件事都讲得清清楚楚。宇文泰很高兴，就接着问仓池的相关典故，苏绰都对答如流。宇文泰与苏绰一道骑着马慢慢地并行，到了昆明池，竟然没有撒网就返回了。在丞相府，宇文泰将苏绰一直留到晚上，就一些军政大事征求苏绰的意见。开始苏绰为他讲述时，宇文泰躺着倾听。当苏绰指出治理国家有哪些关键之处的时候，宇文泰肃然起敬，从睡榻上起来，整理好衣服端正地坐着，听得入神时，不知不觉膝盖已经在席子上向苏绰凑近。苏绰的话从晚上又持续到第二天清晨，宇文泰还是听得不满足。第二天早上，宇文泰对周惠达说："苏绰真是个奇人，我这就让他管理重要的政务。"随即任命苏绰为大行台左丞，参与掌管处理机密大事，并越来越信任苏绰。苏绰为国家稳定和发展作出了杰出贡献，他制定了许多处理文书的程序、办法，后来大多被人们遵照沿用。

7.沙滩上不能盖高楼

基础不足以承载所做的事情，强行去做，十有八九会失败。侥幸成功也会遗留许多后患，结果堪忧。

曹国是周初曹叔振所封的伯国，地域本就不大，一直局促于济濮之间。

曹共公十六年（前 637），晋公子重耳（即晋文公）落难经过曹国，曹共公对他很失礼，又听说他的肋骨排比很密，似乎并成一整块，想从他裸体中看个真相。曹国大夫僖负羁加以劝谏，曹共公不听，趁重耳洗澡时，和小妾们在帘子后面偷看。

僖负羁的妻子对僖负羁说："我看晋公子的随从人员，都足以辅助国家；如果用他们作辅佐，晋公子必定能回晋国做国君。当了晋国国君，肯定在诸侯中称霸；称霸而惩罚对他无礼的国家，曹国就是第一个。您何不早一点向他表示好感呢！"僖负羁于是赠送重耳饭菜，并放进去一块玉璧。重耳接收了饭菜，退回了玉璧。

后来，重耳回到晋国，成为晋文公。曹共公二十一年（前632），晋文公伐曹。攻城时晋军战死的人很多，曹军将晋军的尸体陈列在城上。晋文公听取下属的意见，声称报复，要在曹国人的墓地驻扎宿营。曹国人害怕墓地被挖掘，就把晋军的尸体装进棺材运出城来，晋军趁机攻入城，俘虏了曹共公。晋文公逼迫曹国将部分土地瓜分给诸侯，曹国遂日趋没落，只得依附于晋国苟延残喘。

公元前502年，宋景公囚禁曹悼公，曹伯阳即位。

曹伯阳将陶丘发展成中原的商贸中心。曹国国小民少，很快富庶小康，府库充实。曹国又加入了几次同盟讨伐他国，也跟随取得胜利，于是曹伯阳渐渐自我膨胀起来。

曹伯阳喜欢打猎射鸟。曹国有个叫作公孙彊的人，有一次射到一只白雁后，献给曹伯阳，还向曹伯阳讲述打猎射鸟的技巧，曹伯阳因此对他很有好感。曹伯阳向公孙彊询问国事，公孙彊也应对得体，曹伯阳更加喜欢他，并加以宠信，让他担任司城执掌国政。

执政后的公孙彊开始向曹伯阳灌输一些王霸思想，仿佛成就霸业就跟猎取大雁一样唾手可得，曹伯阳居然全盘接受，并加以实施。曹伯阳在公孙彊的建议下首先主动同自己的靠山，当时的霸主晋国绝交，继而对强大很多的宋国发起进攻。

宋景公派兵迎击，包围陶丘，双方相持。曹国战耗严重，食物匮乏，难以支撑。曹伯阳向晋国求救，晋国因曹国主动断交而不予援救。曹伯阳又向郑国求救，郑国的桓子思说："宋国人如果据有曹国，这是郑国的忧患，不能不救。"于是，出于自身利益的考虑，出兵救曹。宋国军队开始撤退时，曹人却登城痛骂宋人，宋景公闻讯大怒，回师反击，攻破陶丘。曹伯阳与公孙彊被俘，后被处死。

至此，传国二十六世，享国500余年的曹国灭亡。

8.胜败在于事前，而不在于事后

胜败在于事前，而不在于事后。积蓄了足够的力量，行动符合客观规律，符合民心，无往而不胜。相反，力量严重不足，又不符合客观规律和民心，做事很难成功。

吴国每年都有攻魏的计划。魏豫州刺史满宠上书说："现在合肥城南临长江、巢湖，北面远离寿春，敌军围攻合肥，肯定占据临水优势。敌善水军，进攻极为容易，而我们不善水战，出兵救援却很困难，应该毁去靠水的旧城，调出城内军队，在城西三十里远离河水，有奇险可依处，另建城堡固守，这是为了引诱敌人弃舟上岸，舍敌之长，制敌之短，在平地上切断他们的退路，此计为宜。"护军将军蒋济议论说："这样做既是向天下表现出软弱，而且望到敌人烟火就毁坏城池，这是敌人还未进攻而先自动解除防守。一旦到这种地步，敌人就会肆意强抢掠夺，我军肯定将会退到淮河北岸防守。"魏明帝因此不同意满宠的建议。满宠又上书："孙子说：'善于牵动敌人者要造成一定的胜利势态。'现在敌人未到而我们已从城内撤出，这就是以阵势引诱敌人。引诱敌人远离他们便于发挥军力的水域，选择对我们有利的旱地地势和时机发动攻击，在城外战场上取胜，城内就会得到保佑！"尚书赵咨认为满宠的计策比较完善，明帝于是下诏批准。魏军毁掉旧城建立了新城。

吴王出动大军打算围攻新城，但因远离水域，战船停泊二十多天，吴军不敢下船上岸。满宠对将领们说："孙权得知我们迁移城址，必定在他的部众中说了狂妄自大的话，如今大举出兵而来，是想求得一时之功，虽然不敢到城前攻击，也必当上岸炫耀武力，显示实力有余。"于是秘密派遣步、骑兵六千人，埋伏在肥水隐蔽的地方等待。吴王果然率军上岸炫耀，满宠伏兵突然起而袭击，斩杀吴兵数百，吴兵仓皇逃命，跳入水中淹死了很多。

9.基础实，虽百丈而不折

一步一个脚印取得的成果一般是扎实的，即使百尺竿头也有潜力更进一步。

此时，我们可以在已经取得很大成果的基础上继续前进，达到更高境界。

丹麦天文学家第谷·布拉赫是天文史上的一位奇人。他对于星象的观测，其精确严密在当时达到了前所未有的程度。其编纂的星表的数据甚至已经接近了肉眼分辨率的极限，这让人瞠目结舌。第谷坚持观测达 20 年之久，留下大量的天文资料。第谷不善于理论思维，他就邀请数学基础好的开普勒来整理总结这些资料。开普勒利用这些严格准确的天文资料，发现了行星运动三定律。

二、面临风险目标：事业有风险，七条助判断

事实上，我们所追求的目标，或多或少都有风险。其一，总会有一些规律不易认识清楚；其二，有一些客观环境的变化不可预测，无法控制。

不冒任何风险，或是不顾自己的条件去冒任何风险都将一事无成。

事情风险小，拥有较强的能力，就可以顺利克服风险取得胜利；风险大而自身能力小，勉强出头去推进，很容易被风险所吞没。

1.眼明才能走险路

一件事机遇和风险经常同时存在，而且获利越大的机遇，往往风险也越大。不抓紧机遇，机遇稍纵即逝；仓促抢机遇，又可能为不可预测的风险所伤害。这时候就看决策者对整个事物的了解程度，了解得越透彻，知道风险的原因和范围，遭受风险侵害的可能就越小；反之，根本不了解事物本质，不知道风险发生的原因和范围，只看到机遇和利益就仓促行动，遭受风险，乃至失败的可能性会大大增加。

汉三年（公元前 205 年），韩信率军击灭了魏王豹，平定魏地。韩信向刘邦提出自己率领一支军队开辟北方战场，逐次消灭代、赵、燕、田齐，南绝楚军粮道，对楚军实施侧翼迂回，最后同刘邦会师荥阳的作战计划，得到了刘邦的赞同和支持。

闰九月，韩信孤军深入，击败代国。十月，韩信统率三万汉军，准备越过太行山，向东挺进，对赵国发起攻击。

赵王歇、赵军主帅陈余闻讯后集结十万大军于井陉口防守。井陉口是太行山有名的八大隘口之一，有一条长约几十公里的狭窄山道，易守难攻。

当时赵军先期扼守住井陉口，居高临下，以逸待劳，且兵力是汉军的三倍多，处于优势地位。

韩信认为赵国虽然有种种优势，但赵王依赖的赵军主帅陈余有勇无谋，刚愎自用，不愿接受别人的好建议。而随机应变，富有谋略恰恰是自己长处，只要迫使赵主将频出昏招，赵军拥有再多的优势也无济于事。

赵军主帅陈余手下李左车，向陈余认真分析了敌情和地形，认为韩信接连取胜，士气正盛，所以赵军必须暂时避开汉军的锋芒。但是汉军方面也存在着很大的弱点。汉军的军粮必须从千里以外运送，加之井陉口道路狭窄，车马不能并行，因此汉军粮秣输送一定十分困难。

李左车向陈余建议：由他带领奇兵 3 万人马从小道出击，夺取汉军的辎重，切断韩信的粮道；而由陈余本人统率赵军主力深沟高垒，坚壁不战，使得韩信求战不得，后退无路。李左车认为只要运用这一战法，不出十天就能击败汉军。

然而，陈余却傲慢地说"义兵不用诈谋奇计"，且认为韩信兵少且疲，如今回避不出击，诸侯们就会认为赵军胆小，就会轻易萌生攻打我们的念头，断然拒绝采纳李左车的建议。韩信探知李左车的计策没有被采纳，非常高兴，当即制定了出奇制胜，一举破赵的良策。

韩信一面挑选 2000 名轻骑，让他们每人手持一面汉军的红色战旗，由偏僻小路迂回到赵军大营侧翼潜伏下来，一面率军到绵蔓水东岸背靠河水布阵。赵军望见汉军背水列阵，都禁不住窃笑，认为韩信置兵于"死地"，根本不懂得用兵的常识。

韩信亲自率领部分汉军，打着大将的旗帜，携带仪仗鼓号，向井陉口赵军军营进逼。赵军见状，倾巢出营迎战。两军兵戈相交，厮杀了一阵子，韩信就佯装战败，让部下胡乱扔掉旗鼓仪仗，向绵蔓水方向后撤，赵王歇和陈余见汉军被击败，就指挥全军追击，企图一举全歼汉军。

汉军士兵看到前有强敌，后有水阻，无路可逃，所以人人死战，抵挡住了赵军的凶猛攻势。这时，埋伏在赵军营垒翼侧的两千汉军轻骑乘着赵军大营空虚无备，突然出击，袭占赵营。他们迅速拔下赵军旗帜，插上汉军战旗。

赵军久攻不下，陈余不得已下令收兵。赵军走到自己营寨前抬头一看才猛然发现上面插满了汉军红色战旗，老巢已经易手。赵军上下顿时惊恐大乱，纷纷逃散。占据赵军大营的汉军轻骑切断了赵军的归路，韩信则指挥汉军主力全线发起反击。赵军很快被全部歼灭，陈余被杀，赵王歇束手就擒，赵国灭亡。

韩信敢于孤军深入，千里攻击军力数倍于自己且占据地利优势的赵国，其一，准确把握了代赵燕齐各国各自为政，互不相救的致命弱点，加以各个击破；其二，准确把握了赵军主将有勇无谋，刚愎自用的性格弱点，以己之长攻敌之短，最后取得了胜利。深刻了解和准确把握战场情况，知彼知己，是韩信敢于冒险，百战百胜的底气。

2.远洋才有大鱼

人人都知道的获利方法，实际上就意味着获取不了多少利益。用别人都不知道的方法和途径获利，就要为探索这些方法和途径付出必要的代价，而结果可能收获颇丰，也可能竹篮打水一场空。保守于获取稳定的小利益，还是冒险于获取未知的大利益，这是人生的一道选择题。脚踏实地可以让社会稳定，家庭温饱；而勇于创新无论失败与成功都可以引领社会前进。这个社会既需要稳重持成，也需要勇于创新。

15世纪，由于《马可·波罗游记》中关于中国与日本的财富无穷的神话在当时的欧洲广为流传，激起欧洲人的无限遐想。其中一个关于日本的故事说："那个岛（日本）的领主有一个巨大的宫殿，是用纯金盖的顶。宫殿所有的地面和许多大厅的地板都是用黄金铺设的。金板有如石板，厚达两指。窗子也用黄金装成。"关于中国的泉州港，说那里的来往客商之多，"超过全世界其余港口的总和"，"在这个港口卸下胡椒的船只，一年之中就达一百艘，运进其他香料者还不在内"。

1453年，土耳其灭亡了拜占庭，独霸了东地中海，控制了传统的东西方商路。而沿非洲大陆通往东方的海路又被葡萄牙人所垄断。后起的西班牙急切希望开辟一条既避开土耳其、阿拉伯国家，又绕过葡萄牙势力范围的进入东方的新航路，直接获得东方的黄金、香料、珍宝、贵重物品和各种商品。

哥伦布是意大利人，侨居葡萄牙，葡萄牙是西欧当时航海探险的中心。当时人们已经普遍认识到地球是球形的，于是哥伦布提出从欧洲大陆一直向西航行，同样可以到达中国、印度的想法。说不定这条航线更加近便，更容易获得巨额利益。远航探险耗资巨大，需要政府的支持和上层的资助。他多次向葡萄牙政府提出西航建议和计划，时间长达五年之久，但都没有被接纳，还被认为是骗子。他又向法国游说，仍然没有结果。后来他转而向西班牙皇室提出请求，和当时急于开辟贸易新航线的西班牙一拍即合。经过商定，1492 年 4 月 17 日，哥伦布与西班牙伊莎贝拉女王在圣塔菲城签订了历史上有名的《圣塔菲协定》。这个协议最重要的两条：

"海洋的领主陛下从此赐予克里斯托弗·哥伦布以'唐'的贵族封号，委任他为所发现的海岛和大陆的司令，在他逝世之后，这个封号和属于他的所有权力将由他的继承人继承……哥伦布被封为所发现和夺得海岛和大陆的总督，为了管辖每片新发现土地，有权选出管理者……"

"所有的交易商品，无论珍珠、宝石、黄金和白银、香料或其他货物……凡在司令管辖区内购买、交易、发现或夺得的，他都有权得到十分之一的利润……其余十分之九的则应呈献给陛下。"

此外，哥伦布还得到了与司令职务相符的薪俸，以及处理与此相联系的刑事和民事案件的权力。在两周后，他获得了国王夫妇赐予的"唐"贵族称号。

哥伦布首次远航共投资约 200 万马拉维迪，探险队共筹备了三条船。1492 年 8 月 3 日，探险队从帕洛斯港拔锚启航。在茫茫大海航行了两个多月，就在船员坚持不下去，逼迫哥伦布做出返航许诺的最后期限到达时，10 月 11 日，陆续发现了一秆芦苇、一些藤茎、一棵小树、一根被砍削过的木棍、一块加工过的木板，这又给大家带来了发现陆地的希望。晚上 10 点钟，哥伦布发现前方有亮光，像蜡烛那样忽明忽暗，忽升忽降。哥伦布确信陆地已近，半夜 2 点钟，平塔号的值班员终于确凿地看见了陆地。

1492 年 10 月 12 日，是世界历史上重要的一天，洪都拉斯、巴西、厄瓜多尔、委内瑞拉、智利、哥伦比亚、巴拉圭、哥斯达黎加、巴哈马、美国等十几个国家把这一天或这一天前后定为美洲发现日——哥伦布日，予以纪念。西班牙则定其为国庆节。

12 月 25 日，由于值班水手疏忽，圣玛丽亚号在海地岛（今海地角以东）的海岸搁浅，抢险无效。剩下的两艘船无法容纳全部船员，哥伦布决定把一部分人留在西班牙岛。有 39 个人自愿留下来，以便找到更多的黄金。1493 年 1 月 16 日，两艘船离开海地岛萨马纳湾，开始返航，重新横渡大西洋。

2 月 12 日，海上起了风暴，持续了 4 天，风力达到了 8 级。这意味着浪高达 5.5～7.5 米，风速达每秒 17.2～20.7 米。载重仅 60 吨的尼尼雅号和平塔号在风浪中如同两片树叶，随时都有倾覆的危险。13 日晚上，尼尼雅号和平塔号在惊涛骇浪中失散。在形势最严峻的时刻，哥伦布抛下了装着他发现的西印度的信件的漂流桶，并在船上留下一个装着同一信件副本的漂流桶。2 月 15 日，尼尼雅号的船员看到了亚速尔群岛最南边的陆地。2 月 18 日，尼尼雅号停靠亚速尔群岛的圣玛丽娘岛。尽管已回到了旧大陆最西边的海岛，但剩下的航程仍充满危险。2 月 24 日，尼尼雅号重新启航，不料飓风接踵而来，船员们与狂风巨浪又展开了连续 6 天的殊死搏斗。他们被迫驶向葡萄牙，3 月 4 日终于靠上了里斯本湾的海岸。至此历时七个月的人类第一次西航探险完成，开启了西方列强疯狂掠夺美洲大陆的新时代。

3.灵活机动路自多

要完成一件具有一定风险的任务，又要把风险伤害控制到最低，就必须要掌握足以应对风险的方法和手段。灵活机动就是方法之一。所谓灵活机动就是有足够的睿智和身手，遇到风险，审时度势，腾挪躲闪，化险为夷；碰见机遇，手疾眼快，抓住不放。

北魏的步、骑兵号称二十万向南齐进攻。南齐豫州刺史垣崇祖召集文武官员商议对策，打算整治外城，在肥水上修筑堤坝，加强防守。大家都说："以往，北魏拓跋焘前来侵犯，南平王兵多将广，士气高昂，兵力是现在的好几倍，尚且认为外城太大，难以守卫，所以退入内城防守。而且，自从有肥水存在以来，从不曾有人在肥水上修筑过堤坝，恐怕此举也是徒劳无益的吧。"垣崇祖说："如果我们放弃外城，胡虏肯定会占领外城，在外面修建望高台，在里面筑成长墙，那就会使我们坐以待毙了。防守外城，修筑堤坝，这是我绝无劝阻余地的计策啊。"于是，垣崇祖在豫州城的西北方修筑堤坝，拦截肥水，在堤坝的北面修筑一座小城，四周环绕着深深的沟堑，派遣好几千人守卫在那里。垣崇祖说："胡虏看到此城狭小，以为一下子就可以攻取下来，肯定会全力攻打此城。这时，我们放肥水冲击他们，他们便都成了鱼鳖。"果然，北魏军队到来蚁群般地趋附并攻打小城，垣崇祖头戴白色的纱帽，乘着轿子，登上城来。到了黄昏时分，垣崇祖命令决开堤坝，放水冲灌，北魏攻城的军队全都被冲进沟堑，淹死的人员马匹数以千计。北魏的军队只得撤退逃跑了。

160

来自历史的职场课来自历史的职场课

4.考察别人怎么通过险路

遵循前人成功的方法和道路，可以降低遭遇风险的概率。

曹操讨伐乌桓，当时正赶上夏季，大雨不止，沿海一带泥泞难行，而且乌桓人还在交通要道派兵把守，曹军受阻无法前进。曹操十分忧虑，向当地名士田畴询问对策。田畴说："这条道路每逢夏秋两季常常积水，浅不能通车马，深不能载舟船，是长期不能解决的难题。原来右北平郡府设在平冈，道路通过卢龙塞，可到达柳城。自从光武帝建武以来，道路陷坏，无人行走，已将近二百年，但仍留有道路的残迹可循。现在乌桓人以为无终是我们大军的必经之路，大军不能前进，只好撤退，因此他们放松了戒备。如果我们默默地回军，却从卢龙塞口越过白檀险阻，进到他们没有设防的区域，路近而行动方便，攻其不备，可以不战而捉住蹋顿。"曹操说："很好！"于是率军从无终撤退，在水边的路旁留下一块大木牌，上面写着："现在夏季暑热，道路不通，且等到秋冬，再出兵讨伐。"乌桓人的侦察骑兵看到后，当真以为曹军已经离去。曹操命令田畴率领他的部众做向导，上徐无山，凿山填谷，行进五百余里，经过白檀、平冈，又穿过鲜卑部落的王庭，向东直指柳城。建安十二年（207）八月，曹操登上白狼山，突然与乌桓军相遇。当时乌桓军数量众多，而曹操的主力重兵还在后方尚未到达前线，曹操身边只有少量的军队。曹军将士希望等待后续部队到达后再出击，并产生了恐惧心理，此时张辽力排众议，主张趁乌桓的阵势不整，立即出击。曹操采纳了张辽的意见，以张辽为先锋，纵兵攻击，乌桓军队大乱。此役斩杀蹋顿和各部落王爷及以下的乌桓首领，投降者共有二十余万。

5.别人冒险成功不等于你也会成功

不要看到别人冒险成功，就跟着去做同样有风险的事。一定要认真分析情况的共同之处以及各自的特殊不同，盲目照搬一定会发生失误。

聪明的人是学习前人经验的精髓，愚蠢的人只模仿皮毛。

汉高祖三年（前204）冬，楚军兵围汉王于荥阳，双方久战不决。楚军竭力截断汉军的粮食补给和军援通道。汉军粮草匮乏，渐渐难撑危机。汉王刘邦大为焦急，询问群臣有何良策。谋士郦食其献计道："昔日商汤伐夏桀，封其后代于杞；武王伐纣，封其后代于宋。秦王失德弃义，侵伐诸侯，灭其社稷，使各国没有立锥之地。陛下如果能诚心复立六国之后，六国君臣、百姓必然感戴陛下大恩大德，一定会仰慕陛下的仁义，愿为陛下驱使。德义已行，陛下便能南向称霸，楚人只得甘拜下风。"

这其实是一种"饮鸩止渴"的夸夸其谈，当时刘邦并没有看到它的危害性，反而拍手称赞，速命人刻制印玺，准备派郦食其巡行各地分封。

在这关键时候，张良外出归来，拜见刘邦。刘邦一边吃饭，一边把实行分封的主张说与张良听，并问此计得失如何。张良听罢，大吃一惊，忙问："这是谁给陛下出的计策？"张良沉痛地摇摇头接着说："照此做法，陛下的大事就要坏了。"刘邦顿时惊慌失色道："为什么？"张良伸手拿起酒桌上的一双筷子，连比带画地讲了起来。他说："第一，往昔商汤、周武王伐夏桀殷纣后封其后代，是基于完全可以控制、必要时还可以致之于死地的考虑，然而如今陛下能控制项羽并于必要时致之于死地吗？第二，昔日周武王克殷后，杀了商纣王得到了他的头颅，如今陛下能得到项羽的头颅吗？第三，表商容之间，封比干之墓，释箕子之囚，是意在奖掖鞭策本朝臣民。现今汉王所需的是旌忠尊贤的时候吗？第四，武王散钱发粟是用敌国之积蓄，现汉王军需无着，哪里还有能力救济饥贫呢？第五，把兵车改为乘车，倒置兵器以示不用，今陛下鏖战正急，怎能效法呢？第六，过去，马放南山阳坡，牛息桃林荫下，是因为天下已转入升平年代。现今激战不休，怎能偃武修文呢？第七，如果把土地都分封给六国后人，则将士谋臣各归其主，还有谁愿意随陛下争夺天下。第八，楚军强大，六国软弱必然屈服，怎么能向陛下称臣呢？"

张良的分析，字字珠玑，切中要害。他看到古今时移势易，因而得出绝不能照搬照抄"古圣先贤"之法的结论。尤其重要的是，张良认为封土赐爵是一种很有吸引力的奖掖手段，赏赐给战争中的有功之臣，用以鼓励天下将士追随汉王，是一种维系将士之心的重要措施。如果把土地都分封给六国后人，还靠什么激励将士从而取得胜利呢？

张良借箸谏阻，使刘邦茅塞顿开，恍然大悟，以致啜食吐哺，大骂郦食其："臭儒生，差一点坏了老子的大事！"然后，下令立即销毁已经刻制完成的六国印玺，从而避免了一次重大战略错误。

6.脚踏实地危险少

深厚坚实的基础，可以化险为夷。所以脚踏实地做事的人，不容易被风险所伤害。

李广是汉代名将，多力善射，十分勇猛，一听说哪儿出现老虎，他就常常要亲自去射杀。居守右北平时一次射虎，恶虎扑伤了李广，李广带伤也竟然射死了这只虎。汉初，李广镇守边疆，抗击匈奴，盛名一时，获飞将军名声。李广任右北平太守后，匈奴畏惧，避之，数年不敢入侵右北平。

汉武帝大举进攻匈奴，李广也率部出征。

李广不善于做细致的准备工作，平时不严格训练士兵，士兵纪律松散；战时不善于侦察了解敌情以及战场详细情况，出征全凭自己的勇气。第一次随卫青出征，李广的军队侦察不周，遭遇敌主力，以一万对十万，终因寡不敌众而受伤被俘。匈奴单于久仰李广威名，命令手下："得李广必生致之"，匈奴骑兵便把当时受伤的李广放在两匹马中间，让他躺在用绳子结成的网袋里。走了十多里路，李广装死，斜眼瞧见他旁边有个匈奴少年骑着一匹好马，李广突然一跃，跳上匈奴少年的战马，把少年推下马，摘下他的弓箭，策马扬鞭向南奔驰。匈奴骑兵数百人紧紧追赶，李广边跑边射杀追兵，终于逃脱。因李广部队人马死伤众多，自己又被匈奴活捉，理应斩首，后用钱赎罪，成为平民。

李广再为后将军，跟从大将军卫青的军队出定襄，击匈奴。诸将大多因立功而被封侯，而李广军无功而还。

公元前121年，李广以郎中令身份率四千骑兵从右北平出塞，与张骞的主力部队出征匈奴。李广部队为先锋，又因侦察不周，情况不明，前进了数百里，突然被匈奴左贤王带领的四万名骑兵包围。李广就派自己的儿子李敢冲入敌阵。李敢率几十名骑兵，杀入敌阵，直贯匈奴的重围，抄出敌人的两翼而回。李广布成圆形阵势面向四外抗敌。匈奴猛攻汉军，箭如雨下，汉兵死伤过半，箭也快射光了。李广就命令士兵把弓拉满，不要发射，他手持强弩"大黄"射杀匈奴神将多人，匈奴兵将大为惊恐，渐渐散开。这时天色已晚，汉官兵都吓得面无人色，但李广却神态自如。军中官兵都非常佩服李广的勇气。第二天，他又和敌兵奋战，这时博望侯张骞的救兵赶到，才解了围。李广的军队几乎全军覆没，李广功过相抵，没有得到赏赐。

元狩四年（前119），大将军卫青与骠骑将军霍去病深入漠北打击匈奴。李广多次请求随军出征，武帝认为他年老未起用。直到元狩四年武帝受不了李广软磨硬泡才任命他为前将军，随卫青出征，还暗中叮嘱卫青不要让李广当前锋。出塞，卫青得知单于的驻扎地，决定自率部队正面袭击单于，命前将军李广与右将军赵食其从东路夹击。谁知李广又因不善于提前了解地形迷路，等卫青已经歼灭了敌人，李广才赶到。因为延误战机，李广非但无功，还要因此受处分，而他的众多部下，甚至他儿子都因功封爵。李广越想越气，竟然自杀。

7.装懂、好强、虚荣、固执、鲁莽、草率、粗心、逞能、昏聩、懦弱都是风险之源

不懂装懂，自以为是，把自己的看法奉为圭臬；争强好胜，意气用事，为一些鸡毛蒜皮的事挑起事端，甚至不顾后果，盲目冒犯强大对手的关键利益；粗心大意，满不在乎；昏聩不明，分不清安全与危险的界限；懦弱无能，不敢抗争；不顾现实，以卵击石以及求虚荣不顾风险，这些都会大大增加危险的概率。

北魏统帅奚斤奉命攻打夏王赫连昌，但夏王赫连昌却被自己手下的偏将活捉了，他觉得自己身为主帅但抓赫连昌的功劳却不在自己，因此深感羞耻。于是他命令军队舍弃辎重，只带三日粮秣，进攻赫连定据守的平凉。娥清建议沿着泾水而行，奚斤不同意，坚持走北道以便截击赫连定的退路。北魏军走到马髦岭，夏国军队正要逃走，正巧北魏军中的一名小将因为犯罪投降了夏军，把北魏军中缺粮少水的窘况报告给了赫连定。赫连定于是分兵几路拦截奚斤的军队，前后夹击，北魏军顿时溃败如潮，奚斤、娥清、刘拔等将领都被夏军活捉，士卒中也有六七千人战死。

梁武帝太清三年（549），叛军侯景派遣于子悦等人率领几百名疲弱的士兵去东方强夺吴郡。戍守吴郡的主将戴僧逊拥有五千名精锐士兵，他劝太守袁君正道："贼兵现在缺乏粮食，他们从台中所得到的不够支持十天，如果我们闭关防守，抗拒他们，他们马上就会饿死。"当地豪强陆映公害怕不能取得胜利，自己的资产遭到掠夺，便和其他人一道劝说袁君正去迎候于子悦。袁君正一向怯懦无能，于是就载着米、牛、酒到郊外迎接。于子悦扣押了袁君正，趁机夺取了吴郡，进城大肆掠夺该城百姓的财产、子女。

安史之乱，叛军进抵潼关。唐玄宗听信谗言，杀死防守潼关的名将高仙芝、封常清，导致军心大乱。不得已派遣中风不久的老将哥舒翰带领紧急招募的一批市民为兵赴潼关防守。

有人告诉玄宗说安禄山叛军崔乾在陕郡的兵力不到四千，都是老弱兵，而

且没有准备，玄宗就派人催促防守潼关的哥舒翰出兵收复陕郡和洛阳。哥舒翰上奏说："安禄山善于用兵，现在刚举兵反叛，怎么能够不设防呢！这一定是故意示弱来引诱我们，如果出兵攻打，正中了他的计谋。再说叛军远来，利在速战速决，我们据险扼守，利在长期坚持。何况叛军残暴，失去人心，兵势正在变为不利，将会有内乱，到那时再乘机进攻，就可不战而获胜。我们最主要是要取胜，何必要立刻出兵呢！现在各地所征的兵大都还没有到达，请暂且等待一段时间。"郭子仪与李光弼也上言说："请让我们率兵向北攻取范阳，直捣叛军巢穴，抓住他们的妻子、儿子作为人质用来招降，这样叛军内部必定大乱。坚守潼关的大军应该固守以挫敌锐气，不可轻易出战。"玄宗急于取胜，再加杨国忠煽惑，于是又派宦官去催促出兵，连续不断。哥舒翰没有办法，抚胸痛哭，便亲自率兵出关。

结果大败，哥舒翰自杀，潼关失守，安禄山长驱直入，长安陷落。

三、混乱中做事情：混乱中游刃有余

做事情必须在一定的环境中进行，局势的安定与混乱，对做事的成败有直接的影响。

另外，做事的初始阶段，行动的规划可能不完全符合实际，所准备的基础条件与事情的需要有较大差距，各种因素不和谐，又没有做事经验，此时产生一些混乱是难免的。

关键在于怎样在混乱中理顺头绪，不断调整措施完成事情。

1.浑水摸鱼

社会局势混乱，其一是人们推翻原来的利益界限和确认利益的秩序、规则，使原先有界限的利益，变为无归属的利益，有秩序变为无秩序；其二，是因为利益还没有被瓜分完毕，规则和秩序尚未完全建立。

非混乱状态利益瓜分与秩序的建立已经同步完成。只有秩序的建立，才能最终固定并承认利益分配的结果；而只有利益已经被瓜分，才有必要建立相应的秩序和规则来确定利益的界限。

在混乱状态中做事情与非混乱状态做事情有显著的不同。混乱中有更多无归属利益可以获取；非混乱状态下大多数利益都成为有归属的利益，不能被轻易获取。混乱状态下做事无规则可遵循，凡能利用的手段和方法都可以使用，竞争就显得格外激烈；非混乱状态下，一切都要按照规则办事，超出规则的行为均会被强行制止并受到处罚。混乱状态中做事情往往是一个创新的过程，是一个百花齐放、百家争鸣的时期；非混乱状态中做事是一个循规蹈矩的过程。

秦人失鹿，群雄逐之。凡是成就惊天动地大事业的，一定是在混乱状态中取得的。

西汉末年，天下大乱，群雄揭竿而起。百姓们为天下大乱愁苦不已，而邯郸有个算卦的王昌（又称王郎）却十分兴奋，认为机会来了。当时王莽篡汉，老百姓对西汉政权还有一定感情，起义军想壮大队伍、号令天下，就纷纷打起了大汉的旗帜。王昌通晓天文、历法，精通相面算命之术，以占卜为业，称邯郸城有天子之气，又诈称自己是汉成帝之子刘子舆。

王莽篡位建立新朝之前，长安城里曾经有人自称是汉成帝刘骜的亲儿子，名叫刘子舆。王莽得信后，派人捉杀了这个刘子舆。

现在王昌说王莽所杀的那个是假的，而自己才是真正的刘子舆。

他假称他母亲原本是汉成帝刘骜身边的歌女，有一天在宫中，突然觉得身体僵直，瞬间有一股黄气自下而上围裹全身，半天才徐徐散去，随后不久，他母亲便有了身孕。成帝刘骜清楚歌女怀的是自己的龙种，于是安排她住进后宫养胎。此事被不能生育而妒心极重的皇后赵飞燕知道了，想方设法加害歌女。歌女在宫里东躲西藏，临盆那天，私下托人用别人的孩子调换了亲生儿子，这才保住了小皇子的命。因为降生时被调包，他一直流落在外，十二岁时在蜀地，十七岁又跑到丹阳，二十岁时曾短暂回过长安一次，后辗转藏身于中山、燕、赵一带。

王昌说，我刘子舆多年来隐姓埋名，就是为了今天复兴汉室；之所以流连徘徊于燕赵之地，就是这里有锄奸兴汉的天子之气。

此话传开，越来越多的人相信自己身边出了真龙天子。正好邯郸谣传赤眉军将渡黄河北上抵达邯郸，王昌趁机说赤眉就是来迎立自己的，现在就是考验人心的时候，老百姓更是信以为真，纷纷向他磕头膜拜。

邯郸赵缪王的儿子刘林听说此事，非常兴奋，他召集赵地最有实力的大土豪李育、张参秘密商议，认为，既然真正的皇子在这儿，若抢先立其为帝，就有拥立之功，将来就可以飞黄腾达，何乐而不为呢！

公元 23 年十二月，刘林在赵地各位土豪公推下，亲自带领数百兵马仪仗和车辆，一大早迎接王昌到邯郸城自己的王宫，拥立为汉天子。史称赵汉。

王昌任命刘林为丞相、李育为大司马、张参为大将军，利用民众依然思汉的心理，又宣称"新朝"建立之前反对王莽的翟义没有死，而在拥护他，从而声望日盛。王昌派军队占领冀州、幽州，赵国以北、辽东以西均被王昌管辖。

当时刘秀已经到达河北一带，王昌颁布命令："天下有得刘秀首级献于朕者，赏邑十万户。"

更始二年（24）初，刘秀进军邯郸，五月，攻破邯郸城，王昌乘夜逃出邯郸，途中被杀，赵汉政权结束。

2.浑水里的钓饵，一定要小心

混乱中充满陷阱和诱饵。此时要特别小心，贸然行动会成为别人的猎物。

西晋末，天下大乱。幽州都督王浚根据他父亲的字"处道"，自认为是应验了"代汉者，当途高"的谶语，图谋称帝。

石勒想袭击王浚，但不知他的虚实，打算派使者去侦察。参佐请石勒效法羊祜、陆抗以交邻之礼对待敌方的前例给王浚去信。石勒因此问张宾，张宾说："王浚名义上是晋朝的大臣，实际上想废掉晋朝自立为帝，只是怕四海的英雄无人相从罢了，他想得到将军您，就像刘邦想得到韩信一样。将军威震天下，现在用谦恭的言辞、丰厚的礼物，降低身份去对待他，还怕他不信，何况将军您现在模仿羊、陆那样呢！"石勒说："好！"十二月，石勒派遣舍人王子春、董肇带上很多珍宝，给王浚奉表说："我本来是小小的胡人，遭到饥饿变乱的时局，四处流浪屯守在困厄之地，流窜到冀州，想互相聚集保卫来挽救自己的性命。现在晋朝皇室沦灭，中原无主，殿下是州乡尊贵的名门望族，四海都尊崇，做帝王的人，不是您还有谁？石勒之所以冒死起兵，诛讨凶暴作乱的人，正是为殿下驱除这些强寇妄贼罢了。希望殿下能够应合天命顺从民意，尽快登上皇位。石勒我会尊奉拥戴殿下就像尊奉天地父母一样，请殿下体察我的心意，也应该把我当作儿子一样看待呀！"又给枣嵩去信，并用厚重的礼物贿赂他。

王浚因为段疾、陆眷刚刚叛离，士人、百姓又大多离开了他，现在听到石勒想来归附他，大喜过望，对使者王子春说："石公是当世豪杰，占据有赵、魏地区，却想做我的藩属，这能是真的吗？"王子春说："石将军才能力量都很强盛，确实如您所说。只是因为殿下是中州的尊贵的名门望族，威势达于夷人、华人地区，自古以来有胡人作为辅佐君主的名臣的情况，而没有做帝王的人。石将军不是厌恶帝王的地位而辞让给殿下，只是顾虑因为帝王自有天道气数，不是仅靠才智力量所能取得的，即使强行取得帝位，也一定不会被上天与人们所承认。项羽虽然强大，但天下终究为汉朝所有。石将军与殿下相比，就像月亮之于太阳。所以鉴于历史情况，才投身于殿下，这是石将军远见卓识所以远远超过他人的地方，殿下有什么可奇怪的呢？"王浚听后非常高兴，当即把王子春、董肇都封为侯，派使者报告这个聘任，并且重金酬谢他们。

王子春领着王浚的使者到达襄国，石勒把他强壮的兵士、精锐的兵器都藏起来，用老弱残兵空虚的府帐给使者看，郑重地向北拜会使者接受王浚的信。王浚送给石勒标志风雅的麈尾，石勒假装不敢拿在手上，而把麈尾悬挂在墙壁上，早晨晚上都恭敬地向它叩拜，说："我不能见到王公，见他所赐的物品，就像见到他一样。"又派遣董肇向王浚奉交奏表，约定三月中旬亲自到幽州尊奉王浚为帝。又给枣嵩去信，请求担任并州牧、广平公。

石勒向王子春询问王浚的政事情况，王子春说："幽州去年发大水，百姓无粮可吃，而王浚囤积了一百多万粟谷，却不赈济灾民，刑罚政令苛刻残酷，赋税劳役征发频繁，忠臣贤士从他身边离开，夷人、狄人也在外面叛离。人人都知道他将要灭亡，而王浚却毫无察觉，若无其事，一点没有惧祸之意。王浚刚刚又重新设置官署，安排文武百官，自以为汉高祖、魏武帝都无法与自己相比。"石勒按着几案笑着说："王浚确实能够抓到了。"王浚派的使者返回蓟地，都说："石勒目前兵力阵势孤独衰弱，忠诚而无二心。"王浚非常高兴，更加骄纵懈怠，不再安排防务。

三月，石勒的军队到达易水，王浚的督护孙纬急速派人告诉王浚，将要指挥军队阻击石勒。王浚的将领参佐都说："胡人贪婪不讲信用，一定有诡计，请攻打石勒。"王浚发怒说："石公来，正是要尊奉拥戴我，有敢说攻打的人，杀！"大家都不敢再说。王浚安排宴会准备接待石勒。壬申（初三），石勒早晨到蓟城，呵斥守门卫士开门。开门后石勒怀疑有埋伏的军队，就先驱赶几千头牛羊进城，声称是给王浚奉上礼物，实际上想用牛羊堵塞住街巷。王浚这才有些恐惧，坐立不安。石勒进入城里后，纵兵抢掠，王浚身边的官员请示防御石勒，王浚还不允许。石勒登上中庭，王浚于是走出殿堂，石勒的部众抓住了他。石勒召来王浚的妻子，与她并排坐着，押着王浚站在前面。王浚骂道："胡奴调戏你老子，为什么这样凶恶叛逆！"石勒说："您地位高于所有大臣，掌握着强大的军队，却坐视朝廷倾覆，竟不去救援，还想尊自己为天子，难道不是凶恶叛逆吗？又任用奸诈贪婪的小人，残酷虐待百姓，杀死迫害忠良，祸害遍及整个燕土，这是谁的罪呀！"石勒派他的将领王洛生用五百骑兵把王浚押送到襄国，王浚自己投水，兵士们把他捆绑住拉出，在襄国的街市上把他杀了。

3.走一步，看三步

混乱中眼光要长远，要明白混乱发生和结束的原因，知道混乱中做事的办法。社会混乱是因为新的事物还没有建立相应规则，或者旧的规则不符合新的事物，是人类社会发展过程中不可避免的事情。混乱不利于社会效率，人们为了提高效率不会让混乱持续下去，会想办法建立符合新事物的新规则，以结束混乱。建立新秩序过一段时间后，事物又会发展到新的阶段，现实与过去建立的秩序再次不相符，又会陷入新的混乱。所以社会发展的过程一定是混乱稳定交替的过程。混乱的过程也是逐步建立规则的过程。越是混乱，就越接近新的秩序的建立，尤其是威胁到人类生存的社会动乱，人们会携手共同加以制止，以维护人类的生存与发展。所以在特别混乱时，要看到物极必反，大乱之后必有大治的光明前景。

如果混乱对我有利，就趁乱赶快完成要做的事情。混乱中虽然可以浑水摸鱼获得超常的利益，但是剧烈的竞争不是一般人可以承受的，平庸之辈，不要去火中取栗。

混乱对我不利就等待混乱结束，一切恢复正常，有了各种规范再做事。虽然规范中做事不能得到超常的利益，但可以安安稳稳，成果可期。

另外，我们在从秩序走向混乱和从混乱回归秩序的两个过程中，做事的办法也不尽相同。走向混乱是一个破坏秩序的过程，有规则不能完全突破规则，又不能完全遵守规则。这个时期做事的诀窍就是游走于规则边沿，打擦边球以获取利益。由混乱走向秩序，首先需要争夺秩序制定权，谁掌握了制定秩序的权利，谁就掌握了最大的利益；谁失去制定秩序的权利，谁就成为新秩序的牺牲品。当然新的秩序需要获得大多数人的认可，或者被迫认可，否则新的秩序没有权威，也就无法成为一个真正的秩序。

晋计划消灭东吴。山涛退朝回来和别人说："古人云，'只有圣人能做到内外无患，假如不是圣人，外部安宁了就必然有内部的忧患。'以晋目前的情况来看，灭掉吴国这个外部威胁，难道是好的计策？"

东汉至魏晋，汉朝制定的规则已被打破，晋建立的规则尚不稳固。这时候晋内部诸侯王势力并立，吴国的存在，使晋内部暂时团结对外，吴国被灭后，马上会出现由谁来主导规则制定权的问题，动乱在所难免。

晋灭吴统一天下后不久，果然内部矛盾激化，发生了"八王之乱"。

隋末，唐军久攻河东郡不下，李渊想绕过河东，率兵向西直达长安，但仍犹豫不决。裴寂说："屈突通拥有大批军队，凭借着坚固的城池，我们若舍弃他而去，要是进攻长安而不能攻克，后退就会遇到河东方面的追击，致使腹背受敌，这是危险的策略。不如先攻下河东，然后挥师西上。长安是依恃屈突通为后援的，屈突通如果被打败，长安也必定被攻破。"李世民说："不对！兵贵神速，我们乘着屡战屡胜的军威，安抚归顺的众军，大张旗鼓地西进，长安的人就会望风而震惊骇惧，智慧还来不及谋划，勇敢还来不及决断，取长安就如同震动树上的枯叶一样容易。我们要是滞留，自己将自己耽误在坚城之下，他们则有时间加强防备以对付我们。而我们白白浪费了时间，大家的心就会沮丧溃散，那么大事就全完了。况且关中蜂拥而起的将领还没有归属，不能不早些将他们招抚来。屈突通是仅能自守之敌，不足为虑。"

李世民敏锐地认识到，大乱之际不在于一城一地的得失，抢占关中这个帝王之居，建立政权，夺取规则制定权才是当务之急。

李渊听从李世民的意见，留下一部分兵力包围河东，自己率军迅速西进占领长安，顺利建立了唐政权。

周朝自平王东迁以后，周天子权威大大减弱，诸侯国内的篡权政变和各国之间的兼并战争时有发生。与此同时南北边境外族趁机入侵，北有山戎，南有荆蛮，天下纷纷扰扰。

齐桓公想成为霸主，管仲提出了"尊王攘夷"的口号。尊王就是在齐国带领尊崇周王的权力，维护周的宗法制度，进而由齐主持，以周礼化解诸侯之间的纷争，解决各诸侯国国内以下犯上、侵害篡夺诸侯权利的问题，维护了诸侯的利益。攘夷就是划定一个以中原文化为中心的文化认同圈，由齐国带领抗击蛮夷对圈内诸侯的侵害。齐桓公首先退还侵夺鲁国的土地，取信于诸侯，又通过帮助燕国击退山戎，帮助邢国击退赤狄，阻止楚势力向中原的扩张，切实维护了中原各诸侯的利益。

鲁僖公九年（前651），齐桓公召集各路诸侯在葵丘会盟，提出"尊周室，攘夷狄，禁篡弑，抑兼并"。周襄王派宰孔参加，并赐王室祭祀祖先的祭肉给齐桓公。在"尊王攘夷"的旗帜下，齐国被诸侯尊为春秋第一霸主。

齐桓公正是利用了从秩序走向混乱，有规则不能完全突破规则，又不能完全遵守规则，游走于规则边沿，打擦边球来获取利益。

4.快刀斩乱麻

混乱而紧急的情况下，机遇可能瞬间消失，意外也可能瞬间发生，这就需要采取果断的举措，当断不断反受其乱。

北魏宣武帝患病，丁巳（十三日），在式乾殿病逝。侍中、中书监、太子少傅崔光，侍中、领军将军于忠，詹事王显等人从东宫迎接年仅 5 岁的太子元诩来到显阳殿。王显想等天亮以后再为太子举行即位仪式，崔光说："皇位不可以片刻无主，为什么要等到天亮呢？"王显说："必须报告中宫皇后。"崔光说："皇上驾崩，太子即位，这是国家正常的规定，何必要等待中宫的旨令呢！"于是，崔光等人请求太子站在东面，于忠和黄门侍郎元昭搀扶太子面向西哭了十多声后停止了哭泣。崔光代理太尉的职务，捧着策书献上印玺和绶带，太子跪着接受了，穿上礼服，走上太极殿，即皇帝位，为孝明帝。崔光等人和夜间执勤的官员站立在庭中，向北叩头高呼万岁。

起初高肇专权，他特别忌恨宗室里面有名望的人。等到宣武帝病逝，高肇统兵在外，朝廷内外都很不安。于忠和门下省的官员们商议，由于孝明帝年幼，不能亲自执政，建议让太保高阳王元雍住进西柏堂处理各种政务，并且任命任城王元澄为尚书令，总管大小官员，而且上报皇后，请她当即用手书授职。

王显一向受宣武帝的宠信，凭借权势滥施淫威，被众人忌恨。他怕不被元澄等人所容纳，就和中常侍孙伏连等人密谋停止门下省的奏议，伪造皇后的命令，任命高肇录尚书事，任命王显和渤海公高猛等人共同作为侍中。于忠等人听到这件事，假借服侍皇上治疗无效的罪名，立刻把王显抓入监牢，下令剥夺他的爵位、官职。王显在被抓时大声喊冤，门卫就用刀环撞击他的腋下，将他送到右卫府，一夜就丧了命。庚申（十六日），朝廷下令批准了门下省的奏议，百官各安己职，听命于二位王爷，朝廷内外都衷心信服。

孝明帝自己称名写信给高肇报告丧事，并且召他回朝。高肇来到皇宫前，登上太极殿穿着丧服号哭。高阳王元雍和于忠秘密商议，将值寝的邢豹等十多人埋伏在舍人省内，等到高肇哭完，把他引入舍人省，邢豹等人扼杀了他，接着，下令公布高肇的罪恶，假称高肇自杀，因此，对他的亲友全都没有加以追究。又剥夺了高肇的职务、爵位，用士大夫的礼节安葬他。

经过于忠等人这一番果断处置，新旧交替顺利完成。

四、前进中的困难：突破困难的妙计

大自然熵的流动方向是从高能量向低能量，有序向无序的不可逆变化中，而成就事业又必须用有序的、阳刚的、吸收高能量的形式来完成。所以成就事业是一个不断克服熵流动方向侵蚀的过程。我们必须在前进、等待甚至暂时后退中艰难跋涉，突破困难，最终取得事业的成功。

事情越大，困难越多。只做没有困难、很容易做的事情，是不会有大的成就的。

做事情除了付出艰苦努力之外，也要学会克服困难的技巧。

1.顺风好行船

做事情要认真观察大势所趋。符合大势的事，积极努力去做；反之，逆势而为不仅困难重重，损失惨重，而且注定没有什么前途。

辛亥革命推翻了清王朝的统治，建立了民国，结束了中国两千多年的封建君主专制制度。但是，封建势力并不甘心失败。民国初年，继袁世凯的"洪宪帝制"失败之后，1917年7月1日又发生了一起清廷的复辟事件。由于这次复辟是由军阀张勋一手制造的，史称"张勋复辟"。

张勋原是清朝的江南提督，统率江防营驻扎南京。辛亥革命爆发后，革命军进攻南京，张勋负隅顽抗，战败后率溃兵据守徐州，继续与革命势力为敌。民国成立后，他和他的队伍顽固地留着发辫，表示仍然效忠于清廷，人们称这个怪模怪样的军阀为"辫帅"，他的队伍被称为"辫子军"。1916年，北洋军阀头子袁世凯称帝失败，1917年，新总统黎元洪与总理段祺瑞发生矛盾，张勋以调停"有院之军"为名率"辫子军"北上到达北京。

经过一阵紧张的策划，张勋于6月30日潜入清宫，决定当晚发动复辟。1917年7月1日凌晨1时，张勋穿上蓝纱袍、黄马褂、戴上红顶花翎，自封为议政大臣兼直隶总督率领刘廷琛、康有为及几位辫子军统领共50余人，乘车进宫，宣布恢复大清，拥护溥仪。张勋还通电各省，宣布已"奏请皇上复辟"，要求各省应即"遵用正朔，悬挂龙旗"。

复辟消息传出后，立即遭到全国人民的反对，孙中山在上海发表《讨逆宣言》。段祺瑞在日本帝国主义的支持下，组成讨逆军讨伐张勋，张勋的"辫子军"一触即溃，张勋在德国人保护下逃入荷兰使馆。复辟丑剧仅仅上演了12天，就在万人唾骂声中收场了。张勋不能审时度势，逆潮流而动，灭亡是必然的。

2.有时间就有变化

做事的过程中，遇到当前无法解决的困难，不顾自身实力和条件强行突破，无疑以卵击石，这时就要学会等待。等待，一是等待困难本身发生变化；二是等待出现有利于突破困难的大气候、大趋势；三是自己不断积累改善突破困难的基础条件。

天有不测风云，人有旦夕祸福。随着时间变化，一切都有可能。

等待不是守株待兔、无所事事甚至打退堂鼓，而是积极努力促进各种因素向有利于突破困难的方向发展。

等待中要做好准备，一旦出现机遇，就毫不迟疑地出击，突破困难。

如果事情正向更糟糕的方向发展，困难越来越大，或者危害特别紧急，躲无所躲，这时候选择等待是不明智的，只能背水一战或者另想出路。

唐末，汴军朱全忠实力强大，占领河南及河北、山东大部，又开始围攻陕西李茂贞，李茂贞不敢出城迎战。河东李克用派军队攻打慈州等地，以策应李茂贞。朱全忠听说河东军队攻打慈州等地，就率军回河中。

李克用部将李嗣昭等攻克慈州、隰州，向晋州、绛州进逼。朱全忠派遣他哥哥的儿子朱友宁率领军队，会同晋州刺史氏叔琮攻击河东军队。李嗣昭偷袭并攻取绛州，汴军将领康怀英又收复绛州。李嗣昭等驻扎蒲县。乙未（十八日），汴州军队十万在蒲南扎营，氏叔琮乘夜率众截断李嗣昭等的归路，并进攻他们的营垒，将河东军队打得大败，杀获一万余人。己亥（二十二日），朱全忠自河中前往，乙巳（二十八日）到达晋州。

氏叔琮、朱友宁进攻李嗣昭、周德威的营寨。当时，汴州军队横阵十里，而河东军队不过数万人，深入敌人境内，众人心中恐惧。周德威出战失败，密令李嗣昭率领后军在前面离去，周德威随即也率领骑兵撤退。氏叔琮、朱友宁率兵长驱追逐，生擒李克用的儿子李廷鸾，河东军队惊慌溃逃，兵器粮草等物几乎全部抛弃。朱全忠命令氏叔琮、朱友宁乘胜进攻河东。

李克用听说李嗣昭等失败，派遣李存信率领亲兵前去迎敌。李存信到达清源县，遇见汴州军队，又逃回晋阳，汴州军队夺取慈、隰、汾三州。辛酉（十五日），汴州军队包置晋阳，在晋祠扎营，攻击晋阳城的西门。周德威、李嗣昭收集余众，沿着西山得以返回晋阳。晋阳城中的军队没有集结，氏叔琮的军队攻城非常紧急。氏叔琮每次巡视围城的军队，总是宽袍大带，借以表示悠闲。

李克用日夜登城，不能睡觉吃饭。他召集各位将领商议退守云州，李嗣昭、李嗣源、周德威说："儿子在这里，一定能固守。您不要做退守云州的打算，动摇人心！"李存信说："关东、河北都受朱全忠控制，我们兵力缺少，地方狭小，据守这个孤城，他们环城垒砌墙垣，挖掘壕沟，用长期围困制服我们，我们上天无路，坐等困死罢了。现在情势已急，不如暂时进入北方鞑靼，慢慢再设法进取。"李嗣昭极力争辩，李克用不能决断。刘夫人对李克用说："李存信不过是北川的放羊娃罢了，哪里知道长远打算！您常笑王行瑜轻率地弃城逃走，死于敌人之手，今天反要效法他吗？况且您从前在鞑靼居住，几乎不能自免，幸亏朝廷多事，这才能够再回来。现在一只脚出城，就会立即发生意外祸乱，塞外哪能到达呢？"李克用这才消离城出走的念头。过了数日，逃散的兵卒又集结起来，才逐渐安定。李克用的弟弟李克宁任忻州刺史，听说朱全忠的汴州军队到了，途中又返回晋阳，说："此城是我战死的地方，离开此城，将往哪里去！"众心这才安定下来。

李嗣昭、李嗣源屡次率领敢死队进入氏叔琮军营之中，斩杀捕虏，汴州军队惊慌纷扰，防备守御没有空闲。

没多久当地发生严重瘟疫，氏叔琮的士兵大量染病，丁卯（二十一日），氏叔琮不得不带领包围晋阳的军队撤走。晋阳之围得以解脱。

3.直路上不了高山

面对巨大困难，不能贸然正面对抗，应冷静下来，全面分析和掌握情势，避开直接正面的冲突，转而迂回包抄，从薄弱的侧面或者后面进攻。

1860 年，清朝派和春率领数十万大军进攻太平天国的都城天京（今江苏南京），清军仗着人马众多，层层包围，使天京成为一座孤城。为了解救天京，天王洪秀全召集诸王众将商讨对策。

这时，年轻的将领忠王李秀成为洪秀全献上一计。他说："如今，清军人马众多，硬拼不行。请天王拨给我两万人马，乘夜突围，偷袭敌军囤粮之地杭州。这样，敌人一定会分兵救援杭州。然后我回兵天京，形成两面夹击之势，天京之围可解。"翼王石达开听后急忙响应，并表示也带一支人马协同忠王作战。诸王全都认为这是"围魏救赵"之计，有两位王爷亲率精兵突围，胜利是有把握的。可是洪秀全生性喜欢猜疑，以为天京被围，形势险恶，怀疑二王是不是想乘机脱逃，所以迟疑不决，没有吭声。李秀成猜透了洪秀全的心思，他跪倒在地泪如泉涌地说道："天王，天国危在旦夕，我等若有二心。对得起天王和全军将士吗？"石达开也跪在天王面前，恳求洪秀全下令发兵。洪秀全深受感动，终于同意照计而行。

这年正月初二，正值过年，清军略有松懈。

半夜时分，李秀成、石达开各率一部人马，趁着黑夜，从敌人封锁薄弱的东南角突围出去。清军将领和春见是小股部队逃窜，也就没有追击。

二王突围后，分兵两路：李秀成直奔杭州，石达开直奔湖州。李秀成抵杭州城下，急令士兵攻城，但都被击退。原来，杭州是清军的重要粮草基地，城内守军也有一万余人。李秀成见三天三夜未能攻下杭州，心中焦急。突然天降大雨。城内守军见太平军久攻不下，天又降雨，以为太平军很疲惫暂时不会进攻，就都躲进城堡休息。因为几天几夜没有睡觉，很快就呼呼入睡。李秀成趁着雨夜，派一千多名勇士，用云梯偷偷爬上城墙，等守城兵士惊醒，城门已经大开，李秀成率部冲入城内，攻下了杭州。

李秀成立即下令焚烧清军的粮仓。和春闻讯，急令副将张玉良率十万人马，火速回救杭州。李秀成绕道避过回救杭州的清军，回兵天京。石达开也率部回攻天京。洪秀全下令城内外太平军全线出击。

此时围困天京的剩余清兵突遭城内外的太平军的内外夹攻，顿时阵势大乱，一败涂地，死伤六万余人。遭此惨败后，清军在短时期内已无力再打天京了。

来自历史的职场课

天京之围遂解。

4.强敌可以分化瓦解

敌人虽然很强大，如果能够分化瓦解，使敌内部分裂，引发内讧，然后加以消灭就容易多了。

春秋时期齐景公帐下有三员大将：公孙接、田开疆、古冶子，他们恃功而骄，为所欲为，横行乡里，鱼肉百姓，被称为"三害"，渐渐威胁到齐景公的权威。三人十分勇武，掌握兵权，又相互勾结，要铲除他们非常困难。晏子决定除掉他们，用分化瓦解的方法帮齐景公消除祸患。

晏子知道这三人特别好面子，就让齐景公把三位勇士请来，说要赏赐他们两颗珍贵的桃子；而三个人无法平分两颗桃子，晏子便提出协调办法——三人比功劳，功劳大的就可以取一颗桃。公孙接与田开疆都先报出自己的功绩，分别各拿了一个桃子。这时，古冶子认为自己功劳更大，气得拔剑怒骂前二者；而公孙接与田开疆听到古冶子报出自己的功劳之后，也自觉不如，羞愧之余便将桃子退出并拔刀自尽。古冶子见二人自杀，对自己先前羞辱别人大吹大擂以争一个桃子而让别人自杀的丑态感到无地自容，因此也拔剑自刎。就这样，齐景公靠着两颗桃子，兵不血刃地去掉了三个威胁。

5.急乱是庸夫，乱急是鲁夫

无法当即突破困难，我方处境又比较紧急，这时头脑需要特别清醒，不蛮干乱拼，也不消极等待。此时尽量以静制动，节约消耗，蛰伏潜藏，并努力寻找和创造突破困难的办法和机会。

公元前 284 年，燕国名将乐毅出兵攻占齐都临淄，再于半年内接连攻下齐国七十余城，灭了齐国，仅剩莒县和即墨两座齐国孤城未能攻克。而这时楚国又出兵，名为援助，实为攻击。楚将淖齿虐杀了齐湣王，紧接着淖齿又被齐人杀死。即墨大夫出战阵亡，恰好田单率族人逃至即墨，被推举为城守。即墨全城军民由田单率领抵抗，乐毅强攻两年不克，改用包围策略，又长达三年之久。

田单利用两军相持的时机，从即墨居民中挑选出 7000 余士卒，加以整顿、扩充，并增修城垒，加强防务。他和军民同甘共苦，"坐则织蒉（编织草器），立则仗锸（执锹劳作）"，亲自巡视城防；编妻妾、族人入行伍，尽散饮食给士卒，深得军民信任。田单在稳定内部的同时，为除掉最难对付的敌手乐毅，又派人入燕行离间计，诈称乐毅名为攻齐，实欲称王齐国，故意缓攻即墨，若燕国另派主将，即墨便指日可下。燕惠王本来就怨乐毅久攻即墨不克，果然中计，派骑劫取代乐毅。

乐毅害怕被杀而不敢回燕国，于是逃到故国赵国去了，燕国将士因此感到气愤。田单又命令城里百姓每家吃饭的时候必须在庭院中摆出饭菜来祭祀自己的祖先。飞鸟都吸引得在城内上空盘旋，并飞下来啄食物。燕人对此感到奇怪，田单因此扬言说："这是有神人下来做我的老师。"有一名士兵说："我可以当您的老师吗？"说罢回身就跑。田单就起身，把那个士兵拉回来，请他面朝东坐着，以对待老师的礼节来侍奉他。士兵悄悄地说："我欺骗了您，其实我没有能力。"田单说："你不要说破了。"于是以他为师。每当发布约束军民的命令，一定宣称是神师的旨意。又扬言说："我们只害怕燕军将所俘虏的齐国士兵割掉鼻子，并把他们放在燕军前面的行列来同齐军作战，即墨会因此而被攻破了。"燕人听说了，按照田单散布的话去做。城中的人看见齐国那些投降燕军的人都被割掉鼻子，人人义愤填膺，更坚定地坚守城池。田单又散布说："我害怕燕军挖掘我们城外的坟墓，侮辱我们的祖先，当会为此感到痛心。"燕军挖掘全部的坟墓，焚烧死尸。即墨人从城上望见，都流泪哭泣，恨得咬牙切齿，纷纷向田单请求，誓与燕军决一死战。

田单麻痹燕军，命精壮甲士隐伏城内，用老弱、妇女登城守望。又派使者诈降，让即墨富豪持重金贿赂燕将，假称即墨将降，唯望保全妻小。围城已逾三年的燕军，急欲停战回乡，见大功将成，只等受降，便更加懈怠。

田单见反攻时机成熟，便集中千余头牛，角缚利刃，尾扎浸油芦苇，披五彩龙纹外衣，半夜，下令点燃牛尾芦苇，牛负痛从城脚预挖的数十个暗道狂奔燕营，五千精壮勇士紧随于后，城内军民擂鼓击器，呐喊助威。燕军见火光中无数角上有刀、身后冒火的怪物直冲而来，惊惶失措。齐军勇士乘势冲杀，城内军民紧跟助战，燕军夺路逃命，互相践踏，燕将骑劫在混乱中被杀。田单率军乘胜追击，齐国民众也持械助战，很快将燕军逐出国境，尽复失地七十余城，齐国复立。

6.合作往往能创造机遇

遇到巨大困难，一方面耐心等待机遇和变化，一方面寻求合作者，团结一切可以团结的力量，整合形成可以突破困难的实力，推动局势发生有利于我的逆转。

可能被团结的对象有：一、该困难同时也是对方的困难；二、我方失败也将有损对方的利益；三、我方突破困难有利于对方；四、对方同情我方，或者做工作之后能够同情我方。这些对象可能本身就存在，也可以通过各种方法，促使对方成为符合我方要求的团结对象。

刘邦和项羽争夺天下。项羽作战非常勇猛，当时没有人能与他匹敌。他的军队也非常凶悍，曾以三万人击败了刘邦的六十万大军。刘邦与项羽多次交战，基本上每次都战败。在彭城大战中，刘邦遭受了重创，他的妻子和父亲都被项羽俘虏。刘邦狼狈逃到下邑，惊魂未定，万念俱灰。他沮丧地对群臣说："关东地区我不要了，谁能立功破楚，我就把关东平分给他。"在这危亡之际，张良为刘邦想出了一个利用矛盾、联盟破楚的策略。

他主张除了策反楚国的猛将英布，重用自己的将领韩信之外，还应该与中间势力彭越合作。这就是著名的"下邑之谋"。

彭越年少时很有号召力，很多年轻人都愿追随他，并推举彭越当首领。彭越参加反秦起义，攻城略地，队伍发展到了一万多人。

项羽灭秦，封立诸侯，彭越因出身卑贱，没能得到任何封赏，彭越对此十分不满。田荣反楚时曾联络彭越造反，为此项羽曾令肖公角攻伐他，被彭越打得大败。

楚汉相争，彭越成为独立于楚汉的势力，并处于优越的战略地理位置。

刘邦派人与彭越联系，希望双方联盟共同对付项羽，彭越正发愁自己力量弱小，不能单独抵抗项羽，便立即答应了刘邦的合作请求。

公元前 203 年，项羽与刘邦在荥阳形成对峙局面，彭越采用游击战术，扰乱了楚军后方，攻下了睢阳、外黄等 17 座城邑，迫使项羽回师。公元前 202 年，项羽在阳夏集中兵力攻击刘邦，彭越又一鼓作气攻下昌邑等二十多个城邑，项羽不得不撤兵。彭越不断骚扰项羽后方，使项羽腹背受敌，疲于奔命，实力被严重削弱，汉楚之势慢慢反转，汉对楚逐渐形成合围之势。

为了完成对项羽的垓下围歼，刘邦再一次提出与彭越合作，答应只要彭越出兵，消灭项羽后，把睢阳以北至谷城的地盘划封给彭越，封彭越为魏王。彭越一直想当魏王，听到这个条件，同意带兵加入垓下之战，和汉军一起消灭了项羽集团。

刘邦通过与彭越的合作消除了危困，取得了楚汉之战最后胜利，彭越也如愿以偿，获得了封国，当了魏王。

7.扬长避短破困难

遭遇重大困难，要冷静观察和分析。任何事物都有自身的弱点和强项。怎样放大对方的弱点，加强自身的强项，是值得认真研究的。

在同样的困难和条件下，善于见微知著、扬长避短的人做事的结果会完全不同。

迦太基与罗马海战，迦太基人善于海战，战舰非常先进，罗马人擅长陆战，在海战中几乎毫无还手之力。公元前 264 年，有一艘迦太基军舰，因海难搁浅在罗马海滩，罗马人将战舰当作宝贝一样保存起来。罗马人以自己强大的国力，仿照迦太基军舰，不到 4 个月就迅速制造了 130 艘五桨军舰。在地中海，130 艘军舰已经是很强的一支舰队了。

公元前 260 年，执政官科尔涅里乌斯认为海军已经形成战斗力，可以作战。他先率领 17 艘战船出发，很快遇到了迦太基舰队，双方发生了战斗。迦太基军舰主要是用青铜撞角撞击对方的侧舷，导致敌舰沉没。还使用弓箭或者投石器，对敌人军舰甲板上的水手进行攻击。这种作战模式，对船只的灵活性要求很高。而迦太基水手能力高超，只靠小风帆和划桨，就能自由地操纵军舰，还能承受惊涛骇浪。结果，善于海战的迦太基人，根本没有费什么力气，就把这支罗马舰队全歼，执政官科尔涅里乌斯也被俘虏。这次海战使科尔涅里乌斯的副手杜伊里乌斯明白了一个道理：依靠传统的海上作战模式，罗马不可能战胜迦太基舰队。罗马人在陆战中要强得多，对海战能起到什么帮助？思考良久后，杜伊里乌斯对罗马的军舰进行了巧妙的改装，在船上加装乌鸦吊桥。根据波利比乌斯《历史》记载，这种吊桥宽1.2米、长10.9米，两侧设有小栏杆。船头的滑轮和帆杆，能将吊桥自由升降。吊桥的前端，有一形似鸟喙的重型铁钉。当吊桥下落时，铁钉就深深刺入敌船的甲板，使两船牢牢连接在一起。随后，罗马士兵可以全副武装地冲上迦太基军舰，进行他们最擅长的肉搏。迦太基的水兵只善于操船和射箭，近距离肉搏能力很差，根本不是罗马士兵的对手。罗马人巧妙地将陆战优势，发挥到了海战中。

在公元前260年9月，双方爆发了著名的米列海战。罗马有90艘军舰参战，迦太基出动130艘。迦太基每艘军舰配备40名水兵，罗马则配备了120人，130艘迦太基军舰只有5200名水兵，而90艘罗马军舰则有1万多人。战争开始前，迦太基人看到了乌鸦吊桥，感到莫名其妙。这种累赘的东西，会大大降低军舰的航海性能，尤其无法经受大风大浪，对海战似乎有巨大的阻碍。他们推测可能是投石器之类的武器，并没有过多提防。让迦太基人做梦也没有想到的是，双方军舰靠近时，罗马人将乌鸦吊桥放下，将迦太基军舰锁住。随后，120名罗马士兵顺着吊桥，冲上迦太基的军舰，肆意砍杀。区区40名迦太基水兵措手不及，大惊失色，难以抵抗。迦太基水兵有的被砍杀而死，有的则跳海逃命，剩下的只能投降。这场海战中，罗马人以90艘军舰，打垮了迦太基130艘军舰。迦太基共有31艘被俘获，14艘被毁，罗马人损失轻微，只有11艘军舰被毁。米列海战后，指挥官杜伊里乌斯成了英雄，被授予各种荣誉。国家为此战进行了盛大的庆祝活动。人们还在市场上竖立了一根柱子，上面装饰着被他俘获的敌舰的舰首。

8.突破困难时的勇气和毅力

在一定情况下，面对重大困难，一往无前的勇气、坚忍不拔的毅力将会发挥重大作用。

秦二世二年（前 208），秦军将赵军包围在钜鹿，楚怀王派宋义为上将军，率军数万北上以解钜鹿之困。楚国援赵大军进至安阳后，宋义十分畏惧强大的秦军，称最好等秦、赵两败俱伤后楚军再收渔人之利，原地逗留 46 天不敢前进。项羽痛斥宋义并杀死了他。于是楚怀王封项羽为上将军，并令英布和蒲将军两支楚军也归其指挥。

项羽率领全军渡过漳水，下令凿沉渡船，砸烂饭锅，烧掉帐篷，让军士只带三日粮食，要与秦兵决一死战。将士到了这样的绝境，知道有进无退，只有勇敢杀敌，战胜秦军，才能死里求生。

楚军与数倍于己的秦军接战后，项羽冲锋在前，锐不可当。项羽的决心和勇气，对将士起了很大的鼓舞作用，将士们个个士气振奋，以一当十，以死相拼，越战越勇。楚军九进九出，杀得天昏地暗，以迅雷不及掩耳之势直奔钜鹿，击败章邯部保护甬道的秦军，断绝王离部的粮道，包围了王离军队。经过九次激烈战斗终于打退章邯，活捉了王离，杀死了秦将苏角，秦将涉间举火自焚，其他的秦军将士有的被杀，有的逃走，围困钜鹿的秦军就这样瓦解了。

援救钜鹿的诸侯国的军队，在楚军攻打秦军的时候，都在营垒上观战。见楚军士兵无不以一当十，喊杀声惊天动地，诸侯军人人心惊胆战。等项羽打败了秦军，召见诸侯军将领，这些将领们进入辕门时，吓得不敢仰视，跪着前行。项羽从此成为诸侯军的上将军，确立了在各路义军中的领导地位，各路诸侯都归他统率。

八个月后项羽又率诸军迫使另二十万章邯秦军投降。

至此，秦朝主力尽丧，名存实亡。

9.办法总比困难多

一个智慧的人，总会在危难时刻拿出出其不意的办法摆脱困境。任何时候办法总比困难多，问题在于是否有这样的智慧及时找到它们而已。

班超是东汉时杰出军事家，智谋超群，勇略过人。班超带三十六人出使西域。先到鄯善国，恰好匈奴使团也到鄯善，班超趁夜斩杀匈奴百人使团，震慑鄯善国，使鄯善国归附汉朝。又带三十六人计杀于阗王的巫师，逼降已经投靠匈奴的于阗国。之后又派人绑架疏勒国王，计定疏勒国。

莎车、龟兹等依仗匈奴，还是不肯归附汉朝。

班超准备调集属国疏勒、于阗的兵马进攻莎车。莎车王派人跟疏勒王忠私下联系，用重礼贿赂他，忠背叛汉朝，发动叛乱，占据乌即城。班超改立成答为疏勒王，调集兵力进攻忠，康居国派精兵帮助忠。班超久攻不下，暂时放弃强攻。当时，月氏刚和康居通婚，班超派人给月氏王送了厚礼，让他对康居王晓以利害，康居王罢兵，把忠也带走，乌即城被再次收复。

元和三年，忠从康居王那里借了一些兵马，据守在损中，与龟兹勾结密谋，派人向班超诈降，班超看穿了他的诡计，于是将计就计，答应他投降。忠大喜，轻装简从来见班超。班超为他举办酒宴，在宴席中，班超命人斩杀忠，又乘机击败他的部众。西域南道从此畅通无阻。

元和四年，班超调发于阗等属国士兵二万多人，进攻莎车。龟兹王率领温宿、姑墨、尉头等国合兵五万救援莎车。敌强我弱，班超不与敌兵直接对抗，决定运用调虎离山之计。他召集将校和于阗国王，商议军情。他故意装出胆怯的样子说："现在兵少不能克敌，最好的计策是各自散去。于阗从这里往东走，我从此西归。等听到夜里的鼓声便可出发。"班超偷偷嘱咐手下故意放松对龟兹俘虏的看管，让他们逃回去报信。龟兹王闻讯后大喜，自己率一万骑兵去西边截杀班超，派温宿王率领八千人在东边阻击于阗。班超侦知他们已经出兵，迅速命令诸部齐发，在鸡鸣时分直扑莎车大本营。莎车以为班超已退走因而没有防备，此时军士四散奔逃，班超追斩五千多人，获得许多的马畜财物。莎车国只好投降，龟兹王等也只好退去，班超因此威震西域。

后来班超凭借不到两千汉军和西域粮草、兵力，灵活机动，纵横捭阖，进退有据，竟然征服了西域五十国，重新恢复了大汉西域疆域。

10.目标坚定，手段灵活

解除困局要像奔向大海的河流一样，既要坚持原则，朝向大海，又要手段灵活，绕过山石。没有原则就失去了目标和自我，难以成就事业；手段灵活，进退自如，就可以化解或绕过困难达到目标。

秦国几代君王为实现一统天下的宏伟目标，经常采取非常灵活的手段，取得了明显效果。

魏国准备联合几个小国进攻秦国，秦国此时实力不如魏国，秦国于是派商鞅游说魏王，称愿尊奉魏国在中原称王，想将魏国进攻矛头从秦国转变为不同意魏国为中原之王的齐国和楚国。魏惠王果然很高兴，先行称王，然后号令诸侯小国去共同攻打齐国和楚国，使得秦国逃过了一劫。

秦国要攻打魏国，却怕楚国背后偷袭，为了稳住楚国，便通过经济援助这种方式改善与楚国的关系，送给楚国五万石粮食。

为了离间齐、楚关系，派张仪欺骗楚怀王与齐断交。

在长平之战中秦国派间谍散布秦军害怕赵括的谣言，使赵王中计临阵换将，导致赵国大败，四十万大军被秦军坑杀。

凡此种种，数不胜数。

11.统筹实干破危困

解除困弱要全面着眼，局部着手。只注重全局不考虑局部，行动会浮而不实。只关注局部不重视全局，只能缓解危困，不能从根本上解除危困。

秦国处于偏僻一隅，国穷地狭。秦国经历了自秦厉共公之后几代君位动荡，国力更加弱小。魏国派吴起率领五万军队，打败了秦五十万大军，夺取了函谷关及黄河以西地区，逼近秦国心腹之地。秦国国门大开，无险可守，只得与魏国割地讲和，迁都栎阳。当时秦国国力衰弱到被中原诸侯视同夷狄，不让参加中原各国诸侯的盟会。秦孝公继位时，东有称雄中原的魏国虎视眈眈，南有雄霸一方，占领秦楚间的军事要地武关，随时可以威胁秦国的楚国，西有骚扰不断的西戎，北有强大的义渠。秦国西面环敌，形势岌岌可危，怎么破局就成了秦孝公面临的重大问题。

秦孝公意识到，只有通过全面变革才能真正突破危局，实现富国强兵的宏伟目标。秦孝公认为想实现变革就要有切实可行的改革措施并能不折不扣加以贯彻落实，而这一切都需要人才，只有依靠人才，才能推动实施改革，使改革的想法变成实实在在的成果。秦孝公就从人才这个关键点着手，发布了求贤令，招募天下英才。

商鞅听闻此事后便来到了秦国。他向秦孝公提出了他的变革方案：增强国力，需要奖励耕战；将官兵的具体利益与战功挂钩，战功越大，封赏越多。为此，他主张废除没有军功的旧贵族的特权，根据军功的大小授予爵位和田宅。为了激发官兵的作战积极性，他还制定了具体的二十级军功爵制度，推行用敌军首级换取爵位、土地等奖励办法。秦孝公赞同并全力支持商鞅的变革。商鞅又颁布了一系列鼓励农商、变革税收的制度法令。

为了确保这些制度法令的顺利推行，商鞅还通过百金徙木、割太子老师鼻子抵偿太子违反法令之罪等手段来树立法令的权威。

商鞅变法实施几年后，秦国发生了翻天覆地的变化，经济实力迅猛增长，军事实力也突飞猛进。在战场上，秦军将士勇猛如虎，秦军士兵常常腰间挂着敌军的首级，手中牵着俘虏，还在奋力追杀敌人。

秦孝公有变革图强的大局观和决心，如果不能真正落实到具体的行动上，依然是空中楼阁。商鞅等人虽然有行之有效的具体措施，如果没有秦孝公变革图强的大局观和举全国之力支持，也很难有成效。

秦国采用了这种着眼全局、局部着手的正确方法，彻底扭转了颓势，日益强大起来，最终统一了天下。

12.崎岖十之八九，坦途十之一二

人生活在矛盾中，各种矛盾层出不穷。一个危困解除了，不等于从此可以高枕无忧。旧危困解除后，原来不突出的问题就会凸显出来，在新的条件下产生新危困。因此，一个人追求目标的过程，就是不断消除和化解危困的过程。

秦末，刘邦集团一路坎坷，开始时是起义军与秦的矛盾，等秦灭亡就成为汉楚矛盾，楚灭亡了，就成为刘邦与异姓王之间的矛盾，再后来是与匈奴的矛盾、吕党的矛盾……小的矛盾更是多如牛毛，此起彼伏，永无宁日。

五、工作的表与里：表面文章是做事的大忌

决策必须严格执行才能有效果，无论制定决策和执行决策的人都知道这一点。但是总有人表面上不反对决策，背地里却阳奉阴违，千方百计弄虚作假，用表面文章应付和突破决策。对这样的人和事如不加以纠正，决策最后就会变成一纸空文，任何目标都难以实现。所以，表面文章是做事情的大忌。

1.做事要重实效，轻表面

作为领导，注意力集中在表面文章和小节上，只能取得微末的成绩；只有谋实事，下实力，求实效，才能取得真正的工作业绩。

只注重表面工作又称为"形式主义"。有人总结形式主义的表现：①文山会海，空话套话。②弄虚作假，欺上瞒下。③落实不力，工作疲沓。④蜻蜓点水，走马观花。⑤不切实际，不求实效。

王莽是一个非常注重表面文章的人。

西汉后期，朝廷的赋税劳役日益严重，统治阶级"多畜奴婢，田宅无限"，奢侈挥霍，弄得民穷国虚；土地兼并和奴婢、流民的数量恶性膨胀，成为当时严重的社会问题，导致阶级矛盾和统治阶级内部矛盾日趋尖锐，各地起义不断。王莽篡权后，意图通过改革来缓和社会矛盾，从而树立自己的威信，巩固自己的统治。但是王莽的改革根本不管有无实效，只要恢复周朝的名称就好。全国地名基本全改了，比如，把南阳改为前队，把武威改叫张掖，把张掖改叫作设屏，淄博改叫济南，济南改叫乐安，无锡改叫有锡，长安改为常安，连长安城

的 12 个城门的名字挨个改个遍，皇宫各殿名称改个遍。有的地方名称改了四五次，公文发到地方，地方不知道这说的是哪里，引起极大不便。他又把官府、官员职务名称全改掉，把大司农（农林部长）改名叫羲和，后来改为纳言；把廷尉（司法部长）改为大理，又改为作士；太常（祭祀部长）改为秩宗；大鸿胪（藩属事务部长）改为典乐；少府（宫廷供应部长）改为共工；水衡都尉（水利总监）改为予虞；改郡太守为大尹；县令为宰；等等。以至于人们办事不知道找谁。更可笑的是改变周边少数民族的名称，把匈奴改为降奴，"匈奴单于"改为"降奴服于"，把"高句丽"改为"下句丽"，还把西域、西南少数民族的王统统改称为侯，激起了本来顺服的少数民族的不满，纷纷起兵作乱，引发一系列战争。

一纸号令就要把已经私有化几百年的农田收归国有，改称"井田"。把奴仆改称为"私属"。又模仿西周废除中央集权想要把国家分封给诸侯。因无法落实好几千诸侯的封地，就给他们颁发一撮掺茅草的土，象征土地。轻率地把主要的商业收归国有。将用了几百年的五铢钱废除，先后四次改换新币。还把历法、尺子、衡量度工具、音律、官员服装统统都改了一遍。

王莽这种只注重表面文章，根本不考虑实际效果的改革，最终导致天下大乱，使得新朝短短十五年就灭亡，王莽也死于非命。

隋文帝杨坚是个很有作为的皇帝。他结束了持续几百年的分裂局面，统一了南北方，建立了隋朝。

隋文帝是个喜欢做实事，不喜欢虚名的人。

公元 589 年，隋朝平定江南的陈朝后，乐安公元谐进言："陛下的威德流播远方，我以前曾建议任用突厥可汗为侯王，以投降的陈朝皇帝陈叔宝为令史，天下的万乘至尊都为陛下所驱使，这样才能显示陛下平定天下的丰功伟绩。现在希望陛下可以采纳我的建议。"隋文帝说："我平定陈国是为了除去叛逆，而不是为了向世人夸耀功绩。你说的根本不合我意。况且这两个人怎能胜任那样的工作呢？"

当时朝野上下又都请求隋文帝去泰山举行封禅大典，以彰显隋文帝的武功文治。封禅大典是劳民伤财的大型庆典活动。隋文帝于是下了一诏说："怎么可以因为我灭了一个小国，就引起苍天的注意，就说现在天下太平了呢？以这点薄德去封禅泰山，且虚言祭告上天，这不是我想听到的建议。今后谁都不能再提这种事了。"

正是因为隋文帝的不图虚名，做了很多利国利民的事，短短数年，国家便迅速富强起来了。

2.人心是杆秤

作为领导，要真心实意地给百姓办实事。只注重搞一些具有轰动效应的事情来"政绩"作秀，并到处宣扬，企图以此来博得群众的真心赞誉是徒劳的。

一个领导无论怎样吹嘘自己任内经济的增长幅度，老百姓只关心自己的钱包有没有增厚。一个领导无论怎样宣称自己为人民群众做好事，老百姓只拿自己的衣食住行有没有改善作为衡量标准。

表面文章只能用来欺骗上级的眼睛，根本无法蒙蔽人民群众。所以很多由上级任命的官员，喜欢做表面文章以取悦上级。

只有发自内心地热爱人民，兢兢业业为人民做事，人民群众才会发自内心地爱戴他。

来自历史的职场课

隋末，王世充在太尉府的门外竖立三个牌子，分别招求有文学才识、足能成就时务的人，有武勇智略、能带头冲锋陷阵的人，遭受到冤屈、郁郁不得申诉的人。于是，每天都有数百人上书陈事，王世充都招来接见，亲自阅文，殷勤慰问，人人自喜，都以为王世充会言听计从，然而，最后王世充什么事也没有做。甚至到士兵仆役这层人，王世充都以好话来取悦他们，但实际上并没有给他们什么恩惠。

隋朝的马军总管独孤武都受王世充信任，独孤武都的堂弟司隶大夫独孤机与虞部郎杨恭慎，前勃海郡主簿孙师孝，步兵总管刘孝元、李俭、崔孝仁谋划招引唐兵前来，便让崔孝仁对独孤武都说："王世充只是以儿女情长取悦下属，实际上卑鄙、狭隘、贪婪、残忍，不顾亲旧，怎么能成大业呢！按图谶之文所说，天下应归李氏，人人都知道。唐从晋阳举事，占据关内，军队未遇阻滞，英雄景仰攀附。而且李氏待人处事襟怀坦荡，任用善人，勉励有功的人，不念旧恶，据有优胜之势来争夺天下，谁能与其相匹敌呢？我们这些人托身于不该托身的地方，只能坐等被消灭。现在，任管公的军队近在新安，又是我们的旧交，假如能暗中派使者把他们招来，让他们夜里来到城下，我们共同作为内应，开门纳入，事情没有不成功的。"独孤武都听从了此计。但事情很快泄露了，他们都被王世充杀死。

王世充任命秦叔宝为龙骧大将军，程知节为将军，待他们很好，但是二人憎恨王世充多诈。程知节对秦叔宝说："王公才识风度浅薄狭隘，却爱乱说，喜欢诅咒发誓，这不过是老巫婆，哪里是拨乱反正的君主！"王世充在九曲与唐军交战，秦叔宝、程知节都带兵在阵上，和他们的几十名部下，骑着马向西跑了一百来步，然后下马向王世充行礼，说道："我等身受您的特别优待，总想报恩效力，但您性情猜忌，爱信谗言，不是我等托身之处，如今不能再待奉您，请求从此分别。"于是跳上马前去降唐。王世充不敢追逼。

3.表面轰动豪华，未必是真成功

事业的真正进展靠上下团结，奋力拼搏，而不是表面轰轰烈烈的浮华。

秦国和晋国之间发生了战争，晋惠公要使用郑国赠送的马来驾车。郑国马看上去高大俊美。大臣庆郑劝告惠公说："自古以来，打仗时都要用本国的好马，因为它土生土长，熟悉环境，听从使唤。用外国的马，不好驾驭，一遇到意外，就会乱踢乱叫。而且这种马外表看起来好像很强壮，实际上并没有什么力气，外强中干怎么能作战呢？"但是惠公没有听从庆郑的劝说。战斗打响后，晋惠公的车马便乱跑一气，很快陷入泥泞，进退不得。结果晋惠公被秦军活捉了，晋军也被秦军打得大败。

北宋时期的捧日军，主要由具装重骑兵组成，禁军四大主力之一。捧日军驻守京师，所有官兵均一米八以上，盔甲耀眼，军服华丽，俊俏异常，是宋人的自豪，每次亮相都引来无数欢呼，每次金明池演武更是彩旗飘扬，兵来马去热闹非凡，都能勇得第一。宋代禁军的战兵，武器装备配备是当时世界上最豪华的，有最好最坚固的铠甲，最犀利的弩箭，最锋利的斩马刀等，总价 200 贯，合现在人民币 40 万以上。但是拥有强大经济力量和先进装备的宋军，与外族之战中大多失利，一触即溃，甚至发生过十七名金兵大败两千宋军的事件。

六、减损：不能让付出打水漂

陷入艰难的境地，以及在化解危困的过程中，我们会遭受各种损失。人生在世，有些减损是有害的，有些减损是有益的；有些减损是我们情愿和主动做出的，有些减损则是无可奈何被迫付出的。

1.舍不得孩子套不着狼

为了获得更大的利益，付出一些代价是必要的。

唐初，唐高祖派赵郡王李孝恭南下，攻取割据长江中游的军阀萧铣，李靖作为副帅，协助李孝恭一同出征。李靖攻打萧铣，攻拔了水城，缴获大批船舰。李靖让李孝恭把所获船舰全部散弃于长江中。诸将领都说："打败敌人缴获战利品，应当利用，怎么能够放弃缴获的战利品，反而用来资助敌人？"李靖说："萧铣的地盘，南到五岭以南，东到洞庭湖。我们孤军深入，如果攻城不下，敌人援军从四方赶来，我军就会腹背受敌，进退不成，到那时虽然有船舰又有什么用？现在放弃船舰，让它们堵满长江顺流而下，敌方援军见到，必然认为江陵城已被攻陷，就不敢轻易进军，要前来侦察。他们来回就会迟缓十天半个月，我军取胜就有把握了。"萧铣的援兵见到舟舰，果然怀疑，不敢前进。李孝恭勒兵围江陵，萧铣内外阻绝，只好投降。萧铣的交州刺史丘和、长史高士廉、司马杜之松准备去江陵朝见，得知萧铣失败，全都到李孝恭军前投降。

2.该软就软，该硬就硬

处理内部事务，非对抗性矛盾，可以婉转一些，退让一步，团结是内部最大的利益；对于敌对势力，对抗性矛盾，原则问题，单靠婉转是不够的，必要时要针锋相对，寸步不让，以牙还牙。无原则的退让不但伤筋动骨，还会让贪婪的人得寸进尺。

自北宋雍熙北伐失利后，辽国对北宋步步紧逼，不断向南侵犯。北宋景德元年（公元 1004 年）闰九月，辽国萧太后与辽圣宗耶律隆绪率领 20 万大军，以收复失地瓦桥关为名，深入宋境，遭到北宋军民的顽强抵抗。

辽军攻打宋徐水、高阳等地，未能取胜，又向东进攻瀛州，被李延渥击败，辽军死者达三万，伤者更多。接着，他们改变战术，萧挞凛、萧观音奴两人率军与萧太后等人会师，合力进攻冀州、贝州后，不顾身后还有大量宋军城池未被攻克，冒险深入南下。而宋朝方面则"诏督诸路兵及澶州戍卒会天雄军"。

辽军攻克德清，抵达澶州，对澶州实施三面包围，宋将李继隆死守澶州城。

边事告急，京师震动。北宋君臣在惊惶中商议对策。宋真宗赵恒欲放弃汴京迁都南方。担任北宋宰相的寇准明白，放弃抵抗，迁都南逃，辽国并不会就此罢休，还会得寸进尺，继续南侵。只有与辽斗争到底，让辽国明白大宋是老虎不是绵羊，彻底打消他们侥幸获胜的念头才是唯一正确的选择！他力劝宋真宗不能对辽退让，请求宋真宗御驾亲征，与辽国作坚决斗争。此时正好负责禁军的殿前都指挥使高琼也来了，对宋真宗说："我们禁军的将士，都是北方人，他们的妻子儿女都在京城。皇帝'南巡'，臣唯恐他们不愿跟随，到时候一哄而散，谁来护驾？估计连南京都到不了。陛下北上，御驾亲征，我等将士愿誓死跟随，保护圣上的生命安全。"

宋真宗在寇准等人的劝说下最终同意御驾亲征。

辽军主帅萧挞凛自持勇力，仅率领十几名轻骑兵在澶州北城下侦查，被宋虎威军头张瑰用床弩一箭射中头颅，当场坠马而死。萧太后等人闻讯，痛哭不已，为之"辍朝五日"。

宋真宗一行抵达澶州南城，接到捷报，寇准、高琼大喜，坚请宋真宗过河到澶州北城。宋真宗登上澶州北城门楼以示亲临督战，此举大大鼓舞了宋军士气，"诸军皆呼万岁，声闻数十里，气势百倍"。此时前来支援的北宋援军和民众抵达澶州附近多达几十万人，形势对北宋十分有利。

辽军孤军深入，犯兵家大忌，补给越来越困难，背后又有大量宋军，腹背受敌，处境险恶。加上主帅萧挞凛被宋军击毙，辽军士气低落，军心涣散。萧太后感到害怕，不得已派人赴澶州转达了自己罢兵息战的愿望。

经过多次交涉，宋辽双方终于达成一致意见。景德元年（1004年）十二月，宋辽签订了著名的《澶州誓书》。

经澶州之战后，辽国深知宋军虽武力不足，但北宋经济繁荣，城防坚固，上下团结，以辽国之力，想吞并宋国无异于天方夜谭。自此，宋辽两国相安无事，达百年之久。这充分说明，展示实力才能保护自己，一味退让哪能有长远和平。

3.减损也未必全是坏事

有利于我方的事物尽量不要损失，不利于我方的事物最好尽快祛除。因此减损也未必全是坏事，主要看减损的内容。

明朝建立前战乱频繁，明朝建立不久又发生了"靖难之役"，又造成一场大动乱。永乐帝夺得帝位后对外关系方面采取了进攻性战略，进一步扩张领土，在开展对北方蒙古持续打击的同时又占领了越南。越南当地军民不断骚扰袭击明朝驻军，明军损失极大。永乐时期还大规模开展郑和下西洋活动，虽宣扬了明朝国威，加强了中国与西洋各国的往来，但耗费不菲。这一系列战争以及郑和下西洋大大消耗了明朝的国力，到了仁宗在位时国力疲软现象十分明显，如果继续下去，后果不堪设想。

明宣宗继位后决定全面收缩对外战略，放弃对越南的统治，撤回了越南驻军，废止下西洋活动。这些举措虽然表面上有损于明朝的国威，但使人民得到休养生息，国力得到恢复增强，促成了"仁宣之治"的盛世。

4.塞翁失马，焉知非福

利益有各种各样，这种利益的付出，可能得到另外一种利益的补偿。

汉朝刘安写了一个寓言《塞翁失马》：

战国时期有一位老人，名叫塞翁，他养了许多马。一天忽然有一匹马走失了，邻居们听到这事，都来安慰他。塞翁笑笑说："丢了一匹马损失不大，没准还会带来福气。"邻居听了塞翁的话，心里觉得好笑。马丢了，明明是件坏事，他却认为也许是好事，显然是自我安慰罢了。过了没几天，丢失的马不仅自己回家，还带回一匹骏马。邻居听说马自己回来了，非常佩服塞翁的预见，向塞翁道贺。

塞翁听了邻人的祝贺，反倒忧虑地说："白白得了一匹好马，不一定是什么福气，也许惹出什么麻烦来。"邻居们以为他这是故作姿态，心里明明高兴，故意不说出来。

塞翁有个独生子，非常喜欢骑马。他发现带回来的那匹马彪悍神骏，一看就知道是匹好马，心中扬扬得意，每天都骑着出游。

一天，他打马飞奔，一个趔趄，从马背上跌下来，摔断了腿。邻居听说，纷纷前来慰问。塞翁说："没什么，腿摔断了却保住性命，或许是福气呢。"邻居们觉得他这一次是胡言乱语。摔断腿会带来什么福气？不久，匈奴兵大举入侵，青年人被应征入伍，塞翁的儿子因为摔断了腿，不能去当兵。入伍的青年都战死了，唯有塞翁的儿子保住了性命。

七、面对失败：失败不可怕，怕的是走不出失败

人的一生不会一帆风顺，挫折是难免的，也是正常的。要平和地看待挫折，冷静地分析挫折，积极地应对挫折，并把握好个人在失败后的行为。

1.失败先从内部开始

无法突破困难，而我方处境又陷入危困时，容易引起自己内部自乱阵脚。

内部混乱主要表现在以下几点：一是面对困难，望而却步，丧失了信心。二是意见难以统一，各自认为自己的方法是唯一可行的正确方法而引起矛盾冲突。三是平时积累的矛盾显现出来，在困境中异常突出、激化。

要针对以上几点采取相应的措施，加强团结，凝聚人心，胜利才有希望。

明朝京师北京被李自成攻陷之后，明朝宗室及文武大臣多辗转向南。此时李自成的大顺军据有淮河以北的原明朝故地，张献忠的大西军据有四川一带，清朝据有山海关外的东北地区和漠南蒙古且控制蒙古诸部，而明朝的宗室势力据有淮河以南的半壁江山。

因崇祯皇帝自杀，太子、二王下落不明，崇祯帝的直系继承人不知所终，亦未有指定继承人，所以明朝留都在南京的一些文臣武将决定拥立明室中的藩王，延续明朝，然后挥师北上恢复国土。但在具体拥立何人的问题上发生了争议。"皇明祖训"规定，皇位继承要遵循"有嫡立嫡、无嫡立长"的原则。在当时明神宗长子光宗一脉已无人继位，而次子朱常溆甫生即死，三子朱常洵虽已亡故，但在长子朱由崧仍健在的情况下，按照兄终弟及、父死子继的顺序，第一人选为福王朱由崧；但钱谦益等东林党人则由于之前的"国本之争"事件，心存芥蒂，以立贤为名想拥立神宗弟弟朱翊镠之子潞王朱常淓，而史可法主张既要立贤也要立亲，他推荐神宗第七子桂王朱常瀛。最终福王朱由崧在卢九德的帮助下，获得了高杰、黄得功、刘良佐、刘泽清以及凤阳总督马士英的支持，成为最终胜利者。五月初三，朱由崧监国在南京，五月十五日即皇帝位，改次年为弘光元年。

新成立的南京朝廷随即就发生了三大疑案："大悲案""伪太子案"和"童妃案"，加上原来立君之争，严重削弱了弘光朝的凝聚力，为其快速灭亡埋下伏笔。

弘光元年（1645）三月，多尔衮将军事重心东移，命多铎移师南征。这时弘光政权内部正进行着激烈的党争，驻守武昌的左良玉以"清君侧"为名，顺长江东下争夺南明政权。马士英被迫急调江北四镇迎击，致使面对清军的江淮防线陷入空虚。史可法在扬州虽有督师名义，却并无实权调动四镇之兵。弘光元年一月，清军破徐州，渡淮河，兵临扬州城下。

同年四月二十五，南明兵部尚书史可法在扬州率老百姓抗击清兵失败。扬州城池攻破，清军于四月二十五日至五月初一在扬州屠城，扬州百姓死难八十万，史称"扬州十日"。随后，清军渡过长江，克京口镇江。弘光帝出奔芜湖。

五月十五日众大臣献南京降清。五月二十二日弘光帝被俘获，送往北京，在位仅一年。

南京失陷后，南明更加四分五裂，再无统一的核心领导机构。各地有野心的宗室纷纷自立，先后有杭州的潞王朱常淓（1645）、应天的伪太子王之明（1645）、抚州的益王朱慈炲（1645）、桂林的靖江王朱亨嘉（1645）等宣布监国，但都是昙花一现，长者数月，短则数天后就被推翻。

2.有信心就有希望

失败后，首先自己要建立战胜困难的信心。坚定信心，埋头苦干，积极想办法行动就有胜利的希望。怨天尤人，无所作为，永远无法从失败中挣脱出来。

楚汉相争，刘邦之所以成功，项羽之所以失败，原因之一就是两人面对失败挫折的心态不同。

刘邦与项羽作战，几乎屡战屡败，但每次失败后，刘邦并没有就此偃旗息鼓，而是想各种办法重新积聚力量，团结各方，削弱项羽，然后再与项羽作战。

垓下一战，刘邦获得最后胜利，奠定了汉朝的四百多年天下。

与刘邦争天下的项羽刚好相反。项羽非常勇武，"千古无二"，自破釜沉舟以来胜多败少，甚至只败过一场——垓下之围。他退到乌江，乌江的亭长已经停船岸边，对项羽说："江东虽然小，方圆也有千里，百姓数十万，也足以称王，愿大王赶快渡江。现在只有臣有船，汉军来到，无法渡过。"项羽听到这话，知道西楚没有失陷，但是巨大的失败和内疚，使他丧失信心，他对亭长说："苍天要亡我，我为什么要渡江呢？而且当年我与江东子弟八千人渡江向西，今无一人生还，纵然江东父老可怜我而尊我为王，难道我就不觉得愧疚吗？"他又对亭长说："我骑这马五年了，所当无敌，曾一日行千里，我不忍杀它，现在赐给您。"他命令骑兵都下马拿剑战斗。项羽一人就杀了数百人，自己也负伤十余处。这时，他看到汉军中有他过去的部下吕马童，就对他说："你不是我的故人吗？我听说汉王悬赏千金，封邑万户要我的头，我就为你做件好事吧！"于是自刎而死，时年才30岁。其实垓下之战虽然失败，但他完全有机会逃过乌江，利用江东方圆千里土地，数十万民众，东山再起。可是项羽一败之后就完全丧失了信心，放弃了努力。

3.三十六计走为上

面临失败绝境，如果有可能的话就迅速脱离是非之地，避免遭受新的打击，躲到相对安全的地方静下心来，认真总结和反省自己的行为，找到解决问题的方法和途径，暗中积蓄力量，等待解脱困局的机遇。

陷入困境，有几种选择：放弃、死拼、撤退。三种选择中，放弃是彻底的失败，死拼成功的可能性微乎其微，只有第三种撤退才有机会卷土重来。撤退不是消极躲避，而是利用更多时间和空间寻找机遇。

伍子胥的父亲伍奢是楚国太子太傅，负责教导太子建，太子建被费无忌所诬陷，伍奢也受到了牵连被抓了起来。费无忌对楚平王说："伍奢有两个儿子，都有才干，不杀掉他们将会成为楚国的祸患。可将他们的父亲作为人质将他们召来。"楚平王派使者对伍奢说："你若将你的两个儿子招来可免你一死，不然性命难保。"伍奢说："伍尚为人仁厚，召他一定会来。伍子胥，为人刚烈暴戾，忍辱负重，能成大事，他料到来后会一起被擒，一定不会来。"平王不听，仍然派使者召伍奢的两个儿子。

使者对伍奢的两个儿子说："你们若去，大王就让你父活命；不去，马上就杀掉伍奢。"伍尚要去，伍子胥说："楚王召我兄弟，并不是为了让父亲活命，是怕我们逃脱后成为祸患，所以拿父亲作为人质，假意召我兄弟俩。我兄弟俩一到，父子三人就会一起被杀，对父亲的死活有什么好处呢？况且去了便不能报仇雪恨。不如投奔别的国家，借他国的力量来雪父亲的耻辱。一起束手待毙是没有作为的。"伍尚说："我知道应召前去也不能保全父亲的性命，可是只怨父亲召我们以求生路，而我们不去，以后又不能报仇雪恨，到头来岂不被天下人耻笑。"又对伍子胥说："你可逃走，你可以报杀父之仇，我将安心就死。"伍尚束手就擒。使者来捕伍子胥，伍子胥挽弓搭箭对着使者，使者不敢上前，伍子胥就逃走了。

伍子胥逃到吴国，成为吴国的大臣。后来他带领吴国军队来复仇，占领了楚国都城郢都，挖出杀他父亲的楚平王尸体，鞭抽了几百下以发泄仇恨，还差一点灭掉楚国。

4.狡兔三窟

一个人虽然身处困境，只要处境安全，衣食尚能维持，这时可以安心等待机遇，不用贸然行动。因此在顺利的时候一定要安排好将来一旦陷入困境时的基本生活问题，以免陷入绝境。

晋国大夫赵简子派尹铎去管理自己的领地之一晋阳，临行前尹铎请示说："您是打算让我去抽丝剥茧般地搜刮财富呢，还是作为保障之地，作为今后的退路？"赵简子说："作为保障。"尹铎到达晋阳后便少算居民户数，减轻赋税。赵简子又对儿子赵襄子说："一旦晋国发生危难，你不要嫌尹铎地位不高，不要怕晋阳路途遥远，就不愿去，一定要以那里作为归宿。"

赵简子死后，赵襄子继任为晋国大夫。

当时晋国政治由大夫们把持。经过多次博杀，后来只剩智、赵、韩、魏四家，其中智家实力最强。智家想继续扩张自己的势力，就向赵、韩、魏三家要土地。韩、魏两家惹不起智家，只好忍痛割地给智家。

智瑶又向赵襄子要蔡和皋狼的地方，赵襄子不给。智瑶勃然大怒，率领韩、魏两家甲兵前去攻打赵家。赵襄子准备出逃，问随从："我到哪里去呢？"随从说："长子城最近，而且是才建的城，城墙坚厚又完整。"赵襄子说："百姓精疲力尽地修完城墙，又要他们出生入死地为我守城，谁能和我同心？"随从又说："邯郸城里仓库充实。"赵襄子说："搜刮民脂民膏才使仓库充实，现在又因战争让他们送命，谁会和我同心？还是投奔晋阳吧，那是先主的地盘，尹铎又待百姓宽厚，人民一定能同我们和衷共济。而且先主去世时说过有难可以到晋阳去。"于是前往晋阳。

到了晋阳，赵襄子顾不上休息，立刻带人上城头上组织布防，然后又去库房里检查物资的储备。然而，一圈走下来，赵襄子发现库房中的弓箭存量不是很多，要是守城战旷日持久，到最后可就没有箭还击敌人了。赵襄子连忙叫来张孟谈说："晋阳的城墙坚固，物资充裕，就是箭矢不够用，该怎么办？"

张孟谈回答说："主公您忘了吗？先主让董安在营建晋阳城时，用狄蒿和桔条扎了许多篱笆。您可以用这些狄蒿和桔条制作箭杆，绝对结实耐用。"赵襄子又说："箭杆有了，但没有铜铸造箭头啊？"

张孟谈回答说："董安于建造晋阳宫殿时，在所有的柱子外面都包了一层精铜。您可以把这些铜用来打造兵器。"

智瑶领着韩、魏两家的兵来攻打晋阳，赵襄子率领民众拼死抵抗，智瑶围了很长时间都没能攻破。赵襄子暗中派人向韩、魏两家说明了智瑶贪得无厌，消灭赵家后一定会吞并韩、魏两家的道理。其实韩、魏两家早就对智家强横霸道的做法恨之入骨，只是力量不足，不敢反抗而已。于是三家联起手来，趁智瑶不备，一举消灭了智瑶的军队，瓜分了智家的领地。

5.人在物聚，人亡物散

失败后身陷危困，这时要舍得生命之外的一切利益以换取人身安全。留得青山在，不怕没柴烧。

明末起义军张献忠准备进攻武昌，武昌城中物阜民丰，还是明朝中部最大的藩王楚王的藩封之地，一旦拿下，能够缴获大量的金银粮食。

武昌城守备废弛。前大学士贺逢圣倡议用钱募兵，因城中府库空虚，布政司的长官到楚王府中，向楚王借饷银。

楚王是明朝最早设立的几位藩王之一，世袭将近 300 年，府中金银山积，多达百万。但楚王朱华奎悭吝无比，听到官员的请求，半晌没有开口，后来干脆站起身来说："我府中人口众多，王庄历年佃租积欠，早已只剩下一个空架子。如果你们实在困难，我这个宝座还能换一些银两，你们把它抬出去卖掉吧！"

布政使等人面面相觑，狼狈地退出王府。

几天后城破，楚王被生擒。张献忠调来几百辆骡车，将楚宫积攒的百万金银全部拉走。

张献忠用猪笼装着楚王，把他沉到了东湖中。

八、发展进步：让事业健康发展

拥有正义的事业，并集合了一大群干事业的人，就可以推进事业从小到大，健康发展。

1.发展四策：客观规律、正道、民心、努力

事业由小到大，要符合客观规律，坚持正道，要有领导和群众的支持，要不懈努力。

华为集团 2019 年以 7212 亿元营收排名中国民营企业第一，在世界 500 强中位居第六十一位。是世界最大通信设备和智能手机生产商之一。

华为从一个只有两万元资本的电话交换机代理商，发展到今天世界著名的超级跨国集团主要原因是，其一，产品符合世界通信业蓬勃发展的大趋势。随着企业壮大，企业管理与时俱进，逐步实现了现代化。这两条企业发展的主要因素都符合客观规律。其二，走正道。严格遵守国家的法律法规，严肃财经纪律，杜绝企业腐败，坚持艰苦奋斗、服务客户、诚信经营的精神。企业的用人机制公平，不唯亲，不唯过去功劳、资历，只考虑现在的能力和贡献。其三，实行股权集体化。创始人任正非个人的股权不足百分之二，使企业成为全体员工自己的企业，极大地激发了员工的主人翁精神和工作积极性。企业充分发扬民主，实现民主集中制集体领导管理体系，CEO 轮换制，极大地发挥了每个员工的智慧，有效地防范了企业风险。其四，不骄傲自满。瞄准世界先进水平，不断进取。坚持通信主业，不为其他表面高利润行业诱惑。加大产品深层科研，为长远发展打好基础。

2.诚信促进事业成长

事业壮大过程中要讲诚信。对内部成员讲诚信，可以团结和凝聚力量；对合作方讲诚信，他们就会根据自己的预期充分与你合作。这些对事业的发展壮大是至关重要的。

不讲诚信，可能侥幸得到一些暂时的利益，但最终会失去人心，失去事业壮大的动力。

胡雪岩是中国近代著名商人。

胡雪岩开了一个钱庄。有一次驻杭州绿营兵千总罗尚德来钱庄存了 1.2 万两银子，说不要利息，也不要存票。不拿存票，等于存款没有凭证，这又是为什么呢？原来，罗尚德正准备拿这些钱回老家还债，上面来了军令，要罗尚德马上随军队去前线与太平军打仗，罗尚德觉得上战场生死未卜，自己在杭州又无亲无故，就相信胡雪岩的钱庄，把银子存放在钱庄，存票带在身边去打仗还不如不要。罗尚德放下银子便匆匆离去。

胡雪岩得知这一情况后，马上决定将这笔银子按存三年计算利息，并代罗尚德办理了一本存票，交由钱庄负责人保管。后来，罗尚德战死沙场。他生前委托两位同乡，若自己战死，就请他们提取银子回老家还债。两位同乡到钱庄时生怕提不出银子，因为他们手中没有任何凭证。但钱庄在核实了他们的身份后，马上为他们办理了取兑手续。

经过这件事，胡雪岩的钱庄深得人们的信任，生意也越来越好。

3.稳不等于慢

只要踏踏实实地做好工作，有了适合的条件，出现超常规的高速发展也是可能的事情，这时不要有所顾虑。

唐初，薛举进攻唐泾州，李世民率兵救援。走到豳州和岐州一带，李世民患疟疾，令刘文静和殷开山代为指挥，且再三叮嘱要慎战。刘文静等违背李世民告诫，竟故意向对方炫耀兵力，被对方暗中袭击，大败亏输。将领刘弘基、李安远等战死，士兵十亡五六。李世民也只得退兵。

不多久薛举病死，儿子薛仁杲继立。唐派窦轨出征薛仁杲，战败退还。薛仁杲又一次包围泾州。守城将军刘感战死。长平王李叔良率兵救援，杀入城中，但只能固守自全，无法击退敌兵。李渊再派李世民出征。唐军到高墌城，薛仁杲派宗罗睺迎战。宗罗睺自恃勇悍，径直到李世民营前，耀武扬威，指名挑战。李世民就像听不见一样，命令将士们坚壁自守，不得妄动，违令立斩。敌军天天来挑战，站在营门谩骂，惹得唐军性起，个个摩拳擦掌，欲与死战。将军们来请战，李世民说："我军刚打败仗，士气沮丧，对方仗着得胜而骄傲，轻视我们，我们应当紧闭营门，耐心等待，直到敌方彻底松懈，可一战胜敌。"并传令军中："敢言战者，斩！"

将士们将信将疑，只好耐着性子等待，等了五六十天，依然没有动静，将士都愤闷得很。

突然有一天敌营一个叫梁湖郎的将军，带着数百骑，前来投降，说是薛军粮食将尽，难免失败。大家都觉得其中有诈，入帐谏阻。李世民认为没有问题，并把军营从险要的地方移到敌军比较容易进攻的平川，诱敌来攻。

敌军见了，果然倾巢而出，攻击唐军营。唐军固守军营，敌军攻了好几天都没有丝毫进展。李世民说是时候出击了，命令庞玉带领一部分军队到敌南翼，并告诉庞玉，要与敌拼死作战，不得退却。敌军看见唐军出营列阵，就移师进攻，与庞玉的唐军打得十分惨烈，双方都十分疲劳。眼看庞玉的唐军快坚持不住了，李世民率主力从敌后方发起突然进攻。此时敌军连续作战数天，又与庞玉激战多半天，早已人困马乏，又饿又累。唐生力军杀入，如同快刀切豆腐，秋风扫落叶，敌军立马崩溃，四处逃散。

击溃薛仁杲的宗罗睺军后，李世民挑出两千骑兵，亲自带领，一直穷追。

李世民的舅舅窦轨，拉住李世民的马缰苦劝："薛仁杲兵力还很强，而且据守坚城，我军虽破宗罗睺军，但不可轻易冒进。应该休整一下军队，再决定进止！"

李世民说："我已深思熟虑过了，今日已是破竹之势，不可再失。舅舅不要再劝了！"然后直追到薛仁杲据守的折摭城。薛仁杲列兵城外，与李世民夹着泾水相对。没等交锋，薛仁杲手下骁将浑干等人便渡水来投降。薛仁杲知道无法与李世民争战，赶紧引兵退入城中。当天傍晚，唐军大队人马陆续赶到，合力围城。到了夜半，很多守将从城上缒下来投降，薛仁杲力竭计穷，只好开城投诚。李世民入城后，发现城中尚有精兵一万余人，人口超五万。将士都纷纷向李世民祝贺胜利，问李世民："大王一战取胜，马上舍弃步兵，又没有带攻城器械，直追到敌都城。大家都说敌都城无法攻克，谁知道才一天就取胜了，恰恰如大王所预料的。敢问大王凭什么就能猜得如此准确，取得奇功？"李世民说："宗罗睺军，是陇西最强悍的，我出其不意，将他击败。敌军四处逃散，但死伤并不多，如果我军不疾速追击，被击溃的敌军就会逃到薛仁杲都城，为薛仁杲收抚，又会死灰复燃成为劲旅，然后据城固守，我军就很难攻破了。只有乘胜急追，溃卒无城可归，只能逃往陇外。没有兵卒，薛仁杲盘踞的折摭城就会虚弱，薛仁杲又得知他最倚重的宗罗睺军全军覆没，也因此失魂丧胆，无暇筹谋，不降又能怎么办？我因此能够成功。"诸将士纷纷跪拜道："大王胜算，我们实在学也学不来。"

4.出轨的火车难行走

顺从天意实际上就是符合客观规律。不符合客观规律的事情很难有进展。

淮南王刘安的儿子犯法，刘安不想让朝廷抓捕，便想起兵对抗。汉武帝念及亲情，免去刑罚，只削去了淮南国的一部分封地，而刘安不知感恩，反而日夜谋划造反。刘安招下属伍被商量，伍被不高兴地说："陛下刚刚宽恕赦免了大王，您怎能又说这亡国之话呢！臣听说伍子胥劝谏吴王，吴王不用其言，于是伍子胥说'臣即将看见麋鹿在姑苏台上出入游荡了'。现在臣也将看到宫中遍生荆棘，露水沾湿衣裳了。"

刘安大怒，囚禁起伍被的父母，关押了三个月。然后淮南王又把伍被召来问道："将军答应寡人了吗？"伍被回答："不！我只是来为大王分析一下形势。臣听说听力好的人能在无声时听出动静，视力好的人能在未成形前看出征兆，所以最智慧、最有道德的圣人做事总是万无一失。从前周文王为灭商纣率周族东进，一行动就功显千代，使周朝继夏、商之后，列入'三代'，这就是所谓顺从天意而行动的结果，因此四海之内的人都不约而同地追随响应他。这是千年前可以看见的史实。至于百年前的秦王朝，近代的吴楚两国，也足以说明国家存亡的道理。臣不敢逃避伍子胥被杀的厄运，希望大王不要重蹈吴王不听忠谏的覆辙。过去秦朝弃绝圣人之道，坑杀儒生，焚烧《诗》《书》，抛弃礼义，崇尚伪诈和暴力，凭借刑罚，强迫百姓把海滨的谷子运送到西河。在那个时候，男子奋力耕作却吃不饱糟糠，女子织布绩麻却衣不蔽体。秦始皇派蒙恬修筑长城，东西绵延数千里，长年戍边、风餐露宿的士兵常常有数十万人，死者不可胜数，僵尸曝野千里，流血遍及百亩，百姓气力耗尽，想造反的十家有五。秦皇帝又派徐福入东海访求神仙，徐福归来编造假话说：'献上良家男童和女童以及百工的技艺，就可以得到仙药了。'秦始皇大喜，遣发童男童女三千人，并供给海神五谷种子和各种工匠前往东海。途中徐福觅得一片辽阔的原野和湖泽，便留居那里自立为王不再回朝。于是百姓悲痛思念亲人，想造反的十家有六。秦始皇又派南海郡尉赵佗越过五岭攻打百越。赵佗知道中原疲敝已极，就留居南越称王不归，并派人上书，要求朝廷征集无婆家的妇女三万人，来替士兵缝补衣裳。秦始皇给他一万五千女人。于是百姓人心离散犹如土崩瓦解，想造反的十家有七。宾客对高皇帝刘邦说：'时机到了。'高皇帝说：'等等看，当有圣人起事于东南方。'不到一年，陈胜吴广揭竿造反了。高皇帝自丰邑沛县起事，一发倡议全天下不约而同地响应者便不可胜数。这就是所谓踏到了缝隙窥伺到时机，借秦朝的危亡而举事。百姓期望他，犹如干旱盼雨水，所以他能起于军伍而被拥立为天子，功业高于夏禹、商汤和周文王，恩德流被后世无穷无尽。如今大王看到了高皇帝得天下的容易，却偏偏看不到近代吴楚的覆亡吗？那吴王被赐号为刘氏祭酒，颇受尊宠，又被恩准不必依例入京朝见，他掌管着四郡的民众，地域广至方圆数千里，在国内可自行冶铜铸造钱币，在东方可烧煮海水贩卖食盐，溯江而上能采江陵木材建造大船，一船所载抵得上中原数十辆车的容量，国家殷富百姓众多。吴王拿珠玉金帛贿赂诸侯王、宗室贵族和朝中大臣。反叛之计谋划已成，吴王便发兵西进。但吴军在大梁被攻克，在狐父被击败，吴王逃奔东归，行至丹徒，让越人俘获，身死国绝，令天下人耻笑。有那样众多的军队都不能成就功业？实在是一个顺应天道符合时势，一个违背了天道而不识时势的缘故。如今大王兵力不及吴楚的十分之一，天下安宁却比秦始皇时代好万倍，此事怎么能成功呢？希望大王听从臣下的意见。"

刘安还不死心地问道："汉朝的天下太平不太平？"伍被回答："天下太平。"刘安心中不悦，对伍被说："你根据什么说天下太平？"伍被回答："臣私下观察朝政，君臣间的礼义，父子间的亲爱，夫妻间的区别，长幼之间的秩序，都合乎应有的原则，陛下施政遵循古代的治国之道，风俗和法度都没有缺失。满载货物的富商周行天下，道路无处不畅通，因此贸易之事盛行。南越称臣归服，羌僰进献物产，东瓯内迁降汉，朝廷拓广长榆塞，开辟朔方郡，使匈奴折翅伤翼，失去援助而萎靡不振。这虽然还赶不上古代的太平岁月，但也算是天下安定了。"

刘安仍不死心，还想把他郡国中朝廷任命的官员杀掉，然后起兵。谁知他的一个孙子不满刘安宠爱大儿子而轻视他的父亲，到朝廷告发，朝廷诛杀了刘安全家，刘安自尽。

5.吹大的是气球

事业由小到大一定要脚踏实地，一步一个脚印，不能凭空扩张，要靠逐步积累。

事业的盲目扩张往往基于确信可以获取巨大利益。但是福祸相依，超常利益十有八九都是对事物认识不清而形成的虚幻。其结果，收益未必真正得到，付出已经让自己伤筋动骨。为小概率的渺茫希望付出大概率的损失，这是不合算的。

胡雪岩，以钱庄起家，成为清代显赫一时的"红顶商人"。胡雪岩看到中国生丝是当时主要的出口商品，而生丝绝大部分经上海各洋行出口，丝价完全操控于外国洋行之手。胡雪岩以为囤丝可迫使洋行让步，从而谋取厚利。1882年，胡雪岩开办丝厂，并调集本金白银2000万两，高价收购国内的15000包生丝，外商欲购一斤一两几乎不可得。胡雪岩企图以此从外商手里夺回生丝定价权。虽然胡雪岩的巨量囤积，逼迫外商愿意加价收购他手中的生丝，但是外商出的价格并没有达到胡雪岩的心理预期，因此胡雪岩拒绝卖出囤丝。这时，外国洋行联合商量对策，认为此次若是屈从胡雪岩，日后生丝交易必然受制于胡，难以获得丰厚利润。最后一致决定，共同采取措施即当年不贩生丝出口。次年新丝上市，胡雪岩试图再次收购，但是因为没有筹到足够的资金，导致外商尽买新丝，而胡雪岩之前囤积的陈丝只能降价销售，损失白银 1000 万两。至此，胡雪岩想以囤丝谋取高利的企图终成泡影。胡雪岩的资金很大一部分是胡家钱庄的存款，经营生丝失利消息传出，人们纷纷到胡家的钱庄提款挤兑，一时间胡家的各地钱庄、典当行纷纷倒闭。最后破产的胡雪岩，只得将胡庆馀堂的全部财产，及其在杭州元宝街的整座府邸，抵押给刑部尚书、协办大学士文煜。一代红顶商人就在这场生丝大战中一败涂地。

6.做事留有三分余地，遇事才有七分把握

发展进步一定要在可控制范围内进行，且留有余地，以应付不可预知的风险。

秦灭六国后，本来应该在结束百年战乱后，稳定社会，收拢人心，发展经济，让人民得以休养生息。但是，秦始皇好大喜功，不顾人民极度困苦，一方面，大兴土木；另一方面，派三十万大军驻防北方边境打击匈奴，派五十万大军征伐南越。以至函谷关以东广大地区基本没有军队，首都咸阳附近也只有不足十万军队戍守。秦二世继位后，能力、智慧远不如秦始皇，残暴却有过之而无不及，不但变本加厉地欺压百姓，就连政权内部正直和有能力的人也被一一铲除，搞得人离心离德，天怒人怨。

陈胜吴广揭竿起义，反秦势力在防守虚弱的关东地区迅速蔓延。秦南北两支大军来不及回防，仓促间只好让章邯临时组织修建秦始皇陵的二十万刑徒出关平定叛乱。此时起义军已成燎原之势，尽管章邯和后来又调用防守匈奴的十万王离大军对起义军进行极力镇压，但杯水车薪，无济于事。王离被歼灭，章邯战败后怕被赵高陷害，干脆投降，岭南军远水不解近渴，咸阳守军力量不足且信心全失，秦帝国顷刻土崩瓦解。

如果秦一统天下后不急于开拓南越之地，让人民休养生息，并把赵佗的五

十万大军部署到中原，中国历史或将是另一副模样。

九、顺境中做事：顺利需要精心培植养护

首先要知道什么是顺境。人生在世，必须克服种种困难，才能养家糊口、成就事业，所遇到的十有八九都是不如意的；所谓顺利，只是付出能得到与预想相近的回报而已。如果认为天上掉馅饼才是顺利，那纯粹是无稽之谈。

1.顺境中有不顺，逆境中有顺利

顺利与不顺利是相对的。有人遭受多年牢狱之灾，一旦释放，获得自由，即便缺吃少穿，也会觉得顺境来了；还有人锦衣玉食，一时家道中落，衣食稍微朴素一点，就觉得备受委屈，认为是天大的不顺降临。所以一个涉世未深的人觉得事事不顺，而一个历经磨难的人，觉得只要一天不比一天更糟糕就算是很顺利了。

另外，世间万物都在变化，今天顺利不等于明天还会顺利，这件事顺利，不等于下一件也会顺利。

胡九韶，明朝时抚州金溪人。他的家境很贫困，一面教书，一面努力耕作，仅仅可以衣食温饱。每天黄昏时，胡九韶都要到门口焚香，朝天九拜，感谢上天赐给他一天的清福。妻子笑他说："我们一天三餐都是菜粥，怎么谈得上是清福？"

胡九韶说："我首先很庆幸生在太平盛世，没有战争兵祸。其次又庆幸我们全家人都能有饭吃，有衣穿，不至于挨饿受冻。最后庆幸的是家里床上没有病人，监狱中没有囚犯，不用整天累心不安，这样的生活不是清福是什么？"

2.大意是逆境的开始

顺利时做事比较容易，人们最常犯的错误就是懈怠大意，懈怠大意就会忽视风险，轻举妄动，最终导致顺境变成逆境。所以顺利时要谨防在小河沟里翻船。

刘宋明帝刘彧时多地反叛，京城岌岌可危。后来费了很大气力才平定了大部分叛乱，形势开始逐渐好转。此时，淮河以北的叛军徐州刺史薛安都等人，都派使节请求归降。刘宋明帝认为西南的叛军已经平定，打算向这些淮河以北的叛军炫耀威力，所以不接受他们的投降。乙亥（二十一日），下诏命镇军将军张永、中领军沈攸之率大军五万人北上"迎接"薛安都。尚书左仆射蔡兴宗说："薛安都归顺朝廷，绝对不假，现在正需派一个人，手拿一封信，前去迎接。现在却用重兵迎接他，他一定会惊疑忧虑，甚至可能招引北方的胡虏，灾患势必更深。如果说他身为叛逆，罪恶深重，非诛杀不可，那么从前所赦免的人可就太多了。何况薛安都在外，据守的是北战场的一个大要镇，紧接边界，地势险要，兵力强大，无论包围还是攻击，都难以克制。为了国家的利益，尤其应该使用和平手段安抚。一旦他叛投北魏，那么朝廷就要昼夜辛劳去对付后患了。"明帝不接受他的意见，对征北司马代理南徐州事务的萧道成说："我正想利用薛安都反抗的机会加以讨伐，你认为如何？"萧道成回答说："薛安都十分狡猾，今天如果用大军逼他，恐怕对朝廷没有好处。"明帝说："各路人马都很精锐，哪次出击不能战胜？你不要多说了！"薛安都听到大军北上的消息，果然非常恐惧，派遣使节向北魏投降，同时请北魏发兵救援。

薛安都把儿子送到北魏充当人质，北魏派镇东大将军代郡人尉元、镇东将军魏郡人孔伯恭等率骑兵一万人，向东支援彭城，任命薛安都为都督徐雍等五州诸军事、镇南大将军、徐州刺史、河东公。

尉元还命李璨协助薛安都守卫彭城，自己率军攻打张永，切断了张永的粮道，又攻陷王穆之留守的辎重基地武原。王穆之率残余部队投奔张永，尉元率军追击他。

春季，正月，张永等放弃下城，连夜逃走。正赶上天下大雪，泗水冰封，船只不能移动，张永命部队放弃船只，徒步南奔。士卒冻死的有一大半，手脚冻掉的十有七八。尉元绕到前面堵截，薛安都在后面追杀，在吕梁的东面大败张永军，被杀者数以万计，六十里之遥，尸体重叠，抛弃的军用物资及武器，更是无法计数。张永的脚趾也被冻掉，与沈攸之仅仅保住性命。梁、南秦二州刺史垣恭祖等被北魏俘虏。明帝得到消息，召见尚书左仆射蔡兴宗，把大军战败的报告拿给他看，说："在你面前，我深感惭愧。"从此，刘宋失去淮河以北四州和豫州的淮西地区。

裴子野评论说：从前，曹操对张松没有礼遇，竟使中国三分天下。一点点疏忽，造成如此重大的差错。明帝刚刚登基之时，统治的地域不超过百里，士卒有离散之心，士大夫情绪也不稳定。但他能够敞开诚心，吐露真言，人们没有不感念他的恩德的，为他效忠，誓死不渝。所以才能西讨北征，平定叛乱。不久，各地捷报频传，割据势力束手就降。就在这时，明帝打算显示余威，而师出无名，以至淮河以北的土地，霎时间落入北魏之手，实在可惜呀！如果能像当初那样，虚怀若谷，不骄不躁，不夸耀自己功劳，那么叛贼何至再次起兵对抗！武帝刘裕创业时，盔甲上都生虮虱了，开辟疆域不可谓不苦，可是，后代子孙，每天几乎都要丧失百里之地。要保住祖先的基业，谈何容易！

3.天道生民

大自然生养人类，并让人类存续下来，就一定有其必然的道理。人间大事，只要符合人类生存发展这个要求，就一定会产生欣欣向荣的和谐局面。你让百姓活得痛快，百姓也让你活得痛快；你不想让百姓活，百姓也一定不会让你活。

589 年，隋军灭陈，成功地统一了历经数百年分裂的中国。

隋文帝统一全国后，采取了许多有利于巩固和稳定政权的措施。

隋文帝明白"天道生民"的道理，所以他以身作则，在政治方面躬行节俭，提倡宫中的妃妾不作美饰，饰带只用铜铁骨角，不用金玉，裁撤十分之三的官吏，等等。这些措施节省了政府开支，使人民负担得以减轻。

在经济方面，沿袭北魏的均田制，颁布均田法，使"耕者有其田"，又轻徭薄赋，与民休息。为积谷防饥，隋朝广设仓库，分官仓、义仓。官仓作粮食转运、储积用，义仓则备救济之需。文帝又致力于经济建设，开凿广通渠，自大兴引渭水至潼关，以利运输。

另外隋文帝在选拔人才、整饬吏治、宽简刑法、恢复文化、抗击匈奴，保境安民等方面都做出了很多贡献。

正由于上述措施的推行，隋朝政治清明，人民安居乐业，府库充实，外患较少，社会呈现繁荣景象，史称"开皇之治"，造就了隋朝的鼎盛时期。

在隋文帝统治的二十多年间，人口显著增加，达到八百七十万户，比唐朝最强盛的"开元之治"时期还多。

隋炀帝继位后种种倒行逆施使百姓生活在水深火热之中。他失去民心，仅短短十四年就丢掉了天下。

十、强大时成事的方法：怎样使强大持久

一个团体，一个国家有衰落低潮的时候，也有兴盛强大的时候。衰落的时候不等于只能束手待毙，而兴盛强大的时候不等于可以为所欲为。

1.讲理才能强大，强大更需讲理

强大时更要坚持正直、正义，不能依仗势力蛮横无理、恃强凌弱，要平等地对待别人。

秦始皇统一六国后短短十五年就灭亡了，究其原因最根本的一条就是过于相信和依赖强权。秦统一前数百年战国相互攻伐，人民生灵涂炭。秦统一后，百姓十分渴望社会安宁。此时应该积极发展经济，恢复生产，休养生息，稳定国家，但是秦始皇好大喜功，继续推行暴政，使人民生活非常困苦。秦二世更是变本加厉，使人民彻底陷入水深火热之中。

秦王朝建立后便开始大兴土木，修建阿房宫、长城、秦皇陵、秦直道等耗费巨大的工程。秦统一时总人口两千万至三千万，而40万劳动力修长城，70万人修始皇陵，70万人修阿房宫，而且大多都有去无回，需要不断地加以补充。

继续大规模开疆拓土。除守卫京畿的二十万军队外，还有三十万军队在北疆对抗匈奴，五十万大军进攻岭南。为其提供的劳役、物资不计其数。

人民负担的税赋和劳役极其沉重。据统计，秦统一后税率高达50%；在秦二世时期，秦国一年要征700万徭役，服劳役之人占男性居民半数以上。为了

确保赋税收入及劳役到位，秦朝还制定了严酷的法律，严加督催。而到了秦二世时，对迟到的服役者加重处罚，依法处以极刑。高赋税，重徭役，严刑峻法，严重地破坏了生产，"贫者避赋役而逃逸，富者务兼并而自若"，流民大增，土地兼并严重，"男子力耕，不足粮饷；女子纺绩，不足衣服"，终致"海内愁怨，遂用溃畔"。

秦自商鞅变法，经过百年发展，秦人逐步接受严刑苛法，并借此成为强大的军事国家，打败了六国，统一了中国。但是新帝国疆域辽阔，各地的情况千差万别，而且战时的法律未必适合和平时期，新征服的各地民众接受法制的能力也不一样，无法接受名目繁多，诛罚苛刻，一人犯法、亲戚邻里都要连坐的秦律。同时，派往各地的地方官员，大多是没有多少文化的秦底层军官和士兵，对被征服人民心怀歧视，执法粗暴，引起人民对秦法的极大反感。

秦朝统治者的强暴和横征暴敛已远远超出社会所能承受的限度，人民恨透了秦政权，而秦统治者盲目自信自己的淫威，无视社会矛盾的激化、天下民怨沸腾的局面。等到陈胜、吴广等人揭竿而起，天下响应，秦朝统治便被推翻。

2.强而无信，弱之始也

强者更要讲诚信，否则会失去人心，人们将敬而远之。

齐襄公去世以后，齐国混乱，当时竞争齐国国君之位的主要就是齐桓公和他的哥哥公子纠。公子纠由鲁国支持，公子纠派管仲差点将齐桓公射死。齐桓公上位以后，要报复公子纠，于是攻打鲁国，鲁国派将领曹沫迎战。鲁国弱小，三战三败。

后来鲁庄公想通过割地的方式求和，齐桓公答应跟鲁庄公在柯地相会并结盟。

齐桓公和鲁庄公在坛上结盟时，曹沫突然持着匕首挟持了齐桓公，齐桓公左右的侍从不知所措，齐桓公于是问曹沫说："你想要做什么？"曹沫说："齐国强大而鲁国弱小，可是你们强大的齐国侵略鲁国也已经太过分了。现在鲁国都城的城墙倒下来就会压到齐国的边境。您还是好好考虑一下该怎么做吧。"

齐桓公于是答应归还齐国侵占鲁国的全部国土。齐桓公说完以后，曹沫扔下匕首，走下坛，坐进群臣的位置，脸色不变，说话跟原来一样若无其事。

齐桓公非常生气，想违背答应退还土地的承诺。管仲说："不能这样做。如果为了贪图小利来使自己痛快，就会在诸侯间失去信义，最终失去天下的援助，不如把土地给他们。"于是齐桓公就把曹沫多次战败所失去的土地归还给鲁国。

诸侯听说此事后，都很佩服齐桓王的做法。

后来齐桓公九合诸侯，北击山戎，南伐楚国，成为东周列国第一个霸主。

3.抢来的利益留不住

粗暴的人获取利益靠蛮力，聪明的人获取利益靠智慧；结果靠蛮力的人常常穷困潦倒，聪明的人反而丰衣足食。

靠蛮力抢夺利益，得到的利益越多，积累的仇恨和隐患也就越多，最终的利益也会被别人用同样的方式夺走。

靠智慧谋取利益，要考虑利益的平衡，要征得其他利益方的同意，很少会产生激烈冲突，所获的利益合法合理并被大家首肯，相对要安全长久得多。

人们实力强大时，一般喜欢恃强凌弱用简单粗暴的武力手段获取利益，因为用武力表面看上去效率要高得多。实力弱小的更喜欢用智慧获取利益，因为实力弱小没有能力强行夺取别人的利益，只能用和平共利的、智慧的方式获取利益。如果强大，还能秉持和平共利的原则获取利益，就能使强大持续更久。

隋炀帝继位后，自恃强大，好大喜功，急功近利。不顾人民的承受能力开展了多项巨大工程。新建洛阳城，每月要役使民丁两百万人；修建大运河，发河南诸郡男女百余万开通济渠，发河北诸郡男女百余万开永济渠，又派百万民丁修建江南运河。掘河的民夫，经久不息地劳动，加上疾病侵袭，死亡人数占全部掘河的一半以上。大业元年（605），隋炀帝在开凿通济渠的同时，带后宫、诸王、卫队等大量人员沿运河巡视南方，沿途征调民夫，花费资金无数。大业三年（607），隋炀帝巡视北方时，征调北方人民经太行山开凿驰道达并州

（今山西太原），并向附属的突厥启民可汗要求突厥民众协助开凿驰道。隋文帝时期，在朔方、灵武等地修筑长城。大业四年（608），隋炀帝出巡榆林征调壮丁百余万人，于榆林至紫河（今内蒙古、山西一带）开筑长城以保护突厥启民可汗。

这些工程中例如大运河，将中国的众多水系连接起来，形成贯通南北的运输网络，带动沿岸城市的发展，兴起了许多工商业城市，有利于沟通江南经济地区、中原政治地区与燕、赵、辽东等军事地区的运输与经济发展，促进各个地区的文化发展与民族融合，加速成为整体中华文明。但是隋炀帝不顾人民死活，依仗国家强权强行推进本来利国利民的事情，反而把好事办成了坏事，埋下了隋朝覆灭的种子。

与此同时，隋炀帝为了向"诸蕃酋长"炫耀自己的显赫地位，又不惜一切代价，大肆挥霍，浪费难以计数的人力和物力。

更为严重的是，隋炀帝以为隋朝强大了便可以为所欲为，所向披靡，他不顾人民不堪重负，国内矛盾日益激化，倾全国之力，三次讨伐本来对中国威胁不大的高句丽。每次出兵百万以上，死伤极为惨重，运送给养的队伍千里不绝，男夫不够只好用女人充替，耗费的人力物力更是不计其数，成为隋朝覆灭的直接导火索。

如果隋炀帝能像汉文帝、汉景帝一样的收敛低调，忍辱负重，隋朝应当是另一个结果。

4.人多不等于强大

强大不是表面数字上的堆积，而是实实在在的能力。这种能力包括天时、地利、人和。赤壁之战曹操的百万大军不敌吴蜀的五万联军，昆阳之战王莽百万大军溃于刘秀万人，淝水之战苻坚的百万大军败在东晋的七万军队之手。天下的事情决不能简单地将数字等同于实力。

隋炀帝征讨高句丽，下诏命令左十二军出镂方、长岑、溟海、盖马、建安、南苏、辽东、玄菟、扶余、朝鲜、沃沮、乐浪等道；右十二军出粘蝉、含资、浑弥、临屯、候城、提奚、蹋顿、肃慎、碣石、东、带方、襄平等道。人马相继不绝于道，在平壤城会集，总计一百一十三万三千八百人，号称二百万，运送军需的人加倍。隋炀帝在桑干水的南面祭祀土地，在临朔宫南祭祀上天，在蓟城北祭祀妈祖。隋炀帝亲自指挥：共有四十个军，每军设大将、亚将各一人；骑兵四十队，每队一百人，十队为一团；步兵八十队，分为四团，每团各有偏将一名；每团的铠甲、缨拂、旗幡颜色各异；设受降使者一名，负责奉授诏书，慰劳巡抚之职，不受大将节制；其他的辎重、散兵等也分为四团，由步兵挟路护送。军队的前进、停止或设营，都有一定的次序礼法。癸未（初三），第一军出发，以后每日发一军，前后相距四十里，一营接一营前进，经过四十天才出发完毕。各军首尾相接，鼓角相闻，旌旗相连九百六十里。隋炀帝的御营共有十二卫、三台、九省、九寺，分别隶属内、外、前、后、左、右六军，依次出发，又连绵八十里。这样的出师盛况，前所未有。

但征讨高句丽最终无功而返，损失惨重，直接导致了隋朝的灭亡。

5.消除别人的戒心

你的壮大开始影响到其他人的利益时，他们就会对你心存戒备，害怕你进一步强大会损害他们的利益。这时，只有设法消除化解他们的疑虑和戒心，自己才能继续发展下去。否则，人们会在共同利益的引导下联合起来，收拾你的日子也就不远了。

梁冀是汉顺帝时大将军梁商的儿子，他的妹妹梁氏为汉顺帝的皇后。梁冀两肩耸起来像老鹰的翅膀，眼睛跟豺狼一样倒竖着，直勾勾地看人，毫无神采；说话也含混不清。学问则只能抄抄写写记个账。他小时候就是高贵的皇亲国戚，游手好闲，横蛮放肆。又好酒贪杯，擅长射箭、弹棋、格五、六博、蹴球、意钱这类游戏，还喜欢带着鹰犬打猎，骑马斗鸡。

梁冀最初任黄门侍郎，后转升为侍中、虎贲中郎将、越骑校尉、步兵校尉、执金吾等职。

梁商去世还没有下葬，顺帝就任命梁冀接替其父亲的大将军职位。到汉顺帝死时，汉冲帝只两岁，还在襁褓之中，梁太后掌控朝政，诏命梁冀和太傅赵峻、太尉李固总领尚书事务。冲帝死了，梁冀就拥立了质帝刘缵。八岁的质帝虽年幼却很聪慧，他知道梁冀骄横，曾经在群臣朝会时，盯着梁冀说："这是专横跋扈的将军。"梁冀听了，非常痛恨他，就让侍从把毒酒加到汤面里给质帝吃。药性发作，质帝非常难受，派人急速传召李固。李固进宫，走到质帝榻前，询问质帝得病的来由。质帝还能讲话，说："朕吃过汤饼，现在觉得腹中堵闷，给朕水喝，朕还能活。"梁冀这时也站在旁边，阻止说："恐怕呕吐，不能喝水。"话还没有说完，质帝已经驾崩。在商议确定继承帝位的人选时，李固、杜乔都建议立年岁较长的清河王刘蒜。但梁冀为便于操弄想立年龄更小的刘志为帝，众人不同意。梁冀强行立刘志，并劝说妹妹梁妠，以皇太后的名义，先将李固太尉免职，剥夺了李固的朝议权。最后立刘志为帝，称为汉桓帝。

梁冀随着权势越来越大，飞扬跋扈，横行不法，大搞顺者昌，逆者亡。

他认为忠直大臣李固、杜乔有碍自己的权势，就设法谋害他们。对于不听从他、对他不敬的官员，也毫不留情。

下邳人吴树出任宛县县令，梁冀要他关照宛县境内的亲戚朋友，吴树不同意，并杀掉了危害百姓的梁冀门客数十人。梁冀借机设宴毒死吴树。

辽东太守侯猛刚接到任命时，未去拜见梁冀，梁冀借口其他的事将其腰斩。

郎中袁著上书揭露梁冀的不法行为，奏书递了上去，梁冀听说后就秘密派人去捉拿袁著。袁著更名改姓，后来又假托病死，用蒲草编个假人，买来棺材殡葬了。梁冀查问得知其中的伪诈，暗查找到了他，用竹板把他打死了，并把这件事隐瞒了下来。

梁冀还做出许多类似的残忍恶毒之事。

桓帝因为梁冀对自己有援立之功，想用特别的礼遇来显示他的崇高地位，就召集朝中公卿，共同商议对待他的礼遇。有关官员上奏说梁冀可以享受西汉开国第一功臣萧何同等的仪礼规格，入朝不必小步快走，可以佩剑穿鞋上殿，谒见皇帝可以不自称名；封地应该和东汉开国第一功臣邓禹相当，将定陶、成阳剩余的编户全都封给他，使他的封邑增加到四个县；赏赐比照西汉再造汉朝的霍光的标准，给他金钱、奴婢、彩帛、车马、衣服、甲第，以突出表彰他的首功。每次朝会，和三公分别开来，独坐一席。十天入朝一次，平议尚书事务。

将这些宣告天下，成为万代法制。梁冀还觉得他们奏请的礼遇不够优厚，很不高兴。他专横行事，玩弄权势，一天比一天凶残放纵，各种大小机要事务，没有一件不是先征询他的意见才做出决定的。宫中的卫士侍从，都是他亲自安置的，皇帝的起居生活，每一个细节他都一清二楚。百官升迁，都要带着笺记书札先到梁冀门上谢恩，然后才敢去尚书省。

梁冀一家前后有九人被封侯，三人做了皇后，六人做了贵人，出了两个大将军，夫人、儿女中有七人享有食邑，三人娶了公主，其他官至卿、将、尹、校的有五十七人。

梁冀掌权二十多年，骄横气盛到了极点。他横行宫廷内外，百官不敢正视他，没有人敢违抗他的命令。

桓帝大权旁落，什么事都不能亲自过问，而且处处受到监视，随时都会有被梁冀废黜的危险，因而对梁冀日益不满。

太史令陈授通过黄门令徐璜陈述日食的灾异应归咎于大将军，梁冀知道后，暗示洛阳令逮捕陈授加以拷问，陈授死在狱中，桓帝因此非常愤怒。邓猛被封为贵人，很受桓帝宠幸。梁冀因此就想认邓猛做女儿以巩固自己的势力，就把邓猛改为梁姓，自己过一把国丈瘾。梁冀担心邓猛的姐夫邴尊阻挠，就勾结刺客刺杀了邴尊，然后又想杀死邓猛的母亲。邓猛的母亲发现后马上跑到宫中向桓帝报告了这件事情，桓帝忍无可忍，就秘密和太监单超、具瑗、唐衡、左悺、徐璜等五个人定下诛杀梁冀的计划。

梁冀心中猜疑单超等人，派太监张恽进入宫内，以防变故。具瑗马上令人把张恽逮捕，罪名是他突然从宫外进来，图谋不轨。桓帝立即亲临前殿，召见尚书们，公布了梁冀的罪行，让尚书令尹勋手持符节率领丞郎下的官员都带着兵器守住宫廷官署，收起各种符节送回宫中。派黄门令具瑗带着左右两厢的骑士、厩驺、虎贲、羽林、都候剑戟士等一共一千多人，和司隶校尉张彪一起包围了梁冀的宅邸。派光禄勋袁盱带着符节没收了梁冀的大将军印绶。

梁冀和他的妻子孙寿当天就自杀了。

朝廷又将梁冀的家人、亲信连同梁家及他老婆孙家的亲戚全部逮捕送到诏狱中去，不论老少都处以死刑，暴尸街头。其他受到牵连而死的公卿、列校、刺史，以及俸禄为二千石的官员有几十人，梁冀原来的官吏和宾客被罢黜官职的有三百多人，朝廷都空了，只剩下尹勋、袁盱以及廷尉邯郸义还在。朝廷没收梁冀的全部财产，变卖共获三十多亿两，用来充实国家府库，因为此原因减免了天下百姓当年一半的租税。

十一、做事须恰到好处：过犹不及

做事不足和过头都不好。做事最完美的境界在于不偏不倚，恰到好处，也就是"守中"之道。

1.做任何事不能过头

做任何事情都不能过头，好事过头会变成坏事。谨慎是一种美德，但谨慎过头就会误事；勇敢是美德，但勇敢过头就是鲁莽；节俭也是美德之一，但节俭到损伤自身的程度，就变成了吝啬。

在宋代，有个叫贾黄中的年幼时非常聪明，跟着父亲读书。他的父亲对他非常严厉。每天清晨，父亲都命他站立，展开书卷令其读，称"等身书"。父亲常常只让他吃粗茶淡饭，说："等你学业有成，才可以吃肉。"贾黄中十五岁就考中进士。

在翰林院工作时，宋太宗召见他，询问时政得失，贾黄中小心翼翼地说："臣的职责是规范诏书，思虑没有超出自己的职位，军国大事，不是臣应该知道的。"宋太宗认为他为人谨厚。

贾黄中办事过分认真、慎重，遇到大事往往不能当机立断，对于国家政事，他始终没有什么建树，当时的舆论并不认可他。

后来他被派往外地任职，在向宋太宗辞行时，太宗告诫他说："做事恭谦，小心谨慎，不论是做君的还是做臣的都应该这样，但是太过分了，就会失去大臣的身份。"

2.重典治乱世，盛世需宽和

做事情是否过分要看当时的情况。如果在混乱的环境之中，或者问题积重难返时，要想扭转局面不得不矫枉过正采取一些过分的措施与方法。但在比较稳定的环境中，或者事情只是稍微偏离轨道，这时如果采取的措施很过分，反而会引起巨大的动荡。房屋大梁坏了，可以拆掉房顶换大梁。如果只是几片瓦破裂漏雨，便拆掉整个房顶去修理那就过分了。

任何事情都有利弊两个方面。为了改变事情弊的方面，连利的方面一起抛弃，滑向另一个极端，结果另一个极端的弊病慢慢暴露出来，又不得不改回来，由此引发巨大的震荡。

晚唐时期，地方势力割据日趋严重，最终导致中国陷入了分裂。

宋朝吸取了唐朝灭亡及五代十国军事将领篡权的教训，十分忌惮军事将领的权力。赵匡胤坐上皇位不久，就杯酒释兵权，剥夺了为他夺取天下的重要军事将领的军权，让他们回家颐养天年。此后军队出身的人不能担任高级军事将领，而由文人临时担任。并且一个人不能长期在一个部队任高级将领，以防止其培植势力，威胁皇权。

但是此举又大大削弱了军事力量。文人不是专职军人，对军事未必精通，而且每每作战，将不识兵，兵不识将，指挥混乱，进退无据，又缺乏临机决断，所以造成了宋军逢战必败。

3.过刚必折

人过分刚直，疾恶如仇，就会遭到很多强烈报复，甚至危及性命。因为刚直的人往往妨害某些人的利益，他们必将除之而后快。

祢衡，平原人，自幼有才华，能言善辩，但后来气盛、刚直而又骄傲。孔融把他推荐给曹操。祢衡辱骂曹操，曹操大怒，对孔融说："祢衡这个小子，我想杀他不过像宰一只麻雀或老鼠一样罢了！只是想到此人一向有虚名，杀了他，远近之人将说我没有容人之量。"于是把祢衡送给刘表。刘表对祢衡礼节周到，把他当作上宾。祢衡很赞赏刘表的所作所为，但却爱讥讽刘表左右的亲信。于是，刘表的亲信就势诬陷祢衡，对刘表说："祢衡称颂将军仁义爱人，可以与周文王相比。但又认为将军临事不能决断，而最终的失败，必定是由于这个原因。"这话实际上指出了刘表的缺点，但却不是祢衡说的。刘表因此大怒，知道江夏郡太守黄祖性情暴躁，就把祢衡送到江夏。黄祖对祢衡也很优待，但后来祢衡当众辱骂黄祖，黄祖便将他杀死了，时年二十六岁。

4.长木匠，短铁匠

做事情不能过头的另一个原因是，事物在不断变化，做事情合适的度也会随之变化。做事情留有余地，正好用来弥补和适应变化的度，使其恰到好处。

曹魏进攻吴，长江水浅，江面狭窄，魏军将领企图乘船率步兵、骑兵进入江陵中洲驻扎，在江面上架设浮桥，以便和北岸来往，魏军参与计议的人都认为这样一定能够攻克江陵。董昭却上书魏文帝说："武皇帝智勇过人，用兵却很谨慎，从不敢像夏侯尚今天这样轻视敌人。打仗时，进兵容易，退兵难，这是最平常的道理。平原地带，没有险阻，退兵都困难，即使要深入进军，还要考虑撤退的便利。军队前进与后退，不能只按自己的想象意图行事。如今在江中洲岛驻扎军队，是最深入的进军；在江上架设浮桥往来，是最危险的事；只有一条道路可以通行，是狭隘的道路。这三者，都是军事行动的大忌，而我们却正在做。如果敌人集中力量攻击浮桥，我军稍有疏漏，中洲的精锐部队将不再属于魏，而为吴所有。我对这件事非常忧虑，寝食不安，而谋划此事的人却很坦然，毫不担忧，真令人困惑不解！加之长江水位正在上升，一旦暴涨，我军将如何防御？如果无法击败敌人，就应该保全自己，为什么在这样危险的情况下，不感到恐惧呢？希望陛下认真考虑。"文帝立即下诏，命令夏侯尚等人迅速退出中洲。魏军从命撤退，大队人马只有一条通道退却，挤在一起，一时很难退出，最后勉强撤回北岸。吴将潘璋已制好芦苇筏子，准备烧魏军的浮桥，恰巧夏侯尚率兵退回，未得实施。十天过后，江水暴涨，文帝对董昭说："你的预料，竟如此准确！"当时又赶上闹瘟疫，文帝遂命令各军全线撤退。

5.人的想象是无限的，人的能力是有限的

由于客观环境的限制，并不是所有的理想都可以实现。强行去做受客观环境限制的事情，只能劳而无功，以失败告终。

春秋战国时期，礼崩乐坏，诸侯相互攻伐，争权夺利，弑君篡谋之事比比皆是，就连父权子继这一行使数百年的法统都摇摇欲坠。克己复礼的孔子被认为是当时知不可为而为之的人。这时候燕王哙居然逆势而动，要行尧舜禅让事。

燕王哙是燕易王之子，继任君位后，拜子之为相国。子之执政期间，办事果断，善于监督考核臣属，得到燕王哙的赏识和重用。燕王哙三年，齐国派苏代出使燕国，燕王哙问道："齐王如何？"苏代回答说："必定不能称霸。"燕王哙说："为什么？"苏代回答说："因为不信任他的大臣。"于是燕王哙更加信任子之。子之因此暗中以百金赠送苏代。鹿毛寿对燕王哙说："不如将国家禅让给子之。人们称道唐尧贤圣，就是因为他要将天下禅让给许由，许由不接受，既有让天下的美名而实际上没有失去天下。现在大王将国家让给子之，子之必然不敢接受，这样，大王与唐尧就具有同样的德行。"燕王哙于是将国家托付给子之。又有人说："现在大王说将国家托付给子之，而官吏全是太子姬平的人，这就是名义上交付给子之，而实际上还是太子姬平当权。"燕王哙又将俸禄三百石以上官吏的印信收起来交给子之。子之南面而坐行使国王之权，燕王哙不理政事，反而成为臣下。

燕王哙七年（前 314），子之执掌朝政三年，致使燕国大乱，百姓恐惧。燕国将军市被与太子姬平密谋，准备攻打子之。齐国诸将对齐宣王说："趁机奔袭燕国，必能攻破它。"齐宣王于是派人对太子姬平说："寡人听说太子坚持正义，将要废私而立公，整饬君臣之义，明确父子之位。寡人的国家弱小，不足以供驱使。即使如此，却愿意听从太子的差遣。"太子姬平于是邀集党徒聚合群众，派将军市被包围王宫，攻打子之，但未能取胜。而将军市被和百姓不知为什么却又反过来攻打太子姬平，太子姬平杀死将军市被，将其陈尸示众，

由此造成数月混乱，死者达数万人，众人恐惧，百姓离心。

孟子对齐宣王说："现在燕国人民苦难，到了攻打的时机，不可失去。"齐宣王于是命令章子率领五都之兵，加上北方守军，攻打燕国。燕国士兵不应战，城门也不关闭，齐军于是打进燕国，杀死燕王哙和子之。燕王哙死后二年，赵武灵王送太子姬平之弟姬职继位，立为燕昭王。

6.事情过头，必不正常

凡事都有与常理相适应的程度和规模，如果表现出严重不足或者远远超出常理，就应该认真考察一下，梳理出其中隐藏的原因。

曾国藩年轻时进京参加会试失败，决定绕道诸地回湖南，途中盘缠散尽，无奈之下去父亲故交江苏睢宁知县易作梅处借钱。易作梅与曾国藩素未谋面，只一眼就断定曾国藩以后定非池中之物，立即借了白银 100 两，这是他三年为官的积蓄。原来，当时天在下雨，曾国藩冒雨进了易家客厅，易作梅远出未归，曾国藩坐等两小时。易作梅回家一看，曾国藩正襟危坐在椅子上，这期间，不曾动过脚，地上只有两个脚的水印痕迹，这表明曾国藩是个定力极强的人。有这样超强的定力，做什么事都会大获成功。

十二、功成之后：不要让成功从指缝中滑走

事情顺利进行，事业日益强大，又防止了做事过头，就只剩下成功。大功告成要像没有成功一样小心谨慎，毫不懈怠才可以万无一失。

1.成功之初，危机四伏

成功完成一件事情后，反而应该特别小心。成功容易引起骄傲，种下失败的种子；事情已经发展到极端，就会开始走下坡路；你的成功就意味着利益相反者的失败，他们便会拼命反抗；成功就意味着利益分配，很容易引发内讧。这时稍有不慎，历经千辛万苦获得的成功就有可能转瞬即逝。

李自成经过十七年艰苦征战，于崇祯十七年攻入北京，崇祯皇帝自缢景山，明朝灭亡。李自成等人自以为大功垂成，天下为自己所有，完全忽视了南方明朝势力还有半壁江山，山海关外更有清朝势力虎视眈眈，大顺虽然占有北方大部，但并没有建立稳固的政权。此时李自成身边的军队仅仅六七万人，实际上非常危险，应该迅速采取措施稳定人心，团结一切可以团结的力量，尤其要加强对清朝的防备。但李自成等人此时已经被胜利冲昏了头。大顺军入北京之初，李自成下令："敢有伤人及掠人财物妇女者杀无赦。"京城秩序尚好，店铺营业如常。但从二十七日起，农民军开始拷掠明官，四处抄家，搜刮财物。《枣林杂俎》称被拷掠致死的高官贵戚有 1600 余人。李自成入住紫禁城之后，封宫女窦美仪为妃。李自成手下士卒又开始在北京城大肆抢掠，闹得人心惶惶。

吴三桂时任明山海关总兵。李自成令明降将唐通赴山海关招降。吴三桂反复思虑后决意归顺，率军离山海关进京。行至永平（今卢龙）西沙河驿时，遇到从北京逃出的家人，得知父吴襄在京遭农民军拷掠，爱妾陈圆圆被夺占，于是顿改初衷，打着为崇祯帝复仇的旗号，拒降李自成。

顺治元年（1644）四月二十一日，李自成讨伐吴三桂，与吴在一片石大战。此时清军已开到山海关，正等待吴三桂与李自成两败俱伤，然后渔翁得利。战至四月二十二日，吴军渐渐不支，吴三桂降于清朝摄政王多尔衮，两军联手击溃李自成，李自成主将刘宗敏受伤，急令撤退。四月二十六日，李自成逃到京城，仅剩三万余人。四月二十九日，李自成在北京匆忙称帝，怒杀吴三桂家大小 34 口，次日逃往西安。临行前，火烧紫禁城和北京的部分建筑。由于南明弘光帝朝廷的建立和大顺军的节节败退，很多原来投降大顺的明朝将领复投南明或清朝，李自成于是疑心日盛，妄杀李岩等人，致使人心离散。顺治元年十月，清军攻陷太原，李自成山西防线基本瓦解。十月下旬，清军兵分两路攻打陕西，经十三天激战，潼关失守，李自成被迫放弃西安退入襄阳。四月，清军在湖北阳新、江西九江接连大败大顺军，切断其东下去路。李自成见东下已无可能，便掉头向西南进军，准备穿过江西转入湖南。五月初，大顺军到达湖北通城九宫山麓时，李自成率轻骑 20 余人登山探路，被当地民兵武装姜大眼杀死，大顺政权灭亡。

2.样样都想要，样样得不到

事情成功后，一般需要减少或停止新的行动，专心将已经取得的成果巩固下来，为下一步行动打好基础。不巩固已经取得的成果，就又去开拓新的领域，新的成果未必可期，已取得的成果反而被丢弃，最终真正得到的反而很少。

亚历山大大帝以其雄才大略，在短短的 13 年时间创下了前无古人的辉煌业绩。他先后统一希腊全境，进而横扫中东地区，不费一兵一卒占领埃及全境，又荡平波斯帝国，大军开到印度河流域，世界四大文明古国占据其三，征服全境约 500 万平方公里，建立了当时世界上领土面积最大的国家。但是亚历山大没有很好地巩固已经占领的土地。他的帝国地域广大，民族成分复杂，思想、语言、文字、信仰各不相同，维持这个庞大帝国的仅仅是亚历山大本人卓越的军事才能和人数不多的军队。

公元前 323 年 6 月初，亚历山大在巴比伦因发热突然病倒，十天后就死去了。其时还不满 33 岁。

亚历山大并未留下帝位的合法继承者，与他最亲近的是一位昏弱无能的异母兄弟。传说，当亚历山大的朋友在他临死前要求他指定一位继承人时，他含糊地说："让最强者继承。"于是他死后，他的将领们企图瓜分这个帝国，引发一些年轻军官对这种安排的不满，继而发生一连串的战争。在这场斗争中，亚历山大的母亲、妻子和孩子都横遭杀身之祸。公元前 301 年的一场决定性战役，由三位胜利者托勒密、塞琉古、安提柯一世瓜分了亚历山大帝国的版图，开启了希腊化时代。除了马其顿本土和最远的印度以外，亚洲部分由部将塞琉古继承，这就是后世和罗马的庞培、克拉苏等人征战不休的塞琉古帝国。埃及由部将托勒密继承，这就是埃及的托勒密王朝，直传到后世和恺撒结婚的埃及艳后克莉奥佩特拉为止。安提柯一世在小亚细亚和叙利亚建立了短暂的统治，但很快就被另外四个将领击败。对印度领土的控制也只是昙花一现，当塞琉古一世被旃陀罗笈多·孔雀击败时即归于结束。

3.成功容易忘形

成功之后往往容易头脑发昏，误以为自己的功劳、能力、技能超乎寻常地强大，继而好大喜功，为所欲为，直至灭亡。

唐玄宗时，宇文融为人粗俗浮躁，爱多说话，喜欢自夸功劳。他当上丞相时，对人说："我这丞相只要当上几个月，那全国就太平无事了。"

信安王李祎因为军功显赫而受到唐玄宗的宠爱，宇文融很嫉妒他。李祎入朝，宇文融指使御史李寅弹劾他，这事被宇文融泄露给了他亲近的人。李祎听到消息后，抢先把这事报告了唐玄宗。第二天，李寅的奏章果然递了上来。唐玄宗见此大怒，将宇文融贬为汝州刺史。宇文融当丞相仅仅一百天就被罢了官。

宇文融获罪后，又有匿名诉状告发宇文融收受贿赂的事，唐玄宗又将宇文融贬为昭州平乐县尉。宇文融到岭外一年余，司农少卿蒋岑上奏，告发他在汴州隐藏吞没了数以万计的官钱，唐玄宗下令彻底查处此事，宇文融因此再次获罪被流放岩州，在半路上死去。

4.除了死亡，世界上没有一劳永逸的事情

一件事情十全十美后一定会走向残缺，这是自然规律所决定的。完成一个成果容易，保持一个成果难。要想保持一个成果就必须不停地修补不断产生的缺损，直至残破到无法修补，被一个新的成果代替为止。所以，无论什么事情，一劳永逸是不存在的。

萧道成取宋代之，在建康南郊即帝位，为南齐高帝。

高帝向前任抚军行参军沛国人刘瓛询问如何处理政务，刘瓛回答说："政务就在《孝经》里面。大凡刘宋灭亡，陛下得国的原因，其中都包含着《孝经》阐述的道理。倘若陛下能够将前车之鉴引以为戒，再加上待人宽和仁厚，即使国家已经垂危了，也可以安定下来；倘若陛下重蹈覆辙，即使国家原来很安定，也一定会招致危亡。"高帝感叹着说："儒士的话，真是可以用作万代之宝啊！"

但是后来，齐又被梁用同样的方法取而代之。

5.推广成功的经验要慎重

成功之后将面临很多新的情况。如果在成功面前忘乎所以，不考察自身和外界条件变化，简单套用以前的成功经验，贸然行动，就会把事业拖向灾难。

曹操在谯县时，担心沿长江一带的郡县受到孙权的侵略，打算把百姓迁徙到内地，问扬州别驾蒋济对这个问题的看法，说："从前，我与袁绍在官渡对峙时，曾迁徙过燕县与白马县的百姓，百姓没有走散，敌军也不敢抢掠。现在，我想迁徙淮河南岸的百姓，你认为怎么样？"蒋济回答说："当年我弱敌强，不迁徙就会失去那些百姓。自从攻破袁绍以来，您威震天下，百姓没有二心，而且人情依恋故乡，实在不愿意迁徙，我担心这样做一定会使百姓不安。"曹操没有听从蒋济的建议，下令迁徙百姓。不久，百姓互相转告，惊恐不安，从庐江、九江、蕲春到广陵，十余万户全部东渡长江投奔孙权。长江以西于是空无人烟，在合肥以南，只剩皖城还留有百姓。后来，蒋济来邺城，曹操接见他，大笑着说："我本来只是想让百姓避开敌军，却反而把他们全驱赶到敌人那里去了！"于是任命蒋济为丹阳郡太守。

6.成功之后，畏首畏尾和胆大妄为一样不足取

事情初步成功后，继续采取行动要谨慎。不顾实际情况一味蛮干，将导致失败，丧失已经取得的成果；而不看情况，畏首畏尾，同样会失掉趁热打铁，扩大战果的机遇。成功之后的行动，要根据自身条件、客观环境等因素综合考虑。能够迅速准确把握分寸的人，一定是英明果断，不同凡响的人。

隋唐时，宋金刚的军队粮食吃光了，丁未（十四日），宋金刚向北逃窜，秦王李世民带兵追击。

秦王李世民在昌州追上了宋金刚的殿后之军寻相所部，将他打得大败，并乘胜追击逃敌，一昼夜走了二百多里，打了几十仗。到高壁岭，总管刘弘基抓

住马缰绳规劝道："大王打败敌人，追击逃敌到了这里，功劳也足够了，不断深入，就不爱惜自己吗？况且士兵们饥饿疲惫，应当在此停留扎营，等到兵马粮草都齐备了，然后再进击也不晚。"李世民说："宋金刚无计可施才逃跑，军心已经涣散。机会难得，失去却很容易，一定要趁此机会消灭他。如果我们滞留不前，让他有时间考虑对策加强防备，就不可能轻易打败他了。我尽心竭力效忠国家，怎么能只顾惜自己的身体呢？"于是策马追击，将士们也不敢再提饥饿。唐军在雀鼠谷追上宋金刚，一天交锋八次，都打了胜仗，杀死、俘虏了几万人。当夜，在雀鼠谷西原宿营，李世民已经两天没有吃东西，三天没有脱下战袍了，全军只有一只羊，李世民与将士们分吃了这一只羊。李世民带兵到介休，宋金刚还有二万人，出西门，背对城墙排列战阵，南北长七里。李世民派总管李世勣出战，不利，稍稍退却，宋金刚乘机反扑，李世民率领精骑从宋金刚背后袭击，宋金刚大败，唐军杀了三千人，宋金刚骑马逃走。李世民追出几十里，来到张难堡。唐浩州行军总管樊伯通、张德政正在堡垒里守卫，李世民摘下头盔示意堡内，堡中守军见唐军到来欢呼雀跃，高兴得流下泪来。随从告诉守军秦王还未进食，守军便献上浊酒、粗米饭。

刘武周听说宋金刚失败，大为惊恐，放弃并州逃入突厥。宋金刚收拾残部，准备再战，但众人都不肯跟随他与唐作战，于是宋金刚也只能和一百多骑兵逃往了突厥。

做一个合格的领导

一、组建团队：善于发动群众

有了众多志同道合的人，就可以把大家汇集到一起干一番轰轰烈烈的事业。

让众人加入我们的事业就必须发动群众，而发动群众要靠号召力。号召力来自正义的力量、正确的策略和组织者的魅力。

1.树旗才能招人

一个有广泛群众参与的事业，除了利益这个基本因素外，还要有相应的指导思想和精神力量，才能把千千万万个个体联合在一起，凝聚成强大的整体力量。

历史上，民族、宗教、血缘、阶级、民主价值等理念都曾用作凝聚人心的精神力量。

陈胜吴广起义不久，陈胜就自封为王。秦把他当作首恶，全力加以讨伐。有一定号召力的各国贵族见他自立为王，纷纷观望或与他分庭抗礼。再加上内部不团结，势单力孤，陈胜起义仅两年就失败了。

楚国贵族项梁也乘势起义。项梁的队伍日益壮大时，范增投奔他并劝项梁说："陈胜失败，在于没有号召力。秦灭六国，楚国是最无辜的。自从楚怀王被骗入秦没有返回，楚国人至今还在同情他；所以楚国流传着这样的话：'楚国即使只剩下三户人，灭亡秦国的也一定是楚国。'如今陈胜起义，不立楚国的后代为王却自立为王，势运一定不会长久。现在您在江东起事，楚国有那么多将士如众蜂飞起，争着归附您，就是因为他们认为项氏世世代代做楚国大将，一定能重新立楚国后代为王。名正言顺才能成大事。"项梁认为范增的话有道理，就到民间寻找楚怀王的嫡孙熊心。这时熊心正在给人家牧羊，项梁找到他以后，就袭用他祖父的谥号立他为楚怀王。

后来项梁战死，项梁的侄子项羽就继续打着楚怀王的旗帜，领导天下群雄，打败了强大的秦国。

2.没有钱粮当不好老板

发动群众要有一定的物质基础。每个聚拢来的人都要吃饭、穿衣，养家糊口。事业本身也需要各种物资支撑。

汉三年（前 204 年）的秋天，项羽击败汉王刘邦，夺取荥阳，刘邦退守巩、洛一带。项羽听说韩信灭了赵国，彭越又不停地骚扰梁地，就领兵去救援。这时韩信正在东方攻击齐国，刘邦手下兵力不足，而且曾数次被围困在荥阳、成皋，就想要放弃成皋以东地区，将部队收缩到巩县、洛阳一线，以阻挡楚军西进。郦食其劝说刘邦道："常言道：'懂得天，而且懂得敬重天，这样的人方能成就帝王大业。'对于帝王来说，老百姓就是天；对于老百姓来说粮食就是天。敖仓作为天下转运粮食的集散地已经很久了，我听说那里贮存了大量的粮食。楚军攻下荥阳后竟然不坚守敖仓，而是领兵东去，只派些因获罪而充军的囚徒把守成皋，这是上天在帮助汉军。现在的情况是楚国一发动进攻，汉军不作顽强抵抗就退却，这是主动放弃有利的战机。我以为这是不对的。常言道：两雄不俱立。长久以来，楚、汉相持不下，海内动荡不定；致使农夫放下农具停止耕作，织女离开织机不再纺织，民心惶惶不知所归。谁能坚持到最后，粮食就非常重要。但愿陛下赶快再度出兵，收复荥阳重镇，夺取敖仓粮食，扼守成皋天险，断绝太行通道，设防蜚狐隘口，占据白马津渡。以此来向诸侯显示汉军已经占据有利的态势，灭楚只是时间问题。这样天下人心就有所归属了。"刘邦觉得这番话有道理，于是派兵乘虚重新占领荥阳。不但保证了军队的粮食，逃难的饥民也纷纷投奔有粮食的刘邦，因此兵源大增。

3.领导公平，山头自平

大家来自五湖四海，聚集到一起就会因不同原因而相互吸引、亲近，甚至出现一些小团体。没有必要为此大惊小怪，只要领导公平、诚信对待每个成员，大力提倡成员之间讲平等，讲诚信，一切都会正常起来。

秦末，天下大乱，各种反秦力量蜂拥而起，最后形成了项羽、刘邦两大集团。开始，项羽灭掉秦国后大封天下。他分封的原则是以亲疏而定，关系亲近的就封给好的地方，关系疏远的即使有功劳也得不到好的封地，甚至得不到封赏，结果再次引起天下大乱。

刘邦集团也有许多派别，有从沛县跟他出来的萧何集团，有后来参加的张良、韩信等，还有六国贵族、彭越、英布以及原来项羽的人马。但刘邦能够论功行赏，即便他最厌恶的雍齿也被封为什邡侯。

天下豪杰都认为刘邦赏罚公平，乐于跟从他打天下。

4.领导不了的军队，人越多越糟糕

对于一个自身能力不强，始终难以获取团队成员充分信任的领导者，聚拢的人越多，情况反而可能越糟糕。

苻坚不听多人劝阻，不顾连年征战导致的人民困苦、国家疲弱，强行征集百万各族百姓组成讨晋大军。这支军队成员复杂，毫无斗志，又没有经过严格训练就仓促出战。当时东晋只有八万军队，但训练长达七八年以上，战斗力很强。

结果苻坚率领的前秦军大败，出征的百万大军陆陆续续逃回的不足十万。前秦从此一蹶不振，曾经投降的各族贵族机纷纷反叛。不久前秦就灭国，苻坚也被反叛的军队杀死。

二、维持团体：大到一个国，小到一个店，维持有道

为什么一个群体会如同一盘散沙，一个社会会走到崩溃的境地呢？要了解团体瓦解的深层原因，并采取得力措施才能维持群体的稳定和团结。

一个团体组织犹如一个生物。其一，团体的存在要有利于每个成员，否则成员就会离心离德。其二，要有必需的物质条件以供团体组织存活。组织失去必需的能量，只能死亡。其三，组织的各个部分能够协调一致，服从控制，以

便整个机体能够有效地趋利避害和获取能量。如果各个部分各行其是，机体将无法存活下去。其四，组织要保证每个部分均衡发展。纤弱的四肢不足以支撑庞大的身躯，或是强大的四肢配了一个分不清石头和食物的大脑，这样的生物同样无法存活。

在社会群体中，维护和谐稳定的正面因素和破坏团结的负面因素同时存在并相互消长。

正面的因素：

（1）强有力的领导。一个社会群体统一行动才能发挥群体的效能，所以指挥群体行动的领导必须是有威望的，具有保证群体生存发展的睿智和能力，能使群体成员心悦诚服。只有这样的领导才可以凝聚群体，走向胜利。中国古代各个王朝的建立者往往是出类拔萃的领袖人物。

（2）统一的利益和思想。一个社会群体依靠共同利益和共同意志来维持存在。只有大家为了共同利益，以及基于共同利益的统一思想、文化和政治才能团结到一起，并为这个群体努力工作。失去共同利益和成员认可的统一思想，群体就会瓦解。

（3）公平的利益分配。利益是群体存在的根本，而公平的利益分配是群体团结的最大保障。如果出现严重的分配不均现象，这个群体离瓦解也就不远了。

（4）坚强有力的执行力量。一个社会群体能不能正常运转，不但需要睿智坚强的领导，还要靠群体中强有力的中下层执行力量。它可以准确贯彻领导的意图，协调成员行动，消除不利因素，有效维护内部团结，抵抗外部势力对群体的伤害。假如这个力量严重削弱，整个群体的协调能力和生命力也会非常脆弱，甚至趋于灭亡。对这个力量的严重削弱往往来自腐败。

1.腐败是团体的癌症

中国历史上，当国家权力腐败变质，国家完全变成统治阶级对被统治阶级剥削压迫的工具，就会导致阶级矛盾激化。此时，被压迫者反抗此起彼伏，镇压和反抗使生产力遭到严重破坏，使得政府军费激增，财政收入锐减，国库枯竭，国力下降。随着中央控制减弱，地方反叛和省区逐步脱离中央，割据势力产生，外来干涉也随之增多。混乱又导致更多民众进一步不满，中央权威尽失，控制失效，国家解体，割据势力争夺地盘的战争就会随之而起。最后军阀混战，法制、艺术和文化消失，黑暗时代降临。

乾隆时期，随着经济繁荣和财力充裕，奢靡腐败之风愈甚。乾隆六巡江南，游山玩水，沿途迎送接驾、进贡上奉、大兴土木，豪华与排场空前，靡费日甚。乾隆带了头，其示范效应无与伦比，大小官吏借接驾和其他机会，极尽奢华之能事。他们为了讲排场、比阔气，竭力摊捐派差、贪污受贿、敲诈勒索。由此上行下效，使得贪贿公行，吏治日废，奢侈淫靡、贪赃枉法、腐化堕落的歪风邪气愈演愈烈。

乾隆中后期，陆续发生贪污腐败的大案要案。1757年，发生云贵总督恒文和云南巡抚郭一裕的"金炉案"。二人在操办进贡金炉过程中，低买高卖，掺杂使假，中饱私囊。同年又发生山东巡抚蒋洲在山西巡抚任上贪污库款案。随后又有连续三任两淮盐政高恒、普福、卢见曾的"盐引案"，贪污达1000万两（相当于清政府年财政收入的四分之一），案发后3人均被诛。此后贪污大案越来越多。1781年，时任浙江巡抚的王亶望之前在甘肃任内贪污赈灾粮案发，牵连官吏60多人，王亶望等22人被诛。并且此案还案中套案，查办此案的闽浙总督陈辉祖在抄家过程中以金换银，将赃物据为己有，事发后陈辉祖被赐令自尽。1782年又发生山东巡抚国泰、布政使于易简贪污国库案，国泰于案发后自尽。1786年闽浙总督伍拉纳、福建巡抚浦霖因索贿被诛。1792年，浙江巡抚福崧因索贿、侵吞公款案发自尽。虽然诛戮了一批巨贪大蠹，并且不少是总督、巡抚等高级官员，但这些大案要案只不过是贪污腐败案的冰山一角。上述案发被诛的督抚，均属事情败露不可掩盖之故，其余得到风声，弥缝无迹的数不胜数。官场贪污腐败之风愈演愈烈。和珅在乾隆庇护下当政20多年，搜刮的私财价值八亿两至十一亿两白银，超过了清朝政府十五年财政收入的总和。就连其两个仆人被抄没的财产也达700多万两。当时有民谚称："和珅跌倒，嘉庆吃饱。"

腐败导致社会管理效力极低，任何政策法令的执行都以官吏所获利益为衡量标准，大小官吏因循苟且，诳上欺下，朝纲不振，百务废弛。

腐败也导致军事力量急剧下降。此时满族八旗子弟和八旗兵非常骄怠，成了游手好闲的纨绔子弟和坐吃山空的败家子。他们凭借权势，横行无忌，无恶不作；不仅军纪败坏，训练荒疏，而且生活腐化，吸毒聚赌，包伶嫖娼，甚至敲诈勒索，蹂躏百姓。八旗兵变成不能打仗、只会扰民的老爷兵。后来，朝廷一有战事，只得依靠汉人为主的绿营兵。但绿营兵在腐败的社会大环境下也很快腐化，他们克扣军饷，兵匪勾结，贪污腐化，中饱私囊，弊端丛生，也沦为徒有其表，只能吓唬平民老百姓的花架子军队。仅吃空饷一项有的军队甚至达到一半，剩下的只应个名，平时领饷后各自回家做生意。嘉庆皇帝还是皇太子时，曾经随乾隆阅兵，所见到的却是"射箭，箭虚发；驰马，人堕地"的闹剧。由于八旗兵和绿营军均因腐败而退化，丧失战斗力，到白莲教起义时，清朝不得不主要利用乡勇和团练。到鸦片战争时，八旗、绿营、乡勇、团练都不中用，数十万清军却被几千名英国远征军打败。

官僚统治机构奢靡腐败的必然后果，就是强化对小民百姓的压榨和剥削，致使广大民众生活日益贫困。官僚、贵族、地主、富商大量兼并土地，失地无地的农民越来越多，还有大量的农民因无法忍受横征暴敛而弃田逃亡，失去生计，四处流浪。社会上流民数量急剧增加，社会不稳定因素日益增多，阶级矛盾日益尖锐，再加上列强的经济入侵，破坏了自给自足的传统经济基础，列强的巨额赔款加剧了人民负担，相继爆发了白莲教和天理教起义以及后来的太平天国运动，战乱横扫大半个中国，严重削弱了清政府的统治。

至此，表面庞大的大清帝国早就外强中干，一遇强敌便落花流水，其虚弱本质暴露无遗。

其实任何国家和团体，无论表面多么强大，只要内部非常腐败，两极分化严重，就一定是个泥足巨人，不堪一击。

2.最终的失败是最亲近的人给的

团体需要一个坚强的领导核心，并以这个核心为基础，团结其他成员。无论外部压力有多大，只要这个核心能够团结一致，就可以设法维持团体的生存。一旦领导核心分裂，团体也就面临众叛亲离。当团体的核心人物都成了背叛者，这些人翻云覆雨的能力更大，给团体造成的伤害也更为惨重，这个团体的末日也就到来了。

汉末，董卓一生残暴，满怀野心。他从陇西发迹到率军进京操纵中央政权，始终考虑和盘算的是如何满足私欲和野心。为了达到目的，董卓不择手段玩弄权术，践踏法律，破坏经济，残害人民。他的种种倒行逆施，造成了东汉末年政权的极度混乱，给国家和社会的稳定带来了巨大的破坏，可谓人人恨之入骨。

董卓也知道自己罪大恶极，怕遭不测，在长安城东修筑堡垒居住，又在郿县（董卓封地）修筑坞堡，里面存放大量搜刮来的财物，并存有三十年的粮食储备。董卓自己说："我平定关东后，即雄踞天下。失败了，我也能守在郿坞活到老。"

吕布擅长骑射，膂力过人，被称为"飞将"。董卓为保护自己安全发誓与吕布结为父子，任命吕布为骑都尉，不久又将其提拔为中郎将，封都亭侯，担任自己的侍卫。由于有吕布的保护，反对势力无从下手。

司徒王允有心刺杀董，他以吕布调戏董妾，遭董执戟追打吕布一事挑拨董吕关系，最终说服了吕布。

汉初平三年（192）四月二十三日清晨，董卓乘车前往皇宫计划参加皇帝的庆祝会，吕布随从护卫。当董卓车队行至北掖门外时，李肃等人持长戟冲出，刺向董卓，董卓朝服内穿铠甲，所以未被伤及要害，而李肃刺伤董卓手臂，并将其刺下车来，董卓疾呼："吕布何在！"这时候吕布不慌不忙地掏出准备好的诏书，喊道："有诏讨贼臣！"直到此时，董卓才发现吕布背叛了自己，大骂吕布："庸狗敢如是邪！"吕布则率众人上前将董卓当场斩杀。

3.人才是团体兴衰的关键

一个团体，只有大量发现、拥有和重用德才兼备的人才，才有希望持续发展下去。

安史之乱中安禄山叛军横扫半壁江山，长安失守，唐玄宗逃亡入蜀，国家处于危亡之际。唐肃宗在灵武称帝，并起用在家守孝的郭子仪。

郭子仪参与指挥了攻克河北诸郡之战、收复两京之战、邺城之战等重大作战；平定安史之乱后，他计退吐蕃，二复长安；说服回纥，再败吐蕃；威服叛将，平定河东。他戎马一生，功勋卓著。郭子仪不但武功厥伟，而且还善于从政治角度观察、思考、处理问题，资兼文武，忠智具备，故能在当时复杂的战场上立不世之功，在险恶的官场上得以全功保身。史书称他"再造王室，勋高一代""以一身为天下安危者二十年"。

4.成大事必有大度

一个团体的领导不但要具有卓越才干，还要有足够容纳其他成员的肚量。不断地猜忌他人，容不下不同意见，甚至嫉妒别人的才能和功绩，这样的领导很难长久地维持团体的团结。

东汉建安五年（200），曹操与袁绍在官渡展开激战。两军实力相差悬殊，袁军数倍于曹军，曹操部将大多认为袁军不可战胜。曹操最终以少胜多，大败袁军。袁绍弃军逃跑，全部的辎重物资、图册兵藏被曹军缴获。

在清点战利品时，曹操发现了自己部下与袁绍来往的密函。曹操接过信件，拆开看过几封后下令将信都烧了。侍从非常惊疑，曹操说："当初，袁绍兵力远胜于我，连我自己都觉得不能自保，更何况是他们。与袁绍勾结只是他们不得已的选择啊。"

原来，这些信件都是许都的官员和曹操军中的部将写给袁绍的，其中不乏示好投诚之语。曹操却命人当众把信件全部焚烧了。那些私通袁绍的部将，原本惊恐不定，见曹操此举，惭愧不已，同时也愈加感激曹操，军中士气更盛。

曹操趁势进击，冀州各郡纷纷献城投降，曹操实力大为增强，为此后统一北方奠定了基础。

5.家有百口，主事一人

一个团体想要统一行动就必须统一领导和指挥，不能人人都想当领导。没有统一的领导和指挥，政出多门，成员各行其是，就必然会离心离德。

西魏丞相宇文泰回到牵屯山就病倒了，派驿马传令召见中山公宇文护。宇文护赶到泾州拜见宇文泰，宇文泰对宇文护说："我几个儿子都年幼，外面的敌寇都很强大，天下大事就全委托你了。你要努力以成就我的平生志愿。"乙亥（初四），宇文泰在云阳去世。宇文护回到长安后，才公布消息，给宇文泰发丧。

宇文护，名望地位一向比较低，虽然被宇文泰所倚重，但各位王公大臣都想执政，谁也不肯服从他。宇文护向大司寇于谨请教对策，于谨说："我于谨早就蒙受先安定公宇文泰非同一般的知遇之恩，这恩情深于骨肉之情。今天的国家大事，我一定以生命去争取成功。如果面对各位王公大臣商讨确定国策，您一定不要退让。"第二天，各位王公聚集在一起议论国家大事，于谨说："过去孝武帝受到高欢胁迫，魏国帝室陷于倾覆的危险之中，要不是安定公迎纳并辅佐了他，国家就没有今天这种局面了。现在安定公突然去世，嗣位的世子虽然幼小，但中山公会把他哥哥的儿子看得很亲，又接受了安定公临危时的顾命之托，军国大事按理应该归他统一掌握。"于谨讲这番话时，声音高亢，神色严厉，众臣都感到惊悚震动。宇文护接着说："辅政之事，也是我们的家事。我虽然平庸愚昧，但又怎么敢推辞呢？"于谨平时一向处于与宇文泰一样的地位，宇文护常常向他跪拜，到了这时，于谨站起身来对宇文护说："您要是出面统一管理军国大事，我们这些人就都有所依靠了。"于是向他跪拜了两次。各位王公大臣迫于于谨的严厉，也跟着跪拜了两次，于是大家的议论才统一起来。至此宇文护整顿内外，安抚文武大臣，人心就此安定了。

三、制度建设：怎样领导一群人成功做事

制度，就是让所有参加共同事业的人知道什么可以做，什么不可以做。领导制定和严格执行制度，就能协同大家，步调一致，共同完成任务。

1.没有规矩，不成方圆

开始做事情，容易混乱，要用规矩来统一大家的行动，形成合力。

首先，要让大家知道前进中什么事情可以做，什么事情不可以做。其次，要让大家清楚奖罚的裁量标准。最后，要让大家明白，制度一旦开始执行，绝无例外，杜绝一切可以超然于制度之上的念头。

春秋时期，伍子胥向吴王阖闾推荐齐人孙武。阖闾读了孙武的十三篇兵法，想拜他为将军。在此前想让他先演试一下实际本领如何，就交给孙武三百宫女，叫他训练。

孙武把宫女分成两队，从吴王宠爱的姬妾中挑选两个人当队长，各掌一队，然后教以战阵之法。孙武宣布规定：队伍要随着鼓声前进或者后退，乱了队形的杀无赦。等到第一次鼓响，宫女们都不按军令行事，还捂着嘴嬉笑。孙武说："军令难以贯彻，这是为将的责任。"

三令五申之后，宫女们仍无约束。孙武就亲自击鼓，宫女们更是捧腹大笑，孙武道："军令多次不能施行，这就是士兵的过错了！"下令把当队长的两个宠姬斩首示众。吴王阻止。孙武说："将在外，君命有所不受！"杀了两个宠姬。另选两名队长，再次击起鼓来。这次，宫女们都严格操练，完全合乎兵法的要求了。吴王于是拜孙武为将，数年后终于打败楚国并称霸中原。

2.制度的两只手——处罚和奖励

给予犯错误的人适当的处罚是合理的，也是必要的，既有利于当事人改过自新，避免更大的错误，同时也能够警示众人，严肃和维护制度。

奖励严格执行制度的人，有利于这些人继续严格执行制度，同时也给群众树立了榜样。因此奖励同样可以严肃制度维护制度，从一定意义上说比处罚更正面、更积极，也更适用于大多数人。所以制度更要偏重于奖励手段。

商鞅变法，建立了二十级军功爵位制，推行用敌军首级换取爵位的奖励办法，每拿到一个首级升爵一级。最低爵位为公士，可得到一顷上好土地，九亩宅地，每年五十石粮食俸禄，配备一位勤务。勤务平时每月服务六天，战时要随主人出征，在战场服侍主人。

也可以用首级给家人和自己赎罪。父亲战死，儿子可以继承父亲的爵位。

五人为一伍，战死一个其余四人有罪，四人只要获得一个首级可以抵罪。

军官要保证每次战斗中自己部下获得的首级达到一个指标，比如一百人的长官三十三个首级，完不成指标降级，整个战斗胜利军官晋升一级爵位，高级军官晋升三级。

爵职挂钩，有爵位的人可以担任相同级别的地方官。

在这种奖惩制度下，秦兵为了利益变得如狼似虎，一上战场精神焕发，个个杀红了眼。战场上经常看到秦兵腰里系着首级，手里牵着俘虏还拼命往前冲杀。

秦军因此战斗力大大增强，最终灭了六国，统一了天下。

3.打得痛，改得彻

惩治违反制度的人，要触及受处罚人的痛处，处罚才能有效。

隋炀帝时，樊子盖是刚从外地调入东都做京官的。为此东都旧有的很多官吏对他都很轻慢，在军事部署方面，也很少向樊子盖汇报请示。裴弘策和樊子盖是同一班次的官员，前番出战讨伐杨玄感失利，樊子盖又派裴弘策出战，裴弘策不肯出行，樊子盖就命令将裴弘策押出去斩首示众。国子监祭酒河东人杨汪，对樊子盖稍有不恭敬，樊子盖又要杀掉杨汪，杨汪叩头流血，才得以免死。于是东都的将领官吏都震惊肃敬，不敢仰视樊子盖，樊子盖在东都令行禁止。杨玄感使用全部精兵攻城，樊子盖根据军情率兵坚守，杨玄感始终无法攻克城池。

4.执纪公正，人自服

处罚严重违反制度的人，有时会遇到抵触，这是很正常的事情。这往往是犯错者不能认识自己的错误，感觉处罚不合理所致，或者确实存在执纪不公的情况。只要严格公正执纪，一切都会迎刃而解。

制度是否有效，不但要看制度是否合理，更重要的是看执行是否公平、公正。只要在制度面前人人平等，违反制度的人就会心悦诚服地接受处罚。

马谡违背诸葛亮的指挥调度，军事行动混乱无章，致蜀军溃散。诸葛亮把马谡关进监狱，杀了他。诸葛亮亲自吊丧，为他痛哭流涕，安抚他的子女，如同平素一样恩待他们。蒋琬对诸葛亮说："古时候晋国同楚国交战，楚国杀了领兵的得臣，晋文公喜形于色。现在天下没有平定，而杀了智谋之士，难道不惋惜吗？"诸葛亮流着眼泪说："孙武能够制敌而取胜于天下的原因，是用法严明；现在天下分裂，交战刚刚开始，如果又废弃军法，怎么能够讨伐敌人呢？"

诸葛亮死后，丞相长史张裔常称赞诸葛亮："他行赏不遗忘疏远的人，处罚不宽恕亲近的人，封爵不允许无功者取得，刑责不因为是权贵而免除。这就是贤能者和一般人都能够忘身报国的原因。"

当初，长水校尉廖立，自以为才气名声适宜做诸葛亮的副手，常因职位调动频繁抱怨诽谤，快快不已。诸葛亮罢免廖立为平民，放逐到汶山。直到诸葛亮去世，廖立流着泪说："我终生要做野人了！"被诸葛亮处分的李严听到噩耗，也发病而死。这是由于李严常常希望诸葛亮再次收用自己，得以补过，而料想后来的当权者不能这样做的缘故。

习凿齿评论说：从前管仲夺了伯氏在骈地的采邑三百多家，伯氏终生没有怨言而已！圣人都认为是件难事。诸葛亮去世使廖立流泪哭泣，李严发病而死，岂止是没有怨言而已！水最平正，倾斜的物体会取以为准；镜最明亮，丑陋的人会忘记发怒。平水、明镜之所以能使万物原形毕现而不招致怨恨，是由于它们无私。水、镜无私，还可以因此免遭毁谤，何况大人君子心怀怜惜众生的爱心，广布体恤宽恕的恩德，法在不可不用时才使用，刑罚加于罪犯自己所犯下的罪行，不因怒而诛杀，天下还会有不顺服的人吗？

5.放弃制度就等于放弃事业

没有制度意味着事业必败，有制度不能坚守同样意味着事业无法成功。制度制定容易，维护难。一个制度能否成功，关键看能不能一以贯之地准确执行下去。准确地贯彻执行制度就是不断地同破坏制度的人和事作斗争。这种斗争往往十分激烈，但终究邪不压正，只要坚持下去，事业就会取得最后的胜利。

制度设计者一定要考虑执法者坚决准确执法的内在动力问题。没有内在动力，执法敷衍了事，制度形同虚设，也就无法长久坚持下去。

前秦大司马、征南大将军、益州牧苻洛造反，前秦王苻坚派吕光、窦冲镇压。窦冲与苻洛在中山交战，苻洛的军队大败，苻洛被活捉，送至长安。苻坚赦免了苻洛，没有诛杀他，把他迁徙到凉州的西海郡。

司马光评论说：有功不赏，有罪不杀，就是尧、舜也不能实现大治，何况是其他人呢！前秦王苻坚每次擒获了反叛作乱的人就宽赦他们，从而使他的臣下对叛逆作乱习以为常，干险恶的勾当还心存侥幸，即便是力量不足被擒获，也不用担心被杀，这样祸乱从哪儿能停息呢！《尚书》曰："以威胜爱，必定成功；以爱胜威，必定失败。"《诗经》云："别听狡诈欺骗的话，警惕两面三刀；制止暴虐与劫掠，不使作恶把人欺。"如今苻坚违背了这些话，怎能不灭亡呢！

6.乱制定、乱执行制度和不制定、不执行制度一样糟糕

处罚一定要按制度严格公正地执行，不能滥施处罚，法外施刑。不执行制度会破坏制度；不按制度滥施处罚，同样会毁灭制度。

唐太宗时，许多候选官员都用假冒的资历和门荫，冒充名门来骗取官职。太宗知道后令他们自首，否则即处死。没过几天，又有假冒者被发现，太宗要杀掉他。戴胄上奏道："根据法律只应当流放。"太宗大怒道："你想遵守法律而让我失信于天下吗？"戴胄回答道："敕令出于君主一时的喜怒，法律则是国家用来向天下人昭示最大信用的。陛下气愤于候选官员的假冒，所以想要杀他们，但是现在已知道这样做不合适，再按照法律来裁断，这就是忍住一时的小愤而保全大的信用啊！"太宗说："你如此执法，朕还有何忧虑！"戴胄前后多次冒犯皇上而执行法律，奏答时滔滔不绝，太宗都听从他的意见，国内

没有冤案。

7.制度的基础保障是自觉

以有限的法律条文去框定纷繁复杂的社会显然是不可能的，所以一个人人都想投机取巧的社会，再完美的法律制度也会被架空。只有从心底认可法律和制度，才会自觉遵守；只有以道德为基础去执法才可以弥补法律粗疏的不足；只有疏而不漏的法律制度才能长久有效，社会也才会长治久安。

聪明的执政者，在依靠法律制度强制约束民众行为的同时，更要靠倡导道德、价值观，利益导向乃至宗教信仰等多管齐下引导人心，增强民众遵守法律和制度的自觉性。《唐律疏议》"名例"篇开宗明义："德礼为政教之本，刑罚为政教之用。"唐人设计的治国方略一直影响着后世。

中国自汉以来，以儒教的道德体系作为法律的基础，人们遵守法律的自觉性来源于对德的认可。西方以宗教作为民众自觉守法的根源，头上三尺有神灵，违法也就等于背叛了信仰。

唐德宗时期，关东防御吐蕃的兵马大量集结，国家的用度不够充足，李泌上奏说："自从改行两税法以来，藩镇与州县往往违背规定，搜刮钱财。接着发生了朱泚作乱，地方上争着通过专卖和征收获罪吏民用以赎罪的钱谷来获取钱财，用以充当军事费用，以便检选和募集将士，自行防卫。朱泚之乱被平定后，地方上因违反规定而感到畏惧，故隐瞒着实情而不敢说出来。请陛下派遣使者，颁布诏旨，赦免他们的罪过，只让他们改正以往的做法，除了按照规定应当留给诸使、留给州府的钱粮以外，其余的一律要输送到京城。各地方官要处理好拖欠的赋税，对能够征缴的，要征缴上来，对难以征缴的，可以免除征缴，以显示宽大。对于胆敢隐瞒实情的，要重新颁布奖赏告发者的条令，以便惩处他们。"德宗高兴地说："你的策谋很好，但是采用的办法过于宽大，恐怕朝廷能够得到的赋税就没有多少了。"李泌回答说："对于这件事情，我当然已经想好了。实行宽大的办法，能够得到的数量多且用时短。实行严厉的办法，能够得到的数量少且用时长。这大概是因为实行宽大的办法，人们为免除惩处而欣喜，因而乐于缴纳赋税；实行严厉的办法，人们争着隐藏赋税，不经过审讯便不能够查出实情，因而得到的钱财不够接济当前的迫切需要，反而都让邪恶的官吏得去了。"德宗说："说得好！"于是任命度支员外郎元友直为河南、江、淮南勾勘两税钱帛使，派他去执行这一政策。事情果然如李泌说的那样。

后人评论道："自觉执行法规与强迫执行，效果有天壤之别。李泌可以说是明白了其中的精髓。"

8.死板也是制度的大敌

制度虽然应该严格执行，但执行制度对整个大局产生严重不利的情况时，也要灵活对待。

外部情况瞬息万变，不懂通融权变，一味僵硬地强调原则，同样会造成严重损失。随机应变就是根据现实情况，做出最有利于整体利益的决策。随机应变和随意改变的根本区别就是是否最大限度有利于整体利益。

王猛是南北朝前秦的宰相，他治理国家，整肃吏治，整顿军队，打击豪强，不畏权贵，执法严正，对前秦的强大做出了巨大贡献。

王猛率六万军队进攻前燕，燕国派三十万大军抵御。部将徐成侦察敌营归来误期，王猛要以军法从事。大将邓羌是徐成的同乡，替徐求情，未被允准，邓羌便回营整队要攻打王猛。王猛出人意料地"枉法"赦徐成，并赞扬邓羌说："将军对同郡部将尚且如此仗义，何况对国家呢？我不再忧虑敌人了，我现在同意赦免徐成。"于是双方开战时，王猛命令邓羌冲闯敌人密集处，不料邓羌又讨价还价说："如果答应给俺一项司隶校尉的乌纱帽，那么您就放心吧！"王猛感到为难，邓羌便跑回营帐蒙头大睡。于是，王猛驰马径入邓营，答应了条件。邓羌乐得折身跳起，捧起酒坛子"咕嘟咕嘟"大灌一顿，然后跃马横枪，与猛将徐成、张蚝等直扑敌阵，往来冲杀，如入无人之境。战至中午，燕军大败，损失五万余人。王猛指挥部队乘胜追击，又歼灭敌军十万余，最终灭了燕国。

前秦法律规定，为犯法的人说情，策划武力攻击上级，临阵要挟上司统统是死罪，而一贯执法严正的王猛在关键时刻，不拘泥于常规，随机权变，取得了重大胜利。如果一味强调执法公正，邓羌等部将临阵退缩甚至发动内乱，不要说灭燕国，王猛的军队都可能因此全军覆没。

9.制度不可过于烦琐

一个朝代刚刚兴起，上下一心，官吏严格执法，国家的法律虽然很简略，但社会治理得井井有条。后来犯法的人钻法律的空子，执法者也贪赃枉法，为了堵住法律上的漏洞，就制定了更为详尽的法律条款。到了朝代的末期，法律成千上万浩如烟海，不要说普通人，就连法律专家也只晓得自己熟悉的一些法律。然而法律越多，漏洞也会越多，执法人员从中作弊的渠道就会越多，社会也就越混乱，导致最后全面崩溃。

北魏魏明帝常说："刑狱之事，关系天下人的性命。"每次判决重要刑事案件，他有空就到听讼观临听，时间一长发现当时法律十分繁浩，执行起来十分不便。以前，魏文侯老师李悝著《法经》六篇，商鞅接受了其中的思想以辅佐秦国，萧何制定《汉律》，增加到九篇，以后逐渐增加到六十篇。又有《令》三百余篇，《决事比》九百零六卷。世代都有增加和减删，错杂无常。后代人又各自逐章逐句作注，有马融、郑玄等儒学大师十余家，以至到了魏，能够适用的总计有两万六千二百七十二条，七百七十三万余言，阅读愈加困难。明帝于是下诏，只采用郑氏注。又下诏命司空陈群、散骑常侍刘邵等参考汉朝法规，制定《新律》十八篇，《州郡令》四十五篇，《尚书官令》《军中令》合计一百八十余篇，虽然比萧何《正律》九篇有所增加，但比先前的法令精简了许多。官民称便。

10.制度需要符合实际，与时俱进

任何制度都是依据当时实际情况而设。过一段时间后，客观情况会发生变化，原先的制度也要随之做出相应的修改，否则就会发生偏差。制度也要保持相对的稳定性，修改不宜过频过滥，否则会让人们无所适从。所以制定制度要抓大纲放末节。大纲是做事的大方向，不会变化太大；末节变化无常，不宜成为制度。

以前屯田都在边疆地带，让卫戍的士兵耕种。唐朝末年战乱，中原驻扎军队，所在之处都设置营田来耕种空旷土地。户部另外设置机构总管，不隶属州、县。这些机构有的壮丁多而无徭役，有的收容庇护奸人盗贼，州、县没法追究。

后梁太祖进击淮南，抢掠到的牛数以千万计，提供给东南各州农民，让他们每年交租。自此经过几十年后，牛死而租不免除，农民深受其苦。

后周太祖素知这些弊端，正好门使、知青州张凝上奏请便宜行事，要求撤销营田事务，乙丑（十四日），颁敕令："全部取消户部营田事务，将耕种营田的农民隶属州、县。他们的田地、庐舍、耕牛、农具，同时赐给现在耕种者作为永久产业，全部免除牛租的征收。"这一年，户部增加三万多户人口。农民既已得到这些成为永久产业，方才敢修葺房屋、种植树木，个人和国家获取地利数倍于之前。

四、教育与培养：教会部下做事，事业才能成功

在一起做事的成员明白做的是什么事，怎么做，怎么合作，做好做坏的标准以及奖惩，才能同心协力做好这件事。而这些都需要通过教育培养来完成。

教育培养部下是做大事的人必须要重视的工作。一个企业，一个国家，一个社会都需要不断地培养符合自己要求的人才，才可以使事业延续下去。

1.没有天生就会做事情的人

做事情除了方向和纪律，还有一个技能和经验问题。

学习和熟练技能，积累丰富的工作经验以及熟悉工作环境，这都需要时间。另外，书本知识需要与实践相结合，才能成就真正可以做事情的能力。

在具备做事情的技能前就让部下去担当超过他们能力的任务，可能会造成严重的后果；但是害怕部下做事的技能不成熟而不敢使用，也会造成部下长期无法掌握技能。要大胆地鼓励使用新部下，让他们在有经验有技能的人的指导

下做事情，逐步通过实践来提高他们的技能，获得工作经验。

北魏太宗拓跋嗣一直服用寒食散，一连几年，药性发作，而且天上变异与地上灾难也屡屡出现，为此他深感忧虑。于是派宦官秘密询问白马公崔浩说："最近，赵、代地区多次发生日食，而朕的病又多年不愈，我担心如果我一旦去世，皇子们还都年幼，那该如何是好？请你为我考虑考虑身后事的办法。"崔浩回答说："陛下正值壮年，您的病很快就会痊愈。如果您一定要听听我的意见，那我就说几句不一定合适的话。自从我们魏国创立以来，一向不注重选立储君。所以永兴初年发生的宫廷巨变，国家几乎倾覆。现在我们亟须要做的就是早早建东宫立太子，遴选贤明的公卿做太子的师傅，让您左右亲信的大臣做他的宾客和朋友；让太子在京师时主持朝政，出京时则统率军队安抚百姓，讨伐敌人。如果这样，陛下您就可以安身心悠闲，在宫中颐养天年，不必亲自处理政事。陛下百年之后，国家有确定的君主，百姓亦有所归附，奸佞之徒不敢再生其他企图，灾祸也就无从出现。皇长子拓跋焘，年将十二岁，聪明睿智，性情温和。以长子立为太子，是礼制的最高原则。如果一定要等到他们长大成人，再在他们中间选择太子，那就很可能废长立幼，使天伦倒错，从而招致天下大乱。"于是拓跋嗣又就立太子的问题征询南平公长孙嵩的意见。长孙嵩回答说："立长为储君，名正言顺，选贤为太子，则人心信服。拓跋焘既是长子又很贤能，这是上天的旨意。"拓跋嗣同意他的意见，于是，下诏立太平王拓跋焘为皇太子，并让他坐在正殿，处理朝中大事，作为国家的副主。拓跋嗣又任命长孙嵩及山阳公奚斤、北新公安同等为左辅官，座位设在东厢，面向西方；命白马公崔浩、太尉穆观、散骑常侍代郡人丘堆为右辅官，座位设在西厢，面向东方，共同辅弼太子。百官则居于左右辅官之下，听候差遣。拓跋嗣则避居西宫，但亦不时悄悄出来，从旁窥视，观察太子和辅臣如何裁断政事。他观察后非常高兴，对左右侍臣们说："长孙嵩是德高望重的老臣。曾经侍奉过四代皇帝，功在国家；奚斤足智多谋，能言善辩，远近闻名；安同通晓世情，了解民间疾苦，处事明达干练；穆观深通政务，能领悟我的旨意；崔浩博闻强记，精于观察天象和民情；丘堆虽无大才，但他专心为公，谨慎处世。用这六个人来辅佐太子，我跟你们只要巡视四方边境，对叛逆加以讨伐，对臣服者加以安抚，就足以称霸天下了。"

经过数年锻炼，拓跋焘十六岁登基，励精图治，亲率大军攻灭胡夏、北燕、北凉等国，最终统一了中国北方。

2.言传不如身教

施教者和被教育者之间，被教育者更重视施教者做了什么而不是说了什么。一个满口仁义道德，一肚子男盗女娼的人只能培养出伪君子。如果家庭正直善良，社会整体风清气正，少年也品行端正；如果家庭坑蒙拐骗，社会充斥尔虞我诈，少年难免会刁猾凶恶。

清河太守房景伯的母亲崔氏，通晓经学，有见识。贝丘有一妇人诉说自己的儿子不孝，房景伯把这件事告诉了他母亲。他母亲说："我听说听名不如见面，山民不知礼义，何以值得深加责难呢。"于是招来这一妇人，同她对坐进食，让这个妇人的儿子侍立在堂下，以使他观看房景伯如何供奉母亲进食。不到十天，这个不孝的儿子悔过了，请求回去。崔氏说："他虽然在面子上觉得惭愧了，但心里却未必如此，还是继续留在这里吧。"又过了二十多天，这个妇人的儿子叩头流血，他母亲也流着泪水乞求回家，这才允许他们回去了。后来这个不孝之子以孝而闻名天下。

五、与部下的关系：让部下心服口服的方法

做大事需要兴师动众，兴师动众就需要和部下、助手打交道。

领导与部下是合作做事中不同的分工伙伴。没有领导，部下就会是一盘散沙；没有部下，领导也会是独木难支；没有双方的良好关系就很难合作完成事情。所以需要双方都摆正心态和位置，处理好彼此之间的关系。

1.举贤任能是关键

领导和部下的关系，最重要的是发现和使用合格的人才。有了大批合格的

部下，才有足够的力量去做事；否则，就成了孤家寡人，势单力薄。

刘邦自身能力并不强。他自己说："运筹帷幄，决胜于千里以外，我不如（子房）张良；镇国家，抚百姓，给军饷，不绝粮道，吾不如萧何；连百万大军，战必胜，攻必克，吾不如韩信。此三者，皆人杰也，吾能用之，此吾所以取天下也。"

刘邦最大的能力就是能够认识并充分利用人才。这是他能够战胜项羽建立汉朝最重要的因素之一。

唐宪宗询问宰相崔群："玄宗朝政治，先治而后乱，是什么原因？"崔群回答说："玄宗任用姚崇、宋璟、卢怀慎、苏颋、韩休、张九龄为宰相，则天下大治；但用宇文融、李林甫、杨国忠为宰相，则朝纲紊乱。所以，用人得失，关系重大。人们都认为天宝十四年（755）安禄山叛乱是天下大乱的开端，我则认为开元二十四年（公元 736 年）罢黜张九龄相位，信用李林甫主持朝政是治乱的分界线。但愿陛下效法玄宗开元初年，以天宝末年为鉴戒，如果陛下能这样做，那就是国家长治久安的福分啊！"

2.发现人才的方法

发现人才的方法很多，曾经相处、亲朋好友、慧眼独识、推荐自举、考核成绩、共苦考验、科举考试等。每个途径都能够发现人才，但各有弊病。

每到朝代初期，乱世出英雄，人才辈出，而到朝代末期，常常感叹无才可用。原因在于乱世时一个人的德才成败昭然若揭，朝代末期，一个人德才难以彰显，更难突破盘根错节的层层关节到达天听。

唐太宗说："为朕养护百姓的，唯有都督、刺史，朕常常将他们的名字书写在屏风上，坐卧都留心观看，得知在任内的善恶事迹，均注于他们的名下，以备升迁和降职时参考。县令尤其与百姓最亲近，不可不慎加选择。"

武则天时，补阙薛谦光上疏认为："选拔人才的办法，应该使朝廷能得到有真才实学的人。录取和舍弃什么样的人，关系到国家的教化。现今选拔人才，都赞许自求举荐，于是奔走门路，相互争胜，自己大吹大擂而无愧色。至于人才是应该能治理国家的，却只让试策文；武官必须能克敌制胜，却只考弯弓射箭。从前汉武帝读了司马相如所作的《子虚赋》，恨不能与他同时，等到得知他是当代人时，于是安置他在朝廷，最终只让他担任汉文帝的陵园令，这是知道他不能胜任公卿职务的缘故。吴起将出战，身边的人递给他剑，吴起说：'为将的任务是提战鼓挥动鼓槌，临阵解决疑难问题，使用一把剑的任务，不是为将的事情。'如此说来，徒有文才如何足以辅佐时政，善于射箭如何足以克敌制胜！关键在于对文官要考察他的品行和能力，对武官要看他的勇气和谋略，考核当官时政绩的好坏，对举荐人施行赏罚而已。"

来自历史的职场课

武则天曾经问狄仁杰："朕希望能找到一位杰出的人才委以重任，您看谁合适呢？"狄仁杰问道："不知道陛下想让他担任什么职务？"武则天说："我想让他担任将相。"狄仁杰回答道："如果您所要的是文采风流的人才，那么苏味道、李峤本来就是合适的人选；如果您一定要找出类拔萃的奇才，那就只有荆州长史张柬之了。他的年纪虽然老，却实实在在的是一位宰相之才。"武则天于是提拔张柬之做了洛州司马。过了几天之后，武则天又要求狄仁杰举荐人才，狄仁杰回答说："我前几天推荐的张柬之，您还没有任用呢。"武则天说："我已经给他升了官了。"狄仁杰回答说："我所推荐的张柬之是可以做宰相的人才，不是用来做一个司马的。"武则天于是任命张柬之为司刑少卿，不久升迁为秋官侍郎，成为朝中重臣。过了很长时间，终于任命张柬之为中部侍郎、同平章事，成为宰相。狄仁杰还先后向武则天推荐了夏官侍郎姚元崇、监察御史桓彦范、泰州刺史敬晖等数十人，后来这些人都成为唐代名臣。有人对狄仁杰说："治理天下的贤能之臣，都出自您门下。"狄仁杰回答说："举荐贤才是为国家着想，并不是为我个人打算。"

唐德宗时，元载、王缙执政，四面八方向他们行贿求官的人盈于门庭。官大的出自元载、王缙，官小的出自卓英倩等人，他们都如愿以偿地走马上任。

等到常衮担任宰相，想革除这个弊端，杜绝人们侥幸得官的途径，对各地上奏请求，一概不予考虑，然而由于不加甄别，贤能和蠢材都被遗落。崔甫取代常衮出任宰相，想收罗当时有声望的人，于是引荐推举的人每天不断。担任宰相不到二百天，就任命了八百名官员。常、崔二人前后相互纠正，终究没有找到适当的尺度。德宗曾经对崔甫说："有人指责你，说你所任用的官员多沾亲带故，为什么？"崔甫回答说："我为陛下选择官员，不敢不审慎。假如平时不认识，我怎么能知道他的才干德行而任用他呢？"德宗认为这是正确的。

司马光评论说：我听说用人者，没有亲疏、新故之别，只考察贤能和不肖。有的人未必是贤人，如果以亲朋故友的关系而被录用，这当然是不公道的；假如是贤人，因为亲朋故友关系被舍去，也是不公道的。天下的贤人，当然不是一个人所能收尽的，如果一定要平素认识，熟知他的才干德行再录用，那么所遗漏的贤人也就很多了。古代担任宰相的人就不是这样，他让公众来推举，以公正来录用。公众说这是贤人，自己虽然不了解详细情况，但暂时任用他，等到他没有功绩再将他辞退，有功绩就提拔。所推举的是贤人就奖赏他，不是贤人就惩罚他。晋升和辞退，奖赏和惩罚，都是大家所公认的，自己在中间没有丝毫的隐私。假如以这样的用心付诸行动，又有什么遗漏贤人和缺官的困顿呢？

3.有德无才不能胜任，有才无德不能重用

选派德才兼备的人担任主要部下，是顺利完成事业的重要保证。有德就不会把队伍当作谋取私利的工具，诚心诚意辅佐领导完成任务。但仅仅有德还不够，做事还需要具备才能。有能力才可以应付纷乱的局面，独当一面，把事情做好。

重用一个有才无德的人，事情做得如何，要看大局的利益与他的利益是否相符，相符就会做得好一点，相悖就容易出问题。尤其在我方面临极大困难时，如果敌方给他的利益超过我方，他甚至可能彻底背叛。这种人虽然有才，但有才的人如果无德，才能越大造成的危害就越大。所以与有才无德的人相比，宁可选择有德无才的人。

晋国的智宣子想以智瑶为继承人，族人智果说："他不如智宵。智瑶有超越他人的五项长处，只有一项短处。高大俊美是长处，精于骑射是长处，才艺双全是长处，能写善辩是长处，坚毅果敢是长处。虽然如此，但他唯一的短处是不仁厚。如果他以五项长处来制服别人而做不仁不义的恶事，谁能和他和睦相处？要是真的立智瑶为继承人，那么智氏宗族一定灭亡。"智宣子置之不理。智果便向太史请求脱离智族姓氏，另立为辅氏。智宣子死后智瑶继任公族地位。后来，智瑶依仗势力企图吞并赵韩魏三家的土地，反被三家联合起来消灭，追究其余党时，因智果已经脱离智氏而得免祸。

司马光评论道：智瑶的灭亡，在于才胜过德。才与德是两码事，而世俗之人往往分不清，一概而论之曰贤明，于是就看错了人。所谓才，是指聪明、明察、坚强、果敢；所谓德，是指正直、公道、平和待人。才，是德的辅助；德，是才的统帅。所以，德才兼备称之为圣人，无德无才称之为愚人，德胜过才称之为君子，才胜过德称之为小人。挑选人才的方法，如果找不到圣人、君子而委任，与其得到小人，不如得到愚人。原因何在？因为君子持有才干把它用到善事上，而小人持有才干用来作恶。持有才干做善事，能处处行善；而凭借才干作恶，就无恶不作了。愚人尽管想作恶，因为智慧不济，气力不胜任，好像小狗扑人，人还能制服他。而小人既有足够的阴谋诡计来发挥邪恶，又有足够的力量来逞凶施暴，就如恶虎生翼，他的危害难道会不大吗？有德的人令人尊敬，有才的人使人喜爱；对喜爱的人容易宠信专任，对尊敬的人容易疏远，所以察选人才者经常被人的才干所蒙蔽而忘记了考察他的品德。从古至今，国家的乱臣奸佞，家族的败家浪子，因为才有余而德不足，导致家国覆亡的多了，又何止是智瑶呢？所以治国治家者如果能审察才与德两种不同的标准，知道选择的先后，又何必担心失去人才呢！

关羽有德，刘备落难失踪后，关羽一打听到刘备的消息，毅然放弃了曹操给予的优厚礼遇，去投奔仍在逃难的刘备。至于后来刘备派关羽独自防守荆州就是失策，关羽刚愎自用，才能不足以独当一面，最后不但为此丧命，还丢掉了刘备的半壁江山，使诸葛亮夺取天下的"隆中对"之策失去了依据。

4.用人不疑，疑人不用

最高指挥者真正了解自己的部下，就应该充分信任他们。德才兼备的部下做事即便失败也是万不得已，他遇到的困难可能已经远远超出了自己能够承受的限度，其取得的结果也是做了一切努力所争取到的最好结果。所以选定一个重要部下，一定要用人不疑，疑人不用，让他充分发挥自己的才能，全心全意地完成任务。

若对一个重要部下不了解，就很容易被蒙蔽。在危难时刻，让他担任决定命运的重任，无异于自杀。

让部下担任重要职务又加以猜疑，这个部下就会畏首畏尾，很难成事。事事都汇报会贻误战机，不汇报又怕承担责任，做事效率会很低。

选定了合适的部下担任重要任务，再派自己的亲信去监督督办，实际上是表现出对这个部下的不信任，使这个部下做事犹豫不决；派去监督的人，又往往倚仗最高领导的信任，对这个部下指手画脚；这个部下的手下不知道该听谁指挥，无所适从。在处理危机事件时，这种掣肘扯皮的行为非常有害。

唐朝武则天准备派遣韦待价领兵进击吐蕃，凤阁侍郎韦方质上奏，请求按照以前的制度派遣御史监军。武则天说："古时贤明的君主派遣将领，城门以外的事情全都委托给他；近来听说御史监军，军中大小事情都要禀报他。以下控制上，不是国家的制度，况且这如何能要求将领取得成功！"于是作罢。

刘备临终前让刘禅以及自己的其他两个儿子刘永、刘理都拜诸葛亮为相父。刘禅受父亲刘备遗命，让诸葛亮开府治事，将蜀汉的军政大权全部交付予他。对此，诸葛亮也欣然接受，蜀汉的大小事务，诸葛亮都要亲自决断。

刘禅登基时年纪已经有十七岁，但他并没有将诸葛亮视为威胁，反而授予诸葛亮生杀大权，进一步增加诸葛亮权力。

诸葛亮也没有利用权力扩充自己的势力，威胁刘禅的地位，而是把蜀汉的事业当作自己的事业，兢兢业业，鞠躬尽瘁，死而后已。诸葛亮去世后，一直受到诸葛亮排挤打压的益州籍官员李邈对刘禅说："诸葛亮就像吕禄、霍禹把持政权，您一直被孤立软禁，今天诸葛亮终于死了，蜀汉的江山终于安全了，真值得庆祝呀！"李邈认为自己马屁拍得恰到好处，而刘禅却下令处死李邈。不久刘禅提拔诸葛亮弟弟诸葛均，官至长水校尉，诸葛亮儿子诸葛瞻继承了诸葛亮武乡侯爵位，拜骑都尉。

5.因才施用，各尽其才

发现人才很难，有人才不能使用，或者使用不当仍是无济于事。使用人才和发现人才同等重要。

没有十全十美的人才。人的才能各不相同，选才一定要因才施用，才当其事才能取得最佳效果。

唐太宗时有两个有名的谋士，房玄龄和杜如晦。杜、房二人各有特点：房玄龄善于出谋划策，但性格优柔，不善决断；而杜如晦自己拿不出好的谋略，但对已有的谋略能够迅速作出决断，判定谋略的优劣长短。

唐太宗扬长避短，研究国事的时候，先请房玄龄提出精辟的意见和具体的办法，然后将杜如晦请来。杜如晦将问题略加分析，就立刻肯定了房玄龄的正确意见和办法。房、杜二人同心辅政，合作得非常好，所以人们称赞他们"笙磬同音，惟房与杜"。

唐初很大部分政策谋略，以及规章典法都出自二人之手，他们为大唐的建立和繁荣作出了杰出贡献。

唐德宗时，韩滉长期在浙江东西道任职，他所任用的下属官吏，都是分别按照他们的长处来选拔委任，没有任人不当的事情。曾经有位老朋友的儿子来谒见韩滉，韩滉有意考察他的能力，发现他没有什么长处。韩滉与他一同赴宴，直至宴席终了，他都不曾向周围看上一眼，也不曾与坐在一起的人交谈。几天以后，韩委任他为随军，让他看管库房门。这人整天端坐在那儿，官吏、士卒没有敢妄自出入的。

6.吸引他人的三件宝：正义、利益和能力

有了人才，人才能不能为你所用，还要看你有没有驾驭人才的能力。人才和部下心悦诚服于你，是看你自身的素质、所做的事情以及你能给予的利益。

领导的德才是部下尊敬和服从的资本。有才无德，部下会因惧怕而服从；有德无才，部下虽然感动，但不服气；无才无德，部下既不惧怕也不会服从。

坚持正义，反对邪恶，做事就会符合大多数人的利益，人们就像趋向光明一样纷纷聚拢；主持公道，赏罚分明就能让每个助手心情舒畅，充分施展自己的才能；有超然于普通人的眼光，就能看到别人看不到的机遇，发现别人没有察觉到的危险；做事果断，就能够及时把握稍纵即逝的机遇，躲避顷刻发生的危险；有坚韧不拔的毅力，可以带领大家突破艰难困苦；有超乎常人的胆略，布众人不敢布的局，走众人不曾涉足过的路；有吸引众人的人格魅力和亲和力，众人愿意跟随做事；有协调众人的技巧和能力，能够消除化解内部矛盾；有丰富的经验和经历，使跟随的人心悦诚服；有随机应变的能力，可以化解意想不到的事件和困难；有充沛的精力和健壮身体，能应付体力和精力的巨大消耗；还要有足够的睿智，不被奸佞的部下欺瞒蒙蔽。以上这些都是一个领导人能够吸引部下的魅力所在。

另外，品行再好的部下，也需要衣食住行，养家糊口，也需要实现自己价值的途径。部下不能饿着肚子跟随你。

背弃正义的人，最终只会众叛亲离。攫取人民利益，欺压人民群众，违背人民意志，虽然暂时可以聚集一些因利而合的人，但终究会因利而分。

只靠哄骗、威逼、利诱、权力来聚拢部下都不能长久。哄骗终有暴露的时候；权力和威逼并不能让助手心悦诚服，一有机会就会脱离控制而去；小恩小惠，恩惠尽，合作关系也就结束了。

能不能真正驾驭有德行才能的部下，需要有自知之明。总觉得自己比别人聪明，高人一等，其结果往往适得其反。

唐太宗总结说："朕的才能远不及古代帝王而取得成果却比他们大。自古以来帝王大多嫉妒能力超过自己的人，朕看见别人的长处，便如同看见自己的

一样。人不可能全知全能，朕对人常常扬长避短。君王们往往引进有才能的人便想着放置在自己怀抱，摒弃无能之辈则恨不能落井下石，而朕看见有才能的人则非常敬重，遇见无能者亦加以怜悯，有才能与无才能的人都能各得其所。君王们大多讨厌正直之人，至于明诛暗罚，没有一个朝代不存在。朕自即位以来，正直的大臣在朝中比肩接踵，未曾贬黜斥责一人。自古以来帝王都尊贵中原，贱视夷、狄族，唯独朕爱护他们始终如一，所以他们各个部落都像对待父母一样依赖朕。这两点，是朕成就今日功绩的原因。"

唐太宗对太子李治说："李世勣才智过人，然而你对他没有恩德，恐怕他不会敬服你。我现在将他降职，假如他即刻就走，等我死后，你登基以后可再提拔他为仆射，视为亲信；如果他徘徊观望，应当杀掉他。"五月，戊午（十五日），任命同中书门下三品李世勣为叠州都督；世勣接受诏令后，没有回家即去上任。

等李治当了皇帝，重新提拔李世勣为同中书门下，参与执掌机要事务。李世勣感激唐高宗的提拔重用，对唐高宗忠心耿耿，立下了平定高句丽的不世之功。

后汉时，河阳李守贞、长安赵思绾、凤翔王景崇三个藩镇抗拒朝廷命令，朝廷连续派众将领讨伐他们。

后汉隐帝命郭威为西面军前招慰安抚使，各军都受郭威的调度。

郭威将要上路，向太师冯道请教良策。冯道说："李守贞自认为是老将，士兵之心都归附于他；望您不要吝惜官家的财物，要用以赏赐士兵，这样就夺走了他所倚仗的优势了。"郭威听从了冯道的这条计策。从此众人之心开始转向郭威。

郭威平时善待士兵，和他们同甘共苦，士兵们立军功就受到赏赐，稍有伤就经常亲自看望；谋士中无论是贤者还是不肖的，只要有事来陈述的，都和颜悦色地接待他们；违逆他不发怒，小的过错不责罚。因此士兵、将领之心都归附于郭威。

开始，河中节度使李守贞以为禁军都曾是自己的老部下，受过他的恩惠，而且士兵一贯骄横，必会苦于后汉军法的严格；认为前来讨伐自己的禁军一到就会前来敲城门奉迎他为君主，自己可以坐着等待。但是士兵们刚刚在郭威处受到赏赐，都忘了李守贞的旧恩；己亥（二十三日），兵至城下，挥舞军旗，擂响战鼓，踊跃辱骂呼喊，李守贞在城上看到后，大惊失色。最终李守贞兵败自焚。

周世宗在藩镇时，很注意韬光养晦，及至即皇帝之位，在高平大破北汉入侵之敌，人们开始佩服他的英勇神武。他统率军队，纪律严明，没有人敢违反；攻打城市面对敌寇，飞石流矢落在身边，别人都惊慌失色而世宗面不改色，镇定自若；应付机变决定策略，常常出人意料之外。又勤勉治国，各个部门的簿籍，过目不忘，发现奸人粉碎隐患，洞察秋毫犹如神明。闲暇之时便召见儒生文人诵读前代史书，商榷其中主旨大义。生性不喜好乐器、珍宝一类东西。经常说先帝太祖姑息惯养酿成王峻、王殷的大恶，致使君臣的情分有始无终，所以他即位后百官群臣有过失就当面对质斥责，有功就重赏。文武人才一齐任用，各人发挥自己的才能，大家无不畏服他的严明而又怀念他的恩惠，所以能攻破敌国拓展领土，所向披靡，一往无前。然而其使用刑法过于严厉，百官群臣奉旨办事稍有做得不好的，往往处以极刑，即使平素再有才干名望，也没有一点宽容。不久他自己也觉后悔，最后几年逐渐放宽。去世之日，四方远近都哀悼仰慕他。

7.有诚信无猜忌

做领导最忌讳对部下不诚信，欺骗部下。言而无信，朝令夕改，就会失去部下的信任；没有威信的领导令不行，禁不止，根本无法领导大家完成事业。

作为领导要谨言慎行，有制度规定的严格按照制度规定办事；没有制度规定的，一言既出，驷马难追。这样才能获得部下的信任。

一个组织或一个国家，更换领导后可以探讨不同的做事方法，但不能轻易改变大政方针，否则会影响人们对事业、国家的信任。

后晋高祖石敬瑭是个言出必行的人。石敬瑭灭后唐建立后晋，范延光迟迟不肯归附。后来虽然归附但君臣之间不和。不久范延光在广晋反叛，石敬瑭令杨光远攻打广晋，一年多攻不下来。石敬瑭因为师兴过久，百姓困疲，便派在内廷供职的宦者朱宪进入广晋城告谕范延光，答应调他镇守大的藩镇，并说："如果在你投降后杀你，白日在上，我不能享有国家。"范延光对节度副使李式说："主上是个看重信用的人，说不死就一定不会死的。"范延光便撤下城中守备，然而仍犹豫不决。宣徽南院使刘处让再次进城告谕他，范延光才决意投降。九月，乙巳朔（初一），杨光远把范延光的两个儿子范守图、范守英送往大梁。己酉（初五），范延光遣派牙将奉表朝廷等待治罪。壬子（初八），石敬瑭诏书来到广晋，范延光率领他的属众在牙门丧服迎接，使者宣读诏书将他释放。

唐末以来，朝廷与节度使相互猜忌，朝廷往往扣留进京的节度使。

后周山南东道节度使、守太尉兼中书令安审琦坐镇襄州十几年，到这时进京入朝，授官守太师，让其返回镇所。上路以后，后周世宗问宰相："爱卿等送他了吗？"回答说："送到京城南面，安审琦深深感激皇上的恩德。"世宗说："近代各朝大多不用诚信对待诸侯，诸侯即使有想效忠尽节的，那也无从可走。统治天下的人只要能不失信用，怕什么诸侯不心归诚服呢！"

周幽王有个宠妃叫褒姒，为博取她的一笑，周幽王下令在都城附近20多座烽火台上点起烽火。烽火是边关报警的信号，只有在外敌入侵需召诸侯来救援的时候才能点燃。诸侯们见到烽火，率领兵将们匆匆赶到，弄明白这是君王为博妃子一笑的花招后愤然离去。褒姒看到平日威仪赫赫的诸侯们手足无措，来回匆忙的样貌，开心一笑。五年后，西戎大举攻周，幽王再燃烽火，诸侯一个也没来，幽王被迫自杀，褒姒也被俘虏。

8.人心换人心

要真诚对待有德有才的部下，胸怀坦荡，推心置腹，包容差异和小过失，将心比心，理解苦衷，同甘共苦，尊重人格，礼贤下士，工作上充分信任，生活上给予关爱。

有德的部下为人正直，有才的部下恃才傲物。他们不肯逢迎巴结，献媚讨好，只有真诚地对待他们，才可以心甘情愿为你驱使，才会把自己的才能充分发挥到事业中去。

即便是一般的人，也会被领导的真诚所感动，激发出更高的工作积极性。

魏徵原来是李世民死敌太子李建民的部下，他曾经劝李建民早日除掉李世民，以除后患。玄武门事变李建民被杀后，李世民听说魏徵为李建民出主意的事，亲自审讯魏徵，魏徵不卑不亢地答道：当时的情况，各为其主，没有什么对与不对，如果李建民真的听我劝告，也不至于落到今天这个地步。李世民听了觉得有理而且很佩服魏徵的气节，就决定将魏徵安排到自己身边工作。后来魏徵诤言直谏，刚直不阿，帮助李世民成就了著名的"贞观之治"。

有人上书请求除去奸佞之人，唐太宗问："谁是奸佞之人？"回答道："臣我身居草野，不能确知谁是奸佞之人，希望陛下对群臣明言，或者假装恼怒加以试探，那些坚持己见、不屈服于压力的，便是耿直的忠臣；畏惧皇威顺从旨意的，便是奸佞之人。"太宗说："君主，是水的源头；群臣，是水的支流。混浊了源头而去希冀支流的清澈，是不可能的事。君主自己做假使诈，又如何能要求臣下耿直呢？朕正以至诚之心治理天下，看见前代帝王喜好用权谋小计来对待臣下，常常觉得可鄙。你的建议虽好，朕不采用。"

9.近贤受益，近奸受害

诚心对待部下是正确的，但前提是部下是正直的人。若割自己的肉喂狼，以换得狼讲良心，这样的蠢事是万万不能干的。

唐开元二十四年（公元 736 年）三日，幽州节度使张守珪派遣安禄山讨伐反叛的奚、契丹，安禄山逞勇恃强，冒险轻敌，打了败仗，论罪该杀。唐玄宗因为爱惜安禄山的才能，下敕令免去其官，使其成为无官职的将领。张九龄坚持说："安禄山违令败军，按照法律，不可不杀。再说我观其面貌有反相，不杀必为后患。"玄宗说："你不要像晋朝王夷甫看石勒那样看安禄山，枉害了忠良之士。"最后竟赦免了安禄山。

张守珪以安禄山为捉生将，每次带领数名骑兵出去，都要擒获数十名契丹人而回。又加上安禄山狡猾，善于揣摩人的心意，所以深受张守珪的喜爱，以为养子，又升任其为平卢兵马使。

安禄山性格巧诈，善于讨人喜欢，所以人们都称赞他。玄宗左右的人到了平卢，安禄山就用重金收买他们，因此玄宗更加认为他是贤能之士。御史中丞张利贞为河北采访使，到了平卢，安禄山刻意逢迎，以至利贞左右的人都受到禄山的贿赂。利贞入朝上奏，尽力说安禄山的好话。八月乙未（十七日），玄宗任命安禄山为营州都督，兼平卢军使，两蕃、勃海、黑水四府经略使。

后来，玄宗又任命安禄山为范阳、平卢、河东节度使兼御史大夫。

安禄山身体肥胖，大腹便便，垂过膝盖，曾自言腹重三百斤。他外表看似老实，实际上内心狡猾，常令部将刘骆谷留在京师刺探朝廷的动向，一举一动都向他报告。如有事要向皇上奏表，刘骆谷就替他代写上奏。安禄山每年都向朝廷奉献俘虏、杂畜、奇禽、异兽和珍宝玩物，一路不绝，以至沿途郡县都因转运这些东西而疲乏不堪。

安禄山在玄宗面前应对敏捷，常常还夹杂着一些诙谐幽默的言语。玄宗曾经开玩笑指着安禄山的肚子说："你这个胡人肚子中有什么东西，竟然这么大！"安禄山回答说："没有什么东西，只有对陛下的一片赤心！"玄宗听后十分高兴。玄宗曾在勤政楼设宴，百官都坐在楼下，却单独为安禄山于自己的座位东边设置了画金鸡的障子，设了床榻，使安禄山坐在前面，并令人卷起帘子以示宠爱。又命杨国忠、杨贵妃等都与安禄山叙兄弟之情。安禄山可以随时出入宫中，便乘机奏请做年纪小于自己的杨贵妃的干儿子。玄宗与贵妃一起坐，安禄山却先拜贵妃。唐玄宗问他为什么先拜贵妃，安禄山回答说："我们胡人的习惯是先母而后父。"玄宗听后十分高兴。

玄宗命令有关官吏为安禄山于亲仁坊建造宅第，并下敕书说不管耗费多少钱财，越壮丽越好。宅第建成以后，又装饰了各种幄帐，放置了许多日用器物，以至都放满了宅屋。其中有帖白檀香木床两个，都是长一丈、宽六尺；用银平脱工艺制成的屏风，亦为长一丈、宽六尺。厨房和马厩中所用的物品也都用金银装饰，其中有金饭罂两个，银淘盆两个，都能装五斗粮，还有织银丝筐和笊篱各一个。其他器物还有许多。就是宫禁中皇上所使用的器物，大概都比不上。玄宗命令宦官监工。在建造宅第和制作屋中所用的器物时，玄宗常常告诫监工的宦官说："胡人大方，不要让他笑我小气。"

安禄山住进新建的宅第后，设置酒宴，并请求玄宗下敕书让宰相至宅第赴宴。这一天，玄宗原来准备在楼下击鞠，却立刻取消了游戏，命令宰相去赴宴会。又每天让杨家的人与安禄山选择风景优美的地方游玩宴会，并让梨园弟子和教坊乐队陪伴。玄宗每吃到一种鲜美的食物，或者在后苑中猎获了鲜禽，都要派宦官骑马赐给安禄山，以至走马络绎，不绝于路。

安禄山生日，玄宗和杨贵妃赏赐给安禄山许多衣服、珍宝器物以及丰盛的酒菜食物。过了三天，又把安禄山召进宫中，杨贵妃用锦绣做成的大襁褓裹住安禄山，让宫女用彩轿抬起。唐玄宗听见后宫中的欢声笑语，就问是在干什么，左右的人说是贵妃为儿子安禄山三天洗身。玄宗亲自去观看，十分高兴，赏赐给杨贵妃洗儿金银钱，又重赏安禄山，尽兴而散。从此安禄山可以自由地出入宫廷，不加禁止，有时与杨贵妃同桌而食，有时一夜不出宫。宫外的许多人都知道这件丑事，而玄宗却从不怀疑。

当时杨国忠进言说安禄山必反，并说："陛下试召他入朝，他一定不来。"于是玄宗就派人召见安禄山，安禄山听见命令立刻来朝。庚子（初四），安禄山晋见玄宗于华清宫，哭诉说："我本是一名胡人，只是受到陛下的信任才有今天的地位，但却不为杨国忠所容，恐怕难以活命了！"玄宗听后十分怜爱，重加赏赐，因此更加信任安禄山，杨国忠的话一点儿也听不进去。太子李亨也知道安禄山要谋反，告诉玄宗，玄宗不听。

玄宗想要加封安禄山同平章事，已经令张均拟写了制书。这时，杨国忠进谏说："安禄山虽然有战功，但是目不识丁，怎么能够做宰相呢？如果制书颁布，恐怕周边的夷人会轻视我们大唐王朝。"玄宗只好取消了这一任命。乙巳（初九），玄宗加封安禄山左仆射，赐给他的一个儿子三品官，另一个儿子四品官。

安禄山请求兼任闲厩使、群牧使等职。庚申（二十四日），玄宗任命安禄山为闲厩、陇右群牧等使。安禄山又请求兼任群牧总监，壬戌（二十六日），玄宗又任命安禄山兼任群牧总监。安禄山暗中派亲信挑选能征善战的健壮军马数千匹，另选地方饲养。

安禄山向玄宗告辞，要回范阳。玄宗脱下自己的衣服赐给他，安禄山十分惊喜。安禄山生怕杨国忠向玄宗上奏把他留在朝中，所以急忙出潼关，然后乘船沿黄河而下。命令船夫手执挽船用的绳板立在岸边，十五里一换，昼夜兼程，日行数百里，经过郡县也不下船。

安禄山从长安离去时，玄宗命令高力士在长乐坡为安禄山钱行，高力士回来后，玄宗问道："安禄山满意吗？"高力士回答说："我看到他心中不愉快，一定是知道了想要任命他为宰相，后来又改变的缘故。"玄宗把此事告诉了杨国忠，杨国忠说："这件事别人都不知道，一定是张均兄弟告诉安禄山的。"玄宗大为愤怒，就贬张均为建安郡太守，后又将其贬为卢溪郡司马，张均的弟弟贬为宜春郡司马。

从此有说安禄山谋反的人，玄宗都把他们捆绑起来送给安禄山，因此虽然人们都知道安禄山要谋反，但没有人敢说。

安禄山上奏说："我所率领的部下将士讨伐奚、契丹、九姓胡、同罗等，功勋卓著，乞望陛下能够打破常规，越级封官赏赐，并希望写好委任状，让我在军中授予他们。"因此安禄山部将被任命为将军的有五百多人，被任命为中郎将的有两千多人。安禄山要谋反，所以借此收买人心。二月辛亥（二十二日），安禄山派副将何千年入朝奏事，请求用蕃人将领三十二人代替汉人将领，玄宗命令中书省立刻下敕书，由自己签署实行，并发给委任状。杨国忠不停地在唐玄宗面前说安禄山要造反，唐玄宗也有点怀疑。有一天，杨国忠和韦见素对玄宗说："我们有计策可以消除安禄山的阴谋。现在如果任命安禄山为同平章事，召他入朝，然后任命贾循为范阳节度使、吕知诲为平卢节度使、杨光为河东节度使，这样安禄山的势力就会被分化瓦解。"玄宗同意。制书已经写好，但玄宗却留在朝中不发，而又派宦官辅琳拿着珍果去赐给安禄山，并让他暗中观察形势的变化。辅琳受了安禄山的贿赂，还朝后极力说安禄山忠诚奉国，没有二心。唐玄宗对杨国忠等人说："我推心置腹地对待安禄山，他必不会有异心。

再说东北地区的奚与契丹还要靠他镇抚。朕可以保证他不会谋反，你们不要担忧！"这件事就这样不了了之了。

安禄山一身兼任三道节度使，阴谋作乱已将近十年。安禄山假造敕书，把将领都召来告诉他们说："皇上有密诏给我，让我率兵入朝讨杨国忠，你们应该听我指挥随军行动。"众将领听完后都十分惊愕，相看而不敢反对。十一月甲子（初九），安禄山率领所统辖的三镇军队及同罗、奚、契丹、室韦兵共十五万人，号称二十万，在范阳起兵反叛。

10.强拉来的兵打不了胜仗

强迫部下服从，部下一定会敷衍应付。只有让他们心悦诚服才会发自内心和你一起做事。二者做事的效果有天壤之别。

曹操听说辅助刘备的谋士徐庶很有才能，于是扣留了徐庶的母亲，强迫徐庶为自己出谋划策。徐庶为母亲不得已投身曹军，但终生不为曹操谋划一策。

朱泚反叛占据长安，德宗命当时有一定实力的朔方节度使李怀光讨伐朱泚。李怀光一路高歌猛进，很快打到长安将朱泚团团包围起来，消灭朱泚指日可待。就在这时，李怀光见朝廷衰弱，也有了不臣之心，但是他的部众不愿意背叛朝廷。

不久，李怀光叛逆状况越来越明显，为防备万一，德宗从暂时驻扎的奉天出走，准备到蜀地躲避。

李怀光派遣他的将领孟保、惠静寿、孙福达率领精锐骑兵急奔南山，准备阻截德宗的车驾，在路上遇到诸军粮料使张增。孟保等三将领商议说："李怀光让我们去做背叛圣上的事情，我们便报告他说没有追赶上圣上。他不过不让我们领兵就是了。"三将领因而以目光向张增示意着说："我们的士兵还没有吃早饭，怎么办呢？"张增欺骗三将领的部众说："从这里向东走几里地，有座佛祠，我在那里储存着粮食。"孟保等三将领率部众向东而去，听任士兵去抢劫掳掠，因此，德宗和跟随出行的朝廷百官都得以躲进骆谷。孟保等三将领回去报告说没有追上德宗的车驾，李怀光将他们全都贬黜了。

李怀光因驻扎在附近东渭桥的唐李晟军渐渐强盛而憎恶他，打算率领军队从咸阳袭击李晟军。李怀光给部众前后下达了三次命令，大家仍然不肯答应，还私下相互交谈说："如果他让我辈去进击叛贼朱泚，我辈有多大力气便使多大力气。他如果打算造反，我辈唯有一死，决不能服从他的命令！"

不久李怀光众叛亲离，朔方军将领牛名俊割下李怀光的头颅投降了朝廷。

11.十夫之长，才过九人

领导一定要有自知之明。

如果部下不敬重你的品德人格，就会离心离德，事事相互防范，甚至从心底反对你的行为；不佩服你的才干，就像一群被傻瓜驱使的聪明人，即便去做，也只是应付敷衍而已。如果你的决策十次有九次是错误的，劳民伤财，效率低下，对你的命令，部下十有九人不会认真执行。因为大家知道，努力的结果不是白费力气就是加重错误。

志大才疏、德薄位尊、智小谋大、力弱任重的人做领导，能力不足服众，只能靠强势打压、装腔作势和小恩小惠维持自己的地位，一旦遇到危重情况，就会手足无措，错误百出，部下袖手旁观，隔岸观火。

领导能力低下，很难调和内部矛盾，内部纷乱不断，很容易引起有野心的部下取而代之的欲望。

平庸无能的领导，千万不要幻想有才能的人会为自己竭诚服务。这种人最后不是弃你而去，就是思谋怎样取而代之。

所以无德无才的人最好不要觊觎超过自己德才的权力，尤其是在命运攸关的重要岗位和生死存亡的紧要关头。

晋孝武帝太元十年（385），慕容冲在阿房城即皇帝位，改年号为更始。慕容冲踌躇满志，任意赏罚。慕容盛年方十三，对慕容柔说："就是在十人中位居首位，也必须是才能超过其他九人，然后才能安稳。如今中山王慕容冲才能不及别人，没有建立战功，而骄奢傲慢已经十分严重，他自称皇帝恐怕难以成功啊！"不久，慕容冲被手下将领韩延所杀。

西晋时，杨骏因为杨皇后之父的关系，被超常提拔，委以重任。杨骏没有多少才智，却很有野心。晋武帝司马炎病重时，还没来得及将国家大事托付给重臣，为此朝臣惶恐不安，无计可施。杨骏排斥公卿大臣，亲自在武帝左右伺候，并趁机随意撤换公卿，提拔自己的心腹。晋武帝病情稍有好转，见杨骏所用之人不当，就严肃地对杨骏说："怎么能这样做呢！"于是给中书下诏，让召汝南王司马亮与杨骏共同辅助王室。杨骏恐怕失去权柄与宠信，从中书那里借来诏书看，并把诏书藏起来。中书监华讷恐惧，亲自找杨骏要诏书，杨骏始终不给。过了两天，晋武帝病危，杨皇后奏请让杨骏辅政，晋武帝迷迷糊糊点了点头。于是杨皇后便召中书监华讷、中书令何劭，口头传达晋武帝的旨意，让他们作遗诏。遗诏写成后，皇后与华讷、何劭共同呈给晋武帝，晋武帝看了以后不说话。过了两天，晋武帝驾崩，杨骏便作为被委以后事的重臣，居住在太极殿。晋武帝将要入殡盖棺，六宫人员都出来举行告别仪式，而杨骏害怕群臣不服，不下殿，安排一百个武士保卫自己。

晋惠帝司马衷即位以后，晋升杨骏为太傅、大都督、假黄钺，统摄朝政，总领百官。杨骏掌握朝政，与司马衷的外戚贾氏形成对峙局面。杨骏怕皇帝左右的人说自己的坏话，便把他的外甥段广、张劭安插在晋惠帝周围做近侍。凡有诏命，晋惠帝看后呈报给太后审查，然后才能发出。杨骏知道皇后贾南风性情凶悍，难于制服，很害怕她。又培植很多亲党，使他们统领禁兵。这样一来，公卿王室都产生怨恨情绪，天下之人无不愤然。

杨骏知道自己没有美德高望，害怕不能使远近之人和睦悦服，就依照魏明帝即位时的例子，大开封赏，以取悦于群臣。

殿中中郎孟观、李肇，平素不被杨骏尊重，暗地罗织杨骏图谋颠覆社稷的罪名。贾皇后欲干预政事，因害怕杨骏而不能实施，又不肯以妇道侍奉太后。黄门董猛，从晋惠帝做太子时即作寺人监，在东宫侍奉贾皇后。贾皇后图谋废太后，秘密与董猛通消息。董猛又与孟观、李肇相勾结。贾皇后又令李肇通报大司马、汝南王司马亮，让他联合各藩王军队讨伐杨骏。司马亮说："杨骏的凶暴行为，会使他很快灭亡，不值得忧虑。"李肇又通报楚王司马玮，司马玮同意这个计划，于是请求入朝。杨骏平素就怕司马玮，早就想把他召回朝中，以预防他搞变乱，因而听任司马玮入朝。

西晋元康元年（291），司马玮到京城以后，孟观、李肇就上奏晋惠帝，让他夜间下诏书，宫内外戒严，派使者奉诏书废黜杨骏，让他保持侯爵回府第。东安公司马繇率领殿中卫士四百人讨伐杨骏。段广跪在地上为杨骏求情说："杨骏受过先帝厚恩，尽心辅政。而且是个无儿子的孤老头儿，岂有谋反之理？望陛下详察。"惠帝没有回答。当时杨骏住在曹爽的故府，在武库以南，听到宫中有变，召集众官商议对策。

太傅主簿朱振劝杨骏说："现在宫中有变，目的可想而知，必是宦官们为贾皇后设计谋，将不利于公。应放火烧了云龙门向他们示威，让他们交出制造事端的首恶分子，打开万春门，引出东宫及外营兵为援，公亲自带着皇太子，入宫索取奸人，殿中将会震惊，必然斩杀奸人送出首级，这样才能免于遭难。"杨骏平素就怯弱，此时犹豫不决，说："云龙门是魏明帝建造的大工程，怎能一下子烧掉呢！"侍中傅祇夜里告诉杨骏，请他与武茂一起进入云龙门，以观察宫中事态。傅祇又对群僚们说："宫中不能无人照料。"起身揖拜而去，于是群僚们都走开了。

接着殿中兵出来，烧了杨骏府第，又令弓弩手上到阁楼上向杨骏府中射箭，杨骏的卫兵都不能出来。杨骏逃到马厩里，被士兵用戟杀死，且诛其三族，株连数千人。

12.领导不做部下事

做一件大事需要很多人分工合作。领导的职能在于提纲挈领、整体规划协调、制定大政方针、架构组织制度、知人善任、监督检查，而具体操作要交给部下分别执行。领导要放手让部下去做事。最高领导事事都亲力亲为，是做不了大事的。

诸葛亮曾经亲自校对公文，主簿杨颙径直入内劝他说："治理国家是有制度的，上司和下级做的工作不能混淆。请您允许我以治家做比喻：现在有一个人，命奴仆耕田，婢女烧饭，雄鸡报晓，狗咬盗贼，以牛拉车，以马代步；家中事务无一旷废，要求的东西都可得到满足，悠闲自得，高枕无忧，只是吃饭饮酒而已。忽然有一天，对所有的事情都要亲自去做，不用奴婢、鸡狗、牛马，结果劳累了自己的身体，陷身琐碎事务之中，弄得疲惫不堪，精神萎靡，却一事无成。难道他的才能不及奴婢和鸡狗吗？不是，而是因为他忘记了作为一家之主的职责。所以古人说'坐着讨论问题，作出决定的人是王公；执行命令，亲身去做事情的人，称作士大夫'。因此，丙吉不过问路上杀人的事情，却担心耕牛因天热而喘；陈平不去了解国家的钱、粮收入，而说'这些自有具体负责的人知道'，他们都真正懂得各司其职的道理。如今您管理全国政务，却亲自校改公文，终日汗流浃背，不是太劳累了吗？"诸葛亮对其深深表示感谢。

13.谨防权柄旁落

领导不能事无巨细，事必躬亲，但必须认真完成领导应尽的职责。放弃领导应尽的职责，事业就会非常危险。因懦弱无能，被强横的部下掌控权柄；因昏聩不明，被别有用心的奸佞小人操弄权力；因懒惰荒疏而权柄旁落。这些轻则导致事业混乱，重则国破身亡。

领导如果不能兢兢业业，认真完成领导的职责，就应尽早让渡权力，去做一个普通人。

古代大权旁落，事业陷入危险的事例比比皆是。所以，做领导的不得不提防觊觎权力的权臣、外戚、宦官、野心家、小人等。

唐肃宗时平卢节度使王玄志故去，肃宗派宦臣去安抚将士，并察看军中将士想要立谁为节度使，以便授给旌旗、符节，加以任命。高丽人裨将李怀玉杀了王玄志的儿子，推立侯希逸为平卢军使，只因侯希逸的母亲是李怀玉的姑母。于是朝廷任命侯希逸为节度使。唐朝的节度使由军中将士自行废立从此开始。

司马光评论说：天下的民众都有欲望，如果没有君主，就会大乱。所以圣人制定礼仪来治理国家。从天子、诸侯以至公卿、大夫、官吏、百姓，使他们尊卑有分别，大小有次序，就如网在纲上，有条不紊，如手臂驱使手指，无不服从，只有这样，百姓才会服从他们的上层，在下层的人才不会有觊觎之心。《周易》说："天尊在上，湖卑处下，这是履卦。"象辞说："君子以此分辨上尊下卑，端正民众的意志。"这就是上面所议论的意思。凡是做君主的，之所以能够控制他的臣民，是因为驾驭臣民的八种权柄掌握在自己手中。假如舍弃这八种权柄，那么君臣上下就会势均力敌，还怎么来统治臣下呢！

　　唐肃宗时逢唐朝中期大乱，有幸而复兴，应该端正君臣上下之礼，以统治四方，而他却苟且获取一时之安，没有想到会成为永久的祸患。任命将帅，统治地方，是国家的大事，却仅委派一介使者，屈从于士卒的意愿，不管贤能与否，只是按照军中将士的要求授给军权。从此以后，习以为常，而君臣还循守不变，以为是上策，这就是姑息。甚至副将士兵杀死或驱逐主帅，也不惩处他们的罪行，反而将主帅的职位授予他们。但是这样一来，君主驾驭臣下的八种权柄爵禄、废置、生杀、予夺，都不是出自君主，而是出于臣下，那么天下生乱还会有个完吗？

　　君主治理国家，应该奖赏善举，惩罚恶行，这样就会劝人为善，戒人作恶。而如李怀玉等人身为部将，竟然杀逐他的上司，作恶莫过于此！朝廷却让他们做节度使，掌管一方大权，实在是在奖赏这种行为。这样来奖赏恶行，恶行怎么能不处处产生呢？《尚书》说："谋划事情要从长远的利益着想。"《诗经》说："帝王谋事鼠目寸光，所以我要向他进谏。"孔子说："人无远虑，必有近忧。"帝王治理天下而一味姑息，天下的忧患怎么能够消除呢？于是为臣下的总是蔑视君王，伺察君王的过失，如果有机会就会起兵叛逆而族灭他；为君王的常常因为畏惧臣下而心怀不安，如果有时机，就会趁其不备而行屠杀。于是，都争着先发制人，以使自己的意愿得逞，而没有利于双方的长治久安之计。这样下去，想求得天下的安定，难道还能够实现吗？考察唐代后期藩镇割据的起因，是肇始于朝廷任命侯希逸为平卢节度使。

　　古人治理军队的根本是要合乎礼法，所以春秋时期晋国与楚国的城濮之战中，晋文公看到自己的军队少长有礼，便知道可以打败楚军。现在唐朝治军却不顾礼法，使得士卒可以欺侮副将，副将可以欺侮将帅，那么将帅欺侮天子，就是必然的趋势了。从此战乱迭起，兵革不息，生灵涂炭，无处申诉，前后共二百余年。

做一个合格的部下

一、追随：男怕选错行，女怕嫁错郎

人生经常需要追随和服从。作为家庭成员要服从家庭的整体利益，家庭才能和睦兴旺；作为单位的一员，要服从和追随单位的主要领导，大家才能同心协力完成单位的任务；作为公民，要把自己的事业建立在国家兴旺发达、人民幸福快乐的总体目标之上，国家和个人才能共同繁荣昌盛；作为人类的一分子，人人都要服从人类生存发展这个大前提，世界才会有希望。

追随是每个人一生中必须掌握的成就事业的方法之一。服从和追随正确的主流方向有利于自我目标的实现。

1.识时务者为俊杰

大自然运行的趋势、人类社会的发展潮流都是由客观规律所决定的，人充其量只能在极其有限的程度上加速和延缓这个过程，却完全不能逆转。一个人一生做事一定要看大势，明白了大势所趋，顺势而为就会顺利，反之则会失败。

明白未来变化的趋势，挺身来领导变化，这是一等人；发现变化，并及时顺应变化做事是二等人；已经变化了很久，才随大流做事是三等人；形势已经大变，还在墨守成规，冥顽不化，这是四等人；而逆势而动就是末等人。

东汉末年，袁绍派使者向荆州牧刘表请求援助，刘表应许他的请求，但始终不派援军，而刘表也不帮助曹操。从事中郎韩嵩和别驾刘先劝刘表说："如今袁绍、曹操两雄相持，天下的重心在于将军。如果您想有所作为，可以趁他们斗得两败俱伤时起兵；如果没有那个意思，就应当选择所应归附的对象，进行援助。您怎么能拥兵十万，坐观成败，遇到求援而不能相助，看见贤能的人而不肯归附！这样，双方的怨恨必定都集中到您身上，您恐怕就不能中立了。曹操善于用兵，贤才俊杰多为他效力，势必战胜袁绍，然后他再进军长江、汉水一带，恐怕将军您抵御不住。如今最好的办法，不如将荆州归附曹操，曹操一定会感激将军，将军就可以长享福运，并可传给后代，这是万全之策。"蒯越也劝刘表这样做，刘表犹豫不决，后来决定派韩嵩前往许都。临行前对韩嵩说："如今天下不知谁能最后胜利，而曹操拥戴天子，建都于许县，你为我去观察一下那里的形势。"韩嵩说："圣人可以通达权变，次者只能严守节操。我是个守节的人，君臣名分一定，就以死守之。如今我作为将军的僚属，只服从您的命令，赴汤蹈火，虽死不辞。据我看来，曹操一定会统一天下。如果将军能上尊天子，下归曹操，就可以派我出使许都；如果将军犹豫不决，我到京城，万一天子授予我一个官职，又无法辞让，则我就成为天子之臣，只是将军的旧部了。既成为天子的臣属，便遵奉天子的命令，在大义上就不能再为将军效命了。请您三思，不要辜负了我的一腔忠诚！"刘表以为韩嵩害怕出使到许都，就强迫他去。韩嵩到达许都，献帝下诏，任命韩嵩为侍中、零陵郡太守。韩嵩从许都返回后，盛赞朝廷与曹操的恩德，劝刘表把儿子送到朝廷做人质。刘表大怒，认为韩嵩有二心，就召集全体僚属，排列武士，手持代表天子权力的符节，打算杀死韩嵩。刘表责问韩嵩说："韩嵩，你竟敢怀有二心吗？"大家都为他担心，劝他向刘表谢罪。韩嵩不动声色，态度从容地对刘表说："是将军辜负了我，我并没有辜负将军！"就把自己以前说过的话又重复了一遍。刘表的妻子蔡氏劝告刘表说："韩嵩是楚地有名望的人士，而且他的话有理，杀他没有罪名。"刘表仍然怒气不息，用重刑拷问跟随韩嵩出使的官员，有的被拷打致死，终于知道韩嵩没有背叛自己的意思，就未杀韩嵩，而把他囚禁起来。

不久刘表死去，他儿子无法抵御曹操进攻，只得投降曹操。

2.强者立，弱者从

人一生中不是任何时候都可以独树一帜，而且也不是人人都有独树一帜的能力和机会的，很多时候都处于追随别人的地位。作为追随者要头脑清醒，知道自己的地位以及应该做和不应该做的事情，自觉成为一个整体的正能量，在辅助所追随主体的同时成就自己的事业。

诸葛亮是中国传统文化中智慧的化身，他出谋划策，辅助刘备借荆州、取益州建立蜀汉，形成三国鼎立局面，功勋卓著。但是诸葛亮是一个好的谋士、好的丞相，但不能成为一个好的君王。在天下大乱、群雄纷争的年代，诸葛亮并没有自己拉起大旗造反，而是等待刘备三顾茅庐后辅佐刘备。正因为诸葛亮有自知之明，他清楚地知道自己并不适合独自打天下，只能作为军师发挥自己的才能。

刘备死后诸葛亮实际掌握了蜀汉的实权，但他终究无法突破刘备生前打下的基业，五出祁山无功而返。诸葛亮虽然有智慧，但缺乏刘备的人格魅力和识人的眼光、用人的魄力，不能再聚集起一批像庞统、徐庶、糜竺、关羽、张飞、赵云、马超等文武豪杰。所以他只能心服口服地协助刘备夺取天下。

韩信号称百战百胜的战神，但没有刘邦的魄力和格局。在天下大乱时不能揭竿而起，独树一帜，反而在项羽和刘邦名下讨出路；在打下半个天下有能力三家鼎立的时候，又犹豫不决，为一个齐王的虚名，放弃了独霸天下的机会。如果不是萧何慧眼发现，韩信最后能不能成名都还不一定。

3.正确的方向目标是成功的一半

追随者要慎重选择追随的方向目标。

追随的目标要正义光明。跟随邪恶的势力，害人害己，最终必然会失败。

要通过追随别的对象，弥补自己的不足，同时也要有利于所追随对象。不利于自己的追随，投入与产出不相符，无法长期坚持；同样，追随行为不利于被追随的对象，他也难以持久。

所追随的对象一定是强大的、智慧的。假如自己的能力、智慧都超过目标，就不必去追随了。

对追随的对象要优先考虑其智慧和能力而不是条件。有智慧和能力，没有条件可以创造条件；智慧和能力差，再好的条件也会丢失。

所追随的对象有团体、国家、事业、个人等。

东汉末年，天下名士荀彧举家逃难到冀州，正好赶上袁绍接管冀州，荀彧被袁绍奉为贵宾。荀彧没有草率决定，而是观察了一段时间后，以为袁绍难成大事，决定弃袁绍投曹操，成为曹操的首席谋士。

后来荀彧评论曹操和袁绍："袁绍这人貌似宽容而内心狭窄，任用人才却疑心太重；曹操明正通达，不拘小节，唯才是举，唯才是用，这在度量上胜过袁绍。袁绍遇事迟疑犹豫，少有决断，往往错失良机；曹操却能决断大事，随机应变，不拘成规，这在谋略上胜过袁绍。袁绍军纪不严，法令不能确立，士兵虽多，却不能巧为任用；曹操法令严明，赏罚必行，士兵虽少，却都奋战效死，这在用兵上胜过袁绍。袁绍凭其名门贵族，装模作样，耍小技而博取名誉，所以士人中缺乏才能而喜好虚名者大多归附于他；曹操以仁爱之心待人，推诚相见，不求虚荣，行为严谨克己，而在奖励有功之人时无所吝惜，因此天下忠诚正直、讲求实效的士人都愿为曹操效劳，这在德行上胜过袁绍。凭借这四方面的优势辅佐天子，扶持正义，征伐叛逆，谁敢不从？"

还说"作为统帅，看不到格局发展，理不清战略方向，别人出计策又拿不定主意，偏偏还喜欢自作主张。这肯定要失败的"。

荀彧又说："自古以来较量于成败场上的，如果真有才能，纵然弱小，也必将变得强盛；如果是庸人，纵然强大，也会变得弱小。刘邦、项羽的存亡，足以使人明白这个道理。"

后来的事实恰恰证明了荀彧的判断。当时，袁绍击灭幽州公孙瓒，成为北方最强大的割据势力；曹操在河南四战之地，强敌环伺，苦苦支撑。而后来袁绍越打越弱，最后覆灭；曹操越打越强，最后独霸天下。

4.渡洋不乘朽木船

不要去追随一个行将没落的目标，无论我们怎样努力都难免覆灭的下场。

不要追随一个懦弱的人，他连自己都保护不了，又怎么能够保护他的追随者？

不要追随一个性格粗暴、做事莽撞、意气用事的人。这样的人处事不慎，经常会为鸡毛蒜皮的小事与别人发生矛盾，把精力都耗费在无关紧要的争执和冲突上，跟随他容易被牵连，无辜受害。

不要追随特别自私的人，他只会关心自己的利益，根本不在乎追随者的利益，跟着这样的人，连汤也没得喝。

不要追随道德败坏的人，无论跟不跟他做坏事，你上了他的贼船就已经成为被天下唾骂的人。

不要追随言行不一没有诚信的人，他会给你画一个大饼，然后让你当枪头，用完之后弃之如敝屣。

不要追随一个固执己见的人，遇事不会随机应变，连带追随者一起会碰得粉身碎骨。

不要追随一个糊涂的人，他不能明辨是非，只会把事业毁掉。

沮授，史载"少有大志，多谋略"，曹操曾叹息："我要是早得到他，天下不足虑了。"

汉末，沮授被任命为冀州太守韩馥的别驾。袁绍领兵来到冀州，韩馥打算把冀州让给袁绍，沮授劝道："冀州虽然狭小，能披甲上阵的有百万人，粮食够支撑十年。袁绍以一个外来人和正处穷困的军队，仰我鼻息，好比婴儿在大人的股掌上面，不给他喂奶，立刻可以将其饿死。为什么要把冀州送给他呢？"韩馥不听，还是把冀州拱手送给了袁绍。

袁绍接管冀州后，沮授等原来冀州的官员也就成了袁绍的部下。

袁绍听说沮授的名声就与他长谈了一次，问天下计。沮授为他谋划了一通沮授版的"隆中对"。大意是袁绍名扬天下，又占据了冀州，如果划河而定，先向东北西三个其他势力较弱的方向扩展势力范围，建立强大的根据地，然后把汉皇帝迎来，名正言顺地号令天下，再挥军夺取中原、江南，统一中国的大业就能成功。

袁绍大喜，当场任命沮授为监军、奋威将军，沮授就这样糊里糊涂跟随了袁绍。

兴平二年（195），汉献帝辗转流亡到河东等地，沮授建议袁绍迎献帝，迁都至邺城，挟天子以令诸侯，畜士马以讨不庭。袁绍听后打算听从沮授的建议，但淳于琼等人认为要复兴汉室太难，而且迎立汉帝会削弱自己的权力，劝袁绍不要用此计策，袁绍自己也想当老大，于是就放弃了。

次年，曹操却在荀彧的建议下迎献帝迁都许县，成功地挟天子以令诸侯，取得了巨大政治优势。

袁绍非常喜欢第三子袁尚，让他跟随在自己身边治理冀州，准备作为嗣子来培养。同时，袁绍任命长子袁谭为青州都督、次子袁熙为幽州都督。沮授反对，认为诸子分立是取祸之道，于是劝谏道："古话说，人们发现原野上有只兔子，万人追逐，其中一人抓住了，其他人也就终止了贪念，这是因为物已有主了。而且古代选择继承人，年纪相当就选有贤能的，大家都贤能就用占卜来决定。愿你认真考虑。"但袁绍坚持要令四子各据一州，以观察其能力。沮授走出袁绍的府门，叹息道："祸患要从此开始了！"后来，袁绍死后，袁尚、袁谭果然因争位而自相残杀，袁氏集团分崩离析。

袁绍挑选精卒十万，骑万匹，准备进攻许都。沮授建议利用优势军力和地理形势，对曹操进行持久战的万全之策，如此作为，三年之后就可以使得曹军疲敝，灭曹定成，而不必急于决战，但袁绍不采纳。

沮授劝阻出兵，违背袁绍的意愿，郭图等趁机进谗，说沮授的军权太大、威望太高，难于控制，引起袁绍怀疑。于是，袁绍分监军为三都督，让沮授与郭图、淳于琼各典一军。

建安五年（200），在官渡之战前夕，沮授就集合宗族，大散家财并说："袁公在官渡胜利的话，我们就会有享不尽的荣华富贵，但战败的话连自身也不能保住，真是悲哀啊！"沮授的弟弟沮宗不认同："曹操的军士马匹比我们少多了，兄长你何必惧怕呢？"但沮授看得出曹操的雄才，说："以曹操的大略，又有挟天子为资本，我们虽然攻灭公孙瓒，但军士疲倦，将军骄横，军队的破败正在这一举。扬雄说：'六国看起来十分威风，在嬴政看来就是弱不禁风的姬妾'，就是这样。"

官渡之战时，袁绍进军黎阳，遣颜良攻刘延，沮授劝说："颜良性格狭窄，虽然勇猛但不可独自任用。"反对以颜良独自领军，但袁绍不听。后曹操斩杀颜良。在袁绍将渡河之前，沮授又认为袁军应该留守延津，分兵进攻官渡，若然战胜，再增兵官渡也不迟；即使失败，兵众也可以安全撤离，但袁绍不听。沮授叹息，称病不见，袁绍因此憎恨他，将沮授所余部队交由郭图统领。

袁绍渡河后，驻屯延津南，遣刘备、文丑向曹军挑战，被曹操领军击破，文丑更被曹军击杀，震撼袁绍军。

沮授向袁绍建议以持久缓进的战术来消耗曹军，但袁绍又不听从。后来曹军击破袁绍运输队，袁绍于是命淳于琼领军带领运输车，据守乌巢。沮授又建议派遣蒋奇护送，以防止曹军偷袭，但袁绍又不从。后乌巢被曹军击破，放火烧了袁军的给养，袁军大乱，溃不成军，袁绍只带了八百骑兵逃过黄河。

袁绍败逃时，沮授来不及北渡而被俘，被押见曹操，沮授大呼不降。曹操与沮授有旧，见沮授不肯加入他的阵营，感到可惜，叹息道，若早点得到沮授，那天下现在应该大定了。沮授虽不降，但仍获曹操厚待。可是，后来沮授密谋逃回到河北的袁绍阵营，事败被杀。

5.想独吞的人不是好伙计

在追随过程中得到利益，是正当的、合理的，但要公平、适量，万万不可贪得无厌。

追随别人的目的之一就是获取更大的利益，这无可非议。如果没有自知之明，无限夸大自己的作用，贬低别人的作用，向被追随者索要和贪占超过合理部分的利益，损伤到被追随者的利益或者影响到整体利益以及公平分配机制，就难免引起被追随者及其他人的反对，甚至引发团体分裂。绝口不提利益往往会被忽视，而斤斤计较不停地争抢利益也会引起各方不满。这就需要把握一个合适的度——获得合理利益的同时又不至于引发被追随者的不满。

东晋末年，刘裕平定桓玄之乱，匡扶晋室，因功官拜太尉，都督各州军事，掌握朝中实权。当时，将军刘毅性格刚愎自用，自以为当年勤王举义的功劳与刘裕相等，心里深深为此骄矜自负，因此，虽然暂时拥戴听从刘裕，但是心里却并不服气，等到独当一面，当上一方大员，仍然经常郁闷不乐，觉得志向不得实现。刘裕每每对他容让顺从，这更加纵容滋长了他的狂傲，他曾说："真遗憾没有遇到刘邦、项羽，跟他们争夺中原！"到了在桑落惨败之后，他知道自己的情势已去，更增加了烦恼和激愤。刘裕一向不读书，刘毅却涉猎过一些文墨，所以朝中很多有名望学识清高的人，都与他往来密切。他与尚书仆射谢混、丹阳尹郗僧施关系最好，互相结纳。刘毅把持了长江上游一带的大权之后，暗地里有图谋刘裕的志向，便请求兼管交、广二州的军事，刘裕也答应了他。刘毅又奏请任命郗僧施为南蛮校尉后军司马，任命毛脩之为南郡太守，刘裕又答应了他，改派刘穆之代替郗僧施为丹阳尹。刘毅上表请求到京口去向祖先的坟墓辞行，刘裕前往倪塘与他相会。宁远将军胡藩对刘裕进言道："您说刘毅能永远地做您的部下吗？"刘裕沉默不语，很久说："你认为应当怎么办？"胡藩说："统率百万大军，攻无不克，战无不胜，刘毅以此佩服您。至于博览群书，谈吐吟咏，他却自认为是英雄豪杰。正因如此，高雅的士绅、白面的书生等集中归附到他那里。我担心他终将不会甘心在您之下，不如趁这次会面的机会，干脆除掉他。"刘裕说："我与刘毅都有使国家复兴的功劳，他的罪过还没有表露出来，不可自相残杀。"

刘毅抵达江陵，对下属的守宰等地方官进行很大的变动、撤换，他擅自抽调豫州原来的老文武僚属、江州的原部众一万多人跟随自己到荆州。正好赶上刘毅病重，郗僧施等人恐怕刘毅死掉，他们这一党处境危险，于是劝说刘毅请求朝廷派自己的堂弟兖州刺史刘藩做自己的副手，太尉刘裕假装答应了他。刘藩从广陵前往建康来朝见刘裕。乙卯（十二日），刘裕下诏书，公布刘毅的罪状，指出他与刘藩以及谢混等人一起阴谋叛乱，遂逮捕刘藩和谢混，命令他们自尽。并派军队讨伐刘毅，刘毅兵败自杀。

6.太阳不做星星的陪伴

一个很有能力的人，生不逢时，位不配德，也是难有成就的，这时候也只能做别人的助手。能力强的人给能力弱的人当助手，是一件比较尴尬的事情，既要承受领导对自己的猜忌误解，又要忍受正确建议被否决的痛苦。所以聪明的人一定要选择更聪明的人做领导，要不然只能藏智敛锐，韬光养晦，把自己装扮成最弱的星星。

现实生活中存在的最大问题是很多人不能正确评价自己的能力，没有自知之明，导致领导与助手之间产生种种矛盾。中国传统文化以"忠"来解决这种矛盾，无论领导的能力如何，部下都得无条件顺从并支持领导；但是，领导的行为必须遵从天道，也就是有利于百姓的生存和繁衍，否则就失去被忠的基础。

前燕时慕容翰性情勇武豪放，足智多谋，臂长过人，善于射箭，体力超群。其父前燕王慕容廆很器重他的奇才，托付给他杀敌陷阵的重任。慕容翰率领军队进行征伐，在所过之处建功立勋，声威大震，远近敌人都惧怕他。慕容廆死后，慕容皝继任前燕王。慕容翰与宇文部交战时，被流矢射中，长期卧床养伤，后来逐渐痊愈，在家中试着骑马。有人告发慕容翰假称有病却私下练习骑乘，怀疑他想作乱。慕容皝虽然仰仗慕容翰的勇悍和谋略，但心中终究有所忌惮，于是赐令慕容翰自裁。慕容翰说："羯族寇贼占据中原，我不自量力，原想为国家荡平、统一宇内。这一志向不能实现，我死了也会遗憾，这就是命运吧！"随即饮毒药身死。

二、做一个好部下：做个受领导赏识的好部下也不简单

认识到自己不具备突破险阻、困难的能力，力量不足以独当一面，就只有寄人篱下。依靠别人的平台演绎自己人生的精彩，这也不失为一种明智之举。

做好别人的部下也不是轻而易举的事情。首先一定要明白自己的位置，明白月亮的光是来自太阳。如果连部下都做得一塌糊涂，那就更谈不上自己将来能独立成就事业了。

1.靠山吃山

任何有想法的人一开始力量都不足独树一帜，大部分都需要从当别人部下做起，慢慢地积累独立做事的经验、财富、人脉。只有今天做好伙计，明天才能当好老板。没有想法的人一辈子都得依附别人生存，更得做好别人的从属、部下。

东汉末，刘备起事较晚，且没有根基，一路坎坷，非常不顺利。

当初，曹操攻打徐州的陶谦，刘备为增援陶谦到达徐州。此时他自有兵千

余人及幽州乌丸杂胡骑，以及跟随他一起来的饥民数千人，到徐州后，陶谦又给刘备增兵四千，刘备于是归附陶谦。陶谦推荐刘备为豫州刺史，叫他驻军在小沛。陶谦死后，麋竺率徐州人民迎接刘备做太守，刘备不敢接受。在陈登等人的再三劝说下，刘备才做了徐州牧。

建安元年（196），曹操推荐刘备为镇东将军，封宜城亭侯。袁术率大军进攻徐州，刘备迎击，两军在盱眙、淮阴相持。这时，因被曹操打败而依附刘备的吕布趁虚偷袭了下邳，俘虏了刘备的妻子。刘备回军，中途军队溃散，只得收余军东取广陵，又为袁术所败，转军海西，困顿至极。从事麋竺以家财助军才稍得喘息。后来向吕布求和，答应做吕布的部下，吕布才将刘备的妻子归还给他，刘备回到小沛。

不久，吕布见刘备再度招募了万余人的军队，于是又率军进攻小沛，刘备再战败，前往许都投奔曹操。曹操给予刘备兵马粮草，让刘备做豫州牧。

建安三年（198），刘备军队夺取了吕布军队的黄金，吕布派遣中郎将高顺和北地太守张辽进攻刘备。曹操虽派夏侯惇援救，但被击败。沛城最终被吕布攻破，刘备妻子再次被掳，刘备只身逃走。刘备在梁国国界与曹操相遇，于是与曹操联合进攻吕布，并杀死吕布。其后刘备与曹操回到许都，被封为左将军。

建安四年（199），车骑将军董承受汉献帝衣带诏，刘备起初未敢参与。曹操与刘备"煮酒论英雄"，曹操对刘备说："今天下英雄，就是你跟我。"刘备心惊，筷子掉落，知道曹操难容自己，遂与董承等人同谋。恰逢当时曹操派刘备与朱灵一起攻击袁术，途中袁术病死，刘备趁机进军下邳，杀曹操的徐州刺史车胄，留关羽守下邳，行使太守的职责，自己驻军小沛不再跟从曹操。曹操派司空长史刘岱、中郎将王忠往攻，被刘备击退。东海昌豨以及诸郡县多从刘备，刘备有了数万兵马，于是北连袁绍抗击曹操。

建安五年（200）春季，曹操亲自东征刘备，刘备战败，关羽被擒。刘备逃往青州，青州刺史袁谭率领军队迎接刘备，刘备随袁谭到平原，派人告诉袁绍，袁绍离开邺城二百里来迎接刘备。停留了一个多月，刘备被打散的士卒也慢慢地集结于此。

建安五年，袁绍派刘备领兵与刘辟进攻许都以南，关羽得知后从曹操处回到刘备处。曹操派遣曹仁来攻击刘备，刘备战不利，于是再回到袁绍处。后来发现袁绍志大才疏，无法成事，就想离开袁绍，以联结刘表为由，带兵复到汝南，联合黄巾余党龚都，共有数千人，曹操派遣蔡阳前来攻打，被刘备所杀。

建安六年（201），曹操亲自讨伐刘备，刘备往投刘表。刘表亲自到郊外迎接刘备，待以上宾之礼，让刘备屯兵于新野。荆州豪杰都前往归附刘备，引起刘表的猜疑，遂暗中提防刘备。

建安七年（202），刘表命刘备带军北上抗击曹操，在叶县，刘备击败曹操的夏侯惇军。

刘备在荆州数年，自觉老之将至而功业未建，遂有"髀肉之叹"。刘备向刘表提出趁曹操进攻乌桓时偷袭许都的建议，刘表没有采纳。

刘表病重时，准备把荆州托付于刘备，并对刘备说："我儿不才，荆州诸将又相继凋零。我死之后，就由你来摄政荆州。"刘备回答道："您的几位儿子当然是贤明的，请您安心养病。"有的人劝刘备应该听从刘表所言，刘备说："刘表待我不薄，如果我取代他的儿子，人们必定会认为，我待刘表甚薄，所以，我不忍心这么做。"

建安十三年（208），曹操亲率大军南下，而此时刘表病死，刘表次子刘琮代立，遣使者投降曹操。刘备屯兵于樊城，不知道刘琮投降，直至曹操军的突然到了宛城才知道情况，随即率军离开。路经襄阳时，诸葛亮建议刘备攻打刘琮，可占据荆州，但刘备因和刘表同宗，不忍相夺。刘备于城外喊刘琮，刘琮因为害怕不敢出来。刘琮的部下以及很多荆州士人百姓都投靠刘备，到当阳时，竟有十余万众，辎重数千辆。刘备不忍抛弃百姓，被曹军追到，刘备大败。

同年十二月，刘备联合孙权，与周瑜率领联军大败曹操于赤壁。刘备与吴军水陆并进，追到南郡。时曹军疾疫，多死，曹操引军北归，留下曹仁守南郡。

建安十四年（209），刘备与周瑜在南郡进攻曹仁，迫使曹仁龟缩在江陵城。因江陵城坚固，一时难克，刘备又率众南征荆州南部四郡，武陵太守金旋、长沙太守韩玄、桂阳太守赵范、零陵太守刘度皆降。同年十二月，周瑜夺取江陵。

建安十五年（210），刘备从孙权手中借得荆州江陵（南郡），于是据有荆州五郡。

至此，刘备才算真正有了自己的根据地，奠定了三分天下的基础。

2.跟着强盗但不杀人，吉

做别人助手，如果可以选择，当然要选坚持正义、合乎道德、坚持大多数人利益的领导。跟从这样的领导做事更容易成功，个人的价值也更容易得以实现。但绝大多数情况下领导是无法选择的。无论跟从的领导怎么样，作为助手一定要守住自己不做伤天害理的事情这条红线，才会得以善终。

冯道是五代十国时期著名宰相，历经四朝十代君王，在中国历史上被称为"十朝元老"。

纵观冯道的一生，五代十国时天下大乱，皇帝轮流做，不管谁做皇帝，包括契丹人，他都不反对也没有能力反对。

冯道无论做谁的官都不谋私利，尽量做保护百姓性命、维持百姓生计的事情，不为皇帝争权夺利出谋划策，不做残害百姓的帮凶。石敬瑭托孤后，他坚持立长不立幼，为的就是减少动荡。在对后唐明宗李嗣源进谏时，冯道说："谷贵则饿农，谷贱则伤农，这是常理。臣还记得近代举人聂夷中的一首诗《伤田家诗》：'二月卖新丝，五月粜秋谷。医得眼下疮，剜却心头肉。我愿君王心，化作光明烛。不照绮罗筵，偏照逃亡屋。'"劝后唐明宗做一代明君。

辽国耶律德光灭后晋入主中原，耶律德光专门召见冯道并准备任用他，问他："天下百姓，如何可救？"冯道回答说："此时百姓，佛祖出世也救不了，唯皇帝可以减少战争，避免老百姓生灵涂炭。"冯道看似向契丹主低三下四说了一些恭维的话，无非是为了维护中原老百姓的生命，史书对这一行为的评价是：其后中原人不受契丹刀兵的创伤，皆冯道与赵延寿阴护之所至也。

冯道出使契丹，看见被掠夺的中原妇女，心中不忍，就变卖东西将她们赎回，然后派人将她们一一送回家，完全是一副菩萨心肠。更难能可贵的是，冯道还不好女色，当年后唐与后梁交战时，有的武将把抢掠来的美女送给他，冯道就找间屋子养着，寻访到她的家人后再送回去。冯道一生十分清廉，生活节俭，权位虽高决不谋私利。他遗嘱中说死后希望选择一块无用之地埋葬即可，不要像别人那样嘴里含珠玉下葬，也不用穿豪华的寿衣，用普通的粗席子安葬就行。

也有文人认为如果冯道不接受各个朝代高官重位，归隐而去，他完全可以保全自己的气节。但这样做就不能在乱世中保护天下的百姓了。

冯道刚辅助燕王刘守光时，因为直言进谏，差点被刘守光拉出去砍头。经过一系列磨炼，冯道处世为官之道越来越老练，别看经常直言进谏，说话时常有点难听，但进谏的分寸恰到好处，尽心劝阻皇帝不要伤害百姓，多行善举，又不招来杀身之祸。自己虽然玷污了名声气节，但给乱世中的天下百姓争取到了一丝生存空间，不但为当时百姓感念，就是争权夺利、凶狠狡诈的历代皇帝也打心眼里佩服他，以至于他能够在乱世中善始善终。后周显德元年（954）四月，冯道病逝，追封瀛王，谥号文懿。

3.谦虚谨慎做部下

在集体内要谦虚谨慎，明白自己的地位和角色。企图凭借自己的功劳要挟上级，恃功自傲，自作主张，越俎代庖，那么灾祸就会马上出现在眼前。作为下级，就要踏踏实实做人，兢兢业业做事，用成绩取得领导的信任。

诸葛亮多次出军，杨仪总是帮他制定规划，筹措粮草，做事不用过多嘱咐，很快就利索地处理完毕。军中礼节制度，都由杨仪安排和检查。诸葛亮深为爱惜杨仪的才干，但又需借助魏延的骁勇，常恨二人不能很好相处，但又不忍心偏向他们任何一方。

建兴十二年（234），杨仪跟随诸葛亮出军屯扎谷口。诸葛亮病逝于五丈原。杨仪既率领部队退回，又讨伐诛杀魏延，自以为功劳特大，理当接替诸葛亮执掌朝政。

诸葛亮生前已有密奏，认为杨仪性情急躁狭隘，有意让蒋琬担当重任，蒋琬于是为尚书令、益州刺史。杨仪到京城后，被任命为中军师，没有部属，只是自己便宜行事而已。

起初，杨仪任先主手下的尚书，蒋琬为尚书郎，后来都任丞相参军长史。杨仪每次随行出征，承担军中繁重的工作，自认为比蒋琬资历老，才能超过蒋琬，而现在却是蒋琬执掌朝政，于是他声色之间经常流露出怨愤表情，斥责他人叹息自己的言语发自内心。当时大家都畏惧他出言不逊，不敢与他交往，只有后军师费祎前往慰劳看望他。杨仪对费祎表示自己的怨恨愤怒，说了许多以前的事，还对费祎说："以前丞相去世时，我如果举兵投靠魏氏，今日怎会落魄到这种田地呢！真是令人追悔莫及。"费祎便秘密地将这些话向上奏报。

建兴十三年（235），杨仪被废为平民，流放到汉嘉郡。杨仪到了流放地，再次上书诽谤，语气措辞激烈，于是朝廷派人下到郡中捉拿他。杨仪自杀。

4.功高震主时激流勇退

功高震主常常是危险的。为避免这种局面，明智的人激流勇退，主动自贬，全身而退。

萧何用计诛韩信后，刘邦对他更加恩宠，除对萧何加封外，还派了一名都尉率 500 名兵士做相国的护卫，可谓封邑晋爵，圣眷日隆。这天，萧何在府中摆酒席庆贺，众宾客纷纷道贺，萧何非常高兴。突然有一个名叫召平的门客，却身着素衣白履，昂然进来吊丧，萧何见状大怒道："你喝醉了吗？"召平说："公勿喜乐，从此后患无穷矣！"萧何不解，问道："我进位丞相，安分守己，且我遇事小心谨慎，未敢稍有疏忽，君何出此言？"召平说道："主上南征北伐，亲冒矢石，而你安居都中，不与战阵，反得加封食邑。我揣度主上之意，恐在疑公。公不见淮阴侯韩信的下场吗？"萧何一听，恍然大悟，猛然惊出一身冷汗。第二天早晨，萧何便急匆匆入朝面圣，力辞封邑，并拿出许多家财，拨入国库，移作军需。汉帝刘邦十分高兴。

刘邦亲自率兵征讨黥布。每次萧何派人输送军粮到前方时，刘邦都要问："萧相国在长安做什么？"使者回答，萧相国爱民如子，除办军需以外，无非是做些安抚、体恤百姓的事。刘邦听后，总是默不作声。来使回报萧何，萧何亦未识汉帝何意。一日，萧何偶尔问及门客，一门客说："公不久要满门抄斩了。"萧何大骇，忙问其故。那门客接着说："公位到百官之首，还有什么职位可以再封给您呢？况且您一入关就深得百姓的爱戴，到现在已经十多年了，百姓都拥护您，您还不断想尽方法为民办事，以此安抚百姓。现在皇上之所以几次问您的起居动向，就是害怕您借助关中的民望有什么不轨行动啊！试想，一旦您趁虚号召，闭关自守，岂非将皇上置于进不能战、退无可归的境地？如今您可以贱价强买民间田宅，故意让百姓骂您、怨恨您，制造些坏名声，这样皇上一看您也不得民心了，才会对您放心。"萧何长叹一声，说："我怎么能去剥削百姓，做贪官污吏呢！"门客说："您真是对别人明白，对自己糊涂啊！"萧何想想也很有道理，就用很低的价钱强买了许多土地房屋，引起百姓反感。

刘邦听说后假装生气，出征回来把萧何关了几天然后放了出来，后来更加信任萧何了。

5.反复背叛不受待见

反复无常，经常背叛，社会上没有人会再信任你。一个没有信誉的人很难在社会立足。

如果说吕布是"三姓家奴"、两易其主的话，侯景则更胜一筹，历经四位主人并且都反戈一击，翻脸不认人。

侯景，朔方人。北魏末年，北方大乱，侯景率领自己的部队投靠了北魏权臣尔朱荣，被尔朱荣任命为先锋。东魏丞相高欢消灭了尔朱家族后，侯景率众投靠高欢，成为高欢手下的一员大将，并拥兵十万，镇守河南。高欢临死的时候，怕侯景靠不住，派人把侯景召回洛阳。侯景听到高欢死了，就不接受东魏的命令，带着河南十三州人马投降了西魏。西魏丞相宇文泰也不信任侯景，一面接受侯景的献地，一面召侯景到长安去，准备解除他的兵权。侯景不肯上宇文泰的当，又转而向南梁投降。梁武帝不听大臣的劝阻，接受了侯景的投降，封侯景为大将军、河南王。东魏进攻侯景，后来侯景大败，只剩下八百个人逃到南梁境内的寿阳。侯景在梁武帝不断资助下又渐渐强大起来，不久侯景起兵反叛南梁，于549年攻破建康（南京）。皇城在久围之下，粮食断绝，疫疾大起，死者十之八九。梁武帝萧衍被困饿死，侯景立太子萧纲为皇帝，侯景自封为大都督。侯景进入建康后，"悉驱城市文武，裸身而出""交兵杀之，死者三千人"，又"纵兵杀掠，交尸塞路"。548年，侯景又立萧正德为皇帝，改元正平元年。551 年，再命萧栋禅让，侯景自己登基做皇帝，国号为汉。侯景陆续派军在三吴地区大肆烧杀抢掠。简文帝大宝二年（552），侯景被陈霸先、王僧辩所击败。侯景企图逃亡，被部下所杀，结束了他可耻的一生。

王僧辩将侯景的双手砍下交给东魏高洋，头颅送至江陵，尸体在建康街头暴露。当地百姓将其尸体分食殆尽，连其妻溧阳公主也吃他的肉，尸骨烧成灰后有人将其骨灰掺酒喝下。梁元帝萧绎下令将他的脑袋悬挂在江陵闹市上示众，然后又把头颅煮了，涂上漆，交付武库收藏。侯景有 5 个儿子留在北方，大儿子被高澄剥皮后用锅煮死，其余 4 个儿子被阉割后煮死。

三、纠正上司的错误：怎样成为领导倚重的左膀右臂

追随别人，就免不了要和地位比自己高的人或者上司打交道。与上司打交道要做的就是服从上司的正确领导，维护上司的威信，再就是纠正上司的错误。这样才能成为领导依靠信任的部下。

作为部下，一般而言在整体层面对事物的了解虽然不如上司，但从部下的角度会更了解基层的问题所在，对执行层面的情况有一定的发言权。另外，每个人所处的环境、地位、角度以及沟通渠道不同，很有可能发现被领导忽视或没有察觉的问题。发现错误后正确的做法要像对待长辈一样，应该勇敢而尊敬地向上司指出。

纠正家庭长辈的错误，是为了维护整个家庭的幸福；纠正上司的错误，是为了维护整个团体的利益。

纠正部下的错误比较容易，纠正上司的错误有一定的难度，如果不注意方式方法，结果会适得其反。

1.打人不打脸，骂人不揭短

指出上司的错误要注意方式方法和语言技巧，既要让上司感悟错误所在，也不要挫伤上司的自尊心，损伤上司威信，这样才能更好地让上司接受意见，改正错误。

东方朔为人诙谐幽默，常常用一个小玩笑旁挑曲引，既指出汉武帝的错误，又不会引火烧身。

汉武帝是个既有雄才大略又好大喜功的君主，爱听人歌功颂德。有一次他故意问东方朔自己这个皇帝当得怎么样。东方朔说你这个皇帝，超过三皇五帝，周公旦可以做你的丞相，孔丘可以做你的御史大夫，姜子牙可以做你的将军……一口气点了二十五位古代贤臣明君，一边说一边手舞足蹈。武帝虽然知道他在讽刺自己，欲恨不能，后来只能破涕为笑。

又一次，武帝宠爱的外甥酒后杀人，他妹妹来求情，武帝想法外开恩又不想自己说出口，就假装伤心掩面落泪，希望站在身边的东方朔心领神会，出面求情赦免。谁知东方朔故意装糊涂，说："圣上知道杀人偿命，罪无可赦，自己的亲外甥要抵命了才伤心落泪，这种大义灭亲的公正态度，实在让我们做臣子的佩服，我们也不敢求情了。"武帝的外甥因此被杀。事后武帝并没有怪罪东方朔。

吉顼将去外地做官，对武则天说："我现在远离朝廷，永远没有再见到陛下的机会，请准许进一言。"太后让他坐下，问他想说什么，他说："水和土和成泥，有争斗吗？"太后说："没有。"又说："分一半给佛家，一半给道教，有争斗吗？"太后说："这就有争斗了。"吉顼叩头说："皇族、外戚各守本分，则天下安定。现在已经立太子而外戚还当王，这是陛下驱使他们以后必然相互争斗，双方都不得安生。"

后唐庄宗李存勖在中牟打猎，他和随从们乘坐的马践踏农田，损坏了庄稼。中牟县的县令拦住庄宗的马向他劝谏，为民请命。庄宗大怒，命令把他杀了。这时有位专门为皇帝逗笑的伶人敬新磨也跟在李存勖的队伍里，听到命令带领其他伶人追上了县令，把他捉到庄宗面前，列举着罪状责备说："你身为县令，难道没听说天子喜欢打猎吗？你为什么要放纵百姓，让他们去耕种田地来缴纳国家的赋税呢？你为何不让你的百姓饿着肚子，空出这片田野，来让天子驰骋追逐呢？你真是罪该处死！"于是请庄宗派人赶快行刑，别的伶人也都七嘴八舌地附和。庄宗听了大笑，知道自己错了，马上让人释放中牟县令。

2.部下改错比脸面重要，上司脸面比改错重要

纠正上司的错误，最好用私下的、鼓励的、启发的方法，尽量不要采取指责、批评、贬低甚至当众顶撞的方式。

作为上司，领导部下需要一定的威信，威信和能力都是领导力的一部分。指责、批评、贬低甚至当众顶撞，或者四处散布舆论指出上司的错误，都会让上司陷入尴尬境地。如果上司听从了，虽然避免了错误和损失，但同时也会损害上司的威信和领导力；如果领导不听从不但会因为错误导致重大损失，还会被部下质疑能力，同样会损害上司利益。所以用生硬的方式指出错误，是上司非常反感的。使用委婉的方法指出错误，使上司进退自如，既避免错误又不损害威信，是部下和上司都能相互保全的好方法。

十六国时，刘殷当汉赵丞相，颇有才能。他从不冒犯皇帝刘聪，但经常就具体的事情进宫规劝，对刘聪补益很多。刘聪每次与大臣们商议政事，刘殷都不表示什么态度，等大臣们离开，刘殷单独留下，为刘聪对所议事宜铺陈发挥再理出头绪、反复商讨，刘聪从没有不采纳他的建议的。刘殷常常告诫子孙说："为君主做事应当务求对君主委婉地劝谏。凡人尚且不能当面斥责他的过错，更何况皇帝呢？委婉劝谏的功效，其实与冒犯君主没有什么区别，只是不明说君主的过失，所以是比较好的方法。"刘殷历任侍中、太保、录尚书等职，并被赐予可以佩剑穿鞋上宫殿、朝见天子不用快步行走、乘车进入宫殿等特权。但是刘殷在公卿大臣中，常常带有谦卑礼让的恭顺神色，所以处在骄纵横暴的国家，能够保全自己的富贵，不损伤自己的美好声名，并以长寿善终。

3.纠人之错，先与人善

一些人发现上司错误并提出，上司改正后避免了错误，他便得意忘形，四处夸耀自己的能力，这样的行为非常令人反感。

还有一些人在大庭广众之下指出上司的错误，并不是真心帮助上司改正错

误，而是故意贬低上司、打击上司，是为了动摇推翻上司的地位，图谋取而代之。这种人是上司的对立面、竞争者，甚至是仇敌。上司之所以非常反感部下以当面指责、批评、贬低甚至当众顶撞的方式指出自己的错误，原因之一，就是难以判断部下究竟是善意地帮助自己改正错误，还是通过贬低打击影响自己的地位。与威胁到自己的领导地位相比，改正错误就成了不重要的事情。

杨秀清跟随洪秀全起义，成为太平天国重要将领。在军事谋略方面杨秀清比洪秀全更加优秀。1851 年底，洪秀全在永安分封诸王，杨秀清被封为东王，并担任太平军统帅，正式掌管兵权。此后杨秀清指挥太平天国军一路打到南京，并击败了多路清军。1856 年 6 月，威胁天京长达三年的江南、江北两座大营被摧毁后，杨秀清声望一时无二，集教权、政权、军权于一身。此时，杨秀清渐渐滋生取而代之的念头。

自公元 853 年建都天京后，杨秀清频繁假借代天父传旨的特权，排除异己，还公然侮辱洪秀全。杨秀清看到气魄宏大的天王府，以及天王洪秀全纸醉金迷的糜烂生活，非常生气，认为洪秀全只会享受荣华富贵，已经没有了往日的进取心，就借助天父下凡的把戏，直接到天王府杖责洪秀全。这件事让洪秀全十分生气，因为杨秀清的东王府一样金碧辉煌。还有一次洪秀全下令拆毁孔庙，杨秀清又假借天父，公开用杖打洪秀全屁股。1856 年 8 月，在指挥太平军攻破江南大营后，杨秀清以此大功为由，假借代天父传旨，召天王洪秀全到东王府，"天父上身"的东王对天王说："你和东王皆为我子，东王有天大的功劳，为何只称九千岁？"洪秀全说："东王打江山，也应当是万岁。"

"天父"又问："东王的儿子岂止千岁？"洪秀全说："东王既然称万岁，他儿子将来也应该是万岁，且世代皆万岁。""天父"大喜说："我回天去也。"杨秀清浑身一阵抖，恢复了本来面目。

内官统领陈承瑢以此事为引子，向洪秀全告密，说杨秀清要夺权篡位。洪秀全立刻发出密诏，让领兵在外的北王韦昌辉、翼王石达开等人返回天京诛杀杨秀清。

1856 年 9 月 2 日，天京事变爆发，韦昌辉趁夜率三千兵众突袭东王府，杨秀清及其家属、部众几乎尽遭屠戮。

4.摸老虎屁股比对牛弹琴更危险

对于昏聩不明又刚愎傲慢的上司，规劝纠正他的错误无异于摸老虎屁股，不规劝纠正又会被他错误所连累，最好弃他而去。

文种是越王勾践的大臣。当年勾践与范蠡去吴国当马夫，文种留在越国，替勾践看守国家，等勾践返回，又帮助勾践壮大国家力量，最终灭了吴国。灭吴国之后勾践慢慢骄傲起来，不再听从文种意见。文种的战略见解与越王发生分歧，就以"为国吊丧""寡妇三哭"等极端手法劝谏。此举不仅招致越王大怒，更令主战的将领们强烈反感，力主杀他而稳定军心。勾践斥责文种道："动辄就'臣愿以死进谏'你别总拿命和寡人相搏，你当真以为寡人不能杀你？你既然这么想死，寡人就成全你的心意。"勾践赐文种一把剑，并派人对文种说道："你教寡人伐吴七术，寡人只用其三就打败了吴国，现在还有四术在你那里，没有用上，你不如为我死去的先王先去试用一下。"勾践以夫差赐死伍子胥的同样方法赐死了文种。

5.有的放矢

劝谏上司首先要明白上司是怎样的人。能虚心接受别人建议的可以知无不言，直言相告；性格急躁，容易发脾气但能明白事理的上司，可以旁挑曲引，用委婉的方法慢慢浸润，毕竟上司内心是聪慧的；对于性格强硬，做事霸道的上司，要以理服人，言辞不能过于激烈；对于性格柔弱的上司，要用道理来引导，指明利害；对于好面子的领导要尽量背后交流；傲慢自大、刚愎自用的上司，是不会轻易接受别人建议的，强谏只能招惹灾祸；而糊里糊涂，不明事理的上司，劝也没用。

孔子说：可与言而不与人言，失人；不可与言而与之言，失言。知者不失人亦不失言。

武则天刚登皇位，怕皇权不稳，十分猜忌，不容易接受劝谏，吉顼面奏事情，引证古今，武则天发怒说："你所说的，朕听够了，不要多说了！太宗有马名叫狮子骢，肥壮任性，没有人能驯服它。朕当时作为宫女在太宗身边侍奉，对太宗说：'我能制服它，但需要有三件东西：一是铁鞭，二是铁棍，三是匕首。用铁鞭抽打它，不服；用铁棍敲击它的脑袋，又不服；最后则用匕首割断它的喉管。'太宗夸奖朕的志气。今天你难道值得玷污朕的匕首吗！"吉顼害怕得浑身流汗，跪伏地上请求免死，武则天这才没有杀他。

武则天到了老年宽容了许多。苏安恒上疏说："臣听说这天下是高祖神尧皇帝和太宗文武皇帝的天下，陛下虽居皇帝之位，但实际所依靠的毕竟是大唐旧有的基业。现在太子重新得立，正当壮年，品德高尚，陛下因贪恋皇位而忘却母子之间的深厚恩情，将以什么脸面去见供奉在宗庙之中的大唐列祖列宗，又将以何种身份去谒见大唐高宗皇帝的陵寝？陛下为什么还要日夜忧虑国事，而不明白自己已经到了晨钟已响、夜漏将尽的暮年！臣愚昧，以为天意人心，都希望将皇位归还李家。陛下只安于皇位，很不明白物极必反、器满则倾的道理！臣为了使社稷长治久安，又怎么能顾惜个人的短暂生命呢！"这些话虽然很不好听，武则天也没有加罪于他。

四、晋升：把握时机，走好每一步

人生中会遇到很多与晋升有关的问题，如果不能正确把握时机处理好这些问题，就会丧失来之不易的机遇，悔恨终身。

1.初创靠文治

打江山时期，一个团体的壮大依靠攻无不克、守无不坚的军事力量，一个人得到晋升是因为他有赢得战争胜利的才干。

江山打下以后，国家需要治理和稳定。此时一个团体的壮大要依靠促进经济发展和国家稳定的实力，一个人得到晋升是因为他有文治的本领，或者是道德的榜样。

刘邦是一个性格张扬、厌恶儒生的人，他看到有人戴儒生的高帽子，就要把那帽子摘下来，往里面撒尿。而陆贾恰好是个儒生，他在刘邦身边，常常引用《诗》《书》进言，刘邦自然不会给他好脸色。有一次他骂陆贾道："我的天下是在马上得来的，要《诗》《书》有什么用！"而陆贾从容不迫地说道："您从马上打下来的天下，难道还能在马上治理天下吗？商汤、周武王都是像您一样取得的天下，却用安定的手段来维护政权，文武并用才是保证政权长久的办法。春秋时期吴王夫差、智伯穷兵黩武最终走向灭亡，而秦国一直严刑峻法，终于灭亡在赵高手里。倘若秦国在统一天下后，推行仁义，取法先圣，天下又哪里轮得到陛下来执掌！"

这一番话，让刘邦为之语塞，他认识到自己鄙视儒生的做法是错误的，面带惭色地对陆贾说："那请你为我写一本著作，说明为什么秦国失去了天下，而我为什么得天下，还要有古代国家成败兴亡的例子。"陆贾于是接受了请求，写了十二篇文章。文章写在竹简上，上奏给刘邦。每一次上奏，刘邦看了都交口称赞，左右看了刘邦高兴的样子，也山呼"万岁"，于是《新语》一书就此问世。陆贾不但信奉儒家思想，也吸收了黄老道家的许多思想，主张清静无为，推行仁义，减轻刑罚，并广求人才，他的政治观点深刻地影响了汉初政治，给广大民众以休养生息的时间，最终让社会走向了安定，他也因此受到了重用。

2.盛世靠人情

到了一个政权的中期，用人渠道基本为各种社会关系网把持。一个人得到晋升很大程度上是因为他善于攀附，能博得上司的青睐，或者有特殊的背景等。有德的人不愿巴结奉迎，有才的人不屑靠人情关系，所以有德有才的人很少有提拔和晋升的机会。

此时一个团体能在社会上站住脚需要政治与财富结合，不断加强对经济和政治的控制能力，以政促经，以经保政。没有政治背景的经济实体或者没有强大经济支撑的政治力量都很难维持下去。

胡雪岩出生于徽州府绩溪县湖里村，幼年的时候，家境十分贫困，以帮人放牛为生。13 岁的胡雪岩就开始孤身出外闯荡，到杭州"信和钱庄"当学徒。从扫地、倒尿壶等杂役干起，三年师满后，就因勤劳、踏实成了钱庄正式的伙计。19 岁时，胡雪岩被杭州阜康钱庄于掌柜收为学徒，于掌柜没有后代，把办事灵活的胡雪岩当作亲生儿子。于掌柜弥留之际，把钱庄悉数托付给胡雪岩。这所价值 5000 两银子的钱庄，堪称胡雪岩在商海中的第一桶金。

清道光二十八年（1848），26 岁的胡雪岩结识"候补浙江盐大使"王有龄，挪借钱庄银票 500 两银钱，帮王有龄补实官位。清咸丰元年（1851），王有龄奉旨署理湖州知府一职，不久后调任杭州知府。在王有龄任湖州知府期间，胡雪岩开始代理湖州公库，在湖州办丝行，用湖州公库的现银扶助农民养蚕，再就地收购湖丝运往杭州、上海，脱手变现，再解交浙江省"藩库"，从中不需要付任何利息。接着说服浙江巡抚黄宗汉入股开办药店，在各路运粮人员中安排承接供药业务，将药店快速发展起来。

清咸丰十年（1860），胡雪岩 37 岁时，王有龄升任浙江巡抚，感恩图报，鼎力相助胡氏的"阜康钱庄"。之后，随着王有龄的不断高升，胡雪岩的生意也越做越大，除钱庄外，还开起了许多的店铺。庚申之变成为胡雪岩大发展的起点。在庚申之变中，胡雪岩处变不惊，暗中与军界搭上了钩，大量的募兵经费存于胡的钱庄中，后又被王有龄委以办粮械、综理漕运等重任，几乎掌握了浙江一半以上的战时财经。

清咸丰十一年（1861）十一月，太平军攻打杭州时，胡雪岩从上海、宁波购运军火、粮食接济清军。是年底，杭州城破，王有龄因丧失城池而自缢身亡，胡氏顿失依靠。

左宗棠由曾国藩疏荐任浙江巡抚，督办军务。清同治元年（1862），胡雪岩获得新任闽浙总督左宗棠的信赖，被委任为总管，主持杭州城解围后的善后事宜及浙江全省的钱粮、军饷，使阜康钱庄大获其利，也由此走上官商之路。

在深得左宗棠信任后，胡雪岩常以亦官亦商的身份往来于宁波、上海等洋人聚集的通商口岸间。他在经办粮台转运、接济军需物资之余，还紧紧抓住与外国人交往的机会，勾结外国军官，为左宗棠训练了千余人、全部用洋枪洋炮装备的常捷军。这支军队曾经与清军联合进攻宁波、奉化、绍兴等地。

清同治三年（1864），自清军攻取浙江后，大小将官将所掠之物不论大小，全数存在胡雪岩的钱庄中。胡以此为资本，从事贸易活动，在各市镇设立商号，利润颇丰，短短几年，家产已超过千万。

太平军被灭后，胡雪岩的银号开进杭州，专门为左宗棠筹办军饷和军火。依靠湘军的权势，在各省设立阜康银号二十余处，同时兼营药材、丝茶，开办了中药店，操纵江浙商业，资金最高两千万两以上，是当时的"中国首富"。

在左宗棠任职期间，胡雪岩管理赈抚局事务。他设立粥厂、善堂、义塾，修复名寺古刹，收殓了数十万具暴骸；他恢复了因战乱而一度终止的牛车，方便了百姓；他还向官绅大户劝捐，以解决战后财政危机等事务。胡雪岩因此名声大振，信誉度也大大提高。

清同治五年（1866），胡雪岩协助左宗棠在福州开办"福州船政局"，成立中国史上第一家新式造船厂。就在船厂刚刚动工不久，适逢西北事起，朝廷突然下令左宗棠调任陕甘总督。左宗棠赴任之前，一面向朝廷推荐江西巡抚沈葆桢任船政大臣，一面又竭力推荐胡雪岩协助料理船政的一切具体事务。

清同治八年（1869）秋，船厂的第一艘轮船"万年清"号下水成功。这艘轮船从马尾试航一直行驶到达天津港，当人们首次看到中国自己制造的轮船时，万众欢腾，盛况空前，连洋人也深感惊奇。

清同治十年（1871）初，"镇海"号兵轮又下水成功。远在边陲的左宗棠得知这些消息，特别写信给胡雪岩："闽局各事日见精进，轮船无须外国匠师，此是好消息……阁下创议之功伟矣。现在学徒工匠日见精进，美不胜收，驾驶之人亦易选择，去海之害，收海之利，此吾中国一大转机，由贫弱而富强，实基于此。"

清同治十一年（1872），阜康钱庄支店达 20 多处，遍及大江南北。资金2000 万余两，田地万亩。由于辅助左宗棠有功，曾授江西候补道，赐穿黄马褂，是一个典型的官商。

清同治十二年（1873），时任陕甘总督的左宗棠调兵遣将，准备发兵新疆。带兵打仗需要粮食。左给胡致信，请胡向上海滩的外国银行借款，以解西征军燃眉之急。当时借外债很困难，连恭亲王向洋人举债都被拒绝。但胡雪岩非同一般，朝廷办不成的事他办成了。他以江苏、浙江、广东海关收入做担保，先后六次出面借外债 1870 万两白银，解决了西征军的经费问题。胡还给西征将士送去了"诸葛行军散""胡氏避瘟丹"等大批药材，免去了水土不服之虞。左宗棠赞曰："雪岩之功，实一时无二。"

清同治十三年（1874），筹设胡庆馀堂雪记国药号。

清光绪二年（1876），于杭州涌金门外购地10余亩建成胶厂。

清光绪三年（1877），胡雪岩帮左宗棠创建"兰州织呢总局"，是中国近代史上最早的一所官办轻工企业。

清光绪四年（1878），55岁的胡雪岩成立"胡庆馀堂雪记"国药号，正式营业。胡雪岩在全盛时期开创的胡庆馀堂将他救死扶伤的对象范围扩大到全天下所有的百姓。在胡雪岩的主持下，胡庆馀堂推出了十四大类成药，并赠送胡氏避瘟丹、痧药等民家必备的太平药，在《申报》上大做广告，使胡庆馀堂在尚未开始营业前就已声名远播，这正是胡雪岩放长线钓大鱼的经营策略。1878年春，以上所有的耗费换来的是成倍的利润。

清光绪五年（1879），胡庆馀堂资本达到二百八十万两银子，与北京的百年老字号同仁堂南北交相辉映，有"北有同仁堂，南有庆馀堂"之称。

3.衰世靠金钱

政权晚期，政治紊乱，仕途的晋升完全由利益所决定。一个人得到晋升是因为提拔他的人会因此获得丰厚的利益，清正廉洁的人、缺乏实力背景的人绝少会有晋升的机会，即便得到晋升也是鹤立鸡群、孑然孤立、难以生存。

此时一个团体的存活则依靠政权和经济合二为一，直接用权力来作为攫取利益的工具，同时又用强大的经济加强军事力量，控制政权。

卖官鬻爵本来是贪官徇私枉法、贪污受贿的手段，但到朝代末期，国家也会公开卖官。

清朝末期，由于战争不断，内外交困，清政府财政空虚，为了解决这一问题，便想尽一切办法横征暴敛增加收入。其中一种是捐官，也就是明码标价，花钱买官，不管有没有文化，德行操守如何，有没有治理一方的能力，只要你有钱都可以入朝为官。到同治、光绪年间，清廷更是怪招百出，不仅卖实任官职还卖候补官职，从候补到实任还得花一次钱，甚至开始实行监生、吏典的买卖。

卖官收入的银两怕被官员中饱私囊，国家专门统一印制了买官收据，只有拿到这个收据，吏部才会承认所买官职的合法性。

绝大部分买官的人不是想为民造福，而是想通过做官来捞钱。浙江山阴县有一个名叫蒋渊如的人，他发现了一个发财之道，通过买一个知县来当，可以大发横财，而且风险也不是很高。可自己一个人拿不出这么多钱，便叫上唐文卿等四位朋友一起凑钱，然后按照出钱多少来排列官位，分任县令、师爷等职务。

上任后，这几个人根本就不顾老百姓的死活，大肆搜刮钱财。三年就赚了60多万两银子，令当地老百姓愤怒不已，于是纷纷向上告状。三年后，这五人终于因为贪污而被革职，但他们早已经赚得盆满钵满了。

后来卖出的官职实在是太多了，导致大部分是候补官员，很可能一辈子都等不到实任，这些当官的越来越不值钱。

很多人为买官倾家荡产，有的则在路上打个官职的旗子，设立关卡收费，国家也无可奈何。这些乱象导致整个清朝加速崩溃。

4.晋升的三要件：自身条件、环境、方法

一个德才兼备，且看破世事的人的志向应该是：乱世为将，初世为相，盛世为商，衰世隐居僻壤。

晋升除了看清大势，还要认清所处环境，持续完善自身条件，掌握晋升的方法和技巧。

环境包括竞争对手、上下左右关系等。曹操、刘备、孙权与历史上统一中国的枭雄比都毫不逊色，但是三个人同处一个时代，于是谁都难以独霸天下。

自身条件包括很多方面，诸如能力、经济基础、名望、资历、人脉以及你对能够决定你升迁的关键人物的影响。

晋升的方法和技巧就是有步骤有计划，灵活运用各种方法和自身拥有的条件获得晋升。比如勇于担当为领导排忧解难，通过认同乡、同科、同姓乃至认干亲、送钱送物等手段投机钻营等。

一般而言，一个人得到领导提拔，一定是对领导有用的，其中包括能给领导带来欢愉快乐等。

和珅可谓是此类平步青云的佼佼者，他 26 岁时任户部右侍郎，此后便一路高升，所担任的朝廷重要职务达几十种之多，有军机大臣、总管内务府大臣、国史馆副总裁、赏一品朝冠、总管内务府三旗官兵事务、赐紫禁城骑马等。

和珅出身武官之家，三岁母亲去世，九岁父亲病死，被父亲的小妾养大，从小备受欺辱。在这样的环境中长大，使得和珅练就了察言观色的本领和稳重老成、喜怒不形于色的性格。

和珅出身贵族，父亲虽然去世，但仍在紫禁城内唯一一所贵族学校咸安宫官学接受了最好的教育。讲学的教师基本上是翰林学士。和珅聪明，而且没有靠山，完全不似其他纨绔子弟，他学习极其用功，四书五经倒背如流，精通满汉藏蒙四种语言，还刻意揣摩乾隆皇帝的诗歌，几乎到纯熟精到的地步。另外，贵族学校也培养了他大气的贵族气质，让他了解了高官阶层的方方面面，拓宽了他的眼界。

和珅一表人才，再加上他的聪明好学，被直隶总督冯英廉发现。冯英廉儿子、儿媳早逝，只有一个孙女。和珅十八岁时，冯英廉将孙女嫁给了他。

至此，和珅性格、才学、资格等上升的条件都基本具备，就差一个能赏识他的慧眼。

和珅参加科考，结果因其只重视知识渊博，不注重八股文，居然名落孙山。

和珅接受了冯英廉的建议，以世袭三等轻车都尉、贵族亲属的身份加入皇帝侍卫队选拔，成为三等侍卫。离能升迁他的皇帝只一步之遥。

一次，和珅和侍卫们前呼后拥，正抬着乾隆皇帝前行，忽然有人送来急报，称一个重要的云南钦犯逃脱，奔往缅甸。乾隆皇帝说了声"虎兕出于柙"，现场的人一个个大眼瞪小眼，不知皇帝说的什么意思，和珅落落大方，回应说："守者之过！"原来，这是论语中的一句话："虎兕出于柙，龟玉毁于椟中，孰之过？"意思是老虎和犀牛从笼子里跑出，龟甲和玉器在匣子里被毁坏，这是谁的过错呢？难道是老虎和犀牛的过错吗？

乾隆让和珅到跟前来，一眼看见清秀白皙的和珅，感觉似曾相识。乾隆以前暗恋他父亲的一个嫔妃年妃，年妃早亡，乾隆念念不忘。更奇怪的是，和珅脸上有一个与年妃相同的黑痣。乾隆简单问了和珅的出身、学问，就把他调到身边任贴身侍卫。

到皇帝身边和受到皇帝赏识重用还是两码事。杜甫也曾到过皇帝身边，但事事违背皇帝心意，很快就被皇帝调走了，而和珅利用这个机会向皇帝展现了自己的才能。

有一次皇帝正在看《庄子》，因为灯光昏暗，看不清注解的小字，正准备让和珅掌灯，和珅问明情况，就将注解一字不差全背出来。

还有一次，皇帝准备过生日，突然西藏派人送来一封藏文写的信，乾隆一个字都看不懂，在座的大臣也面面相觑。和珅接过来马上读了出来，原来是西藏统治者班禅喇嘛要带一百个喇嘛千里迢迢前来拜寿。

和珅深谙乾隆的诗文，明白乾隆诗中精微要义，能夸赞到乾隆的心坎里，不像其他人，虽然满口赞颂叫好，但无的放矢，不着边际。有时候乾隆懒得动笔，就让和珅代劳，和珅写的诗完全符合乾隆所思所想，深得乾隆赞许。

在办事方面，和珅非常干练通达，精力旺盛。

他身兼数十职务，无论理财、查案、外交、文化，方方面面都井井有条，卓有成效。

更有一点让乾隆特别喜欢，就是和珅善于投其所好，曲意成全，体贴入微。乾隆的政事、家事、外事、难事，只要乾隆需要，和珅都当作自己的事来尽心竭力去办，而且无一不称心如意。

乾隆想去江南巡游，又不愿意动用国库的钱，怕遭别人非议，和珅就出面发挥他理财的本领，巧取豪夺，发动沿途豪富和官员捐助，既让乾隆玩得开心，还不花国家一分钱。

乾隆孝敬母亲，母亲去世，和珅不但把丧事安排得非常气派，而且昼夜陪着乾隆，哭得比乾隆还伤心。

天长日久，他成了乾隆的一部分。乾隆没有什么官舍不得给他，还把自己最小的女儿嫁给和珅的儿子。即便乾隆知道和珅贪赃无数，也听之任之并不追究。

5.新官上任，如履薄冰

刚刚得到晋升的人，急于在新的岗位一展自己的才能，以证实自己德才配位。但是新官上任三把火很容易受到挫折。这是因为，其一，不熟悉新的情况；其二，同部下、同事、领导，上上下下相互都不了解；其三，用以前所熟悉的较低层次时的老办法解决高层次的问题，未必适用。这时候做事要稳扎稳打，要宽厚待人，礼敬有加，要多观察了解，等一切了然于胸，再针对问题，采取适当的措施，就能够万无一失。

楚庄王熊旅继任王位三年，不发布政令，不治理朝政。右司马伍举来到君王座驾旁，对楚庄王讲了一段微妙的话，说："有一只鸟停驻在南方的阜山上，三年不展翅，不飞翔，也不鸣叫，沉默无声，这是什么鸟呢？"楚庄王说："三年不展翅，是为了生长羽翼；不飞翔、不鸣叫，是为了观察情况。虽然还没飞，一飞必将冲天；虽然还没鸣，一鸣必会惊人。你放心，我知道了。"又经过半年，楚庄王终于出手了，一举废除了十项不符合民心的政令，启用了九项利国利民的政令，诛杀大奸臣五人，贬黜多人，提拔了六位隐藏民间的高人，经过大力整治，国家面貌一新。楚庄王又整顿军队，选任良将，派兵讨伐齐国，在徐州大败了齐军，在河雍战胜了晋军，在宋国汇合诸侯，终于使楚国称霸天下。

6.做官平常心，升不喜，贬不悲

一个人得到晋升，他不是趾高气扬、目空一切，而是反复掂量、精心安排新岗位上的每一件事情，这样的人一定干得十分出色。

汉昭帝死后没有子嗣，霍光就和一班大臣商量迎立汉武帝的孙子昌邑王刘贺来继任皇帝。刘贺本来就是纨绔子弟，行为很不检点，当了皇帝更是忘乎所以，以为从此可以为所欲为。

霍光当时权倾朝野，试探了一下刘贺，假称自己年事已高，申请退休。刘贺巴不得霍光离去，竟然同意了。

此后种种迹象表明刘贺目空一切，行为放荡，不守规矩。

继位皇帝二十七天，刘贺就被废黜。从昌邑跟随他入宫的二百多人除二人外统统被杀。

霍光等为他总结了二十七天犯下的 1127 项荒唐事，大体分为六类：

一是不孝。作为继承人对死去的皇帝没有一点悲哀。大丧期间违规吃荤，御厨不敢做就私下去集市买鸡和猪来吃。昭帝的灵柩还停在前殿，刘贺就叫人取出乐府的乐器，把昌邑国的乐手引进宫里来吹拉弹唱。等到昭帝的灵柩下葬刚返回，就迫不及待地把乐手戏子们召集起来莺歌燕舞。从长安厨取出三副太牢供品（牛猪羊之类），放在阁室里装模作样地祭祀一番，然后就和随从的官员一起大吃大喝。驾驶着皇帝的专车，把车子打扮得花里胡哨的，跑到行宫去追逐野猪斗老虎。又把皇太后的小马车弄来，让官奴驾着在嫔妃住的掖庭里嬉笑娱乐。更有甚者刘贺居然在大丧期间同昭帝的宫女等人淫乱。

二是越制。在昭帝灵柩前接受印玺后，在居丧的地方把印盒打开了就不再封上，犹如玩物。擅自把符节上的黄毛改成红色。随从官员擅自拿着符节四处张扬。刘贺把诸侯王、列侯和大官的绶带，给随他入京的昌邑国宫奴佩带，并免了他们奴才的身份。按照礼制，做昭帝的继承人，就是昭帝的儿子。列祖列宗的祭祀仪式还没有举行，就派使者拿着符节，用三副太牢祭祀他的亲爹的陵园宗庙，并自行给他亲爹封皇帝的尊号。

三是贪婪。27 天的时间里，派出无数的使者拿着符节去到各个官府衙门索要物品，共有 1127 起。

四是荒淫。在赴京的路上强抢民间女子，藏在车中，运到他们住的驿馆里淫乱。

五是奢侈。把御府里的金币、刀剑、玉器、彩色绸缎随便赏给和他一起玩乐的人。为拉拢侍中君卿，派人给送去黄金一千斤，赐他可以娶十个妻子。

六是昏聩。不许皇宫里的人透露自己在宫中的荒淫行为，威胁说谁告状就把谁腰斩。夏侯胜和傅嘉几次规劝他，他不但不听，反而下文责怪夏侯胜，并把傅嘉捆起来关到牢里面。